Comme un film de Noël

Édition originale publiée sous le titre *Some like it cold*
par First Ink Books, une marque des éditions Pan Macmillan

une marque des Éditions de La Martinière
57, rue Gaston-Tessier, 75019 Paris
ISBN : 979-10-401-2027-8

www.editionsdelamartiniere.fr

Conforme à la loi n° 49-956 du 16 juillet 1949 sur les publications destinées à la jeunesse.

Elle McNicoll

Comme un film de Noël

Traduit de l'anglais (Royaume-Uni)
par Frédérique Fraisse

LA MARTINIÈRE
fictions

NOTE DE L'AUTRICE

Ceci est une histoire d'amour. Son héroïne est autiste. Quand j'avais seize ans, j'ignorais que j'avais le droit de lire, voire d'écrire, des livres comme celui-ci. Je le regrette vivement. Désormais, je rattrape le temps perdu. Merci.

ACTE I, SCÈNE 1

Jasper

Un retour à la maison sans neige n'aurait pas été un vrai retour à la maison.

Il ne s'agissait pas à proprement parler de blizzard, mais d'une bonne averse de neige comme il en tombait souvent.

L'immense panneau « Bienvenue à Lake Pristine » était aussi immaculé que les flocons qui s'accumulaient sur le sol. Une véritable carte postale. Lake Pristine n'était pas le genre de ville à donner une image négligée d'elle-même à ses visiteurs.

Les mains de Jasper se crispèrent sur le volant de sa vieille Jeep. Elle n'avait jamais aimé les choses parfaites, impeccables.

Si seulement sa ville natale n'en était pas remplie…

Lake Pristine était l'endroit idéal pour les éternels romantiques et les personnes incapables de ne pas se mêler des affaires des autres. Cossue et pittoresque, la petite ville bordait le grand lac translucide dont elle portait le nom. On y trouvait un kiosque à musique, une école de danse, un charmant labyrinthe qui distrayait petits et grands, une librairie, une friperie appelée *Trésors Vintage* dans la rue principale, la mairie, une grand-place, un marché (où l'on pouvait aussi bien acheter des cale-portes sculptés en forme de petits animaux de la forêt que des briques de lait), une mercerie, un bar et le cinéma emblématique de la famille Lancaster.

Jasper Montgomery ignorait encore que, du marché à l'église, son retour était un des principaux sujets de conversation en ville, ces derniers temps. Même la gazette locale y était allée de sa petite mention :

Notre petite Jasper Montgomery revient au bercail ! Jasper est de retour pour de longues vacances d'hiver, après ses dix-huit premiers mois d'université à la capitale, où elle étudie la psychologie. D'après sa famille, elle prévoit d'entrer dans une école de droit après l'obtention de son diplôme. Même si nous sommes extrêmement fiers qu'elle poursuive de brillantes études, nous avons hâte qu'elle rentre définitivement chez nous. Souvenez-vous, chers lecteurs, de notre déception l'année dernière, quand nous avons appris qu'elle ne passerait pas les fêtes de fin d'année auprès des siens. Près de deux ans que notre Jasper nous manque ! Alors, si vous désirez, comme les membres de ce bulletin, lui souhaiter un bon séjour à Lake Pristine, rejoignez-nous pour une fête de bienvenue à Lakehouse, le 1er décembre. Apéritif dînatoire chez les Montgomery à 19 heures pétantes !

Oui, Jasper, l'enfant chérie de Lake Pristine, était de retour. Jasper, qui portait les courses de ses voisins, se levait tôt pour aider à préparer les assemblées citoyennes, expliquait aux petits de bien traverser sur les passages piétons. Jasper, qui faisait la lecture aux anciens, se portait volontaire pour déambuler dans les rues avec une pancarte incitant la population à se faire vacciner ou à donner son sang. Jasper, qui ratissait les feuilles en automne, déblayait la neige en hiver et apportait de l'eau aux personnes déshydratées les mois d'été…

Jasper, qui ne disait jamais non.

Ce trajet en voiture l'enchantait. Son permis était aussi récent que sa Jeep était vieille, mais elles faisaient la paire. La jeune femme mit le son à fond, s'accordant un moment privilégié pendant lequel elle n'était ni étudiante ni la fille du coin.

Elle arriva dans le centre-ville et, tandis qu'elle parvenait au niveau de la grand-place, elle aperçut quasiment toutes ses connaissances réunies devant le vieux kiosque à musique. Il neigeait à gros flocons, et pourtant tous les habitants de Lake Pristine semblaient s'extasier devant un spectacle bien plus intéressant que la neige virevoltante.

— C'est quoi, ce cirque ? marmonna-t-elle, les sourcils froncés. Qu'est-ce qu'ils fabriquent tous ici ?

Vêtue d'un manteau rose en fausse fourrure, de bottes de neige en moumoute et de cache-oreilles assortis, Christine, sa sœur aînée, se tenait au centre du pavillon. Si Lake Pristine était une petite mare, Christine était son plus gros poisson. Quand elle vit sa sœur tout sourire face à la foule, Jasper se demanda une microseconde s'il ne s'agissait pas là d'une fête surprise pour lui souhaiter la bienvenue. Peut-être avait-elle organisé un petit rassemblement en invitant les trois quarts de la ville ?

Mais Jasper chassa vite cette idée de son esprit. Christine était toujours la reine du bal, quand Jasper était celle qu'on appelait pour aider à tout ranger dès la fête terminée. Après quelque temps loin de chez elle, elle avait fini par conclure que, dans les eaux du lac Pristine, elle serait très probablement un oursin.

La Jeep roulait à présent au ralenti et Jasper plissait les yeux à cause du soleil rasant dans le ciel d'hiver. Kevin, le petit ami de longue date de Christine, un garçon d'une patience à toute épreuve, paradait en bas des marches du kiosque. Les gens l'applaudissaient et, tandis qu'elle approchait en voiture, Jasper comprit pourquoi.

Il plongea la main dans la poche du beau smoking qu'il portait visiblement pour l'occasion et en sortit un petit écrin en velours.

Bouche bée, Jasper donna une claque à l'autoradio pour interrompre Bernadette Peters en plein refrain de « Stay with Me ». Au moment où Kevin mettait un genou à terre sous le regard attentif des deux sœurs, Jasper en oublia où elle se trouvait…

… et sa voiture partit dans le fossé.

Elle poussa un juron bien senti quand l'airbag se déploya si lentement que cela en devint aussi ridicule qu'humiliant. Elle n'eut d'autre choix que de donner un coup de pied dans la portière pour sortir en titubant du véhicule. Le jean crépi de boue et de neige fondue, elle adressa un sourire timide à la ville entière qui la fixait désormais, mi-choquée, mi-compatissante.

Son futur beau-frère était encore agenouillé. Les yeux écarquillés, il continuait de tendre sa bague. Christine, elle, avait la bouche ouverte en un « Oh ! » de surprise alors qu'une colère noire commençait à assombrir son regard. De toute évidence, leurs amis et leurs familles s'étaient réunis pour assister à sa demande en mariage. Un des fils Lancaster filmait même la scène avec un vieux caméscope.

Jasper croisa son regard une fraction de seconde avant de baisser les yeux sur ses pieds trempés de neige sale.

Arthur Lancaster.

Bourru, taciturne et enclin à tout critiquer. Un vieil ennemi à bien des égards.

Jasper et Arthur avaient grandi à Lake Pristine et usé les bancs du lycée ensemble.

Et s'il y avait bien une personne qu'elle n'avait pas envie de croiser à Lake Pristine – et encore moins un jour où elle se couvrait de ridicule –, c'était lui. Imperturbable, il la contemplait avec sa froideur habituelle.

Jasper était réputée pour être gentille et aimable avec tout le monde.

Tout le monde, sauf Arthur Lancaster.

Alors que tous la regardaient avec stupéfaction, seul Arthur affichait une moue légèrement dédaigneuse.

La ville entière s'était mise sur son trente-et-un pour assister à la demande en mariage de sa princesse, Christine de Lake Pristine.

Et Jasper Montgomery, le vilain petit canard neuroatypique, venait, sans le vouloir, de gâcher ce moment unique.

ACTE I, SCÈNE 2

Arthur

Plus tôt ce jour-là, avant l'arrivée théâtrale de Jasper, Arthur avait découvert le vieux caméscope de son père dans son ancien bureau.

Il se souvenait vaguement l'avoir vu dans les mains de Tayo Lancaster. Son père n'était pas homme à rester immobile ou en retrait. Il avait toujours préféré le feu de l'action, semant autour de lui des tourbillons de joie et d'exubérance. Une caméra l'aurait cloué au sol.

Arthur ne ressemblait pas à son père.

Contrairement à son frère aîné Henry et sa petite sœur Grace. Tous deux avaient hérité de sa bonne humeur et de son amour des autres, de sa générosité et de son énergie communicative.

Arthur, lui, avait hérité de son caméscope, jamais utilisé.

— Il fonctionne encore ? Il faut absolument qu'il fonctionne.

La question venait de Marcus, le cousin et meilleur ami d'Arthur.

— On dirait, répliqua Arthur. Parce que tu comptes t'en servir ?

Marcus posa son téléphone sur le comptoir de la cuisine entre eux deux et zooma sur un e-mail.

— Oui ! Les Archives nationales offrent dix mille dollars au meilleur court-métrage retraçant la vie d'une petite ville, lui apprit-il, le regard pétillant. Ils veulent braquer leurs projecteurs sur les communautés rurales qui ne bénéficient pas des fonds d'investissement dans l'art et qui ont de moins en moins accès aux films et au cinéma. Ils cherchent des projets qui mettent en valeur « l'invisible du quotidien » dans les petites villes. Enfin ! Vivre dans ce cirque aura servi à quelque chose !

Arthur sourit malgré lui. Lake Pristine était une ville cossue où beaucoup d'habitants préféraient dire qu'ils étaient « à l'aise » plutôt que « riches ». Marcus et lui étaient issus de la classe ouvrière. Ils ne partaient pas l'été, n'avaient pas de maison secondaire. Arthouse, le cinéma d'art et d'essai de Lake Pristine, n'était pas uniquement le lieu de travail d'Arthur. C'était sa maison.

En début d'année, la mère d'Arthur avait confié à ses deux fils la gérance du cinéma en même temps que la garde de leur petite sœur. Elle se trouvait actuellement en Inde avec son nouveau mari, où elle apprenait à se connaître et oubliait Lake Pristine.

« Ainsi que son premier mari décédé », songea Arthur avec amertume.

Tous deux devaient revenir dans la semaine, mais Arthur et Henry avaient l'habitude de garder Grace pendant les vacances, peu importe ce que faisait leur mère. Leur sœur adorait venir à l'Arthouse. Le cinéma était le joyau de leur père et son souvenir subsistait dans chacun de ses recoins. Arthur voulait faire toutes sortes de changements dans ce vieil établissement. Son esprit débordait de projets, mais à chaque fois qu'il exprimait une idée, il avait l'impression de trahir sa mémoire.

— Aide-moi à faire un film, à épingler cet endroit. Aide-moi à capturer « l'invisible du quotidien » de Lake Pristine, lui demanda Marcus en donnant un coup de coude à la caméra récemment exhumée de son cousin.

Marcus était un des ouvreurs à temps partiel de l'Arthouse.

Arthur le regarda longuement.

— Dix mille dollars ?

Voilà qui ouvrait des perspectives.

— On se partage la somme et le travail. Tu filmes, je m'occupe du montage.

— On n'a même pas d'histoire. En plus, ajouta Arthur en faisant défiler le mail jusqu'à la date limite de participation qui était inscrite en rouge, ils ne prennent plus de candidatures après le 31 décembre. On n'a tout simplement pas le temps.

— Ce sera cette ville frappadingue, l'histoire ! s'exclama Marcus en récupérant son portable – il refusait que le pessimisme d'Arthur déteigne sur lui.

Les yeux de Marcus dansaient. Il entrevoyait la possibilité de se venger de Lake Pristine. Arthur comprenait : son cousin avait été harcelé pendant toute sa scolarité et sa brève carrière de graffeur au lycée lui avait attiré les foudres de nombreux anciens. Arthur l'avait toujours sauvé des griffes de ses bourreaux et, aujourd'hui, à dix-huit ans, le cadet de la fratrie Lancaster repoussait encore les éventuels agresseurs avec son air renfrogné permanent et son mètre quatre-vingt-dix.

En un mot, il était « inapprochable ». Et cela lui convenait très bien.

— Commençons aujourd'hui ! Cette demande en mariage totalement spontanée sera notre scène d'ouverture !

— Je refuse d'y aller, répliqua Arthur.

Il prit le vieux caméscope de son père et ressentit un bref et douloureux pincement au cœur. Si seulement Tayo Lancaster était là en personne pour dire à Arthur de se rendre sur la grand-place et de voir ce qu'il en retournait.

Mais son père n'était pas là et ne le serait plus jamais.

Alors qu'il se dépêchait de reposer la caméra sur la table, il renversa une pile de journaux, de factures et d'autres papiers que Henry, son frère aîné, n'avait pas pris la peine de ranger. Pendant qu'il les rassemblait, son regard se posa sur la une de la *Gazette de Lake Pristine*, le bulletin d'information local.

Marcus suivit son regard et lut à voix haute le titre de l'article :

— « Jasper Montgomery, l'enfant chérie de Lake Pristine, de retour parmi nous ! » Waouh ! Les informations importantes ne se bousculent pas, pour ne rien changer.

Arthur resta muet. Il se contenta de fixer la petite photo accolée à l'article. C'était elle, pendant leur dernière année de lycée. La photo avait probablement été prise juste avant la fin des cours, l'été de l'année précédente. Avant qu'elle ne charge toutes ses affaires dans la voiture de ses parents et disparaisse pour suivre ses études de psychologie dans la grande ville la plus proche. Elle adressait un grand sourire à la personne derrière l'objectif.

— Je veux bien y faire un saut, finalement, décida Arthur sans quitter le bulletin des yeux.

— Cool ! On décolle bientôt.

— Je prends la caméra ? demanda Arthur en la soupesant à nouveau.

Son frère et sa sœur apparurent sur le seuil de la salle à manger de la famille Lancaster. Tous deux enfilaient écharpes et bonnets pour se protéger de la nouvelle giboulée. C'était Henry qui les avait informés du projet de Kevin de demander Christine en mariage et Grace était la seule qui avait réellement envie d'y aller.

— Si tu filmes et fais un truc potable, tu pourras facturer les images à Christine, remarqua Marcus tandis qu'ils sortaient tous les quatre par la porte de derrière.

Arthur profita de la marche entre leur vieux et prestigieux cinéma et le centre de Lake Pristine pour se familiariser avec le caméscope. Henry marchait devant avec Grace – son frère n'avait jamais vraiment eu d'affection pour Marcus et son sens de l'humour un peu décalé.

— Je suis sérieux, insista Marcus en reprenant leur conversation sur un ton guilleret. Filme la demande en mariage et envoie-lui la facture. Dans la foulée, filme toute la ville et empochons les dix mille dollars !

Arthur s'arrêta quelques instants, toucha du bout de sa botte la neige fraîche et réfléchit une poignée de secondes.

— Tu veux vraiment participer à ce concours ?

— Évidemment ! s'exclama Marcus. Je ne sais pas… On pourrait filmer un peu et attendre qu'une histoire apparaisse ou bien on…

— On sera mal placés si vous continuez à lambiner ! leur lança Henry par-dessus son épaule.

Son regard se posa brièvement sur son cousin et il se rembrunit légèrement.

— On arrive ! répliqua Arthur en trottinant jusqu'à son frère et sa sœur.

❄ ❄ ❄

Des dizaines d'habitants de Lake Pristine étaient rassemblés sur la place, autour du kiosque qui avait été orné de guirlandes lumineuses en prévision du carnaval d'hiver. La ville se transformait radicalement pendant la période des fêtes. Plus les animations étaient kitsch, mieux c'était. Les gens s'habillaient en pastel, portaient des cache-oreilles en fausse fourrure et buvaient du chocolat chaud à l'italienne. Arthur détestait cette époque de l'année.

Il regarda la caméra dans ses mains, serra puis desserra ses doigts autour de l'appareil, comme s'il venait d'avoir une révélation.

La plupart des habitants considéraient Lake Pristine comme une ville normale parce qu'ils avaient passé leur vie dans sa casserole pendant que l'eau chauffait lentement. Ils ne trouvaient absolument pas étrange cette obsession pour l'ordre, les couleurs douces et les campagnes régulières pour bannir l'alcool, mis à part celui qui agrémentait le lait de poule.

Arthur devait admettre qu'il tenait là un sujet parfait pour un documentaire. Il pouvait soit exposer la rigidité étouffante de sa ville, soit débusquer quelque chose de plus profond, de plus sombre. Son court-métrage explorerait les teintes de gris d'une ville qui se rêvait en rose pâle.

Il avait renoncé à l'université pour s'occuper du cinéma de son père et sa vie sentimentale ressemblait à un mausolée. Ainsi, en dehors de son travail, il avait le temps.

Dès que Christine s'approcha des marches du kiosque en feignant la nonchalance, Arthur commença à filmer. Il pria en silence pour que le vieux caméscope paternel capture la scène. Quand Kevin s'avança, les gens se mirent à applaudir et à pousser des cris de surprise. Du coin de l'œil, Arthur vit les épaules de Henry se raidir, mais il choisit de ne pas braquer la caméra sur lui.

Un plan large captura la curiosité et l'euphorie des résidents de Lake Pristine. Puis Arthur fit un panoramique afin de focaliser l'attention sur la bulle qu'était leur petite ville.

Christine et Kevin étaient le couple chéri de celle-ci depuis un certain temps. Ils allaient bien ensemble. Kevin était facile à vivre et pondéré. Il se rappelait le nom de personnes qu'il avait à peine côtoyées. Il leur demandait des nouvelles de leur famille. Il accompagnait les vieilles dames jusqu'à leur voiture quand le trottoir était verglacé. Il était prévenant et romantique, et on ne lui connaissait aucun ennemi. Arthur appréciait beaucoup cet homme.

Christine, elle, appelait les serveuses au restaurant d'un claquement de doigts, renvoyait son plat en cuisine et exigeait une nouvelle assiette.

« Ils s'équilibrent », supposa Arthur. C'était la seule explication plausible à leur relation.

Au moment où Kevin s'agenouilla, il y eut un cri et un bruit de collision. Le regard d'Arthur se porta sur Mme Lafferty, qui avait crié, puis sur la route principale.

— Jasper ! hurla Grace sur un ton à la fois ravi et inquiet.

Ses yeux pétillèrent et son doux visage s'illumina à la vue de la benjamine des sœurs Montgomery. Celle qui avait l'âge d'Arthur. Celle qui avait passé dix-huit mois à l'université sans revenir une seule fois chez elle. Celle dont la vieille Jeep cabossée gisait à présent dans le fossé, l'autoradio à fond et l'airbag déclenché côté conducteur.

Cette vision alarma Arthur, que la sécurité obsédait de manière générale. Quand Jasper sortit du véhicule, il poussa un soupir de soulagement. Elle s'extirpa de sa guimbarde et adressa un sourire crispé à sa sœur aînée, qui ne parut pas impressionnée du tout. Jasper, qui se cachait derrière des lunettes de soleil Dior. Jasper, qui était autrefois la meilleure ballerine de la ville – raison pour laquelle Grace l'adorait. Jasper, qui portait des bottines à imprimé léopard, à la grande horreur de Christine. Jasper, qui se promenait encore avec un iPod. Jasper, qui était populaire au lycée. Jasper, dont les amis harcelaient Arthur et Marcus à la cafétéria, sous son regard indifférent.

— Eh bien, commenta Marcus d'une voix suave, les yeux rivés sur la scène qui se déroulait à leur droite. Jasper est vraiment de retour.

Arthur préféra ignorer son ton acerbe.

Avant que Jasper ne devienne le centre de toutes les attentions, Christine lui fit signe de rejoindre illico leurs parents et essaya de réintégrer son personnage. Elle regonfla ses cheveux, se pinça les joues et se tourna vers son petit ami, toujours agenouillé, qui paraissait perplexe et distrait. Il revint vite à son objectif initial.

— Christine..., commença-t-il d'une voix claire et audible. Dès l'instant où je t'ai rencontrée, j'ai su que tu étais quelqu'un de spécial.

Arthur filma de près cette scène intime et publique à la fois.

— Christine, je t'aime depuis cette soirée à la fac où je t'ai demandé de baisser le son de l'horrible musique que tu passais à ta fête et où tu m'as menacé de me jeter du toit.

Dès que la foule réceptive se mit à rire, le sourire béat de Christine se figea. Arthur fit la mise au point sur son visage et zooma. La dualité de sa personnalité, la réaction orchestrée qui se voulait spontanée... Tout en elle fascinait Arthur.

— Veux-tu m'épouser ?

Malgré le fait que Kevin se soit visiblement écarté de son texte, Christine répondit par un oui franc.

Arthur jeta un coup d'œil à la nouvelle venue. Jasper semblait hébétée, comme si cette demande en mariage était pour elle une véritable surprise.

Chaque fois qu'il voyait Jasper Montgomery, Arthur la dévorait des yeux sans véritablement comprendre pourquoi. Conscient que Christine allait surgir d'un instant à l'autre pour lui faire une scène, il s'abstint de la dévisager.

Il n'oubliait pas que Jasper et lui s'étaient disputés un nombre incalculable de fois et que s'il y avait une personne qu'elle n'appréciait pas en ville, c'était bien lui. Sa popularité agaçait Arthur. On lui demandait constamment de faire une course, un petit boulot ou du bricolage, mais à la seconde où ils voyaient Jasper, les gens le poussaient gentiment sur le côté pour discuter avec elle.

— Je suis si contente qu'elle soit revenue, susurra Grace. Il paraît que sa mère lui a demandé de s'occuper des auditions pour *Casse-Noisette*, cette année.

— Ah ouais ? répliqua Arthur sur un ton irrité. Et t'as entendu d'autres rumeurs ?

— Eh bien… Selon une des danseuses, avant qu'elle parte l'autre été, elle aurait eu… pas vraiment une grosse dispute, mais une discussion sérieuse avec sa mère à l'école de danse.

Arthur regarda sa sœur. Il espérait qu'il se rappellerait comment couper cette conversation des rushes.

— À quel propos ?

— C'était peut-être en rapport avec la fac ?

Cela n'aurait pas choqué Arthur. Jasper avait toujours été la plus douée en arts plastiques au lycée de Lake Pristine, et elle avait conçu de nombreux décors et costumes pour le club de comédie musicale. Quelle n'avait pas été la surprise d'Arthur quand elle s'était orientée vers des études de psychologie. Les Montgomery étaient réputés pour être plutôt stricts. La famille était très appréciée dans la communauté et les filles devaient respecter le couvre-feu, entre autres règles.

Voilà peut-être pourquoi Christine, aujourd'hui âgée de vingt-trois ans, n'avait aucune limite.

Tandis que la ville oubliait instantanément l'entrée spectaculaire de la benjamine des princesses, célébrait et félicitait l'aînée, Arthur abaissa lentement la caméra.

Jasper était revenue.

Elle lui jeta le plus fugace des coups d'œil avant de regarder ailleurs. Il en avait l'habitude. Il n'avait jamais été digne de son attention. Elle flottait au-dessus de lui à l'école et rien ne les avait poussés à sympathiser. Il lui avait peut-être parlé sèchement un peu trop souvent et, de son côté, elle était restée fidèle à ses amis détestables.

Quoi qu'il en soit, elle sortait du lot à Lake Pristine, la petite ville que nul ne quittait.

Arthur leva la caméra et la pointa vers son frère aîné.

— Alors, Henry, lui lança-t-il brusquement, son haleine visible dans l'air vivifiant. Que penses-tu de Lake Pristine, toi ? Qu'est-ce qui te déplaît ? N'hésite pas à parler franchement, parce que nous réalisons un documentaire.

ACTE I, SCÈNE 3

La maison près du lac

Jasper se tenait en lisière de la grand-place pendant que Christine et Kevin recevaient les félicitations des badauds enthousiastes. Ses parents s'étaient évidemment joints à eux.

Elle voulait parler à sa famille. Cela faisait des mois qu'elle ne les avait pas vus ; une année de discrétion totale à l'université et de mensonges au téléphone s'était écoulée. Elle voulait célébrer une surprise de taille avec eux : sa décision d'arrêter la fac au bout de dix-huit mois. Elle mourait d'envie de traverser la place et de tout avouer à ses parents et sa sœur. La vérité se transformait en poison dans ses veines. Il fallait qu'elle s'ouvre à eux.

La photo de famille semblait tellement parfaite sans elle. Comme toujours.

— Jasper !

Une des personnes âgées de Lake Pristine, bénévole pour *La Gazette,* déposa un baiser affectueux et sonore sur la joue gauche de la jeune femme.

— Contente de vous revoir, madame Calloway, répondit Jasper sur un ton chaleureux.

— Comme tu nous as manqué ! roucoula la vieille dame. Je t'en prie, dis-moi que tu en as bientôt fini avec tes études. Ça fait deux ans que je ne t'ai pas vue.

— Seulement dix-huit mois, madame Calloway, rectifia Jasper.

— Rassure-moi : tu reviens t'installer ici dès que tu as obtenu ton diplôme ? C'est ce que tes parents m'ont dit.

Mme Calloway paraissait sûre de son fait, comme si son retour définitif avait été décidé et acté par la communauté tout entière.

Il en serait probablement ainsi. Les adolescents qui poursuivaient leurs études loin de Lake Pristine revenaient toujours. Ils décrochaient leur diplôme, rentraient à la maison, commençaient à travailler pour leurs parents ou des amis de leurs parents, se mariaient, avaient des enfants puis, à l'âge de la retraite, ils devenaient bénévoles pour *La Gazette* ou entraient au conseil municipal. C'était la règle.

C'était le chemin sur lequel Christine s'engageait. Le chemin qui était aussi prévu pour Jasper.

— Mais oui, tu reviendras habiter ici, lui assura Mme Calloway comme elle ne répondait pas.

Jasper glissa la main dans la poche de son jean, toucha le petit morceau de papier qui s'y trouvait et se sentit aussitôt mieux.

— Ça fait du bien de rentrer chez soi.

Ce fut tout ce qu'elle trouva à dire. Elle tourna la tête vers sa voiture et se maudit pour sa maladresse. Elle avait raté son permis sept fois avant de le décrocher et, depuis, elle n'avait pas eu le moindre pépin.

Elle regagna sa Jeep. Par chance, les dégâts n'étaient pas bien méchants. Seule sa fierté avait été meurtrie par ce retour humiliant dans sa petite ville natale où les commérages allaient bon train.

— Hello, toi !

La voix de son père la surprit. Elle regarda par-dessus le toit de sa voiture et lui adressa un sourire penaud.

— Désolée pour cette arrivée remarquée, papa.

Il passa un bras autour des épaules de sa fille et la serra contre lui avant de l'entraîner vers la foule.

— Ne t'excuse pas. Dans quelques années, on en rira.

— Si tu le dis…

Elle doutait que Christine trouve un jour ce moment hilarant, mais se garda de le mentionner.

— Si, si. Dans très longtemps.

Son père avait lu dans ses pensées. Elle grimaça.

— O.K. Pourquoi vous ne m'avez pas prévenue que Kevin allait faire sa demande ? Je serais venue plus tôt.

— Houlà ! Parce que ce n'était absolument pas prévu.

Jasper renifla.

— Mouais.

— On a organisé un apéritif à la maison pour fêter ton retour, ce soir. Je te suggère de rentrer maintenant à Lakehouse si tu veux t'épargner la première salve d'échanges de banalités.

Le cœur de Jasper s'emballa à la perspective de cette fête en son honneur. Pendant toute son enfance, les Montgomery avaient organisé des réceptions, comme s'ils étaient des personnalités en vue. Aucune ne l'avait jamais célébrée, elle.

❄ ❄ ❄

D'humeur toujours enjouée, elle défit ses bagages dans sa maison de famille près du lac. Sa chambre n'avait pas bougé. Des affiches de classiques du cinéma ornaient toujours les murs. Il restait un peu de poudre sur les pinceaux posés sur sa coiffeuse. Le lit était fait et elle s'écroula dessus, bien décidée à oublier tous ses secrets – la fac, l'enfer des programmes, le bureau d'aide psychologique bien trop insistant. Cela lui aurait presque fait du bien d'être de retour chez elle, si elle avait pu faire abstraction de ces derniers mois.

Elle remarqua une pile d'exemplaires neufs d'*Architectural Digest* près de la porte. Son père avait dû les lui monter. Son cœur se serra en les voyant. Design. Créativité. Intérieurs magnifiques et expression artistique. Tout cela lui semblait si éloigné de Lake Pristine, de ses études de psychologie et des attentes familiales.

Dès qu'elle entendit des éclats de voix, des bruits de chaussures qu'on jette dans un coin et le claquement de la porte d'entrée, Jasper quitta sagement sa chambre et gagna le rez-de-chaussée. Toute sa famille leva les yeux vers elle quand elle apparut en haut de l'escalier.

— Bravo pour ta putain d'entrée théâtrale ! cracha Christine, à présent débarrassée de ses spectateurs et libre d'arborer son air désappointé habituel.

— Surveille ton langage, Christine ! s'exclama leur mère.

Andrea sermonnait sa fille aînée tout en rivant un regard furieux sur sa benjamine.

— Je n'avais pas prévu d'avoir un accident de voiture pendant ta demande en mariage, Christine, déclara platement Jasper, le ton aussi sec que du papier de verre. Désolée.

— Elle n'est pas désolée du tout, se plaignit Christine avant que leur père n'intervienne.

— Dois-je vous rappeler qu'une bonne partie de la ville va débarquer ici dans une heure ? demanda-t-il d'un ton brusque. Il serait temps de préparer les canapés. À moins que vous ne vouliez leur servir mes célèbres sculptures de fromage ?

— N'exposons personne à ces horreurs ! répondit Andrea du tac au tac.

Elle ôta son manteau et le laissa dans l'entrée avec le début de dispute.

Christine et Jasper se retrouvèrent seules près de la porte.

— Félicitations, chuchota Jasper.

L'air renfrogné de Christine céda la place à une mine fragile et reconnaissante.

— Merci.

Un silence gêné enveloppa alors les deux sœurs.

— Je suis tellement contente pour toi, poursuivit Jasper.

Christine dut percevoir que sa joie était sincère, car elle lui adressa un sourire timide et murmura un autre merci.

— Tu es habituée à mon caractère, déclara-t-elle d'une voix douce. Cela ne va pas aller en s'arrangeant, ces prochaines semaines.

— Je comprends, répondit Jasper. Les mariages sont une grande source de stress.

— Je vais vous faire vivre un enfer.

— Je sais.

— Mes paroles risquent de dépasser ma pensée.

Jasper haussa les épaules et lui sourit.

— Tu parles à une connaisseuse.

— Ce matin, j'ai menacé Kevin d'appeler la police parce qu'il m'a reproché d'avoir mis des miettes dans le beurre avec le couteau, admit Christine en fixant sa sœur d'un air incrédule et vulnérable.

Jasper connaissait son aînée par cœur. Quand elle était stressée ou se sentait prise en défaut, elle se transformait en Mister Hyde. Elle piquait des colères monstres dont elle se souvenait rarement après coup. Même si elle était la préférée de leur mère, Christine souffrait du syndrome de la fille aînée.

— Ne t'inquiète pas. Il t'a déjà pardonné, la rassura Jasper. Il vient tout juste de te demander en mariage.

— C'est formidable… mais ça représente aussi beaucoup de travail.

— Chris…, murmura Jasper, comme si sa sœur était un cheval fougueux qu'elle essayait d'amadouer. Tout va bien se passer. Tu ne seras pas toi-même pendant l'organisation de ton mariage. J'ai reçu le message cinq sur cinq.

Christine hocha la tête. Elle semblait satisfaite. Elle s'était déchargée de toute responsabilité, mais sous la fermeté de ses mots, Jasper sentait une pointe d'impuissance.

— Je peux voir la bague ? demanda-t-elle sur un ton qui se voulait enjoué, afin de changer de sujet.

Être autiste signifiait que ses expressions étaient souvent mal interprétées. Sa timidité passait pour de la froideur. Elle rêvassait ? On la soupçonnait de juger son interlocuteur. Les jours où elle débordait d'optimisme ou d'enthousiasme, les gens ne percevaient jamais ses émotions comme elle le souhaitait.

C'était pourquoi, alors qu'elles lui paraissaient tellement hypocrites et caricaturales, la ferveur et l'exagération qu'elle mettait dans sa voix semblaient convenir aux autres.

— Le bijoutier doit la mettre à ma taille, répliqua Christine, qui avait beaucoup de difficulté à cacher son agacement.

— C'est une bonne chose, répondit Jasper, persévérante. Personne n'aime ce qui est inadapté.

Christine renifla puis regarda sa jeune sœur de la tête aux pieds.

— Hum, marmonna-t-elle.

Elles n'échangèrent plus un mot jusqu'à ce que les premiers invités arrivent.

❄ ❄ ❄

— Arthur, regarde !

Grace désignait du doigt les personnes qui faisaient déjà la queue pour accéder à la soirée des Montgomery. Tandis qu'ils remontaient l'allée en gravier menant à Lakehouse, il devint vite clair que cette fête ne se ferait pas en petit comité.

Tous deux n'avaient jamais été invités aux réceptions de la famille et Grace luttait pour dissimuler son excitation. Même si leurs parents se rendaient souvent à leurs soirées, autrefois, il s'agissait là d'un moment exceptionnel pour Arthur et Grace.

— De quoi j'ai l'air ? murmura Grace.

Arthur regarda sa sœur. À treize ans, elle ne souriait plus sur les photos à cause de son appareil dentaire. Elle couvrait de manière obsessionnelle la moindre imperfection sur son menton avec du maquillage. Elle papillonnait d'un réseau social à l'autre, sur lesquels elle présentait différentes versions d'elle-même. Elle ne réalisait pas que, réunies, ces versions composaient une des meilleures personnes qu'il ait jamais connues.

— De la plus belle de cette soirée, répondit-il, en s'efforçant de canaliser l'énergie de sa sœur.

— Après Jasper, ajouta Grace sur un ton rêveur.

Arthur détourna vite le regard et ne répondit pas.

Tandis qu'ils s'approchaient de la porte d'entrée, il aperçut Christine, qui accueillait les invités avec Rebecca, sa meilleure amie, et Saffron, la petite sœur de cette dernière. Même si Saffron avait toujours été dans sa classe, il se souvenait à peine d'elle. Il la croisait de temps en temps en ville. Elle s'entendait bien avec Odette, la meilleure amie de Jasper depuis toujours, et avec Craig, l'exécrable petit ami d'Odette.

— Oh ! s'exclama Christine, dont le sourire se figea en les voyant. Bonsoir.

— Bonsoir, répliqua Arthur en jetant un coup d'œil dans la maison qui grouillait déjà de monde. Merci pour l'invitation.

— Ce n'est pas moi qu'il faut remercier, mais mon père, corrigea-t-elle sèchement avant de chercher derrière lui un convive plus intéressant à qui parler.

— Salut, Arthur !

Saffron lui faisait un grand sourire et le collait un peu trop à son goût.

Il la salua d'un signe de la tête et entraîna doucement Grace dans le vestibule.

— Cette fille en pince pour toi, Art', remarqua Grace, une fois qu'ils furent à bonne distance.

— Merci ! Même moi, j'avais capté, rétorqua-t-il d'un ton conspirateur.

Il lui enfonça les doigts entre les omoplates, ce qui la fit rire.

Il jeta un coup d'œil à la maison spacieuse dans laquelle ils avaient pénétré. Parquet ciré, lustres somptueux, grandes fenêtres et, à l'arrière du bâtiment, larges baies coulissantes donnant sur l'immense lac Pristine.

Lorsqu'il observa les murs, il découvrit…

Une photo d'elle.

Au milieu des portraits en noir et blanc de Christine, pris par un photographe professionnel, il y avait un cliché de Jasper. Elle saluait le public à la fin d'un de ses ballets. La position de ses jambes paraissait extrêmement inconfortable et pourtant très naturelle. L'air sérieux, elle baissait les yeux sous les applaudissements.

— Son dernier *Lac des cygnes*.

Il pivota et découvrit Odette, assise dans l'escalier, l'index pointé vers la photo.

— Oh ! lâcha-t-il un peu bêtement. Cool. Tu sais quoi ? J'ai mal aux jambes pour elle.

Odette faisait partie des élèves populaires de leur lycée. Comme Jasper, elle sympathisait avec tout le monde, mais, contrairement à elle, Odette avait un côté sombre. Depuis quelques années, elle sortait avec Craig, un des pires bourreaux de Marcus.

— Tous les ballets font mal, remarqua Odette dans un éclat de rire, avant de fixer Grace. Hé ! Salut, toi ! Ça fait un moment que je ne t'ai pas vue à la boutique.

La famille d'Odette tenait *Trésors Vintage*, la friperie de la ville.

Grace lui sourit et baissa timidement les yeux.

— J'économise.

Arthur ignorait si Jasper et Odette s'entendaient toujours aussi bien. En revanche, il savait que cette dernière portait mal son prénom. Alors que sa mère rêvait que sa fille intègre la compagnie de danse d'Andrea Montgomery, la petite Odette de six ans avait fermement refusé. Arthur l'avait toujours appréciée, malgré son côté plus revêche.

Les deux amies étaient inséparables depuis leur plus tendre enfance. Bras dessus bras dessous, collées l'une à l'autre, elles avaient sillonné la ville en riant aux éclats. Toutes deux avaient créé le premier club LGBTQIA+ au lycée de Lake Pristine, où elles avaient organisé des sessions d'information sur la visibilité bisexuelle. Elles avaient aussi lancé une pétition destinée à proscrire les *kissing booths*, ces stands à baisers sexistes destinés à collecter des fonds lors des kermesses.

Arthur se demandait si leur amitié avait résisté, maintenant que Jasper était partie.

Alors que la fête battait son plein, Arthur garda un œil sur Grace. Il guettait aussi une certaine personne à coups de regards furtifs. Pourtant, alors que Christine et son fiancé Kevin se préparaient à faire un discours, ladite personne n'était visible nulle part.

Christine tapota sa flûte avec une petite fourchette dorée. L'intensité du bruit stoppa net les conversations dans toute la maison.

— Merci à tous d'être venus ce soir, gazouilla-t-elle en balayant la pièce du regard. Et merci aussi à tous ceux qui nous ont rejoints cet après-midi. Vous nous excuserez pour l'arrivée quelque peu catastrophique de ma jeune sœur.

Des rires réchauffèrent l'atmosphère.

Arthur croisa les bras et fusilla du regard ceux qui gloussaient un peu trop fort.

— Je ne comprends pas, murmura Odette. Je croyais que nous fêtions le retour de Jasper.

Arthur haussa une épaule.

— De toute évidence, c'est Christine que nous fêtons ce soir.

— Kevin et moi sommes surexcités à l'idée de nous marier. Nous avons hâte de partager ce moment précieux avec nos amis, les nouveaux comme les anciens.

— Elle parle comme une femme politique, commenta Odette à voix basse.

Arthur était tout à fait d'accord. Mais Christine et Jasper n'étaient-elles pas des représentantes non officielles de la ville depuis toujours ?

— Hé ! Si Christine et ses goûts musicaux de chiotte vous gavent, venez chiller dans la chambre de Jasper à l'étage, proposa Odette à Arthur et Grace. On sera entre jeunes cool.

Arthur remarqua que Saffron le cherchait du regard à travers la pièce, pendant que Christine poursuivait son discours de son côté.

— Ça me semble une bonne idée, murmura-t-il.

— Suivez-moi !

Odette bondit sur ses pieds et s'élança en premier dans l'escalier monumental.

Elle les guida jusqu'à une chambre presque aussi grande que le hall du cinéma. Il découvrit un lit *queen size*, une ottomane, une bibliothèque remplie de livres colorés. D'autres ouvrages étaient empilés çà et là avec des magazines. Près de la porte, des flacons de parfum et des produits de beauté étaient rangés sur la coiffeuse au vieux miroir patiné. Il y avait des vêtements qui traînaient partout. Il aperçut des mouchoirs en papier tachés de rouge à lèvres dans la poubelle.

C'était tellement… intime.

Grace poussa un cri aigu en voyant le lit immense avant de sauter dessus avec Odette. Arthur ressentit une pointe de culpabilité et d'amertume, car son frère et lui ne pourraient jamais lui offrir ce genre de chambre. Les Lancaster faisaient partie des familles les plus récentes de Lake Pristine, et Arthur avait encore en travers de la gorge les murmures et les regards que Henry et lui avaient essuyés avant la naissance de Grace, avant que leur père ne s'attire les bonnes grâces de la communauté.

D'autres photos ornaient les murs. On y voyait Jasper et ses amies ballerines en coulisses. En couleurs, ces photos-ci n'étaient ni posées ni officielles. Toutes les filles souriaient.

— Euh… Où sont les jeunes cool, Odette ? demanda-t-il.

Pendant un instant, il craignit que Ross, Adam et Craig (l'horrible clique de Jasper au lycée) ne jaillissent de la salle de bains attenante.

— Ici ! annonça Odette.

Elle se pencha et fouilla sous le lit. Quand elle se releva, elle tenait un énorme british shorthair bleu-gris aux yeux brillants.

— Qu'il est mignon ! s'écria Grace.

— Je vous présente Chum, annonça Odette en l'embrassant sur le crâne.

Le chat cligna lentement des yeux.

Elle déposa le félin dans les bras de Grace.

— Qu'est-ce que tu fabriquais avec ce caméscope, tout à l'heure ? demanda-t-elle soudain à Arthur.

— Il prépare un documentaire sur Lake Pristine, répondit Grace à la place de son frère.

— Sérieux ? s'exclama Odette.

— Oui, en quelque sorte, répliqua Arthur.

— Je peux y figurer ?

— Tout le monde y figurera, lui assura Grace tout en caressant le chat qui ronronnait comme une locomotive. Il compte filmer la ville entière.

— En vérité, j'aimerais capturer le vrai visage de la famille Montgomery.

— Art', le réprimanda gentiment Grace.

C'était une conversation que les trois jeunes Lancaster avaient régulièrement. Ils critiquaient le comportement de Christine, puis Grace s'étonnait que Jasper soit si calme et si gentille en comparaison. Contrairement à son frère et sa sœur, Arthur n'était absolument pas amusé par les caprices de Christine.

— Non, c'est vrai, insista-t-il en plongeant les mains dans ses poches.

Avec son mètre quatre-vingt-dix, il se sentait trop grand et trop maladroit pour cette chambre. Il craignait de se cogner à quelque chose. Il regarda une des photos de Jasper et plissa les yeux. Au fond de lui, il savait que Jasper était bien plus qu'une fille modeste et arrangeante qui faisait tout ce que sa famille (et la ville) lui demandait. Cela le frustrait qu'elle se cache sous ce masque. Arthur voulait la voir, ne serait-ce qu'une fois, faire passer ses besoins avant ceux des autres.

— J'aime beaucoup M. Montgomery, sincèrement. Il a toujours été bon avec mon père. Mais Mme Montgomery et Christine, elles, considèrent que cette ville leur appartient et que nous devrions nous estimer heureux de simplement y vivre. Et je ne te parle même pas du mariage.

— Les gens adorent les mariages, lui fit remarquer Odette. Quelle importance si Christine se montre un peu pénible ? Kevin est sympa, lui.

Lui revinrent en mémoire des images de Christine en train de snober Grace.

Andrea Montgomery ignorant leur mère lors des activités municipales.

Jasper.

Jasper, traversant le lycée avec un air désinvolte, adorée de tous.

Marcus, que toute la ville évitait pour quelques erreurs de jeunesse, tandis que l'on fermait les yeux sur le comportement de Christine, qu'on excusait même.

— Pourquoi est-ce un tel événement ? Une demande en mariage publique ? Un mariage la veille du Nouvel An, auquel toute la ville est censée assister ? s'exclama Arthur avec un éclat de rire méprisant. Christine transforme ses moindres faits et gestes en événement. Et peu importe si elle se montre odieuse avec ceux qui n'occupent pas sa position dans la société. C'est-à-dire quasiment tout le monde. Si tu ne peux pas satisfaire ses désirs, elle n'est même pas fichue de se montrer correcte avec toi. Est-ce qu'elle a pris la peine de dire bonjour à Grace quand nous sommes arrivés ce soir ? Non, madame. Même si ma sœur participe à tous les cours de danse de l'école que sa mère et elle dirigent. Même si elle a assisté à tous les spectacles de Christine. Même si elle l'admire depuis des années. Pas un seul regard, je te dis !

— Je sais, répondit Odette à mi-voix – elle tendit la main vers Grace et lui serra le bras. Il lui arrive d'être malpolie.

Des sentiments qu'il était incapable d'identifier surgirent en lui pendant qu'il admirait les belles photos accrochées aux murs.

— Justement ! Pourquoi est-ce qu'on devrait tous agir comme si c'était normal ? Il faudrait la remercier, aussi ? C'est une enfant gâtée et une plaie ! Et la richesse de sa famille n'est pas une excuse. J'espère que ce film permettra de saisir le climat de terreur qu'elle fait régner autour d'elle. Je me fiche de gagner le premier prix. Si je réussis à immortaliser ça, je serais heureux ! Christine… et Jasper également sont des gamines pourries gâtées bien moins intéressantes qu'on le prétend.

Il n'avait pas fini sa tirade qu'il sentit un parfum. Celui de Jasper, avec des notes d'orange.

Elle se tenait sur le seuil de sa chambre, une bouteille de limonade rose dans un seau rempli de glace dans une main et quelques flûtes dans l'autre. Ses yeux verts foudroyaient ceux, noisette, d'Arthur. Cela faisait longtemps que Jasper et lui n'avaient été aussi proches. Elle avait dû monter l'escalier en silence, ses pieds de danseuse avançant sans bruit sur la moquette de l'étage.

Arthur renifla.

— Salut, Princesse.

Elle dardait un regard noir sur lui.

— Salut, Ronchon.

Des surnoms qu'ils s'étaient jetés à la figure pendant des disputes en coulisses, plusieurs années auparavant. Alors qu'il aidait le régisseur, il avait crié sur elle parce qu'elle se trouvait en travers de son chemin et elle lui avait asséné qu'elle n'appréciait pas ses airs bougons. Ils s'étaient souvent chamaillés en cours d'anglais, car ils n'étaient jamais d'accord sur la signification du texte. Un jour, bêtement, il l'avait traitée de « princesse » parce qu'elle avait voulu empêcher une bagarre entre un de ses copains et lui. Il se rappelait encore son air peiné et surpris à la fois. Puis ses traits s'étaient durcis et, depuis, ils étaient en froid.

Jasper entra dans la chambre, passa devant lui sans ajouter un mot et posa le seau et les verres sur le tabouret devant sa coiffeuse.

— Pour vous, indiqua-t-elle à Grace et Odette. Je me suis dit que vous aviez sûrement soif.

Dès qu'il vit sa maîtresse, Chum miaula et s'extirpa des bras de Grace. Il frotta sa tête contre le poignet de Jasper pendant qu'elle tendait les flûtes.

— Toujours aussi grincheux à ce que je vois, lança Jasper en regardant Arthur du coin de l'œil depuis le pied du lit. Félicitations ! La fête a à peine commencé et tu nous dézingues déjà. Tu n'as même pas attendu qu'on débarrasse les verres.

— Parlons-en, de cette fête ! On ne devait pas célébrer ton retour ? riposta-t-il, le regard aussi noir que le sien. Comme d'habitude, il n'y en a que pour Christine. Et comme d'habitude, tu ne vas rien dire.

— Tu insinues que je me laisse marcher sur les pieds ?

— Non, je...

— J'y crois pas ! s'exclama Odette en échangeant un regard avec Grace. Vous allez arrêter, tous les deux ? On n'est plus au lycée. Vous n'êtes plus obligés de vous chamailler. Enterrez la hache de guerre, bon sang.

— Il n'y a pas de guerre, rétorqua Jasper, qui fixait toujours Arthur. J'essaie juste de me montrer courtoise avec lui, mais c'est le rocher de Sisyphe.

— La mythologie grecque ? Cool ! Je pensais que tu étudiais la psychologie dans ton université prétentieuse.

— Stop ! cria Odette, à deux doigts d'éclater de rire.

Jasper se leva d'un bond fluide, ignorant totalement les efforts de sa meilleure amie pour apaiser les tensions.

— Est-ce que j'ai le choix, Lancaster ? Tu veux que je finisse mes jours ici ?

— Cet avenir convient très bien à ta sœur et à nous tous. Pourquoi tu échapperais à la règle ?

— Jasper ne va nulle part, les interrompit Odette en prenant la main de son amie dans la sienne. Elle suit ses études et, après, elle revient.

Arthur haussa un sourcil.

— Vraiment, Princesse ?

❄ ❄ ❄

La vérité faillit échapper à Jasper sous la forme d'une insulte bien sentie. Elle n'avait pas l'intention de retourner dans cette université que ses parents lui payaient. Chaque cours, chaque conférence, chaque horrible moment de solitude lui laissait un goût amer dans la bouche. Ses parents étaient tellement plus motivés qu'elle. Mais ce n'était pas le pire.

C'était terminé. Elle lâchait l'affaire. Elle avait prévu de faire ses adieux ici. Elle avait des choses à accomplir – toute une liste – avant que Lake Pristine ne se transforme en ville pittoresque dans son rétroviseur.

— Tu m'expliques ? chuchota Grace à Odette, qui se mit à rire à nouveau.

— Quoi ? Ces deux-là ? Ils se chamaillent depuis toujours. J'espère que ton frère et toi ne le prendrez pas mal, mais je pense qu'il ne nous a jamais appréciées, Jasper et moi.

— C'est faux ! s'exclama l'intéressé.

— Pas à moi, Art' ! répliqua Odette sur un ton taquin et réprobateur à la fois. Tu ne pouvais pas nous sentir au lycée. Tu n'aimais pas les personnes avec qui nous traînions. C'est bon, beaucoup d'eau a coulé sous les ponts. Lâche-lui la grappe, maintenant.

— Oh, ne négocie pas avec lui à ma place, répondit Jasper avec une pointe de dédain dans la voix. Et d'abord, qu'est-ce que tu fais chez moi, Arthur ? Si Christine est un monstre et moi un paillasson, par pitié, ne te sens pas obligé de rester pour nous supporter. Les petites filles pourries gâtées se débrouilleront très bien sans toi et tes airs hautains.

— Ce n'est pas ce que je voulais dire et tu le sais très bien.

— Je ne te connais pas et je ne souhaite pas te connaître.

Ces quelques mots crachés par Jasper flottèrent dans l'air un long moment.

Grace en resta bouche bée et Odette siffla entre ses dents. Chum, qui détestait qu'on hausse la voix, se mit à grogner.

— Jasper..., commença Arthur, les dents serrées. Excuse-moi. Je ne voulais pas...

— Écoute, ses propos ont peut-être été un peu rudes, mais il n'a pas entièrement tort, intervint timidement Odette en grattant le flanc de Chum et en souriant à son amie au visage fermé. Christine est...

— Ma sœur. Ma famille.

Un silence de plomb s'ensuivit. Jusqu'à ce que Chum miaule si pathétiquement que Grace et Odette en éclatèrent de rire. Même les lèvres de Jasper remuèrent.

— Contente de te revoir à la maison, lança Odette tout bas à Jasper, qui offrit à contrecœur un verre de limonade à Arthur avant de s'allonger sur le lit et de fermer les yeux. Je suis... Je suis désolée de ne pas t'avoir rendu visite à la capitale. J'ai été pas mal occupée au magasin et je...

— Ne sois pas désolée. Je comprends, répondit Jasper sur le même ton, et elle semblait sincère.

— Ça fait du bien de te revoir, répéta Odette.

— Moi aussi, je suis heureuse d'être rentrée.

Jasper ouvrit les yeux et croisa le regard d'Odette. Toutes deux se dévisagèrent longuement.

❄ ❄ ❄

Arthur voyait bien les dix-huit mois en suspension entre elles, les choses qu'aucune n'était prête à prononcer à voix haute. Il se dit soudain que Grace et lui étaient de trop.

Chum dut trouver la robe de cocktail noire de Jasper confortable, car il s'avança vers sa maîtresse et se roula en boule sur son ventre. Les mains élégantes de Jasper se posèrent sur son pelage bleuté. Arthur remarqua que ses collants noirs étaient couverts de petits brillants et que ses ongles étaient vernis aux couleurs de l'arc-en-ciel.

— Hé ! Dis-moi, Grace ! l'interpella Jasper en la poussant du bout de l'orteil. Tu auditionnes pour *Casse-Noisette* ?

Les joues de Grace prirent la couleur du rouge à lèvres de Jasper.

— Je ne sais pas encore.

— Je compte sur toi. J'aide ma mère à passer les auditions cette année et je veux que Clara, l'héroïne du conte, ait de la personnalité, pour une fois.

Aussitôt, le visage de Grace s'illumina et Arthur en fut à la fois heureux et attristé.

— Tu étais une merveilleuse Clara, la complimenta Grace. C'est ce que tout le monde dit.

— Houlà, non, souffla Jasper, les yeux fermés, le visage serein. J'avais toujours un léger problème de posture.

La grimace fugace d'Odette apprit à Arthur qu'elle pensait la même chose que lui : qui avait bien pu dire ça à Jasper et combien de fois l'avait-elle entendu ?

Pendant qu'Odette et Grace discutaient danse, Arthur en profita pour mieux regarder la chambre. Il s'attarda sur chaque affiche de film – beaucoup de films cultes et de classiques en noir et blanc. Cela allait de *La vie est belle* de Frank Capra à *La Petite Boutique des horreurs*.

Pas un film sur la danse parmi eux.

— Psst. Art'...

Il tourna la tête vers le lit. Odette désignait Jasper, qui dormait à poings fermés, immobile et silencieuse, le chat toujours couché sur son ventre. Odette se leva, prit la main de Grace et sortit de la chambre sur la pointe des pieds. Elle éteignit la lumière et fit signe à Arthur de la suivre. Celui-ci lui obéit.

— Le seau à champagne, lui murmura-t-elle quand il arriva sur le palier.

— J'y vais.

Il retourna dans la chambre aussi discrètement que possible. Au moment où il s'emparait du seau...

— Ne parle plus jamais ainsi de ma sœur.

Elle s'adressait à lui d'une voix douce, à moitié endormie.

Il la regarda longuement. Même dans la pénombre, il distingua ses yeux verts rivés sur les siens et incroyablement sérieux.

— Je suis désolé, s'excusa-t-il avec sincérité. Elle n'aurait pas dû traiter Grace de cette façon.

Le visage de Jasper se radoucit.

— Je lui en toucherai un mot.

Il prit le seau et, alors qu'il s'apprêtait à repartir, il se figea. Il ignorait si l'occasion d'être aussi près de Jasper se représenterait.

— Tu es revenue pour de bon ? lui demanda-t-il.

Elle prit son temps avant de lui répondre.

— Je suis revenue pour le moment.

Il ne mentionna pas qu'il s'était interrogé sur sa vie dans la grande ville, les matières qu'elle avait choisies, ses nouveaux amis. Une autre question le taraudait : combien de garçons lui avaient demandé de sortir avec elle ?

— J'espère que tu…

Il ne finit pas sa phrase et se sentit extrêmement gêné.

Elle s'était endormie.

Elle ne l'aurait pas entendu, de toute façon.

ACTE I, SCÈNE 4

La liste de Jasper

À son réveil, Jasper constata qu'il avait neigé en abondance et que le lac était gelé. L'eau ressemblait à du verre dépoli et la forêt tout autour était givrée. Les branches et les pierres brillaient sous le clair de lune glacial. Le lac était si immense qu'un promeneur sur la berge opposée aurait paru aussi petit et insignifiant que les feuilles mortes oubliées.

Il y avait une petite plage près de Lakehouse. C'était l'endroit parfait où s'installer avec une couverture, une boisson chaude et un livre. Jasper la voyait depuis sa fenêtre. Ce paysage lui avait énormément manqué l'année précédente, quand elle avait passé les vacances seule en résidence universitaire.

Jasper avait tellement changé, quand la vue par sa fenêtre était restée aussi figée que l'eau.

Il faisait encore nuit et les pensées positives que Christine avait programmées sur sa chaîne hi-fi tournaient encore en boucle – celles qu'elle avait choisies pour favoriser son sommeil paradoxal. Les membres de sa famille étaient de bons dormeurs.

Pas Jasper.

Elle se rendit discrètement au rez-de-chaussée, enfila les sabots de jardin de son père et prit un manteau dans le placard de l'entrée. Elle se délecta du crissement de la neige sous ses pieds tandis qu'elle contournait la maison et descendait la petite butte qui la séparait du lac scintillant.

Jasper avait toujours respecté les « règles » au pied de la lettre. Quand on naît avec une compréhension très vague des raisons pour lesquelles certaines règles existent, on passe vite de la perplexité et de l'interrogation à la triste prise de conscience que l'on perdra toutes ses relations neurotypiques si on n'obéit pas systématiquement.

C'était ainsi que Jasper était devenue une experte des règles. Elle les avait étudiées ; elle les respectait.

Une de ces « règles » disait de ne jamais marcher sur la glace, ce qui était sensé et compréhensible.

Jasper hésita avant de poser le pied sur la surface gelée, mais avança néanmoins.

Dans un monde rempli de bruits, de dureté et d'exhortations, le silence du lac avait quelque chose d'apaisant et de rafraîchissant. Tant d'espace… Il était fait pour y glisser et il représentait ce qu'il y avait de plus permanent dans la vie de Jasper.

On aurait dit une longue piste d'aéroport verglacée. Les arbres alentour semblaient observer le lac d'un air désapprobateur, pendant que celui-ci menait sa petite vie tranquille.

Le grand-père de Jasper adorait lui raconter qu'une sirène vivait dans ses profondeurs. En hiver, elle était piégée sous la glace et elle devait attendre le printemps et la chaleur pour remonter à la surface et respirer à nouveau.

— Choses à faire avant de quitter cette ville pour toujours…

Seuls le lac et elle-même étaient destinataires de ces mots. Elle fit un autre pas.

— Numéro un : Patiner sur le lac Pristine.

Sa mère l'avait inscrite à des cours de patinage artistique quand elle était petite. Le samedi, c'était danse de neuf heures à midi, dix minutes pour un déjeuner végétarien. Puis une heure de claquettes suivie de deux heures de patin à glace (sa mère prétendait que cela l'aiderait en danse) et enfin une heure d'expression orale ou un rendez-vous chez le pédopsychiatre.

De ses six à ses seize ans, Jasper s'était effondrée tous les samedis soir sur son lit sans savoir qui elle était. Seule certitude : elle croulait de fatigue.

Et pourtant, elle avait toujours rêvé de patiner sur le lac Pristine plutôt que sur la glace artificielle de la patinoire, à trois kilomètres de la ville.

— Patiner sur le lac, répéta-t-elle rien que pour elle.

Elle sortit un pied d'un sabot paternel et le posa sur la glace, pestant contre le froid, mais savourant la sensation en même temps.

— Numéro deux : Trouver un meilleur partenaire – fille ou garçon – pour Odette, annonça-t-elle en visualisant sa liste et en ajoutant des petites cases à cocher. Note : urgent.

Elle jeta un coup d'œil à Lakehouse. La seule lumière allumée était celle de sa petite lampe de chevet. Il n'y avait pas d'autre lueur visible dans la vaste clairière, à part la lune à moitié cachée et les étoiles.

— Numéro trois, poursuivit Jasper en ôtant l'autre chaussure – elle contracta ses orteils au vernis bleu sarcelle sur la surface dépolie. Choisir les ballerines et monter un *Casse-Noisette* éblouissant.

Il y avait d'autres petites choses facilement réalisables sur sa liste : manger des cupcakes chez Vivi, s'amuser dans le labyrinthe de Noël, acheter une babiole au marché de Noël.

— Numéro sept : Dire à papa et maman que j'abandonne l'université hors de prix qu'ils me paient, celle à laquelle ils m'ont forcée à aller si je voulais toujours être la bienvenue chez eux, et leur annoncer que je m'inscris dans une école de design à la place.

Les mots qui s'échappèrent de sa bouche réussirent à la surprendre. Ces mots, elle les retenait depuis plusieurs mois maintenant. Par réflexe, elle leva les yeux vers sa maison, de peur qu'on ne l'ait entendue. Elle bravait une interdiction. Qu'était une enfance privilégiée, sinon un grand privilège, justement ? Parfois, cela ressemblait davantage à un acompte sur une vie d'asservissement.

Jasper savait qu'elle ne devrait compter que sur elle-même. Elle était prête, même si poser des mots sur cette prochaine et douloureuse solitude lui faisait l'effet d'une ecchymose sur sa peau.

— Numéro huit : Intégrer une école de design, ajouta-t-elle à mi-voix. Très utile pour faire passer le sept.

Elle le griffonna dans la paume de sa main tandis qu'elle faisait demi-tour. De retour dans sa chambre, elle rédigea la liste officielle des tâches à accomplir avant de faire ses adieux.

1. Patiner sur le lac Pristine ;
2. Trouver un meilleur partenaire – fille ou garçon – pour Odette (n'importe qui sauf cet abruti de Craig) ;
3. Rendre maman fière de moi avec un incroyable *Casse-Noisette* ;
4. Manger des cupcakes chez Vivi ;
5. Visiter le labyrinthe de Noël ;
6. Acheter une décoration à Mme Heywood au marché de Noël ;
7. Dire à ma famille que je quitte Lake Pristine (et la fac) pour une école de design ;

8. Intégrer une école de design ;
9. Aider Christine à avoir le plus beau des mariages ;
10. Voir des films en soirée à l'Arthouse ;
11. ~~Essayer de me montrer courtoise avec Arthur Lancaster~~ ;
12. M'amuser à l'enterrement de vie de jeune fille de Christine ;
13. Faire preuve de bravoure.

Une fois écrite, la liste lui parut scellée par une promesse silencieuse. Elle raya la onzième tâche parce qu'elle ne se berçait pas d'illusions : c'était mission impossible.

Lake Pristine deviendrait bientôt une ville inconnue pour Jasper, un lieu de passage. Sa famille prendrait mal sa défection. Rares étaient ceux qui comprendraient au sein de la communauté. Elle serait indépendante dans tous les sens du terme. Elle n'aurait pas de filet de protection, pas de ville derrière elle avec une tasse de thé ou une part de tarte. Elle continuerait seule le voyage.

Ce n'était pas le scénario idéal.

Si seulement elle pouvait rester, faire des études d'architecture d'intérieur *et* être elle-même à Lake Pristine, une ville qu'elle avait toujours adorée. Mais Lake Pristine voulait qu'elle soit quelqu'un d'autre.

Et sa famille ne céderait jamais.

La liste rendait cette conclusion encore plus définitive.

Ce serait bien un adieu.

❄ ❄ ❄

— Content de te revoir, Jasper ! Ça fait des siècles !

Jasper adressa un sourire las à Frank Carstairs, le propriétaire du seul pub de Lake Pristine.

La famille Montgomery était venue déjeuner chez lui, et ses parents et sa sœur avaient trop la gueule de bois pour se préoccuper des bonnes manières. Comme d'habitude, Jasper était leur porte-parole.

— Tu fais toujours des wraps à l'halloumi ?

— Bien sûr ! répondit Frank, tout sourire.

— Nous aurons besoin d'une minute de plus, lança sa mère sur un ton sec.

Frank comprit le message et s'éloigna le temps qu'ils choisissent.

— Tu as raté tous les discours, hier soir, lui asséna soudain Christine.

— Techniquement…, commença Jasper qui jeta un coup d'œil en direction de l'entrée et découvrit Arthur, son cousin Marcus et leur caméscope qui passaient la porte, c'était ma fête de bienvenue. D'après ce que tu m'as dit.

Christine fixa leur mère.

— Jasper, gronda Andrea du tac au tac. Un mariage n'est pas une mince affaire. Bien au contraire ! C'est une grande responsabilité familiale. Ce mois de décembre tournera autour de Christine et Kevin, un point c'est tout. Ne nous montrons pas égoïstes.

— Loin de moi cette idée, répliqua Jasper en mettant ses lunettes de soleil.

Elle trouvait cela blessant et injuste, mais elle ne le releva pas. Ce serait vain et mesquin de sa part. Le mariage de sa sœur était plus important que son retour à la maison pour les fêtes. Par ailleurs, ils ignoraient tout de sa liste et de ses projets. Ils le prendraient comme une trahison. Pire ! Cela détournerait l'attention du grand jour de Christine et, sincèrement, c'était la dernière chose que Jasper voulait ou souhaitait.

Décembre, comme les autres mois de l'année, serait consacré à Christine.

— Oh, Jasper ! Au fait ! l'interpella Christine en lui saisissant le poignet. Saffron aime beaucoup un des Lancaster. Le bougon.

— Et alors ?

— Alors, il était dans ta chambre hier soir.

— Pardon ? s'exclama leur père, surpris.

Eh oui ! songea Jasper. Elle ne répondit pas. On n'avait pas besoin de beaucoup parler quand on discutait avec Christine. Elle avait appris qu'il était plus sage de lui donner le moins de munitions possible.

— Saff' aimerait qu'il lui propose un rencard et, entre nous, même s'il est super grognon et renfrogné, il est plutôt mignon. Il devrait être content qu'elle s'intéresse à lui.

— Je suis sûre qu'il aimerait entendre ça de ma bouche, répliqua Jasper sur un ton sec.

Elle but une gorgée de jus de fruits tout en gardant un œil sur Marcus et le garçon en question qui s'installaient dans un coin.

— S'il te plaît, Arthur, minauda Jasper, appelle cette fille et dis-toi que tu as bien de la chance qu'une occasion pareille se présente.

— Ça va, tu n'es pas obligée de le présenter ainsi. Dis-lui juste que Saff' est libre vendredi à vingt heures et qu'elle raffole des cupcakes de Vivi.

Le salon de thé *Chez Vivi*. Tout le monde aimait cet endroit. L'image d'Arthur penché au-dessus d'une de leurs tables minuscules pour déguster des pâtisseries tout aussi minuscules amusait Jasper.

— O.K. Je lui dirai si je le croise.

— Ça tombe bien ! s'exclama Christine, les sourcils froncés. Il est ici !

— Exact, marmonna Jasper, que cet haussement de voix crispa. Avec une caméra, un micro et une autre personne.

Je ne suis pas ton coursier. Je lui parlerai quand ce sera le moment.

Elle se pliait toujours aux moindres désirs de Christine par dévouement, mais aussi par volonté de se simplifier la vie. La future mariée lui donnait déjà du fil à retordre.

— Je croyais que vous vous détestiez, remarqua leur père, l'air de rien.

— Ils se détestent, se dépêcha de répondre Christine. Je les ai séparés plus d'une fois pendant les répétitions. Il donnait un coup de main en coulisses, Jasper dansait, j'allais vérifier un truc dans le foyer et à mon retour, je les trouvais en train de se hurler dessus.

— Se détester… c'est fort comme mot, intervint leur mère.

— Souviens-toi de cette photo, dans l'album de terminale de Jasper, où ils sont tous les deux, lui rappela leur père en se tournant vers son épouse avec un sourire entendu. On aurait dit qu'ils allaient s'entretuer devant témoins.

— Celle du club de débat, confirma Jasper. Un cauchemar, cet après-midi-là. On ne savait pas qu'ils prenaient des photos de notre promo. Voilà pourquoi je n'ai pas envie d'aller lui parler maintenant.

— Tu ne détestes personne, remarqua leur père calmement, comme si ce sujet lui traversait régulièrement l'esprit. Personne dans cette ville ne t'a jamais mise en colère ou contrariée. À part lui.

— Eh bien, il est un peu inaccessible, remarqua Christine. Jasper est gentille avec tout le monde. S'il ne l'aime pas, alors c'est lui, le problème.

Jasper regarda son aînée avec étonnement. Un compliment de sa part était presque aussi rare qu'un mot d'encouragement de leur mère.

— Quelle était la raison de votre brouille, d'ailleurs ? demanda Andrea d'une voix de velours.

Jasper haussa les épaules.

— Aucune en particulier. On n'était pas amis. Il traînait avec le même petit groupe et, de toute évidence, ils préféraient rester entre eux. Je crois que j'ai fait une blague un jour, il m'a affublée d'un surnom et ensuite... on ne s'est jamais entendus.

Princesse. Il l'avait traitée de princesse. Elle se souvenait encore de l'amertume dans sa voix.

— Sa sœur est dans mon cours de danse, je me trompe ? demanda leur mère distraitement.

— Oh oui ! répondit Christine avec un sourire en coin. La petite qui a une jambe plus courte que l'autre !

Le regard noir que lui adressa Jasper fit immédiatement disparaître son sourire. La gentillesse de Christine n'était bien entendu qu'un petit coin de ciel bleu pendant une pluie torrentielle. Il fallait toujours qu'elle compense son peu d'amabilité par une bonne dose de mauvais esprit.

— Christine, merde ! Tu exagères ! Retire ça tout de suite !

Jasper regarda en direction d'Arthur dans l'espoir qu'il n'ait pas entendu la dernière méchanceté de sa sœur. Elle avait l'habitude de subir ses critiques, mais qu'une personne comme Grace en fasse les frais lui était particulièrement désagréable.

— Jasper, soupira leur mère, comme meurtrie. Surveille ton langage, je te prie.

— Et le langage de Christine ? la défia Jasper.

— Ça suffit ! s'écria Christine en roulant les yeux. Ne sois pas aussi susceptible ! Je dis la vérité.

— C'est discriminant !

— Jasper..., intervint Andrea sur un ton plus enjoué avant de boire une grande gorgée de bloody mary. Personne n'aime les sermons, à part peut-être le dimanche.

Jasper se tourna vers son père. Il étudiait le menu. Parfois, elle rêvait qu'il sorte de sa réserve et prenne franchement parti pour elle. Andrea et Christine formaient tout le temps un front uni quand Howard Montgomery préférait rester au milieu de la route.

— Revenons-en à mon mariage, décréta Christine. Jasper, tu peux venir à mon enterrement de vie de jeune fille, si tu veux. Ce sera très bientôt.

— Et quand aura lieu le mariage ?

— La veille du Nouvel An.

Jasper faillit lâcher son verre.

— Christine !

— Quoi ? Tout le monde fait la fête ce soir-là ! Autant que ce soit sous un grand barnum avec Kevin et moi ! Je veux que tu discutes de la décoration de la salle avec la *wedding planner*. Tu as meilleur goût qu'elle. Pareil pour mon enterrement de vie de jeune fille.

Jasper faillit esquisser un sourire.

— Bien. Une fête du solstice d'hiver, en somme.

— Oh non, Jasper ! Pas de soirée à thème, s'exclama leur mère, qui n'avait pas perçu le sarcasme dans sa voix.

— Qui as-tu choisi comme demoiselles d'honneur ?

— Rebecca, Charlotte et Anna.

Ses vieilles copines d'école, bien entendu.

— Juste elles trois ? demanda Jasper.

— Ouaip.

Jasper n'en croyait pas ses oreilles. Elle ne serait pas demoiselle d'honneur au mariage de sa propre sœur !

— La famille devrait toujours faire partie du cortège, remarqua calmement leur père, sans quitter des yeux le menu plastifié. C'est la tradition.

— C'est mon mariage, lui rappela Christine. Et Jasper est trop plantureuse.

Silence. Même Andrea écarquilla les yeux en entendant son excuse. Le visage de leur père menaçait à tout moment d'être envahi par la colère – un spectacle rare et fascinant à la fois.

— Elles vont porter un dos nu, expliqua Christine, l'air indigné, mais la voix un peu moins assurée. Je veux que les gens nous regardent, Kevin et moi, pas qu'ils se demandent à quel moment les seins de Jasper se feront la malle.

— Merci d'avoir exprimé ton point de vue, trancha Jasper, qui se leva et enfila sa veste. J'appellerai tes amies.

— Et voilà ! Tu te vexes encore ! lui cria Christine tandis qu'elle s'éloignait. Tu n'es plus dans la grande ville, mais à Lake Pristine ! Et tu n'as que dix-huit ans. Nous en avons vingt-trois. C'est une question de cohérence et d'habitudes. Je pensais que toi, tu comprendrais mieux que personne !

Jasper pivota et, alors qu'elle s'apprêtait à lui hurler une réponse bien sentie, elle s'arrêta net.

La caméra tournait. Marcus avait donné un coup de coude à Arthur, et celui-ci l'avait braquée à contrecœur sur la salle. Jasper se dépêcha de repasser en mode camouflage, de changer sa douleur en désinvolture et de prendre la porte avec une décontraction qu'elle ne ressentait pas.

❄ ❄ ❄

Jasper partit marcher au bord du lac, entre la rue principale et la grand-place. En chemin, elle salua des visages familiers, sourit poliment quand les gens mentionnèrent sa « longue absence ». La saison des fêtes avait commencé. Elle n'était pas sûre de pouvoir garder sa liste et son plan d'évasion secrets si tout le monde la scrutait ainsi.

Refuser d'assister aux rassemblements ternirait son image quasi immaculée. Battre en retraite n'était donc pas une option.

Lake Pristine ne changerait jamais.

Elle avait compris dès son plus jeune âge que sa famille exigeait d'elle la perfection. À l'instar de Lake Pristine.

Elle se rappelait précisément le jour où elle avait été diagnostiquée. Ses visites incessantes auprès de divers médecins parce que sa mère voulait plusieurs avis. Jasper ne comprenait pas pourquoi personne ne voulait lui en parler. Elle était contente, elle, de connaître la cause de ses troubles. C'était un soulagement. Une clé bienvenue pour accéder à son esprit. Elle ne supportait pas que sa famille se montre aussi négative. Au lieu de rentrer chez elle après ce fameux rendez-vous, elle avait couru chez Odette. Mme Cunningham leur avait cuisiné des bouchées au porc et lui avait dit qu'elle était très bien comme ça.

À chaque fois que sa famille ou une tierce personne la décevait, Lake Pristine rattrapait le coup. La ville avait beau être familière et fiable, elle n'était simplement pas faite pour quelqu'un comme elle. Bizarrement, apprendre que le monde entier la considérerait comme imparfaite l'avait rendue maître dans l'art de *paraître* parfaite.

— Jazz !

Elle détestait qu'on l'interrompe dans ses rêveries.

— Pas maintenant, Chris.

Christine s'emmitoufla dans son manteau en fausse fourrure et trottina jusqu'à sa cadette. Elle portait des bottes en moumoute assorties et les passants s'écartaient vite de son chemin tandis qu'elle traversait la place.

— Eh ! Ça ne va pas ? lui demanda-t-elle quand elle l'eut rattrapée.

— Tu as été méchante, Chris, répondit simplement Jasper.

— Je t'avais prévenue, répliqua sa sœur dans un soupir. Je… Je ne me ressemble plus. Ou alors je suis devenue une mauvaise version de moi-même. Tu comprendras quand tu te marieras.

— Je ne me marierai jamais, marmonna Jasper en évitant le regard de sa sœur.

— Eh bien…, déclara Christine en l'étudiant de la tête aux pieds. Tu pourras envisager le mariage quand tu auras fait carrière.

— Je sais que la pression est forte, lui accorda Jasper. Mais certaines paroles sont tout bonnement inacceptables. Tu ne peux pas balancer une excuse en amont et espérer que cela couvrira tout ce que tu diras et feras en aval.

— Jasper… (Christine paraissait exaspérée, même si Jasper décela un léger embarras.) Si seulement c'était aussi facile pour moi que ça l'est pour toi.

— Pardon ?

— La vie.

Jasper secoua très légèrement la tête.

— Christine, ne…

— Oui, je sais, ton diagnostic… Je comprends que certaines choses soient plus compliquées pour toi. Mais tu es la chouchoute, ici. Tout le monde t'adore. Ce mariage est la meilleure chose qui me soit arrivée. Maman n'a jamais été aussi fière de moi. Hé ! Ne lève pas les yeux au ciel ! Je déteste quand tu fais ça.

— Je ne lève pas les yeux au ciel. Je mets notre contact visuel en pause, chuchota Jasper en se pinçant l'arête du nez et en expirant lentement. Cela fait partie de ce fameux diagnostic sur lequel tu ne t'es pas attardée.

— Tu es l'intello parfaite et moi, celle sur qui on ne peut pas compter, poursuivit Christine, comme si Jasper n'avait pas parlé et encore moins révélé quelque chose de personnel.

— Chrissy… (Jasper pesa chacun de ses mots.) Maman est fière de toi, quoi que tu fasses. Elle t'adore.

— Je n'ai pas ton intelligence, déclara Christine, donnant l'air de divulguer un grand secret honteux. Je n'ai jamais voulu travailler. Je ne veux pas travailler ! Est-ce que cela fait de moi une mauvaise personne, Jazzie ? À mes yeux, il n'y a rien de pire que d'aller au travail. Je veux profiter de la vie. Je veux la passer avec Kevin dans une maison remplie d'enfants et je refuse d'avoir un patron ou un employeur sur le dos.

— Tu es privilégiée, Chrissy, lui rappela Jasper. C'est ton rêve et tu as la chance de le réaliser. La plupart des gens n'ont pas d'autre choix que travailler et beaucoup se marient sans filet de sécurité.

— Ça va, j'ai compris. Mais les parents seront toujours plus fiers le jour de ta remise de diplôme qu'à celui de mon mariage.

C'était la pire chose qu'elle pouvait dire. Jasper eut l'impression qu'on avait secoué un bocal rempli de guêpes dans son ventre avant d'en ouvrir le couvercle. Elle lui rappelait ce qu'elle allait laisser tomber, ce qu'elle arracherait à sa famille. La douleur devint insupportable. La panique prit le dessus.

Mais il était trop tard. Elle avait officiellement interrompu ses études de psycho. Elle avait prévenu la fac avant de se mettre en route pour Lake Pristine. À cet instant, seuls son directeur de mémoire et elle étaient au courant. Elle ne remettrait plus les pieds là-bas. Il ne lui restait plus qu'à annoncer la nouvelle à ses parents.

— Écoute, continua Christine, totalement imperméable aux tourments intérieurs de sa sœur, je sais que tu aimerais étudier le design, mais papa et maman te paient une autre école et tu es obligée d'y aller…

— Rien ne m'y obligeait, murmura Jasper avec amertume. J'aurais pu tout planter.

— … mais tu sais quoi ? Quand Kevin et moi emménagerons chez nous, je veux que tu t'occupes de toute la décoration intérieure !

Jasper fixa son aînée.

— Moi ?

— Oui, toi. Tu as fait un super boulot dans le bureau de papa, le printemps dernier, avant ton départ. Nous te donnons quartier libre dans toute la maison.

— Tu es en train de me dire que si j'étais allée en école de design, tu m'aurais confié ma première mission ? Et tu m'aurais payée ? Mais vu que je traîne mes guêtres en fac de psycho, je dois travailler pour toi *gratuitement* ?

Un long silence s'installa avant que les deux sœurs n'éclatent soudain de rire.

— J'y crois pas, s'exclama Jasper, le visage dans les mains pendant que Christine continuait de rire. O.K. Tu peux compter sur moi.

— Ce sera mon cadeau de mariage.

— Si tu veux.

— Cette bonne vieille Jasper qui ne dit jamais non. Kevin m'a dit de te remercier.

— Il a intérêt.

Toujours hilare, Christine prit les mains de sa sœur dans les siennes.

— Je t'aime. Je veux juste offrir à maman le mariage parfait et ensuite, tout rentrera dans l'ordre.

Jasper ne la contredit pas, alors qu'elle aurait pu la rassurer en lui promettant de commettre un acte si subversif que leurs parents ne verraient plus aucun de ses défauts.

— Tu ne t'es jamais demandé comment ce serait, si on vivait dans une famille moins directive ?

— Nos parents dirigent nos vies parce qu'ils tiennent à nous, répliqua Christine, qui se pliait aux règles à la perfection. Tu comprendras, un jour.

Jasper préféra ne rien ajouter. Elle se laissa faire quand Christine lui serra le bras avant de retourner en courant au pub. Jasper leva les yeux vers le ciel de décembre et monta sur pointes pendant une fraction de seconde.

Malgré la petite douleur aiguë, cette brève élévation fut bénéfique.

— Cette bonne vieille Jasper qui ne dit jamais non…, marmonna-t-elle.

Elle reposa les talons au sol et regarda les alentours. D'anciens camarades, plus jeunes d'un an, étaient assis près du bowling. Ils la fixaient. Deux d'entre eux chuchotaient derrière leurs mains.

Tous cinq se turent à son approche. Leur regard insistant lui fit le même effet qu'un coup de soleil.

— Ce ne serait pas…

— Oui, c'est moi, clama Jasper – Mia Henderson en poussa un petit cri et se tut.

Tous évitèrent son regard quand elle passa. Elle s'arrêta quelques mètres plus loin.

— L'un de vous aurait vu Odette Cunningham ? les interrogea-t-elle.

— L'Asiatique ? demanda Mia en gloussant à l'oreille de son voisin.

Jasper siffla entre ses dents serrées. Mia sursauta et regarda dans sa direction.

— Oui, c'est à toi que je parle. Est-ce qu'elle est au magasin de sa mère ?

— Je l'ai aperçue avec Craig et une autre fille, répondit un des garçons.

Son air sérieux lui apprit qu'il savait qui était son père. Tous ceux qui connaissaient Howard Montgomery se gardaient bien de contrarier ses filles. En temps normal, Jasper ne se serait pas montrée aussi sèche, mais à cet instant, elle était en roue libre.

— Ils allaient au cinéma, compléta-t-il.

Il désigna le bâtiment derrière elle, ce qui était inutile, car l'Arthouse était son lieu préféré en ville.

Elle le remercia par un bref signe de tête et croisa brièvement le regard d'une fille qu'elle n'avait jamais vue auparavant et qui était assise avec les chuchoteurs.

Elle repéra derrière la vitre sa meilleure amie, qui était entourée de nouvelles connaissances, toutes inconnues de Jasper. La fille à sa droite était étonnamment pâle, avec des sourcils bien marqués et un rouge à lèvres marron foncé. Cette personne ne lui disait rien.

Jasper s'apprêtait à tourner les talons pour retourner à Lakehouse quand quelqu'un lui effleura le coude.

C'était l'inconnue du groupe près du bowling.

— Toi aussi, tu viens d'arriver ? lui demanda-t-elle sans préambule. Je m'appelle Hera. Mon prénom est bizarre, je sais. Mon père enseigne les lettres classiques à la fac. Je suis tellement soulagée de ne pas être la seule nouvelle ! J'ignorais avant d'emménager ici à quel point la ville était *petite* ! Je...

— Je ne suis pas nouvelle.

Jasper prononça ces cinq mots tout en examinant l'inconnue aux yeux pétillants qui parlait à toute vitesse. Hera. Jasper aimait bien son prénom, même si la jeune fille souriante devant elle ne lui évoquait absolument pas la redoutable épouse de Zeus.

Le sourire de Hera s'effaça. Elle paraissait déconcertée. À juste titre.

— Tu n'es pas nouvelle ?

— Non, non, je suis bien de Lake Pristine. Je suis la sœur de la future mariée.

Jasper vit sur son visage le moment où la jeune fille comprit.

— Tu es *Jasper* Montgomery ?

Elle savait que des rumeurs et des messes basses circulaient à son sujet.

— Oui, je suis partie à la fac, mais je suis allée à l'école avec certains d'entre eux. (Elle désigna d'un grand geste les quatre commères derrière elles, puis sa meilleure amie et la fille à l'intérieur de l'Arthouse.) Ça faisait un moment que je n'étais pas revenue. À Lake Pristine, une longue absence équivaut à une disparition.

Voire à un retour d'entre les morts.

L'université avait été une épreuve. Une grosse épreuve. Suivre des cours à contrecœur, directement après des années à se camoufler dans un lycée compétitif, était forcément compliqué. Jasper en avait bavé. Oui, elle était intelligente. Oui, elle était studieuse. « Une élève modèle », pour beaucoup de professeurs. Mais le côté social et la surstimulation constante l'avaient transformée en une sorte de recluse. Plus elle s'était retirée du monde, plus elle avait eu honte et plus elle avait redouté de rentrer à la maison.

Jasper tendit la main et accorda à Hera toute son attention.

— Je m'appelle Jasper. J'aurai dix-neuf ans le mois prochain et ma sœur va se marier. Tu es invitée à toutes les petites fêtes privées que je déciderai de donner après que je me serai remise du mariage de ladite sœur. Ravie de te rencontrer, Hera. Et entre nous, j'adore la mythologie grecque.

Elle lut un certain soulagement, mais aussi de la gratitude dans les yeux marron de la fille. Celle-ci parut aussi se détendre quand elle comprit que Jasper ne ressemblait absolument pas au groupe qu'elle venait de quitter.

— Ravie de te rencontrer aussi.

Jasper continua de regarder par la vitre de l'Arthouse son amie, qui ne l'avait pas encore remarquée. Elle sentit le regard de Hera sur elle pendant qu'elle observait Odette.

— Je peux te poser une question ? lui demanda Hera en changeant délicatement de sujet. Pourquoi tu restes dehors au lieu d'entrer ?

— Eh bien…, lui répondit Jasper sans quitter le cinéma des yeux. Je crois que je suis passée du statut de meilleure amie à… vague connaissance.

Le silence de Hera trahit sa perplexité, mais le regard de Jasper demeura fixé sur la fenêtre. Elle mourait d'envie de faire irruption dans le hall et de serrer sa plus vieille amie dans ses bras, mais celle-ci était entourée d'inconnus. Jasper se sentait comme une guest-star débarquant au milieu d'une distribution d'ensemble.

Elle avait l'impression de jongler avec plusieurs assiettes ces temps-ci et il serait juste de dire qu'elle avait lâché celle de l'amitié. Pas intentionnellement, mais elle l'avait pourtant laissée tomber. Et maintenant, l'assiette était ébréchée, sur le sol.

Elle avait appelé Odette aussi souvent que possible ces dix-huit derniers mois. Au début, elles avaient échangé des potins, ri aux éclats, s'étaient répété de vieilles blagues qu'elles seules pouvaient comprendre et qui leur faisaient l'effet d'une vieille couverture douillette. Elles avaient partagé des anecdotes de leurs années lycée, comme autant de gros pulls chauds.

Toutefois, Jasper n'avait jamais osé lui exposer sa vulnérabilité au téléphone. Elle avait ses secrets, et maintenant, alors qu'Odette riait de bon cœur avec d'autres personnes sous ses yeux, elle comprit que sa meilleure amie en avait, elle aussi.

Elle serait ridicule si elle disait cela à voix haute, et surtout à une parfaite inconnue. D'ailleurs, elle n'aurait pas su citer un événement, un indice qui aurait confirmé que quelque chose n'allait pas avec Odette – une aubaine pour son démon de l'angoisse qui n'hésita pas à la traiter d'idiote.

Jasper contempla le profil de son amie, le premier grand amour de sa vie, et se demanda si elle pouvait récupérer sa place sans faire grincer quelques dents. Les groupes d'amis à Lake Pristine étaient fragiles. Des années à observer Christine le lui avaient appris.

— Mia et son groupe sont tes... amis ? demanda-t-elle à Hera, l'air de rien.

— Non, s'empressa-t-elle de répondre. C'est juste... Ce n'est pas facile de s'intégrer ici. Tout le monde sait tout sur tout le monde et j'ai l'impression que je ne rattraperai jamais mon retard.

— Tu vas au lycée ?

— Non, je travaille au bowling. Je m'occupe des chaussures.

Jasper rit de bon cœur.

— Cool !

— Pas vraiment, mais ça paie mieux que certains jobs plus glamour en ville.

— Je mets de l'argent de côté, annonça Jasper, qui fut elle-même surprise quand les mots sortirent de sa bouche.

C'était un de ses nombreux secrets. Même Odette n'en savait rien.

— Où est-ce que tu travailles ?

— À l'école de danse de ma mère. Mais je cherche autre chose. S'ils ont besoin de quelqu'un au bowling, je peux tenir les chaussures pendant que tu vaporises du désinfectant dedans.

Ce fut au tour de Hera de rire.

— D'accord ! Je te tiens au courant si un poste se libère !

— Entre avec moi, lui proposa Jasper en ouvrant la porte du cinéma. Tu vas beaucoup aimer Odette, si tu ne l'as pas déjà rencontrée. C'est une fille super. En plus, on est en décembre. Les invitations ne vont pas tarder à pleuvoir et ces fêtes sont un super moyen de rencontrer du monde.

Jasper entra dans le vieux cinéma sans se préoccuper de savoir si Hera la suivait ou non. Au milieu du hall d'accueil, Odette et l'inconnue se donnèrent le bras puis se dirigèrent vers une des salles. En grande conversation, aucune des deux ne remarqua l'arrivée de Jasper et celle-ci ne les apostropha pas. Son objectif était de trouver son amie, mais, maintenant qu'elle la voyait avec quelqu'un d'autre, elle était paralysée et muette.

— Jazz ? Jasper !

Craig. Le copain par intermittence d'Odette depuis de nombreuses années. Jasper espérait qu'il avait évolué depuis le lycée.

Elle le salua avec une certaine tiédeur.

— Une tête couronnée qui rend visite au petit peuple ! s'écria-t-il en s'esclaffant. Viens dans mes bras !

— Beurk ! chuchota Hera.

— Non merci, répliqua Jasper du tac au tac. Craig, je te présente Hera.

Craig marmonna un bonjour et hocha vaguement la tête.

— Vous allez en salle deux ? leur demanda une voix masculine.

Craig, Hera et Jasper pivotèrent en même temps.

Arthur regarda Craig de la tête aux pieds avec un mépris et une froideur non dissimulés. C'était son petit territoire à lui, après tout, et il était très soucieux de le protéger. Il portait une veste épaisse en peau lainée et une sacoche pour caméscope. Il les ôta toutes les deux avant de passer derrière le guichet. C'était l'heure à laquelle il embauchait.

Jasper aurait dû se douter qu'elle le croiserait là. Alors qu'elle était partie pour la fac à dix-sept ans, Arthur avait abandonné ses études pour reprendre l'entreprise paternelle. L'Arthouse était à la fois son lieu de travail et son domicile. Si elle voulait aller voir un film, sa présence était quasi inévitable.

Jasper gardait un excellent souvenir de M. Lancaster, le père décédé d'Arthur. Il adorait le charme romantique du cinéma. Grâce à lui, Jasper se sentait moins gênée d'être autant obsédée par ses films préférés. Quand il la croisait en ville, M. Lancaster lui déclamait des passages de *Certains l'aiment chaud* et elle était heureuse de lui donner la réplique, en imitant au mieux Marilyn. Puis ils éclataient de rire, se faisaient un signe de la main et il poursuivait sa route. Lake Pristine était bien plus terne sans lui.

Il avait laissé en héritage son cinéma d'art et d'essai. Fier, majestueux et imposant, l'Arthouse trônait au milieu de la ville. Jasper le considérait un peu comme un temple. Elle jeta un petit coup d'œil rapide à son grand et intimidant fils cadet et se demanda s'il avait la même impression.

— Salut, mon pote ! s'exclama Craig. (Un grand sourire barrait son visage, mais, comme d'habitude, ses petits yeux gris ne transmettaient pas le même message.) Ça fait longtemps. Comment tu vas ? Qu'est-ce que tu trafiques avec ce vieux caméscope ?

— Je vais bien, répondit Arthur sur un ton neutre.

Son regard se posa sur Hera. Il inclina poliment la tête.

— Bienvenue à Lake Pristine, lui dit-il.

— Merci ! s'exclama-t-elle. Pardon, mais je n'ai pas saisi ton nom.

— Arthur, se présenta-t-il après un bref coup d'œil à Jasper. Arthur Lancaster. C'est ma famille qui gère cet endroit.

— Oh ! Ça a l'air sympa ici, remarqua Hera en scrutant le plafond cathédrale avec enthousiasme. Vous recrutez ?

— Non, répliqua-t-il avec une rudesse que Jasper avait bannie chez elle depuis longtemps.

Le franc-parler ne seyait pas aux filles, à plus forte raison aux autistes. Les gens pouvaient très vite être sur leurs gardes à la plus petite infraction.

Arthur dut se rendre compte de sa brusquerie, car il se dépêcha d'ajouter :

— Mais si cela change, je te le ferai savoir.

— C'est pour Jasper. Elle cherche un petit boulot.

Jasper se hérissa légèrement quand Arthur riva son regard sur elle en entendant ces mots.

— Ah bon ?

Jasper haussa les épaules.

— Je compte demander au café, au labyrinthe et si aucun n'embauche, je jouerai de la guitare dans la rue.

Le labyrinthe était une des attractions les plus célèbres de Lake Pristine et ils avaient toujours besoin de nouveaux employés pour secourir les touristes perdus dans le vaste dédale.

— Tu ne retournes pas à la fac ? lui demanda Arthur, le regard soudain pénétrant.

— Bien sûr que si, mentit Jasper. Mais les cours ne redémarrent pas avant fin janvier. J'ai plusieurs semaines à tuer.

— Ça ne paie pas, l'école de danse ?

Elle le foudroya du regard.

— Mes heures couvrent le loyer.

Le choc qui transforma le visage d'Arthur était sincère.

— Tes parents te font payer ton séjour dans la maison familiale ?

La gêne, froide et humide, glaça le dos de Jasper. Sa famille était aisée, mais les familles riches ne conservent-elles pas leur fortune justement en menant une vie austère et en comptant leur argent ? Cela ne la dérangeait pas de travailler pour sa mère et de remettre son maigre salaire dans le pot commun, mais quand Arthur la regarda comme s'il n'avait jamais rien entendu d'aussi révoltant, elle était passée en mode défensif, avec l'impression qu'un chardon lui avait éraflé le cœur.

— Ils paient mes cours, expliqua-t-elle sur un ton presque tranchant. Je leur suis redevable. Je me sens très privilégiée.

— En parlant de personnes redevables, Jazz…, intervint Craig en plongeant la main dans son sac à dos. Mes parents donnent leur réception de Noël demain soir…

Jasper lança un regard à Hera qui disait : « Qu'est-ce que je t'avais dit ? », et la fille sourit.

— …tu as raté tellement de fêtes incroyables pendant que tu étais dans ta fac de riches. Tiens !

Jasper hésita avant de prendre le flyer froissé qu'il lui tendait.

— Euh… je…

— Tu nous dois bien ça, Jasper. Tu le dois à la ville, affirma Craig sur le ton de la plaisanterie avec, toutefois, un soupçon de gravité.

Arthur émit un bruit de dégoût pendant que Jasper se tournait vers Hera.

— Tu devrais venir, lui proposa-t-elle.

— J'adorerais ! Je ne travaille pas demain soir.

— Eh bien…, intervint Craig, dont l'allégresse retomba quelque peu tandis qu'il prenait enfin conscience de sa présence. C'est sur invitation uniquement. Désolé.

D'un geste calme et nonchalant, Jasper tendit le flyer à Hera en prenant soin d'adresser un regard un tantinet réprobateur à Craig.

— Elle est nouvelle à Lake Pristine. Ce serait poli de l'inviter.

Craig la fixa longuement, puis esquissa un sourire.

— Ça, c'est tout Jasper ! Sa gentillesse la perdra.

— Il a raison, remarqua Hera à qui le ton acerbe de Craig avait échappé. Jasper, tu es une des rares personnes à avoir été gentilles avec moi depuis qu'on a emménagé.

— Ton film va commencer, Craig, les interrompit Arthur.

Craig fit claquer sa langue.

— La patronne m'attend.

Jasper haussa un sourcil.

— Craig !

— Je plaisante, ma belle ! Je dirai à Odette que tu seras des nôtres demain. Et toi aussi, ajouta-t-il en offrant le service minimum à Hera. Pas toi, par contre.

Il désigna Arthur, qui haussa les épaules.

— Je viens quand même, répliqua-t-il.

Craig en bafouilla de surprise.

— Ah ouais ? Quand je vous ai invités, Marcus et toi, la semaine dernière, tu as dit que tu préférerais...

— Je viens, l'interrompit Arthur. On ne va pas en faire tout un plat.

— Qu'est-ce qui t'a fait changer d'avis ?

— Ton film commence.

— Tu disais que ce genre de fête ne servait qu'à propager des microbes...

— Ton. Film. Commence.

Craig regarda la sortie avec envie. Il se demandait clairement s'il avait le temps pour une dernière cigarette avant de rejoindre Odette et l'autre fille dans la salle.

— Génial ! On se voit tous demain, alors.

Il décida de se passer de son shot de nicotine et se dirigea d'un pas nonchalant vers la plus petite des deux salles.

— Vous allez voir le film vous aussi, ou…

Arthur ne finit pas sa phrase. Jasper fit non de la tête.

— Sans moi. Je voulais passer un moment avec Odette, mais elle est… occupée.

Que ce soit avant ou après son diagnostic, Jasper ne s'était jamais sentie à l'aise en groupe. Elle préférait les gens captivants à ceux qui parlent de la pluie et du beau temps. Elle aimait les discussions profondes et passionnées avec de parfaits inconnus, à l'écart de la fête. Elle y excellait. Elle avait une grande capacité d'écoute. Elle était une spécialiste du conseil, le cas échéant. Mais dès qu'il s'agissait de briller devant un groupe de personnes peu enclines à mettre leur âme à nu, son courage vacillait à chaque fois. L'échange de banalités était un dragon qu'elle ne terrasserait jamais.

Elle sortit donc du cinéma après un dernier signe de la tête en direction de Hera.

Elle ne savait pas où aller. Si elle rentrait chez elle, elle essuierait des reproches. Si elle se rendait autre part en ville, elle culpabiliserait.

Elle ne savait jamais trop où était sa place.

Elle entendit à peine les cris d'Arthur derrière elle. Il voulait savoir si tout allait bien.

— Oui, ça va, merci, lui répondit-elle sans se retourner.

Elle se demanda quand même ce que cela pouvait bien lui faire.

ACTE I, SCÈNE 5

Premier jour de production

— Arthur !

Quand il entra dans la bibliothèque de Lake Pristine, Arthur était complètement épuisé après un inventaire nocturne suivi d'une prise de service tôt le matin. Il s'était officiellement lancé dans la création de ce documentaire sur la ville. Il avait établi un emploi du temps, acheté un nouveau disque dur et du matériel supplémentaire. Il avait passé la journée à filmer les allées et venues des clients du cinéma, et avait également interviewé Mme Heywood et Mme Lafferty. Il leur avait demandé ce qu'elles pensaient de la ville (que du bien) et de leur amitié de quarante ans (quasiment que du bien).

Arthur était éreinté et il n'avait toujours pas trouvé le bon angle. Aucune accroche, aucun sujet. Tout le monde faisait l'éloge de la ville, lui confiait des souvenirs tendres et banals. Il n'avait exhumé qu'un seul clash : un été, Lake Pristine avait tenté un concours du plus beau bébé et deux mamans s'étaient envoyé des touffes d'herbe à la figure.

Si Arthur désirait présenter un documentaire captivant et sans compromis, il devait déterrer quelque chose de vraiment affreux. Travailler dans un cinéma lui en avait appris long sur les goûts des gens et la plupart préféraient le trash.

— Salut, Marc' !

Marcus et Danny, leur ami commun, lui firent signe d'approcher de leur table.

— T'as une sale tête, remarqua Danny sur un ton compatissant.

Il était plutôt petit et toujours enjoué.

Arthur le salua de la tête et haussa les épaules.

— J'ai pas mal filmé.

— Et alors ? demanda Marcus, les yeux pleins d'espoir.

— Nul.

— Nul moyen ou nul nul ?

— Nul à mourir d'ennui. Il n'y a rien à raconter sur cette ville. Rien de sinistre. Rien de bizarre. Rien de dramatique.

— Arthur et moi tournons un documentaire du style « Impossible que ça arrive ici », expliqua Marcus à Danny avec un air de conspirateur. Seulement, les habitants de Lake Pristine sont très doués pour dissimuler leur vrai visage.

Danny donna un coup de coude à Marcus.

— N'importe quoi, lâcha-t-il avec dédain. C'est une ville sympa. Pourquoi est-ce que vous ne le montreriez pas dans votre film ?

— Parce que ça n'intéressera personne ! clamèrent les cousins en chœur.

— Je pense que nous aurons de quoi nous mettre sous la dent, ce soir, à la réception de Noël de la famille de Craig, ajouta Marcus. Tout le monde sera présent.

— Je croyais que vous n'y alliez pas ? s'étonna Danny.

— Changement de plan, répliqua Arthur. À mon avis, les langues se délieront après que Craig aura pillé le bar de son père.

À cet instant, les portes de la bibliothèque s'ouvrirent en grand sur un petit groupe de femmes. L'air un peu embarrassé, deux d'entre elles restaient en retrait tandis que l'impératrice marchait à l'avant d'un pas décidé et confiant.

— Christine de Lake Pristine, marmonna Danny, un soupçon d'amertume dans la voix. Vous vouliez du drama ? Vous allez en avoir…

Marcus et Arthur se dévisagèrent et eurent la même idée en même temps. Elle brillait dans les yeux de son cousin. Arthur ouvrit lentement son sac à dos, en sortit le vieux caméscope paternel et commença à filmer la scène.

Christine se dirigea droit vers l'accueil et tapa sur la sonnette, comme si elle attendait depuis quarante minutes et non quarante secondes à peine.

Arthur fit la mise au point et se félicita d'être assez près pour capter le son.

Mme Holden émergea des bureaux et adressa un sourire crispé à Christine. Elle s'approcha avec la prudence d'un gardien de zoo qui entrerait dans la cage aux lions sans fusil hypodermique.

— En quoi puis-je vous aider, mademoiselle Montgomery ?

— Combien cela coûterait de louer cet endroit le 31 décembre ? demanda Christine sans préambule.

— Oh ! s'exclama Mme Holden – surprise, elle se racla la gorge et épousseta une peluche invisible sur son cardigan. Pour le mariage ? Je ne suis pas certaine…

— Et quand pourrez-vous faire disparaître tous les livres ?

Dès qu'ils entendirent la seconde question de Christine, Marcus et Danny se retournèrent, les épaules secouées par un douloureux rire silencieux. Arthur, lui, continua de filmer sans broncher. La caméra était désormais le quatrième membre de leur groupe.

— Je ne pense pas que nous puissions débarrasser tous les livres, Christine, répondit Mme Holden avec ménagement.

Elle s'adressait à la future mariée avec compassion et non avec l'indignation et l'incrédulité que Christine méritait après une telle requête.

— Ça sent mauvais ici, bredouilla une des demoiselles d'honneur.

— Tu as raison, admit Christine en examinant les grandes colonnes de la salle, avant de faire la grimace devant les étagères. Trop de livres.

— Je ne peux pas enlever les livres, répéta Mme Holden avec un peu plus de fermeté dans la voix, cette fois-ci.

Arthur captura chaque mot avec sa caméra. Il n'y avait plus de doute possible. Leur documentaire n'immortaliserait pas le train-train d'une petite ville aspirant à devenir un piège à touristes. Au lieu de ça, il se concentrerait sur la princesse pourrie gâtée au cœur de sa vie sociale.

La reine des abeilles qui régnait par la peur sur la ruche.

Son attention fut brusquement détournée de cette soudaine révélation par l'ouverture automatique des portes. S'avança la plus jeune sœur Montgomery, chargée de deux gros livres reliés. Elle parut aussi surprise de voir Christine à la bibliothèque que Mme Holden de voir Jasper.

— Salut, lança Jasper à sa sœur, qui lui décocha le regard le plus expéditif qui soit.

— Jasper ! Tu es de retour ! s'écria la bibliothécaire, dont le visage rougeâtre affichait une joie immense, ainsi qu'un certain soulagement.

— Juste pour les vacances, répondit chaleureusement Jasper tout en regardant sa sœur du coin de l'œil. Tenez. J'ai trouvé ceci sous mon lit. Je vous présente toutes mes excuses et je suis prête à payer plus d'un an de pénalités de retard.

Mme Holden rit de si bon cœur que Christine se renfrogna et sortit du bâtiment telle une diva, ses deux demoiselles d'honneur dévouées sur les talons. Jasper dit quelque chose à voix basse et Mme Holden esquissa un sourire approbateur.

Arthur zooma sur les deux femmes.

— Je n'en reviens pas qu'elle soit de retour, murmura Danny, quand Marcus et lui se rendirent compte qu'Arthur la fixait. Pour quelle raison est-elle là ? Est-ce qu'elle est revenue pour de bon ? Je croyais qu'elle étudiait dans une université prestigieuse loin d'ici.

— Sa sœur se marie, lui rappela Marcus. Une affaire de famille, tout ça, tout ça. Ils la veulent plus près d'eux. D'après ma mère, le mariage aura lieu dans quelques semaines. Ils doivent accélérer les préparatifs.

Arthur n'écoutait que d'une oreille. Jasper détacha ses longs cheveux tout en sortant de l'argent pour payer ses pénalités de retard. Vu que Mme Holden rechignait à prendre ses billets, elle dut les lui fourrer dans la main. Jasper était objectivement belle et encore plus quand elle riait. C'était rare. Il ne l'avait vue rire qu'à une ou deux occasions seulement.

— Ce n'est pas pareil sans toi, tu sais, lui confia Mme Holden avec une pointe de nostalgie. Dépêche-toi de nous décrocher ce diplôme et de revenir pour de bon ! Cette ville est morne quand tu n'es pas là.

— Oh ! C'est gentil, répondit Jasper – Arthur crut percevoir une pointe de panique dans sa voix. Mais je suis sûre que personne n'a remarqué que j'étais partie !

Malheureusement pour elle, cette remarque désinvolte, cette tentative modeste et polie de clore la discussion, ne fit que renforcer la détermination de Mme Holden, qui s'accrocha d'autant plus à Jasper.

— Non, c'est vrai. Les autres gamins... Beaucoup ont suivi ton exemple. Tu es toujours si serviable. Sans toi ici... (Elle secoua la tête, comme si cela lui était insupportable.) Tu reviendras t'installer à Lake Pristine à la fin de tes études, dis ? Pense à ton pauvre père si tu pars pour toujours.

Arthur eut soudain un goût amer dans la bouche. La culpabilisation. Une arme qu'il connaissait bien. Les aînés de Lake Pristine s'en servaient avec maestria.

— Je ne quitte pas Lake Pristine, madame Holden, la rassura Jasper. Nous vous verrons au réveillon du Nouvel An ? Au mariage de Christine ?

Arthur et ses amis l'observaient tandis que la caméra capturait tout.

— Trop bizarre, marmonna Danny, qui se moquait bien d'être enregistré.

— Comme la famille doit stresser avec ce planning serré ! fut tout ce qu'Arthur trouva à dire.

— C'est tout sa sœur de prévoir son mariage le 31 décembre, commenta Marcus. Aucun de ses invités n'avait prévu quoi que ce soit, ce soir-là.

— Bah ! C'est le Nouvel An ! intervint Danny, la voix de la raison, l'éternel avocat du diable avec ses bonnes manières. Les gens veulent danser, boire du champagne, s'embrasser. Ça ne les dérangera pas d'écouter quelques discours et autres promesses solennelles avant cela.

— Elle est tellement étrange, remarqua Marcus sur un ton quelque peu désagréable. Je parle de Jasper. Je la trouve déroutante. Vous avez déjà discuté avec elle ? On dirait qu'elle n'est pas normale.

— Parce que tu lui as déjà adressé la parole ? le défia Arthur à voix basse. Elle n'habite plus ici depuis dix-huit mois et vous n'avez jamais été amis à l'école, malgré tous tes efforts.

— Tu tiens un registre ? ironisa Danny, pendant que cette référence à ses tentatives d'ascension sociale au lycée faisait blêmir Marcus.

Arthur leva les yeux au ciel et stoppa la caméra.

— Marc' ?

— Art' ?

— Toujours partant pour monter ce documentaire ? Peu importe où ça nous mène ?

Marcus se pencha sur la petite table de bibliothèque. Il regarda un bref instant Jasper par-dessus la tête d'Arthur.

— À mille pour cent. Les choses sérieuses commencent ce soir, à la fête de Craig.

❄ ❄ ❄

Tout en faisant semblant de ne pas entendre les marmonnements d'Arthur et de ses amis, Jasper s'interrogea à nouveau sur sa décision de revenir en ville. Elle avait quelques semaines devant elle pour monter *Casse-Noisette* avec des danseuses débutantes, puis sa famille la renverrait sur le chemin de l'université. Tout le monde comptait là-dessus.

Elle entama un nouveau chapitre du roman qu'elle lisait et jeta un coup d'œil à la pendule au mur. Elle avait un entretien en visioconférence avec l'école de design Davenport, qu'elle rêvait d'intégrer, et elle avait trop peur de le faire dans la maison familiale.

Elle était horriblement en avance – une habitude chez elle. Elle prévoyait vingt minutes pour la plupart des rendez-vous, trente au cinéma, plusieurs heures avant un vol. C'était plus fort qu'elle. L'idée d'être en retard la paniquait.

Raison pour laquelle sa récente arrivée à Lake Pristine avait été pénible. Si Christine lui avait fixé une heure ou avait simplement mentionné qu'elle avait l'intention de faire un discours dans le kiosque à musique, Jasper aurait évité de se faire remarquer.

Et de mettre sa voiture dans le fossé.

Marcus et son ami Danny quittèrent la bibliothèque en discutant à voix haute d'une session *Donjons et Dragons.* Arthur resta à sa table et Jasper ignora stoïquement le garçon qui avait insulté sa sœur quelques jours plus tôt. Le nez dans son livre, elle le sentit tirer une chaise près d'elle et poser le sac du caméscope sur le bureau.

— Qu'est-ce que tu lis ? lui demanda-t-il de sa voix grave.

— Une romance bien torride, répliqua-t-elle sans lever les yeux de son chapitre. (Comme il était trop surpris pour répondre, elle le dévisagea froidement.) Désolée si je descends encore d'un cran dans ton peu d'estime.

— Tu es en colère contre moi ?

— Toujours, corrigea-t-elle. Je suis *toujours* en colère contre toi.

— À cause de mes propos sur Christine ?

— Oui, répondit-elle. Et ce n'est pas près de s'arrêter.

— Je n'aurais rien dit si j'avais su que tu…

— Je ne terminerais pas ma phrase à ta place… Tu crois que c'est moins méchant de parler dans le dos des gens ?

Jasper enfonça un écouteur dans une oreille. Elle faillit lâcher son livre quand Arthur se pencha vers elle et lui ôta l'écouteur.

— Je suis désolé. Je te présente mes excuses. Je n'aurais pas dû critiquer la reine Christine de Lake Pristine.

Il émanait de lui une intolérable causticité à cet instant. Jasper abattit son livre sur la table et le fusilla du regard.

— Tu parles d'excuses !

— Quoi ? Désolé si je trouve ta sœur légèrement ridicule. Ne le prends pas mal, surtout.

— Au contraire ! Quand tu insultes un membre de ma famille, tu m'insultes, moi.

— Faux. Henry et Grace sont tous les deux intolérants au lactose, cela ne m'empêche pas de manger des glaces. Je pense que, par le passé, j'ai dit un truc idiot sur toi, mais ce n'est pas pour cela que tu m'en veux, pas vrai ? Tu m'en veux parce que j'ai insulté Christine.

— Des glaces aussi froides que ton cœur, lui asséna Jasper avec le plus de mépris et de sarcasme possible. Pourquoi est-ce que tu es venu chez moi si tu ne nous supportes pas ? Il n'y a que les rustres qui s'immiscent chez les gens, mangent leur nourriture et disent du mal d'eux.

— Je ne disais pas de mal. Je...

— Tu te plaignais à voix haute. Un bel exemple pour Grace, au passage.

— Grace idolâtre ta sœur et Christine la traite comme un chien.

— Je sais, répondit Jasper dans un soupir. Je lui en ai touché un mot. Elle est soumise à beaucoup de pression, mais je suis d'accord, ce n'est pas bien. Je ne cautionne pas ce genre de comportement.

— Pourquoi tu prends sa défense, alors ?

— Parce que c'est ma sœur ! Tu ne peux pas comprendre parce que ton frère et ta sœur sont adorables, mais on est censé défendre les membres de sa famille, même s'ils se comportent comme des tyrans.

— Grace t'idolâtre aussi, mais tu ne la traites pas comme un boulet. Tu devrais peut-être demander à Christine d'en faire autant.

— Tu m'as écoutée ? J'ai dit à Chris de se montrer plus gentille avec Grace. Tu...

— Je parlais de toi. Christine devrait se montrer plus gentille avec *toi.*

La bouche de Jasper s'arrondit en un petit o. Elle n'avait rien à répondre à cela. Sentant le rouge lui monter aux joues, elle se dépêcha de rouvrir son livre.

— Tu es méprisable, Ronchon, finit-elle par marmonner en tournant une page avec une telle vivacité qu'elle se coupa.

— Et toi, tu es dans le déni, Princesse, riposta Arthur avant de plonger la main dans son sac et de sortir une petite trousse de secours. Moi aussi, j'aurais dû me montrer plus sympa avec toi. Je n'aurais pas dû dire ce que j'ai dit.

Jasper fixa la petite boîte verte d'un air étonné, en se demandant ce qu'il fabriquait. Il prit un pansement et le lui tendit. Elle fronça les sourcils, mais l'accepta, le colla sur son doigt et le remercia à voix basse.

— Je suis sincèrement désolé.

Il parla si bas que personne d'autre ne l'entendit dans la pièce.

Jasper abandonna sa lecture et chercha un marque-page de fortune. Elle choisit sa liste, une feuille de brouillon où son écriture était griffonnée. Son geste ample et pressé fit s'envoler le papier, qui se posa délicatement sur la moquette bleue de la bibliothèque. Jasper se précipita pour le ramasser, mais Arthur l'avait devancée. Il fronça les sourcils quand il vit les pattes de mouche dessus.

— Une liste ?

Jasper la lui arracha des mains et la fourra entre les pages de son roman.

— Non.

— Si.

— Et alors ? Qu'est-ce que ça peut te faire ?

— Qu'est-ce qu'il y a écrit dessus ?

Par la suite, Jasper ne sut ce qui l'avait poussée à dire la vérité à ce moment-là.

— Des trucs à faire avant de quitter cet endroit pour de bon.

Les mots restèrent en suspension entre ces deux quasi-étrangers. Deux adolescents d'une même petite ville – son enfant chérie d'un côté, le gérant grognon et endeuillé de son cinéma de l'autre. Jasper ne comprit pas pourquoi elle avait ressenti le besoin de le lui révéler. Une manière de se dire que c'était réel, peut-être ?

— Tu..., ânonna Arthur et ce fut encore plus difficile que d'habitude pour Jasper de le regarder dans les yeux. Tu pars pour de bon ?

Jasper fut soudain prise de panique. Lake Pristine était idéale pour ce genre de rumeur. Elle se propagerait de maison en maison telle une mauvaise odeur.

— Non... Non... J'ai juste plusieurs choses à faire avant de retourner en ville... à l'université.

Comme sa réponse ne paraissait pas du tout le convaincre, elle désigna du menton le sac de son caméscope.

— Tu tournes un film ?

Jasper vit défiler plusieurs expressions sur le visage d'Arthur avant que l'indifférence ne l'emporte.

— Mouais. En quelque sorte. C'est un vague projet que nous avons, avec Marcus. Un court-métrage pour un concours sur les petites villes.

— Ah... Cool.

Il parut surpris par sa réaction.

— Tu veux participer ?

Jasper cligna des yeux. Elle était contente d'avoir réussi à changer de sujet, mais elle se sentait aussi un peu exposée.

— Tu veux que je sois dans ton film ?

— On essaie d'interviewer tout un tas de gens différents. Histoire d'avoir une bonne vision d'ensemble, ajouta-t-il, l'air blasé. Ce serait intéressant d'entendre ton opinion.

Elle regarda son ordinateur, son livre et son *tote bag* étalés sur la table devant elle – un gentil libraire de la ville lui avait offert le sac en tissu quand il s'était rendu compte qu'elle passait la plupart de ses soirées dans son magasin parce qu'elle n'avait pas d'amis.

— J'attends un appel vidéo, lui annonça-t-elle en ouvrant son ordinateur portable. On peut faire ça après ? Disons dans une heure ?

Arthur hocha la tête, l'air toujours indifférent.

— Sous le kiosque ?

— O.K. Mais il ne fera pas trop sombre ?

— Non, on sera éclairés par ces ridicules guirlandes lumineuses.

Jasper devait admettre qu'il avait raison.

— À plus tard, marmonnèrent-ils cordialement.

Et elle le regarda sortir de la bibliothèque, les épaules voûtées, la démarche raide. Arthur était un pilier de Lake Pristine, qu'il le veuille ou non. Les gens qui le côtoyaient en dépit de ses extérieurs bourrus ne disaient que du bien de lui. Les aînés l'adoraient. C'était lui qu'on appelait en premier quand on avait une clôture à réparer ou une chasse d'eau qui fuyait.

Il tenait ça de son défunt père, supposait-elle.

Elle accepta l'appel en visioconférence tant attendu et, soudain, un visage inconnu mais amical apparut à l'écran.

— Jasper ? demanda d'une voix enjouée une femme d'âge moyen, aux lunettes de lecture brillantes et à la chevelure blanche incroyable.

— Oui, c'est moi, répondit Jasper en affichant le plus grand sourire possible. (Tout en bataillant à traiter les sons lors de ses appels en visio, elle faisait son possible pour avoir un contrôle absolu de ses expressions faciales.) Merci de me rencontrer.

— Le plaisir est pour moi, répondit son interlocutrice – Marcia Davenport, la directrice de l'école de design Davenport en personne. Tu es chez toi, là ?

— Euh ! Non… Je suis à la bibliothèque de ma ville natale. Lake Pristine.

— Mais je connais ! Mon mari et moi adorons faire un tour tous les ans à la foire d'hiver. Tu es à la bibliothèque ? D'accord. J'ai l'habitude que les candidats m'appellent depuis leur chambre avec leur animal de compagnie. Ça me change !

Jasper hésita avant d'enchaîner, de peur de paraître prétentieuse, et, finalement, se jeta à l'eau.

— Il y a trois ans, j'ai participé à la nouvelle décoration intérieure, après sa rénovation. Je pensais… Est-ce que ça vous intéresserait de voir ?

La directrice sourit et, cette fois-ci, Jasper perçut une chaleur sincère dans ses yeux.

— J'adorerais.

ACTE I, SCÈNE 6

La trapéziste

Arthur rejoignit Marcus près du kiosque à musique et espéra que ses réponses brèves aux questions de son cousin ne trahiraient pas sa nervosité. Ils avaient rapidement convenu par texto qu'ils mettraient en scène cette interview en particulier et Arthur essayait de cacher son désir de trouver un angle spécial. Marcus ne cessait de faire des remarques entendues sur le sujet de l'entretien, mais Arthur ne lui prêtait pas attention. Il était en mode perfectionniste. Il fallait que tout soit à sa place.

— J'en déduis que tu n'as pas pris cette peine pour tes autres interviews, commenta Marcus sur un ton sec.

Arthur leva les yeux au ciel.

— Il fait nuit. Je veux juste m'assurer que la prise sera de bonne qualité.

— Monsieur se prend pour un pro ! Jasper n'est pas du genre bavard, je me trompe ? demanda Marcus, comme s'il ne le savait pas. (Cela agaçait Arthur que Marcus parle pour ne rien dire.) J'espère qu'elle va nous donner de quoi nous mettre sous la dent.

— La ferme, rétorqua Arthur à voix basse.

Jasper remontait la rue principale, le pas lent et déterminé, son *tote bag* sur l'épaule. Elle savait qu'ils l'observaient, mais elle ne prit pas la peine d'accélérer pour les rejoindre.

Elle était tellement imprévisible. Différente avec chaque personne. Non qu'elle fût fausse, mais tout le monde connaissait une Jasper différente et plurielle. Telle une trapéziste tendant délicatement le bras vers un spectateur et effleurant ses doigts… et, au moment où il allait lui saisir la main, le trapèze repartait en arrière et la fille se volatilisait.

Elle affichait un petit sourire en arrivant devant le kiosque, mais elle ne regardait que Marcus.

— Merci d'être venue, déclara-t-il sur un ton jovial.

Elle hocha la tête et lui sourit timidement.

— Oui, merci, ajouta Arthur en essayant de calmer les palpitations sous ses côtes.

Il voulait qu'elle le regarde lui, et non Marcus.

— Dites-moi où vous voulez que je m'installe, dit-elle, enjouée, quand elle vit le caméscope.

— À toi de jouer, Art', murmura Marcus.

— Juste ici, annonça Arthur, qui poussa Marcus d'un coup d'épaule afin de montrer à Jasper l'endroit prévu.

— Tu es d'accord pour accrocher ça quelque part ?

Il lui tendit un micro-cravate.

— Pas de problème. (Elle l'attacha avec l'expertise d'une personne qui s'est souvent produite sur scène.) C'est bon, là ?

Elle changea de position et regarda ses genoux. Arthur serra et desserra les poings, puis s'installa derrière la caméra sur son trépied.

— Ça tourne, annonça-t-il. Peux-tu donner ton nom ? Pour le test de caméra.

— Jasper Montgomery, se présenta-t-elle.

— Arthur va te poser quelques questions sur notre ville, lui expliqua Marcus, debout à côté de son cousin. Tu n'es pas obligée de répondre. Sache simplement que tous les silences gênés seront gardés au montage.

— Marcus, aboya Arthur. Soit tu te casses, soit tu t'assieds.

Le caméscope captura la réaction de surprise de Jasper. Marcus, lui, était visiblement dépité.

— Depuis combien de temps vis-tu à Lake Pristine ? demanda Arthur, sa voix plus rauque qu'il ne le souhaitait.

— Depuis toujours, répondit Jasper, les yeux écarquillés.

Contrairement à tous les habitants qu'Arthur avait interviewés, elle ne regardait pas l'objectif. Elle n'avait pas besoin de ses instructions. C'était comme si elle était perpétuellement en représentation.

— Je suis née dans la chambre de mes parents.

— Sérieux ?

— Oui, admit-elle en rougissant un peu. Je suis arrivée deux semaines avant terme et ça a été rapide. Le temps que mon père démarre la voiture, j'étais née. Il se moque souvent de ma hantise d'être en retard. Je suis toujours en avance.

Arthur sourit. Marcus émit un petit son approbateur. Le sourire d'Arthur s'envola et il adressa un regard plein de reproches à son cousin en désignant le caméscope de la tête. Marcus fit mine de fermer sa bouche avec une fermeture Éclair, tout en affichant lui aussi son agacement.

— Que penses-tu de Lake Pristine ?

Jasper prit le temps de réfléchir. C'était compliqué, Arthur ne le savait que trop bien.

— J'aime cette ville, répondit-elle.

— Pourtant, tu as fui ?

Jasper se figea. Elle sentit ses yeux se plisser avant de pouvoir se censurer.

— Pardon ?

— Mauvaise question, rectifia Arthur à la hâte. Je voulais dire : tu es partie. Tu… Tu…

— Je suis allée dans une grande université.

— Tu as abandonné Lake Pristine. Tu n'es pas revenue une seule fois. Tu ne vis pas chez tes parents, comme la plupart des autres étudiants d'ici. Pourquoi ?

Le pouls de Jasper s'emballa. Ses paumes devinrent moites.

— Je ne me sentais pas à ma place, finit-elle par dire, espérant que cela suffise.

— Ah ! lâcha soudain Marcus, comme s'il venait d'avoir un déclic. (Il se tapota la tempe.) À cause de… hum…

— Parce que tu es incollable sur le sujet, c'est ça, Marcus ? lui demanda Jasper.

Elle se montrait rarement sèche avec les gens. Parfois avec ses amis et jamais avec des inconnus. Quant à ceux qui pointaient sa neuroatypie…

Parce que Jasper l'était. Neuroatypique. Un mot qu'une gentille psychiatre avait prononcé une semaine après avoir remis son diagnostic à sa mère sur un bout de papier. Jasper ignorait que les filles pouvaient l'être.

— C'est difficile à épeler, mais cela te permettra de garder un peu de confidentialité sur ton handicap, avait dit la femme. Si tu préfères ne pas entrer dans les détails.

— Elle n'en aura pas besoin, était intervenue sa mère, vu qu'elle ne dira à personne qu'elle est autiste. Son trouble est léger, elle peut le cacher, personne ne verra la différence.

— Il n'y a pas d'autisme léger ou lourd, madame Montgomery. C'est un spectre qui n'a rien de binaire. Peut-être…

Leur conversation résonnait encore dans la mémoire de Jasper.

Si les étiquettes terrifiaient sa mère, elles la libéraient, elle.

Cependant, des gens comme Marcus avaient connaissance de ce genre de diagnostic. Un matin, alors qu'ils n'y avaient jamais songé un seul instant de leur vie, ils se réveillaient et se considéraient soudain comme des experts ayant des choses très pertinentes à dire.

— Je trouve juste que c'est intéressant, déclara Marcus en levant les mains et en souriant. On n'a pas l'habitude que ce genre de personnes te ressemble. C'est tout !

— Neuroatypiques, autistes, TDAH, il n'y a pas de profil type ! expliqua Jasper. D'accord ? C'est ce genre de connerie qui empêche les gens de recevoir un diagnostic. Je suis peut-être la seule fille en ville qui en a un sur le papier, mais crois-moi sur parole, il y a beaucoup de gens qui vaquent à leurs occupations quotidiennes et savent que quelque chose au fond d'eux attend une explication. Et des imbécillités de ce style, des déclarations débiles comme « tu ne leur ressembles pas » ou « ça ne se voit vraiment pas » les empêchent de l'obtenir.

Un silence étonné suivit son monologue. Jasper elle-même était abasourdie. Elle n'avait pas autant parlé depuis qu'elle avait eu son accident avec la Jeep.

— C'est un connard, intervint Arthur.

Jasper lui jeta un coup d'œil. Son visage empathique l'affola, lui indiqua qu'elle s'était un peu trop dévoilée.

— C'est ce que vous recherchez pour votre film ? demanda-t-elle à mi-voix. Une réaction de la sœur zarbi ? Vous comptez interroger la neuroatypique jusqu'à ce que vous obteniez de bonnes images ?

— Absolument pas ! s'exclama Marcus, qui se leva et alla lui serrer le bras.

Jasper surprit le regard d'Arthur qui observait la main de Marcus et s'assombrissait. Son air répugné la mortifia encore plus. Il avait une si piètre opinion d'elle qu'il ne voulait même pas que son cousin la touche.

— Arthur, tu me fais la gueule depuis que je te connais. Je ne sais même pas pourquoi j'ai accepté de faire ça.

Ce fut au tour d'Arthur de se lever, sur la défensive. Personne ne prêtait attention à la caméra qui filmait encore.

— Eh ! Oh ! On se calme !

— J'aime Lake Pristine mais ce qui m'a poussée à partir et ce qui a rendu ce retour si difficile, c'est le fait que personne ne s'occupe de ses affaires ici, annonça Jasper. Ils ne veulent pas aider, ils veulent juste regarder.

— Je suis d'accord, déclara Arthur.

— Évidemment, rétorqua Jasper. Tu t'es toujours tenu à l'écart, à regarder tout le monde de travers. Monsieur se trouve trop bien pour participer aux activités de la ville, aux fêtes des uns et des autres, aux festivals. Mais je vous le répète, j'aime cette ville et je compte profiter de chaque minute que je passerai ici.

— Avant de partir pour de bon ?

Elle eut un mouvement de recul et le fusilla du regard. Arthur grimaça.

— Tu as toujours été là, poursuivit-elle. En coulisses, à juger.

— Je ne te juge pas, Princesse. Je me demande juste comment on peut aimer une ville quand on rêve autant de la quitter.

— Disons… Disons que je ne m'aime pas ici.

Ce fut une sorte de révélation. Jasper adorait Lake Pristine, mais il manquait des choses dans sa vie. Des choses qu'une jolie ville de campagne ne pouvait pas lui apporter.

D'un autre côté, c'était revigorant de se disputer avec Arthur. Elle était rentrée avec l'intention de se montrer courtoise avec tout le monde. Elle ne se cachait pas derrière sa politesse et son amabilité ; elles étaient plutôt une armure. Et à chaque fois qu'elle croisait Arthur, elle avait envie de la poser et de prendre une épée.

— Je continue à te donner un coup de main pour ton film, Ronchon ? l'interrogea-t-elle en braquant son index sur lui. Ou on en a terminé ?

— Qu'est-ce que tu penses du mariage de Christine ?

Elle se radoucit.

— Je suis surexcitée et impatiente d'y être.

— Menteuse.

— Pardon ?

— Tu es peut-être surexcitée, mais un mois pour préparer un mariage ? Vous devez être…

— Nous sommes tous enchantés. Et puis, je ne suis pas vraiment impliquée dans l'organisation.

Ce fut au tour de Marcus de réagir.

— Tu n'es pas demoiselle d'honneur ?

La légère pointe de surprise dans sa voix fit aussitôt remonter la tristesse de Jasper à la surface, mais comme toujours, elle n'en laissa rien paraître.

— Non. Elle ne savait pas si je passerais les vacances à Lake Pristine ou pas. Et puis, ce sera un petit mariage.

— Toujours en train de la défendre, murmura Arthur.

— Il y a bien une chose que je changerais à Lake Pristine, affirma Jasper en dévisageant Arthur. C'est le fait que nous nous connaissions tous plus ou moins. Enfin, c'est ce que nous croyons. Ainsi, un garçon qui était machiniste sur un ballet de votre mère pense tout savoir sur votre famille. Par exemple.

Ses lèvres se retroussèrent imperceptiblement à la fin de son petit discours et Arthur fut à deux doigts de l'imiter.

Jasper rabattit ses longs cheveux en arrière et s'approcha des marches du kiosque tout en décrochant le micro-cravate.

— Bonne chance avec votre film, lança-t-elle platement à Marcus en lui tendant l'accessoire. Désolée s'il n'y a rien d'exploitable.

Elle prit la direction de Lakehouse. Juste avant de rejoindre le sentier des bois, elle pivota.

— Arthur ? l'interpella-t-elle.

Il tourna vite la tête.

— Oui ?

— Appelle Saffron Billingham.

Il plissa les yeux puis secoua la tête, comme pour essayer de débloquer les mots.

— Hein ?

— Saffron. Tu devrais l'appeler. Tu serais peut-être moins grognon si tu sortais avec quelqu'un ?

Marcus murmura quelque chose que Jasper n'entendit pas, mais quoi qu'il ait dit, Arthur le pinça. Elle regagna Lakehouse sans se retourner.

ACTE I, SCÈNE 7

Ice Cream Man

— Tout s'est bien passé en ville aujourd'hui, mon cœur ?

Jasper sourit à son père, assis à table en face d'elle. Comme il y avait une légère pointe d'inquiétude dans ses doux yeux marron, elle afficha son expression la plus enjouée.

— C'était génial. Je suis vraiment contente d'être revenue.

Le soulagement se diffusa sur son visage légèrement ridé. Jasper en eut le cœur brisé. Cela allait le tuer d'entendre qu'elle abandonnait ses études et qu'elle avait l'intention de quitter définitivement Lake Pristine.

— Ta chambre est dans l'état où tu l'as laissée, continua-t-il.

— Tu as résisté à l'envie de la transformer en salle de gym ? le taquina-t-elle.

— Cette chambre sera toujours la tienne, affirma-t-il, refusant subtilement de donner un ton léger à cette conversation. Dès que tu obtiens ton diplôme, tu reviens ici. Ça nous économisera le loyer. Les prix de la ville sont exorbitants.

Assaillie par la culpabilité, Jasper décida de ne pas enchérir. Elle était douée pour se camoufler – ce dont personne ne devrait se vanter – mais c'était la triste vérité et son père était quelqu'un d'observateur. Leur maison, Lakehouse, était située près de l'eau et des arbres, à l'écart du reste de Lake Pristine. Isolée. Paisible. À l'opposé d'un logement étudiant en grande ville. Le loyer serait moindre, sa chambre plus grande et l'environnement merveilleusement familier.

Seulement, elle ne pouvait pas rester. Car ce ne serait jamais à ses conditions.

Jasper saisit sa fourchette et commença à manger le chili con carne que son père avait cuisiné.

Sa mère était en train de sortir le grand agenda qu'elle remplissait depuis la demande en mariage de Kevin et n'écoutait absolument pas la discussion entre Jasper et son père.

Les deux sœurs regardèrent l'énorme livre avec appréhension. Même Christine paraissait intimidée.

— Il nous faut une organisation en béton si nous voulons que ton mariage soit réussi. Nous n'avons que quelques semaines avant le jour J, annonça leur mère avec fermeté. (Jasper trouvait amusant et révélateur que sa mère dise toujours « nous », lorsqu'elle parlait du mariage de son aînée.) Première étape : les invitations. Mon Rolodex est à ta disposition. Qui est-ce qu'on n'invite pas ?

— Je veux que tout le monde soit invité, répondit Christine. (Jasper avait hâte de savoir ce que cachait cette soudaine générosité.) On ratisse large. Je veux que mes pires ennemis voient que nous n'avons pas lésiné sur les moyens et que Kevin et moi nageons dans le bonheur.

La voilà, la raison.

— Menu ? demanda leur mère, imperturbable.

— Poulet ou poisson, répondit Christine dans un haussement d'épaules.

— Aucune option végétarienne ? s'enquit Jasper.

— De la salade en accompagnement, alors, rétorqua Christine en levant les yeux au ciel.

— Toi, tu t'occupes juste de venir et de dire aux gens « n'importe où sauf aux deux premiers rangs », lui ordonna leur mère, le regard pénétrant. Christine et moi nous occupons du reste.

— Très bien, marmonna Jasper, qui prit une grosse bouchée de chili puis souleva son assiette quasiment vide. Je file à la réception de Noël des Hobson.

— Passe le bonjour à Catherine de ma part, lui commanda sa mère en la chassant d'un geste royal de la main.

❄ ❄ ❄

La maison familiale de Craig se situait de l'autre côté du lac. Avec ses six chambres, c'était une des rares grandes demeures proches du centre-ville. Individuelles et imposantes, ces propriétés appartenaient pour la plupart aux familles les plus anciennes de Lake Pristine. Comme partout en ville, des guirlandes lumineuses blanc chaud éclairaient celle des Hobson. Elle grouillait déjà de monde quand Jasper arriva.

En tout premier lieu, la jeune femme alla saluer les parents de Craig et leur offrir une bouteille de vin de la cave de son père – un geste qui lui valut des compliments. Apparemment, personne d'autre n'avait songé à apporter un présent.

— Les jeunes dans le petit salon, les adultes dans le grand salon, lui annonça Catherine, la mère de Craig. Mais viens nous dire au revoir avant de partir, Jasper. C'est toujours un plaisir de te voir.

Jasper acquiesça puis rejoignit le petit salon. Elle remarqua Marcus et Arthur près du sapin. Le premier opérait un lent panoramique de la grande pièce. Jasper recula dans le couloir pour éviter d'être filmée et se prépara à affronter le bruit et la foule.

— Jasper ?

C'était Hera. Elle paraissait aussi surexcitée que craintive. Sous les yeux de Jasper, la jeune fille évita soigneusement de se cogner à une des sculptures modernes de Catherine. La maison regorgeait de styles divers, choisis sur un coup de tête, et cela donnait envie à Jasper de sortir sa palette de couleurs et de donner des conseils à Catherine. Une maison aussi grande méritait un papier peint élégant avec une infime touche de doré, des tissus d'ameublement assortis et du parquet verni à la place de la moquette devenue grise.

— Viens t'asseoir, proposa-t-elle à Hera en l'entraînant vers un canapé fatigué.

— Encore merci de te montrer aussi gentille avec moi, déclara Hera quand elles s'installèrent sur les coussins. (Elle découvrit alors la répartition de la pièce : tous les adolescents s'étaient isolés dans un coin avec leur propre groupe.) Cette ville me fait parfois penser…

— À une société secrète ?

— Oui ! C'est exactement ça !

— Voire à une secte. Les nouveaux venus doivent trouver ça étrange.

— Les gens s'attendent à ce que je connaisse leur pointure au bowling !

— Ça ne m'étonne pas, répliqua Jasper, sur le point d'éclater de rire.

— Le type avec la caméra. C'est qui ?

Jasper tourna la tête vers Marcus et Arthur. Le premier filmait encore l'ambiance générale pendant que le second était collé contre le mur et, visiblement, mourait d'envie d'être ailleurs.

— Marcus Lancaster, le cousin d'Arthur. Tu as rencontré Arthur au cinéma. Le plus mignon. Je serais heureuse de te présenter à nouveau.

« Le plus mignon. » Ces mots lui avaient échappé. Quelle horrible surprise.

— Non, c'est bon. Je suppose qu'on se recroisera au bowling. Et mignon, si tu le dis... Moi, je n'aime que les filles.

Jasper le nota dans un coin de sa tête et sourit.

— Reçu cinq sur cinq.

— Il filme quoi ?

— Un documentaire sur Lake Pristine.

— Pourquoi ? Il y a des cadavres dans les placards ?

Jasper rit cette fois-ci.

— Pas que je sache. J'ai vécu ici toute ma vie. Enfin... Jusqu'à récemment. Ça m'étonnerait qu'ils aient caché un secret sordide en mon absence.

— Tout le monde parle de toi comme si tu étais morte.

Jasper la fixa, l'air choqué. Hera fit machine arrière immédiatement.

— Désolée ! Ce n'est pas ce que je voulais dire. Ils... Ils parlent de toi avec une telle révérence. J'ai un peu l'impression de rencontrer quelqu'un de célèbre.

Jasper examina Hera de plus près.

— Tu ne serais pas... Non. Désolée. Cela n'a pas d'importance.

Hera lui adressa un petit sourire entendu.

— Comme toi ?

Jasper fut aussitôt sur la défensive, avant de se raviser.

— Eh bien... Euh...

— Je suis TDAH, l'interrompit Hera, l'air de rien. Je t'ai bien observée tout à l'heure et je me suis dit... Je sens ces trucs-là, parfois.

— Autiste, lui confia Jasper, surprise par sa propre franchise. Je… Je n'en parle quasiment jamais.

— Ça se comprend, répondit Hera à voix basse. Cette ville est magnifique. Elle pourrait figurer dans les magazines en papier glacé. Ses habitants sont sympathiques en apparence, mais… je ne sais pas si c'est le meilleur endroit où être en minorité.

— Les petites villes ne le sont jamais. Mais pour être totalement honnête avec toi, j'ai passé les dix-huit derniers mois dans une résidence universitaire et les gens n'étaient ni empathiques ni mieux informés.

— Du style « souffre en silence » ?

— Oui, lui accorda Jasper, mais aussi *inspiration porn* ou rien.

— Ah ! Le pire !

— Ouaip.

Il y avait une telle fluidité dans leur conversation. Elles se parlaient par raccourcis, dans un dialecte que la plupart des gens ne connaissaient pas.

— Désolée de l'apprendre.

— Voilà pourquoi je me tiens à l'abri des regards, expliqua Jasper. J'aime bien être neuroatypique. Mais parfois, c'est comme si on te poussait sur scène devant des milliers de personnes. Il y a un grand orchestre, un pianiste, et ton job consiste à tourner les pages de sa partition. Sauf que tu ne connais pas le solfège et personne ne va te donner un coup de main. Alors, il faut que tu devines. Si tu te trompes ? Tout l'orchestre sera renvoyé et ce sera ta faute.

— C'est…, dit Hera en la jaugeant. C'est exactement ça.

— Et quand tu essaies de l'expliquer à un conseiller qui est payé pour s'occuper du bien-être des étudiants, quand tu essaies de lui parler de surcharge sensorielle, de changements de routine, de camouflage et tout ça… il te répond que tout le monde a du mal à s'adapter parfois.

— Pff, soupira Hera. Je déteste être rabaissée ainsi.

— Alors tu la fermes. Tu fais avec. Et… tu détestes ça. Te taire, faire semblant. Au final, tu oublies qui tu es vraiment.

Jasper n'en revenait pas de s'épancher autant. Elle sentait le regard de Hera sur elle et cela lui donnait envie de se cacher derrière ses cheveux et d'éviter tout contact visuel.

— Est-ce qu'il y a quelqu'un ici à qui tu peux en parler ?

Jasper désigna le jardin qu'elles pouvaient voir par la fenêtre à côté du canapé. Odette et Craig se tenaient non loin de la maison. Les bras croisés, Odette regardait fixement ses pieds pendant que Craig gesticulait. Ce tête-à-tête n'avait absolument rien de romantique.

— Ma meilleure amie a des problèmes plus importants, en ce moment, répondit Jasper.

Hera scruta le couple.

— Elle est vraiment jolie.

— Odette ? Oui. Mais elle est trop bien pour lui, ce loser.

— Cette maison lui appartient ?

— Oui et c'est tout ce qu'il y a d'intéressant à son sujet. Simplement dommage pour la déco. Cette pièce est géniale, mais Catherine adore ses murs blancs et ternes.

— Tu es architecte d'intérieur ?

Hera disait cela pour rire, mais Jasper ne sourit pas.

— Non… Je suis… Non.

Sentant un changement d'humeur chez sa voisine, Hera se leva d'un bond et s'approcha du haut-parleur.

— Envie de danser ? J'ai entendu dire que tu étais la meilleure danseuse de Lake Pristine.

— Pas sur cette horrible playlist, grommela Jasper.

Un sourire en coin aux lèvres, Hera commença à faire défiler les chansons sur l'appareil relié aux haut-parleurs.

— C'est quoi, ta came ?

— Tom Waits. Nous sommes faits l'un pour l'autre, mais il ne le sait pas encore.

— Quelle chanson ?

— *Ice Cream Man.*

Hera éclata de rire et lança le morceau.

❄ ❄ ❄

Sous le regard attentif d'Arthur, Marcus filma à nouveau la pièce au ralenti.

— Je crois qu'on a assez tourné pour aujourd'hui, remarqua-t-il mollement.

— Imagine : un drame se produit et on le rate, répliqua Marcus. J'ai à peine filmé Odette et Craig avant qu'ils ne continuent dehors.

— Je devrais retourner au cinéma, déclara Arthur, plus à lui-même qu'à Marcus. J'ai demandé à Henry de changer la programmation et il faudrait vraiment que je sois là-bas pour m'assurer…

— De quoi discutent-elles, à ton avis ?

Arthur cala, comme une voiture.

— Qui ?

Marcus désigna le côté opposé du petit salon. Arthur savait de qui il parlait sans même regarder, ce qu'il fit quand même. Jasper était assise à côté de la nouvelle, Hera, et leur conversation semblait presque intime.

— Elles ont l'air de bien s'entendre, constata Marcus d'un ton glacial.

Arthur ne répondit pas. Il regarda Hera, qui s'approcha des haut-parleurs et changea la musique. L'épouvantable chanson lancinante et abrutissante fut soudain remplacée par une mélodie nostalgique au piano. Ravie, Jasper bondit sur ses pieds en applaudissant. Au moment du refrain mélancolique, le reste des invités remarqua enfin les deux filles qui dansaient. Les mouvements de Hera étaient un peu saccadés et guindés tandis qu'elle s'inspirait de Jasper.

Arthur avait vu cette dernière danser à de multiples reprises. Ses prestations dans les ballets étaient toujours très étudiées et travaillées jusqu'à la perfection. Mais ce soir, tandis qu'un homme à la voix rocailleuse chantait dans la sono de Craig, elle s'abandonnait totalement à la danse. Ses longs cheveux lui tombaient sur le visage et elle bougeait avec ce don naturel qu'ont les danseurs dès la naissance. Tous ses muscles étaient connectés à la musique.

Soudain, Sophie, une fille qu'Arthur avait vue quelques fois avec Odette, surgit à côté de lui pendant que, petit à petit, le reste des invités se joignait à la danse, même si cette chanson ne leur était pas familière.

— Quelle casse-bonbons, celle-là, murmura-t-elle si bas qu'Arthur l'entendit à peine. Qui aurait dit qu'une ballerine avait des goûts aussi pourris ? Cheloue.

Tout en regardant Jasper qui faisait tourner Hera – geste qui indiquait à l'assemblée que cette fille était son amie et qu'ils devaient l'accepter parmi eux –, Arthur songea aux nombreux mots pour décrire Jasper, mais « casse-bonbons » n'en faisait pas partie. Exaspérante. Supérieure. Pourrie gâtée. Intelligente. Sublime…

Il se décolla du mur et se tourna vers Marcus.

— Je sors appeler Grace, vérifier qu'elle va bien, chuchota-t-il.

Marcus le dévisagea d'un air songeur, mais ne répondit pas. Il n'éteignit pas non plus le caméscope, qui était braqué sur le couple de danseuses.

ACTE I, SCÈNE 8

Omar Sharif

Jasper quitta la fête sans avoir réussi à croiser Odette. Comme elle ne voulait pas rentrer chez elle, elle prit le sentier des bois en direction des lumières chatoyantes de la ville et songea à sa liste. Le cœur de Lake Pristine était son centre-ville, un noyau qui attirait tout le monde. Il était entouré d'une forêt parsemée de maisons. Si les gens voulaient quitter leur nid douillet pour les lumières et le bruit, ils devaient d'abord emprunter les sentiers silencieux.

Tous les bâtiments de Lake Pristine croulaient sous les décorations d'hiver étincelantes. Les touristes patientaient en file indienne pour entrer dans le labyrinthe ; le kiosque à musique était orné d'une multitude de guirlandes lumineuses. Les vendeurs tenaient encore leur stand, même si la lumière du soir diminuait. Il faisait frais, mais pas froid et Jasper souriait à tous ceux qu'elle croisait.

— Nous sommes tellement contents pour Christine et Kevin, lui lança un des vendeurs et Jasper choisit de hocher poliment la tête.

— Merci, répondit-elle chaleureusement. Au nom de ma famille, nous apprécions.

— Jasper ?

Elle sursauta quand elle entendit son prénom, mais ce n'était que Saffron. Jasper et elle se connaissaient, évidemment, en tant que voisines. Rebecca, la sœur aînée de Saffron, était très proche de Christine et comptait parmi ses demoiselles d'honneur. Si Jasper devait être honnête, toutefois, elle devait reconnaître que Saffron avait toujours été une des filles les plus malveillantes de l'école.

— Salut, Saff'. Comment ça va ?

— Ça va, répondit sèchement Saffron.

L'éclat de ses yeux indiqua à Jasper qu'elle n'était pas là pour bavarder, ce qui ne la dérangeait pas du tout.

— Écoute, j'ai dit à Art' Lancaster de t'appeler.

Elle s'attendait presque à ce que Saffron joue les timides, mais à la place, elle afficha un grand sourire satisfait.

— Bien ! J'ai essayé de l'intercepter à la fête de fiançailles de Christine, mais c'est une vraie anguille. Qu'est-ce qu'il t'a répondu ?

— Euh… (Jasper hésita à mentir.) Il… Euh… Il se préparait à filmer un truc pour son documentaire. Il avait l'esprit ailleurs, mais je lui ai transmis le message.

Elle regretta de ne pas avoir menti parce que Saffron poussa un gros soupir de frustration.

— Tant que tu ne lui as pas donné l'impression que j'étais désespérée.

— Bien sûr que non, promit Jasper. Je trouve ça cool que tu fasses le premier pas. C'est moderne.

— Mouais. Christine est chez vous ?

— En tout cas, elle y était tout à l'heure. Elle doit être en pleins préparatifs avec maman.

— Je suis passée au cinéma, mais Arthur n'y était pas. Tu es sûre de lui avoir fait passer le message ?

— J'étais en face de lui, répondit Jasper sur un ton légèrement moqueur. Oui, je lui ai demandé.

Le mot « cinéma » suscita chez Jasper une envie soudaine de se rendre à l'Arthouse. C'était sur sa liste, après tout. Si Arthur se trouvait encore à la fête de Craig, elle pourrait regarder un film sans craindre un nouvel accrochage avec lui.

L'Arthouse était le seul bâtiment de Lake Pristine à être éclairé toute l'année et pas uniquement pendant les vacances.

Une séance s'achevait quand Jasper arriva. Elle se rendit au guichet et sourit quand elle découvrit Henry à la caisse.

— Bonsoir, jeune demoiselle ! s'écria-t-il, ce qui la fit rire.

— Salut, toi.

En général, Jasper était prise de panique quand elle croisait une connaissance par hasard. Mais Henry avait le don de faciliter la vie des gens.

— Tu as raté la dernière vache à lait d'Hollywood, lui apprit-il. Et… euh… Je suis au courant pour tout à l'heure. Marcus est un crétin et Arthur se comporte toujours bizarrement quand tu es dans les parages.

Jasper l'écoutait d'une oreille, trop occupée qu'elle était à regarder les affiches de film placardées derrière lui.

Le festival de films classiques de l'Arthouse

Il y avait quasiment tous ses préférés. C'était comme si elle avait elle-même procédé à la sélection.

Elle jeta son argent sur le comptoir.

— Je suis là pour Barbra, Henry.

Une expression indescriptible passa sur son visage.

— Oh ! Vraiment ? *Funny Girl* ?

— Exact.

— Tu seras sûrement la seule dans la salle.

— Encore mieux.

— Tiens ! Du pop-corn périmé. C'est la maison qui offre.

Jasper accepta dans un éclat de rire.

Il poinçonna son billet et l'accompagna jusqu'à la plus petite des deux salles. Lumière tamisée. Velours rouge… C'était intime, magnifique, ancien. Elle se sentit instantanément détendue.

Henry avait raison. Elle était la seule spectatrice. À son grand bonheur. Lorsque le film démarra, elle s'enfonça dans son fauteuil et célébra en silence ce petit miracle. Elle adorait se couper du monde pendant quelques heures. Sans vérifier son portable. Sans parler. Juste se laisser emporter par l'histoire à l'écran. La lecture lui apportait la même satisfaction. Ces deux activités s'équilibraient bien.

Jasper aimait la routine. Voilà pourquoi elle aimait tant se produire sur scène : elle savait à quoi s'attendre la plupart du temps, quels pas enchaîner, quelle phrase musicale s'ensuivait. Elle ressentait la même chose devant un vieux film qu'elle adorait. Les pas étaient prévisibles mais les émotions pouvaient être totalement nouvelles et surprenantes. Elle pouvait regarder une vieille scène dont elle connaissait par cœur toutes les répliques, exécuter une chorégraphie pour la millième fois et pourtant être submergée par des vagues d'émotions qu'elle n'avait jamais ressenties auparavant.

Ce furent deux heures merveilleuses.

La comédie musicale terminée, elle quitta une salle vide pour un hall quasi vide. Les employés étaient rentrés chez eux et elle était la dernière cliente du cinéma. Henry comptait la caisse derrière son guichet ; il sourit quand il la vit.

— Merci Henry, lui lança-t-elle. C'était le paradis.

— Ne me remercie pas *moi*, répondit-il en agitant la main, quand elle arriva devant la sortie.

Elle ne comprit pas le sous-entendu derrière son geste, mais il était tard et elle était trop fatiguée pour engager le dialogue.

Elle poussa les lourdes portes du cinéma et, alors qu'elle s'élançait dans la nuit mordante de décembre, elle percuta une masse grande et musclée.

Des mains la saisirent par les coudes pour l'empêcher de basculer en arrière.

— Désolé, s'excusa la voix grave d'Arthur tandis qu'ils manœuvraient l'un autour de l'autre.

— Tu rentres en voiture, Jazz ? lui demanda innocemment Henry.

Jasper lui jeta un coup d'œil par-dessus son épaule et s'adossa contre la lourde porte, pesant de tout son poids pour la garder ouverte.

— Je sais qu'on vient à peine de sortir ma voiture du fossé, mais j'ai encore mon permis, que je sache. Mais non, je rentre à pied.

Le sourire de Henry s'envola.

— Hors de question, déclara-t-il en regardant dehors. Il fait nuit noire.

— Je ne crains rien.

— Non, non. Art', accompagne-la jusque chez elle.

Arthur et Jasper grimacèrent en même temps.

— Tu n'as pas d'inquiétude à avoir, Henry, insista-t-elle. Les castors sont ce qu'il y a de plus dangereux dans cette ville.

— Personne ne dit non à Henry, l'informa Arthur sur un ton grave. Allons-y.

Quand il pivota face à la rue, Jasper fit la moue, mais Henry avait raison. Il faisait nuit noire. La ville plongeait sans un bruit dans les bras de Morphée. Elle fut obligée de céder.

Tandis qu'ils remontaient la rue principale, elle ne put supporter le silence plus longtemps.

— Tu as appelé Saffron ?

Il évita le sujet en répondant par une autre question.

— Tu étais seule à la séance, ce soir ?

— Oui et c'était fabuleux ! J'adore aller seule au cinéma. En plus, *Funny Girl*, ça ne se rate pas !

— Jamais vu.

L'air choqué, elle ouvrit la bouche de manière exagérée.

— Désolé, fit-il en riant. C'est bien ?

— Ce film est plus qu'exceptionnel ! Barbra en manteau léopard. Ses cheveux, son humour ! Mais surtout… Omar Sharif !

Il lui jeta un regard en coin, presque amusé.

— Omar Sharif ?

— Il dégage quelque chose d'indescriptible, expliqua-t-elle, l'air rêveur. Il est tellement parfait. Je suis amoureuse de lui depuis que j'ai cinq ans.

Elle sentit à nouveau son regard sur elle.

— Pourquoi ?

— Je ne saurais te dire. Il n'y a pas que sa beauté. Il est beau, cela va sans dire. Mais c'est la manière dont il la regarde. Comme s'il n'était pas simplement attiré par elle, mais qu'il l'appréciait vraiment. Il est véritablement subjugué par cette femme. Il voit ce qu'il y a de meilleur en elle, les qualités qu'elle ne s'est pas encore autorisée à chercher au fond d'elle. Et tout ça avec un seul regard.

Elle fut surprise par ses propres paroles et gênée par leur sincérité.

— Désolée, marmonna-t-elle. Je parle trop.

— Non, non… pas de problème. Nous voulons qu'à la sortie de l'Arthouse, les gens ressentent… quelque chose.

Il avait l'air doux… charmé.

Elle pouffa.

— Très généreux de ta part, merci. (Ils étaient quasiment arrivés à Lakehouse.) Tout le monde doit dormir, supposa-t-elle en sortant son trousseau.

— Pourquoi tu te couches si tard ?

Elle leva les yeux vers lui. Il la regardait avec attention. Quand elle prit conscience qu'elle n'avait pas ses lunettes de soleil pour se dissimuler, elle baissa vite la tête.

— Je ne dors pas bien. En ce moment.

Elle trouva sa clé. Elle allait l'insérer dans la serrure quand elle entendit le tintement de la clochette de Chum et le bruit de ses pattes pressées dans le couloir.

— Remercie Henry pour moi.

— Avec plaisir. Je peux savoir pourquoi ?

— Pour le film. Pour Omar Sharif.

La porte d'entrée s'ouvrit soudain en grand et Christine apparut en robe de chambre épaisse, un masque d'argile sur le visage. C'était tellement inattendu et comique que Jasper hurla de rire.

— T'étais passée où ? cria sa sœur. Tu es partie sans prévenir et tu as coupé ton téléphone !

Jasper fut prise au dépourvu. Christine s'inquiétait rarement pour elle.

— J'avais envie de voir un film.

L'agacement déformait les traits de sa sœur.

— Je devais choisir entre plusieurs échantillons et tu sais que j'ai besoin de toi pour me décider dans ce genre de situation !

Jasper rougit. Arthur siffla tout bas au pied de l'escalier. Christine le remarqua tout à coup et son front se plissa davantage.

— Besoin d'aide ? aboya-t-elle. C'est une propriété privée, ici.

— Il m'a gentiment raccompagnée à la maison, Chris, expliqua Jasper sur un ton réprobateur. Entrons.

— La petite sœur de mon amie en pince pour toi, mais tu sais quoi ? Elle peut vraiment trouver mieux, asséna Christine à Arthur avec une incroyable aversion, comme si Jasper n'avait pas parlé.

— Chris, l'interpella sèchement celle-ci. Laisse-moi entrer. Je suis fatiguée et je supervise les auditions pour *Casse-Noisette* demain.

— Non, non, non. Tu dois m'aider à préparer le mariage avant de t'enfermer dans ta chambre.

Arthur laissa échapper un ricanement, puis examina la neige sous ses semelles.

— Récure le sol, Cendrillon !

— Pardon ? s'offusqua Christine.

— Tu n'as pas à donner des ordres à ta sœur comme si elle était ta domestique, rétorqua Arthur.

— Sinon quoi ?

— Arrêtez, tous les deux ! s'écria Jasper. Christine, va poser ta liste d'invités sur la table de la salle à manger. Je vais m'en occuper.

Christine bouillonnait de rage, mais elle céda néanmoins. Elle adressa un dernier regard plein de dégoût à Arthur avant de retourner à l'intérieur.

Jasper secoua la tête, serra et desserra les poings pour évacuer la tension. Le plaisir que le film et son escapade de quelques heures lui avaient procuré se dissipait déjà.

Arthur, je te demande à nouveau de garder tes réflexions sur ma sœur pour toi, lui asséna-t-elle froidement.

ACTE I, SCÈNE 9

Le cygne blanc

Arthur tourna les talons. Il repartait d'un pas lourd dans l'allée quand Jasper arriva en trombe derrière lui.

— Alors quoi ? Tu es poli, normal et gentil un quart d'heure et une fois le temps écoulé, le charme est rompu ?

— Ouaip, la source est tarie, j'en ai peur.

— Je sais que ma sœur est cassante parfois…

— Cassante ? (Il s'arrêta de marcher si brusquement qu'elle manqua s'écraser contre son dos.) C'est une fasciste.

— Moi qui commençais à apprécier ta compagnie, déclara Jasper en repartant vers la maison.

— Rassure-toi ! lui cria-t-il. Christine peut toujours utiliser l'Arthouse pour son enterrement de vie de jeune fille. On a reçu son mail. On aurait trop peur de refuser. J'espère que le cinéma surpassera ses critères prodigieusement élevés. Henry et moi pourrions peut-être installer un Photomaton ou une autre attraction de mauvais goût.

— Va te faire voir !

Arthur réprima un sourire tandis qu'elle claquait la porte derrière elle. Il resta seul près du lac quelques secondes, avant que la porte ne s'ouvre à nouveau. Jasper réapparut sur les marches.

— Je ne suis pas comme ça ! lui hurla-t-elle, l'empêchant définitivement de réprimer son sourire. O.K. ? Je n'ai jamais dit à personne d'aller se faire voir de ma vie ! Je ne suis pas comme ça, Lancaster !

— Avec moi, si !

— Ma famille et moi avons l'honneur de demander officiellement de faire affaire avec Henry, si nous décidons d'organiser un quelconque événement relatif au mariage à l'Arthouse. Et j'ADORE l'idée du Photomaton.

— Inutile de sortir les grandes phrases, Princesse. Nous ne sommes que tous les deux. Il n'y a aucun professeur de ta fac pour te noter.

L'appréhension le titilla soudain. Il se demanda si cette joute verbale n'était pas allée trop loin, s'il n'avait pas frappé trop fort. Elle sembla le prendre plutôt bien, puisqu'elle lui cria une obscénité. Son sourire allait se transformer en un rire franc et massif quand une lumière s'alluma à l'étage. Le visage de Jasper se ferma et elle disparut à l'intérieur.

Arthur patienta un moment, au cas où elle reviendrait. Au bout de cinq minutes, la lumière s'éteignit en haut. Il partait quand la chambre de Jasper s'éclaira. Celle-ci apparut à la fenêtre et le toisa, ce qui le poussa à hocher la tête avant de s'éloigner.

Il retourna à l'Arthouse en savourant d'être seul dans les rues de Lake Pristine. C'était une ville fantôme magnifique. Bien que cela puisse paraître étrange, il s'imaginait que son père marchait à ses côtés. Ils n'avaient pas besoin de parler.

Quand il arriva au cinéma, Henry était assis au bar, où il buvait une bière à la bouteille. Aux aguets, il attendait clairement le retour de son petit frère. Il but une grande gorgée et fixa Arthur d'un air entendu.

— Tu l'as payée, cette bière, j'espère, le taquina celui-ci après avoir verrouillé la porte. Ou tu l'as inscrite sur la fiche de pertes ?

Henry but une autre longue gorgée sans le quitter des yeux.

— Alors, cette petite marche jusqu'à Lakehouse, Art' ?

— La ferme.

— Pourquoi ce film ? Je n'ai pas arrêté de me demander quelle mouche t'avait piqué ! Pourquoi, sans aucune raison, notre cher Arthur organise-t-il un festival de « films classiques » avec tout un tas de vieilleries ? Maintenant, j'ai compris !

Arthur se prit une bière et la décapsula sur le bord du bar.

— Laisse tomber.

Henry afficha un sourire en coin avant de se rembrunir.

— Papa l'aimait beaucoup.

Arthur serra la bouteille verte et essuya la condensation.

— Si tu le dis.

— Parce qu'elle l'appelait toujours « monsieur ».

— Elle est bien élevée. D'habitude.

Il esquissa un sourire en se rappelant sa grossièreté au clair de lune.

— Ce n'est pas le cas de sa sœur. Dont l'enterrement de vie de jeune fille aura lieu ici, à propos, dit Henry.

— Je sais. Dans la salle de bal.

— Tu t'en occupes, frangin ?

— Pas sûr qu'ils apprécieront, répliqua Arthur.

— Hé, Art' ?

— Hum ?

— Tu devrais t'amuser davantage. Tu passes ta vie ici, depuis que papa est parti. Tu accompagnes Grace partout où elle va. Je ne sais pas ce que tu feras de ton temps libre quand elle alternera école et cours de danse.

Arthur finit sa bière et jeta la bouteille dans la poubelle de tri. Le bruit de verre fut très satisfaisant. Il regarda le grand conteneur en plastique, attendant presque qu'il bascule.

— Je vais bien.

Raté. La poubelle vacilla et s'immobilisa.

— Je... (Le filet de voix de Henry lui parvint alors qu'il se dirigeait à côté, dans l'annexe familiale.) Je ne pense pas, Art'.

— Éteins toutes les lumières et verrouille les portes, lui lança Arthur par-dessus son épaule.

— Appelle cette fameuse Saffron.

Les mots poursuivirent Arthur jusque dans sa chambre. Il s'écroula sur son lit et enfonça son poing dans l'oreiller avant de poser sa tête dessus. Saffron lui avait envoyé son numéro de portable par mail. Il ne cessait de reporter son appel parce qu'il détestait mener les gens en bateau et parce qu'il ne la considérait pas comme une potentielle petite amie. Ils avaient eu des échanges polis au lycée, mais elle n'avait jamais rien dit de marquant.

Néanmoins, il pouvait se tromper. Un rendez-vous n'engageait à rien. Ils n'étaient même pas obligés de dîner ensemble.

Il jeta ses chaussures à l'autre bout de la pièce et sortit son téléphone de sa poche.

Son père disait toujours que répéter encore et encore les mêmes comportements et espérer à chaque fois obtenir un résultat différent n'était pas seulement un signe de folie, mais la caractéristique d'une personne ennuyeuse. Arthur rechercha donc le message, copia le numéro de téléphone et réfléchit avant d'appeler.

Elle m'apprécie. Je l'intéresse. Ils pourraient tomber amoureux ou devenir amis. Il y gagnerait dans les deux cas.

Il devait arrêter de perdre son temps à courir après ce qui n'adviendrait jamais.

Il le savait très bien et, pourtant, son index ne voulait pas appuyer sur « Appeler ».

Il est tard, se dit-il. Ce serait indigne d'un gentleman. Il appellerait dans la matinée.

❄ ❄ ❄

Le lendemain matin, quand il entra dans la cuisine, il n'y avait que Grace à la table du petit déjeuner. Déjà habillée, elle faisait défiler des vidéos sur son téléphone au-dessus de ses céréales. Arthur se fit la remarque qu'elle était étrangement calme, ces temps-ci.

— Bonjour, poussin.

— Bonjour, Art', chantonna-t-elle. Tu te lèves tard.

— Je me suis couché tard.

— Parce que tu as raccompagné Jasper chez elle ?

Il fronça les sourcils et la dévisagea. Elle affichait un grand sourire, la cuillère dégoulinante de lait figée au-dessus de son bol.

— Mange !

Elle éclata du même rire que leur père. Arthur grimaça, puis se versa du café dans un mug ébréché.

— Les auditions pour *Casse-Noisette* ont lieu ce soir, annonça-t-elle après un silence confortable.

— Ah bon ? Tu comptes y aller, hein ?

— Techniquement, on passe toutes l'audition. Si on veut intégrer la compagnie.

— Mais tu veux être la danseuse principale, pas vrai ?

— Non ! répondit-elle sèchement. Hilly décrochera le rôle de Clara. Aucun doute là-dessus. Moi, j'en demande juste un petit. N'importe lequel. Tu sais, je veux juste faire partie de la compagnie. Ça promet quelques dures semaines de répétition, mais j'ai toujours rêvé de monter sur scène.

Arthur sirota son café sans la quitter des yeux.

— D'accord.

Il comptait se lancer dans un monologue sur la nécessité de croire en elle, lui dire à quel point leur père aurait été fier et heureux de la voir s'engager dans de nouveaux projets quand des éclats de voix leur parvinrent du hall d'accueil du cinéma.

— Je reviens tout de suite, lui promit-il.

Il se leva, prit son badge et se rendit dans le cinéma. Dès qu'il franchit le seuil de l'annexe, il le regretta immédiatement.

Christine, Jasper et les demoiselles d'honneur se tenaient au milieu du grand hall et regardaient partout. Saffron accompagnait sa sœur.

— Ça sent la poussière à plein nez, annonça Christine impérieusement.

— Normal pour un vieux bâtiment, répondit Henry qui était déjà présent, le regard indigné, le ton sarcastique.

— Est-ce qu'il peut être nettoyé de fond en comble avant la réception ?

— Allons jeter un coup d'œil à la salle de bal, Christine, proposa Jasper en dirigeant les autres vers la pièce qu'elles comptaient louer.

Après une vie entière à gérer sa sœur, elle parlait sur un ton apaisant, homogène.

Henry les escorta tandis que Saffron restait en arrière. Elle s'était de toute évidence incrustée dans le groupe. Arthur déglutit. Soudain, son compromis de la veille ne parut plus être une idée si saine. Chacune de ses terminaisons nerveuses lui hurlait de fuir.

— Bonjour, Saff', lui fit-il d'un ton bourru avec un vague signe de la tête.

— Maintenant, c’est une bonne journée, répliqua-t-elle.

— Comment tu vas ? Et la clôture de ta mère, elle a tenu ?

Il s’était rendu chez elle quelques semaines auparavant pour réparer leur vieille clôture et lui donner un coup de pinceau. Comme la mère de Saffron souffrait d’arthrite et que sa sœur aînée était partie, les laissant toutes les deux, Arthur avait accepté ce petit boulot.

— Impeccable, susurra-t-elle en se rapprochant. Je me disais que j’allais la démonter planche par planche pour que tu reviennes.

Instinctivement, il recula d’un pas et jeta un coup d’œil par les portes ouvertes de la salle de bal. Henry parlait à Jasper, qui lui souriait. Elle portait ses cheveux châtain foncé en un chignon haut et avait le teint frais. Arthur se surprit à se demander combien d’heures elle avait dormi, car elle rayonnait.

— Saffron…

Il avait prononcé son prénom. Cette situation était si gênante, si peu naturelle. Le prix à payer quand on sort de sa zone de confort, supposa-t-il. Était-ce le fait d’avoir quitté le cercle de familiarité qu’il avait dessiné autour de lui qui avait déclenché ce besoin désespéré d’être ailleurs ? Était-ce censé être aussi désagréable, aussi angoissant ?

— Je me demandais si tu voulais prendre un café, un de ces quatre ? poursuivit-il.

Elle fit claquer sa langue et pouffa.

— Hum… Oui… Bien sûr !

Il dirigea à nouveau son regard vers la salle de bal. Jasper écrivait sous la dictée de Christine. Hyper concentrée, elle retranscrivait chaque mot prononcé par sa sœur.

Elle ne prêtait absolument pas attention à Arthur.

— Cool, déclara-t-il à Saffron tout en continuant d’observer la plus jeune des Montgomery. Je t’envoie un texto.

Et il le ferait, même si cela ne lui paraissait pas naturel. La ville commençait à laisser son empreinte sur lui, tel un vêtement trop petit qui gratte. Et puisqu'une définition de la folie était de faire sans arrêt la même chose en souhaitant un résultat différent, Arthur décréta qu'il était temps de faire un choix.

❄ ❄ ❄

— Toujours copines ?

Jasper cria presque ces mots quand elle ouvrit la porte de *Trésors Vintage*, l'entreprise familiale des Cunningham.

Postée comme à son habitude derrière le comptoir, Odette leva les yeux, surprise de voir sa vieille amie. Elle ôta ses écouteurs et lui sourit. Elle semblait sur la réserve et son sourire plus courtois que chaleureux.

— Évidemment.

— Je suis désolée de t'avoir à peine parlé à la réception. J'étais…

— Épuisée ? Tu m'étonnes.

— Je t'ai aperçue l'autre jour, à l'Arthouse, mais tu allais voir un film avec… Peu importe. Je suis venue te faire un petit coucou.

Un silence gêné s'installa pendant que Jasper finissait d'entrer dans le magasin.

— Je pense que Christine et ses copines ne tarderont pas à passer, pour leurs essayages.

— Je n'en reviens pas que tu ne sois pas demoiselle d'honneur, Jazz.

— Entre nous, ça me fait un souci de moins.

— Comment vont les préparatifs ? Le mariage est dans moins d'un mois !

— À merveille, mentit Jasper. Maman est dans son élément. Tout le monde fait des heures sup' et la famille attend tout plein de services en retour. Je présume que tu as reçu ton carton d'invitation.

— Oui, je l'ai affiché sur mon frigo.

Son ton ironique les fit rire dans leur barbe.

— Elle se comportera mieux quand tout sera fini, ajouta Jasper à voix basse. Elle est tellement angoissée à l'idée que tout ne soit pas parfait et que maman soit déçue qu'elle en oublie ses bonnes manières.

— Écoute, commença Odette, qui haussa les épaules puis se décolla du comptoir, faisant semblant d'épousseter des robes vintage dans la vitrine. Christine n'a jamais été d'un caractère facile, mais ces derniers jours, c'est le pompon. Sans parler de ce documentaire qu'Arthur et Marcus tournent. Ils filment tout un tas de choses…

— Je pensais que le film l'inciterait à mieux se comporter, admit Jasper. J'y croyais vraiment, quand j'ai entendu qu'ils se promenaient avec une caméra dans toute la ville.

— Loupé. Christine reste Christine.

Jasper jeta un coup d'œil à la boutique. Des souvenirs de leur enfance remontèrent à la surface : elle en tutu, Odette en tee-shirt Nirvana trop grand et Converse.

— Comment ça se passe avec Craig ? demanda-t-elle.

Odette renifla et fit un bruit strident, comme un buzzer de jeu télé.

— Question suivante, merci.

— D'accord. Comment ça se passe avec Craig ?

Odette bascula la tête en arrière et commença à imiter une alarme de voiture, ce qui les fit glousser en chœur.

— Dis-moi juste si vous êtes encore ensemble ou pas, s'enquit Jasper, hors d'haleine, en se tenant les côtes et en poussant légèrement son amie avec le pied.

— On est ensemble, répondit Odette à contrecœur. Mais il est en période de probation.

— Pourquoi ?

— Je suis sûre à quatre-vingts pour cent qu'il envoie des textos à d'autres filles.

— Houlà ! s'exclama Jasper, redevenue sérieuse. Ma puce, tu ne peux pas accepter ça.

— Tant que c'est amical et non sexuel, répliqua Odette en haussant les épaules.

— C'est ce qu'il t'a dit ?

— Écoute, personne ne finit avec l'amour de ses dix-huit ans, affirma Odette, qui essayait de convaincre Jasper, mais surtout elle-même. Je suis presque sûre que ma mère va bientôt me céder le magasin et ça, c'est bien plus extraordinaire qu'un garçon.

— Amen, s'écria Jasper. C'est génial !

— Mon père, lui, veut absolument que je décroche un diplôme.

— Oui, mais tu rêves de ce magasin depuis que tu sais coudre à la machine.

— C'est vrai.

— Tu ne pourrais pas faire les deux ? demanda Jasper en douceur. Intégrer une école ou une fac et avoir la boutique qui t'attend ?

— Je serais obligée de prendre un prêt étudiant... Les études, ce n'est pas pour tout le monde, Jazz. Ça va le faire.

— Mais ça pourrait être encore mieux.

Une expression nouvelle passa sur le visage d'Odette. Il était un temps où Jasper croyait lire en Odette comme dans un livre ouvert, où sa plus ancienne camarade n'avait aucun mystère pour elle. Ni secret ni illusion. Leur amitié, qui lui faisait autrefois l'effet d'un pont solide, ressemblait aujourd'hui à un sentier étroit dont l'extrémité se perdait dans la brume.

— Et toi ?

Jasper cligna des yeux.

— Moi ?

— Tes études ? Tu n'en as pas parlé une seule fois depuis ton retour. Comment ça se passe ?

— Bien, mentit Jasper.

Odette continua d'inspecter une de ses robes en silence.

— C'est super de te revoir parmi nous, Jazz, fit-elle au bout d'un moment. Même si tu ne restes pas longtemps. Ce n'est pas pareil ici sans toi. Je te demande à nouveau pardon... de ne pas t'avoir rendu visite. Je viens juste d'avoir mon permis et le bus passe si peu souvent. Et quand tu en attrape un, il met des plombes. À croire qu'ils ne veulent pas qu'on s'échappe de cet endroit !

Jasper envisagea de répondre par une blague légère, de faire référence au refus catégorique de Lake Pristine de changer un minimum. Puis elle se ravisa.

— Je te demande pardon, moi aussi, d'être partie si longtemps. Je reviendrai de temps en temps, promis. Pendant les vacances scolaires.

Elle omit d'ajouter une once de vérité.

— Oui ! On ira au marché et on fera semblant de reprendre nos vies où on les a laissées.

— J'en suis capable, remarqua Jasper. Je pourrais passer dix ans sans te voir et rien ne changerait.

— Tu es ce genre d'amie fidèle, constata Odette sur un ton à la fois critique et admiratif. Voilà pourquoi je me sens si coupable.

— À quel propos ?

— À propos de Craig et Sophie.

Jasper supposa que Sophie était la fille pâle au rouge à lèvres marron, celle qui avait accompagné Odette à l'Arthouse deux jours plus tôt.

— Pour quelle raison ?

— Je les vois plus que toi ! Toutes les activités que nous faisions ensemble, je les fais avec eux, maintenant.

— Je ne t'en veux pas pour ça ! s'exclama Jasper, atterrée. Pourquoi je te ferais la tête ? Tu ne peux pas broyer du noir toute seule en ville parce que je ne suis plus là !

Odette finit par se tourner vers son amie et secoua la tête en souriant.

— Tu as toujours été incroyable, Jazz. La voix de la raison. Tu as le droit de m'en vouloir à mort de te ghoster et de fréquenter de nouvelles personnes. Tu as le droit de vider ton sac. Tu as le droit de… d'exprimer tes émotions.

— Odette, lâcha Jasper sur un ton surpris et un peu réprobateur.

— J'appréhende, tu sais… De te voir retourner à la fac après le Nouvel An… Sachant que tu ne reviendras pas avant des mois. Peut-être dix-huit. Tu es à l'université, maintenant. Tu y retourneras dès que Christine sera mariée et qui sait quand tu débouleras à nouveau en ville. (Elle parut étonnée par sa propre franchise et leva les mains en l'air.) Tu vois ? Voilà ce qui arrive quand je suis en ta compagnie. Je deviens super honnête.

Jasper la poussa du coude, amusée.

— La neuroatypie qui déteint sur toi !

— Carrément !

— C'est normal de quitter sa ville natale, remarqua Jasper.

Elle choisit ses mots, préférant ne pas dire à sa précieuse amie que l'université était un sujet douloureux, une source de secrets. Elle ne lui parla pas des horribles fêtes, des rencards douteux, des professeurs méprisants et du système rigide et infantilisant qui lui rappelait ses pires souvenirs d'école.

Elle garda tout ça plié et roulé en elle comme un vieux parchemin. Les moments pénibles étaient griffonnés sur une page rangée dans un endroit où personne ne pouvait la lire.

— En résumé, tu me manques énormément, conclut tristement Odette, un petit sourire aux lèvres. Même quand je t'ai devant moi. C'est ça, le plus bizarre.

Jasper lui rendit son sourire. Elle voulait lui expliquer pourquoi elle jouait la voix de la raison : franchir la ligne sociale invisible et abstraite, mais présente à cent pour cent avec des neurotypiques donnerait toujours lieu à l'ostracisation et à l'exil. À chaque fois. Quand elle était surchargée de travail ou stressée, sa capacité à prédire les signaux sociaux dégringolait et chaque interaction lui donnait l'impression de traverser un champ de mines. Il lui manquait la capacité instinctive d'Odette à naviguer en société. Ou de Christine, quand elle décidait de s'en servir. Les habitudes de Jasper et son besoin de faire plaisir étaient tenaces à cause de ces peurs et de ces angoisses.

Il n'y avait pas si longtemps que les gens disaient accepter la neuroatypie. En théorie. On ne la faisait pas à Jasper. Si la ligne sociale était franchie, si les règles complexes et tacites étaient brisées, elle savait qu'elle serait mise à l'écart. Elle portait le masque de l'enfant chérie du pays depuis si longtemps que, parfois, elle était terrifiée à l'idée de le retirer. Il lui écorchait le visage, lui fatiguait les yeux, lui affadissait la vie, mais c'était plus facile d'être acceptée en tant que version édulcorée d'elle-même que d'être rejetée pour sa vraie personnalité.

Être une jeune femme autiste s'accompagnait d'innombrables sacrifices sur l'autel de la normalité, simplement pour s'octroyer un peu de paix.

Odette comprendrait. Odette avait toujours compris.

Aujourd'hui, Jasper ne se sentait pas d'exprimer ces impressions. Elle était plutôt heureuse de rester dans le déni.

— Je suis désolée, préféra-t-elle lui dire, sans trop savoir pourquoi elle s'excusait.

De partir bientôt. De garder le secret sur les raisons de ce départ définitif, sur sa liste cachée d'au revoir. D'avoir eu l'audace de revenir quelques semaines. D'avoir des capacités de communication souvent défaillantes au moment où elle en avait le plus besoin.

Je coule et je ne sais pas qui appeler au secours, songea-t-elle. Les mots tournaient en boucle dans son esprit, mais n'osaient pas sortir de sa bouche.

Odette allait ajouter quelque chose quand la petite sonnette tinta et la porte de la boutique s'ouvrit en grand.

Sophie, la nouvelle amie d'Odette, entra et fronça les sourcils lorsque son regard se posa sur Jasper.

Jasper ravala ses émotions et sourit.

— Salut. On se rencontre enfin ! Moi, c'est Jasper.

— Ouais, répliqua Sophie en examinant son interlocutrice de la tête aux pieds. Je sais.

— La ville est petite, tenta Jasper, le sourire plaqué aux lèvres. (Elle se dépêcha de regarder la tenue de la fille, cherchant frénétiquement un détail à complimenter.) J'aime bien tes chaussures…

— Hein ? l'interrompit Sophie en ôtant un écouteur avec une nonchalance exagérée, avant de pousser un soupir exaspéré.

— Jolies chaussures, répéta Jasper un peu plus fort.

La fille haussa une épaule puis se tourna vers Odette.

— T'es prête ?

— Un instant. Laisse-moi juste prendre mes clés, répondit Odette tout en adressant un sourire chaleureux à Jasper. Tu nous accompagnes ?

— Hors de question ! s'exclama Sophie du tac au tac.

Jasper se sentit obligée de rire quand Odette lança un regard incrédule à l'autre fille.

— Quoi ? Jasper peut venir !

— C'est une session, répliqua Sophie. Ça prendrait trop de temps de lui expliquer. Désolée.

Elle ne semblait absolument pas désolée, mais Jasper hocha néanmoins la tête.

— *Donjons et Dragons*, compléta Odette. On se retrouve tous les quinze jours avec Marcus et Danny machin chose. (Elle se tourna vers l'autre fille.) Jasper peut traîner avec nous, Soph'.

— Une autre fois, intervint Jasper. Même si ça me paraît sympa. Amusez-vous bien.

— Ouais, désolée, glissa Sophie, qui n'avait toujours pas l'air de l'être. C'est juste… Tu n'as rien d'une joueuse *D&D*… Tu es trop… *girly*.

— Je n'y ai jamais joué, admit Jasper, toujours décidée à se montrer aimable et cordiale, même si être qualifiée de « *girly* » lui donnait la nausée. Je suis sûre que beaucoup de filles *girly* y jouent.

Jasper avait ajouté une froideur quasi imperceptible à sa réplique.

— Nan…, insista Sophie en la scrutant à nouveau de haut en bas. On ne fait pas dans le rose, les paillettes, la mode…

Jasper haussa légèrement les sourcils. Cette fille voyait devant elle une peste insipide avec des gros seins et des cheveux longs. Elle pouvait facilement le devenir. Oui, elle aimait les couleurs vives, la mode et tout ce qui brillait. Il était donc impossible qu'elle ait un cerveau. Elle pouvait jouer ce rôle pour Sophie, si cela la bottait.

« Je vois » fut tout ce qu'elle répondit.

— Je veux que tu viennes, annonça Odette sur le pas de la porte qu'elle venait de verrouiller derrière elles. S'il te plaît.

— Non, non, c'est bon, il faut que je rentre chez moi, répondit Jasper. On boit un verre ensemble bientôt ?

— À mille pour cent.

— O', l'interpella Sophie avec un soupir d'impatience. On est déjà en retard.

— Je t'appelle, cria Odette à Jasper en s'asseyant du côté passager dans la voiture de Sophie. Promis !

— J'ai hâte ! lança Jasper en faisant un signe de la main au véhicule qui démarrait.

Odette avait raison : c'était vraiment horrible de regarder votre amie s'éloigner, quand une distance s'était déjà installée entre vous deux.

ACTE I, SCÈNE 10

À la barre

Jasper transpirait légèrement quand elle fit entrer les filles dans le studio de danse. La petite pièce aveugle était située au bout de la rue principale, en bordure de la ville. Tapissée de miroirs, et jamais véritablement chaude malgré tous les exercices pratiqués à l'intérieur, elle faisait la joie d'Andrea Montgomery, quand Christine faisait sa fierté.

Jasper, elle, gérait les répétitions.

Elle venait de passer les quinze dernières minutes à essayer d'installer Arthur et sa petite équipe de tournage dans un coin où on ne verrait pas leur reflet dans les miroirs, mais où ils pourraient avoir une vue d'ensemble. Ils lui avaient tendu une embuscade en chemin : ils voulaient que l'école de danse fasse partie du documentaire. Tant que les danseuses étaient d'accord, elle l'était aussi, leur avait-elle répondu. Elle avait espéré que les filles refuseraient leur présence, mais, enthousiasmées par l'idée, toutes avaient accepté de bon cœur *via* le groupe de discussion.

— Merci Jasper, chuchota Arthur quand elle accrocha son micro et vérifia que son chignon était bien en place.

— Pas de problème, répondit-elle sèchement en ouvrant en grand la porte. Entrez, aspirantes *Casse-Noisette* !

Les auditions pour *Casse-Noisette :* un événement d'une grande violence. Les amies devenaient ennemies, les orteils saignaient, les yeux pleuraient et les nez coulaient. C'était peut-être une bonne chose que ce soit elle et non Christine qui les supervise cette année. Son aînée aimait un peu trop les larmes. Jasper ne croyait pas que le talent s'acquérait par la punition. Selon elle, on obtenait de meilleures performances soit en prononçant des mots d'encouragement, soit en laissant les gens doués tranquilles.

— Échauffez-vous à la barre, s'il vous plaît, ordonna-t-elle à la nuée de ballerines, lorsqu'elles jaillirent dans la pièce et remarquèrent l'équipe repoussée dans un coin. Ignorez les garçons. Ils sont là pour tourner quelques plans supplémentaires.

Elle croisa le regard d'Arthur et tourna vite la tête. Si elle avait su qu'elle le verrait quand elle avait enfilé son justaucorps noir et son tutu de répétition rose pâle ! Elle avait l'impression qu'ils avaient de nouveau quatorze ans, elle première danseuse et lui aidant en coulisses.

Même quand ils se criaient dessus autrefois, elle se rappelait malgré elle ce quelque chose dans ses yeux qui lui coupait le souffle à chaque fois. Ils avaient beau échanger les pires horreurs, elle remarquait systématiquement cette étincelle.

— Très bien, mesdemoiselles, s'exclama-t-elle en revenant au présent. Je vais à nouveau vous demander d'ignorer les caméras. Concentrez-vous sur les exercices.

Hilly et Eve, probablement les deux danseuses les plus imbues de leur personne, se placèrent à l'avant pour être filmées. Les autres se positionnèrent en conséquence. Seule Grace Lancaster, les yeux baissés, les épaules raides, mit un peu de temps pour se trouver une place.

Jasper savait que sa mère n'arriverait pas avant que les auditions soient bien entamées. Andrea n'avait pas la patience d'assister à l'échauffement.

Le pianiste-répétiteur commença à jouer et Jasper observa les premiers mouvements de ses ballerines.

— Jolis pieds, Eve, lança-t-elle par-dessus la musique. Ouvre tes épaules, Dasha. Merci. Maintenant, demi-plié. Bien.

Le visage crispé, les épaules encore trop raides, Grace jeta un coup d'œil à Jasper. Celle-ci mima une inspiration exagérée. Grace accueillit avec le sourire ce rappel silencieux et se décrispa un peu.

— Très joli, bravo, les complimenta Jasper quand arriva la fin de l'exercice à la barre. Merci d'être venues aujourd'hui et de rester concentrées.

Sa mère arriva au moment où elles passaient au sol. Elle portait son tutu de répétition et avait sa canne à la main. On ne plaisantait pas avec les auditions pour *Casse-Noisette* et elle était là en véritable maîtresse de ballet.

— Qui choisissons-nous aujourd'hui ? Clara ? demanda Andrea à Jasper tout en inspectant la salle.

— Clara et la Fée Dragée, confirma Jasper en lui tendant son porte-bloc comportant le nom et le numéro de chaque danseuse. Tu veux que je commence ?

— Non, je m'en occupe.

— D'accord.

Obéissante, Jasper recula d'un pas pour que sa mère puisse s'adresser aux filles.

— Ce *Casse-Noisette* de décembre, commença Andrea avec lenteur et solennité, devra être le meilleur que nous ayons jamais présenté. O.K. ? Je ne peux pas me permettre d'avoir des maillons faibles cette saison, surtout si ces charmants garçons le filment en partie et l'offrent au monde. J'exige d'avoir la compagnie la plus investie, la plus sérieuse et la plus brillante cette année.

Eve et Hilly échangèrent des regards entendus. Grace vérifia si ses pieds étaient encore en première position.

— Bien ! s'exclama Andrea en tapant le sol avec sa canne. Commençons !

Les filles furent mises à l'épreuve, Andrea se prenant pour le grand maître Balanchine avec certaines d'entre elles, ce qui fit tiquer Jasper. Tandis que Hilly et Eve étaient de loin les meilleures techniquement, Jasper ne pouvait quitter Grace des yeux. Même si les mouvements de la fillette n'étaient pas aussi disciplinés et précis que ceux des deux autres, il y avait tellement de passion dans sa performance ! Tout son corps racontait une histoire. Jasper se surprit à négliger la technique tandis qu'elle était transportée par son enthousiasme et les émotions qu'elle transmettait. Elle était fascinée par sa façon d'occuper la pièce. Le personnage prenait vie avec Grace. Elle portait un justaucorps, des collants et des chaussures très abîmés, mais elle aurait aussi bien dansé en costume. Elle était parfaite.

Les visages étaient rouges et les franges humides à la fin de la séance. Les mains sur les hanches, le haut du corps penché en avant pour reprendre leur souffle, toutes les filles essayèrent bien de lire dans les pensées de sa mère, mais, impassible, Andrea ne révéla rien.

— Callback pour Clara et la Fée Dragée demain, finit par aboyer Andrea en glissant une liste de noms à Jasper.

Celle-ci l'examina puis leva les yeux au ciel quand elle sentit la caméra qui zoomait dans son dos pour avoir un aperçu. Eve. Hilly. Piper. Bryce. Jasper se sentit soudain déterminée, voire rebelle.

— Tous les garçons ont été choisis, en dehors du prince. Ils seront présents demain, les informa Andrea, pendant qu'elles enfilaient leurs vestes et se désaltéraient. Jasper va maintenant vous lire le nom de celles que nous reverrons pour la deuxième audition. Les autres peuvent attendre pour savoir si elles intégreront la troupe ou non.

— Et rappelez-vous, ajouta Jasper, il n'y a pas de honte à faire partie d'une troupe sans avoir le rôle principal. À vrai dire, nous avons besoin de danseuses solides pour les rôles secondaires parce qu'elles interprètent souvent plusieurs personnages ou font office de doublures.

Toutes les filles hochèrent la tête sans quitter des yeux le papier dans la main de Jasper.

— Demain, nous convoquons…

— Une seconde ! s'exclama soudain Marcus, quelque peu navré de la couper. On aimerait beaucoup filmer le callback de demain, mais cet endroit est trop exigu. On voudrait circuler parmi les danseurs, faire autre chose que des plans d'ensemble.

Le visage d'Andrea se pétrifia. Jasper se retint de sourire. Personne n'interrompait les cours de danse d'Andrea Montgomery. Mais la caméra tournait et Jasper vit le moment exact où sa mère s'en souvint.

— Je mets à votre disposition la salle de bal de l'Arthouse, proposa Arthur – Jasper remarqua son sens de l'à-propos. Le sol est parfaitement adapté, la pièce immense. Nous pourrons filmer autant que nous voudrons et nous aurons tout l'espace nécessaire.

— Et Bertie ? demanda Andrea en désignant le pianiste.

— J'apporterai mon clavier, suggéra-t-il en haussant les épaules.

— Super. On branchera la sono, ajouta Arthur.

— Bon, d'accord, déclara Andrea, agrippée à sa canne, les lèvres pincées. Qui rappelons-nous, Jasper ?

Jasper ne répondit pas immédiatement.

— Nous rappelons Eve, Hilly, Piper, Bryce… et Grace.

Puis elle froissa la feuille et fixa sa mère avec un air qui disait : « Nous en reparlerons plus tard. »

Jasper se sentait en accord avec sa décision, d'autant plus que le visage de Grace illumina toute la pièce lorsqu'elle entendit son nom. Ce genre de joie, cet amour de l'art… ce ne serait jamais la mauvaise décision.

Dès que les filles furent parties, Marcus s'approcha d'elle.

— Est-ce que le nom de Grace était sur la liste, Jasper ?

— Oui, répondit-elle sèchement. Il était sur *ma* liste.

Aussitôt, elle songea au papier froissé en sa possession, sa propre liste, celle qui comportait ses objectifs programmés et ses au revoir.

— Elle a tout juste assez de technique pour la scène de la fête, déclara Andrea sur un ton catégorique. Ce n'est pas une danseuse principale.

Arthur se racla bruyamment la gorge et Jasper remarqua que la caméra filmait toujours. Elle regarda l'objectif un quart de seconde. Elle n'avait pas vraiment réfléchi à leur documentaire, au résultat final, mais elle n'était pas sûre de vouloir que sa mère y figure. Andrea Montgomery accordait une très grande valeur à sa réputation, sans comprendre que son attitude pouvait contrarier les personnes lambda.

— Pas encore ! compléta Jasper d'une voix forte en dévisageant sa mère. Mais elle possède un meilleur talent narratif que les autres. Les gens paient pour voir ça.

— Ils paient pour voir l'excellence. Tu le sais mieux que personne.

Jasper réprima un tressaillement.

— Je la convoque demain.

Andrea plissa les yeux, mais se garda de dire le fond de sa pensée devant les deux garçons.

En revanche, dès qu'elles eurent fermé le studio à clé, elle se lâcha.

Devant elles, Arthur lambinait sur le trottoir et l'observait. Elle se sentait affreusement vulnérable, comme s'il voyait à l'intérieur de sa famille et reluquait ces éléments que l'on garde habituellement pour soi, à l'abri des regards indiscrets.

— Jasper, c'est cruel de ta part de donner de faux espoirs à cette enfant.

— C'est un spectacle de danse, maman. Rien de très important.

Andrea la fusilla du regard, comme si sa fille avait blasphémé.

— C'est *Casse-Noisette* !

— Et ce sera incroyable. Toutes tes préférées seront elles aussi au casting. J'aimerais juste beaucoup la voir danser avec un prince, c'est tout. Tu ne m'as pas dit que je devais jouer un rôle plus actif dans les répétitions cette saison ? Eh bien, c'est ce que je fais !

Tandis qu'elles retournaient au centre-ville, Andrea siffla le jeune homme qui marchait quelques mètres devant elles. Ses épaules voûtées se raidirent encore plus et il se retourna.

— Parle-moi de ce film que vous tournez, jeune Lancaster.

Jasper se tint en retrait alors qu'elles accompagnaient Arthur en ville. Chose rare, sa mère faisait la conversation par politesse.

— J'utilise le vieux caméscope de mon père, répondit Arthur – sur une échelle de un à dix, son ton bourru se situait à sept au lieu du dix habituel. Nous tournons un documentaire sur Lake Pristine. Les Archives nationales organisent un concours de courts-métrages sur les petites villes.

— Eh bien ! Assure-toi de passer de nombreux extraits de notre *Casse-Noisette* !

— Promis, madame.

— Parce que ces âneries de réseaux sociaux me dépassent totalement, mais je sais que de belles séquences seront bonnes pour le marketing.

— Je ferai de mon mieux.

— Le caméscope de ton père, tu disais ?

— Oui, madame Montgomery.

Andrea se tut, puis reprit sur un ton plus doux.

— Il nous manque beaucoup, tu sais.

Jasper regarda soudain Arthur. Ses yeux étaient déjà rivés sur elle.

Trouvant ce genre de contact trop intime, Jasper le brisa sur-le-champ.

Ils avaient atteint le centre-ville et Jasper sourit en voyant tous les stands montés pour la foire d'hiver. Le marché de Noël traditionnel des débuts accueillait aujourd'hui une pléthore de vendeurs en tous genres qui proposaient aussi bien de la nourriture que des bijoux ou des jeux de tarot. Elle s'arrêta au stand de Mme Heywood. La femme d'un certain âge patientait derrière un large assortiment de pommes de pin ornées de petits rubans.

— Tu en veux une ? demanda-t-elle à Jasper, les yeux brillants à la perspective de vendre un article.

— C'est quoi, le but du jeu ? demanda Jasper pour lui faire plaisir.

— Tu inscris le nom de l'être aimé dessus et je la suspendrai quelque part en ville pour que cette personne la trouve.

— Quelle dépense inutile, ronchonna sa mère en remontant le col en fourrure de son manteau autour de son cou long et fin.

Arthur approuva par un petit bruit.

— J'en prends une, dit joyeusement Jasper, les ignorant tous les deux.

Arthur alla discuter avec M. Friars, qui vendait des marrons chauds.

— Parfait ! gazouilla Mme Heywood. À quel nom ?

— Eh bien… Je ne suis amoureuse de personne, admit Jasper dans un éclat de rire. Je peux mettre celui de ma meilleure amie ?

Elle sentit le regard désapprobateur de sa mère sur elle.

— Bien entendu ! répondit Mme Heywood. Odette, alors.

Elle n'avait même pas besoin de demander.

Jasper lui tendit l'argent et lui souhaita une bonne soirée. La bonne humeur de cette femme agrandit son sourire.

Elle appréciait Lake Pristine pour ces moments-là. Quand les attentes familiales ne pesaient pas lourdement sur ses épaules, cette ville était un lieu où régnaient la chaleur et la gentillesse, où une personne pouvait s'enraciner et apprendre à grandir.

Si seulement sa famille pouvait être heureuse de son changement de direction dans la vie… elle continuerait de se sentir chez elle à Lake Pristine. Une part d'elle rêvait que ce soit possible.

❄ ❄ ❄

— Cet endroit se transforme véritablement en expérience sociale dès que les premiers froids arrivent, constata sa mère sur un ton lugubre tandis qu'elles rentraient à Lakehouse.

Mais un tel rêve n'était pas possible.

— Moi, j'aime bien, affirma Jasper à voix basse, s'autorisant une petite rébellion.

ACTE I, SCÈNE 11

Au bar

Arthur avait rendez-vous avec Saffron chez Junior, le seul bar de Lake Pristine. Objectivement, se disait-il, aucune fille ne rêvait d'avoir un rencard avec un garçon qui pensait encore à la ballerine qu'il avait filmée un peu plus tôt.

Par chance, le bar était bondé et assez bruyant pour le distraire à son arrivée.

Arthur venait de se convaincre que ce supplice était une bonne idée et qu'il allait profiter de sa soirée, quand il aperçut Saffron. Elle était déjà dans un box avec Marcus.

— Arthur !

Il fut bien obligé de s'avancer. Le bar était le décor de quelques souvenirs de sa vie. Son père qui le faisait entrer en douce avec Henry, à peine âgé de dix-huit ans. Ce jour où il était venu sauver sa mère d'un rencard vraiment pourri, avant qu'elle ne rencontre Brian. Leur soirée de fiançailles, à Brian et elle.

La veillée funèbre de son père avait aussi eu lieu ici.

Il s'apprêtait à saluer Saffron et à dire à son meilleur ami de disparaître quand elle l'interrompit.

— Marcus a proposé de payer l'addition si nous le laissions nous filmer. J'ai dit oui.

Marcus lui adressa la même grimace d'excuse qu'il avait arborée pendant leur session au studio de danse. Elle commençait à ne plus faire effet.

Arthur lança un regard noir à son cousin.

— Je ne pense pas, non, rétorqua-t-il sur un ton glacial.

— Allez ! insista Marcus. Les spectateurs aimeraient sûrement que notre réalisateur apparaisse dans l'histoire que nous racontons.

— Pas moi.

— Trop tard, trancha Saffron. Assieds-toi.

Arthur hésita, se demandant si ce serait si terrible de quitter le bar. Finalement, il décida de s'asseoir dans le box. Il gratifia Marcus d'un regard plein de haine avant de lui remettre sagement son caméscope. Il détestait les scènes en public. Il voulait les capturer, pas en être la vedette. Mais quelque chose lui disait de ne pas insister.

Saffron commanda ce qu'il y avait de plus cher sur le menu et Arthur ne l'en empêcha pas. S'il voulait récolter des éléments sur cette ville, Marcus pouvait bien casquer pour avoir ce plaisir. Arthur se prit une bière légère – un breuvage d'une brasserie artisanale haut de gamme au nom ridicule : *L'Écervelée.*

— Tu peux m'expliquer pourquoi tu as mis tout ce temps avant de m'inviter à sortir ? s'enquit Saffron en arrachant son verre de la main tendue du serveur.

Arthur et le serveur échangèrent un regard incrédule, et Arthur se demanda si le geste dont ils venaient d'être témoins n'était pas une tentative de flirt maladroite.

— Merci, prit-il soin de dire au serveur quand celui-ci déposa son verre devant lui. Euh…

Il était pleinement conscient de la caméra et du micro. Il réalisa, avec un certain malaise, qu'il avait fait subir ce même traitement aux habitants de la ville, ces derniers temps.

— Parce que tu m'as vue à Lakehouse ?

Lakehouse. La réception.

Quand elle portait la robe noire et s'était endormie, le chat sur son ventre.

Elle.

Cette *elle*.

Une elle différente. Une elle qui l'appréciait.

Arthur secoua la tête et cligna des yeux.

— À vrai dire, mon frère a pensé que ce serait une bonne idée que je sorte avec quelqu'un. (Il comprit immédiatement à sa réaction qu'il avait fait une bourde et se dépêcha de clarifier.) Oh ! Mais j'en avais envie. Très envie. Comme je ne suis pas doué pour ça, Henry m'a encouragé. Alors, me voilà !

Elle hocha la tête, à peine convaincue.

Il la questionna sur son travail. Elle lui répondit qu'elle le détestait. Il s'enquit de sa famille et elle se plaignit que sa mère gagnait moins d'argent tout en ayant besoin de plus de soins. À court de sujets de conversation sans risque, Arthur se sentait un peu largué.

— Comment avancent les préparatifs du mariage ? Ta sœur t'a dit quelque chose ? réussit-il à demander.

Il savait que sa réponse leur serait utile pour le documentaire, vu que Christine et son mariage servaient de toile de fond. Ce serait ça de gagné.

— Tu as reçu ton invitation ? lui demanda Saffron.

— Eh oui ! répondit-il avec un sourire. J'ai été surpris d'être convié.

Les invitations étaient arrivées le matin même. Une pour les trois enfants Lancaster et une pour leur mère et Brian. Henry avait dit en plaisantant que Jasper avait obligé Christine à tous les inviter, et Arthur lui avait fait les gros yeux. Les cartons étaient couleur crème et le texte en relief rose doré. Ils sentaient la lavande.

Dans l'après-midi, Arthur avait remarqué que de nombreuses personnes en ville les montraient à qui voulait les voir, comme si elles avaient été invitées à un couronnement et non au mariage d'une fille du coin.

— Toute la ville y sera, de toute façon. Christine adore le faste.

— Elle va être servie, apparemment, s'autorisa Arthur.

— L'enterrement de vie de jeune fille est censé avoir lieu dans ton cinéma.

— Oui, la salle de bal est réservée. Je ferai de mon mieux pour vous faire passer une nuit inoubliable.

Dès qu'il s'aperçut que sa formulation pouvait prêter à confusion, Arthur grimaça. Marcus eut un rire amusé. Trop occupée à claquer des doigts pour attirer l'attention du serveur, Saffron, elle, n'avait pas écouté.

La soirée se poursuivit. Arthur choisit de bombarder Saffron de questions sur elle, et elle était plus qu'heureuse de répondre à chacune par un long monologue. Il devinait à ses mouvements enthousiastes et ses clins d'œil occasionnels à la caméra qu'elle se donnait en spectacle, mais il s'en fichait. Cela convenait à Saffron et paraissait la satisfaire.

— Est-ce que te rends compte que Jasper est en ville ? demanda-t-il à un moment, sans réfléchir.

Saffron fut légèrement piquée au vif.

— Pardon ?

— Euh... (Arthur ne savait pas trop comment structurer sa pensée.) Le temps s'écoule un peu différemment, ici. On dirait qu'elle est partie depuis des siècles et non un an et demi.

— Eh bien..., répliqua Saffron, soudain distante. Sa sœur se marie. Elle a peut-être choisi de s'attarder un peu. Je pensais qu'elle reviendrait à Noël dernier, mais non. D'après ma sœur, Christine en a eu le cœur brisé. Mais tu la connais : jamais en public.

— Mouais. Tu te rappelles l'école avec elle ? Avec Jasper.

— Pas vraiment. Ça remonte à loin.

Arthur s'en souvenait, lui. Les professeurs l'adoraient. Il se rappelait son rire en cours d'arts plastiques, quand elle lavait les pinceaux de tout le monde. Ses décors incroyables pour les comédies musicales.

— Elle est toujours si bien habillée, remarqua-t-il, l'air pensif. Même en tenue de tous les jours, elle a toujours été stylée.

Il ne se rendit pas compte que Saffron et Marcus le dévisageaient d'un air incrédule.

— Elle traînait sans arrêt avec un groupe de nazes, intervint Marcus. Ross, Adam… tous des blaireaux.

— Eh ! C'étaient aussi mes amis, s'exclama Saffron en lançant un regard écœuré à Marcus.

— Jasper s'est toujours montrée assez sympa, je suppose, continua Marcus. Arthur… Je sais qu'elle et toi êtes brouillés depuis des années, mais je n'ai rien à lui reprocher, moi.

— Brouillés ? répéta Saffron, avide de potins.

— J'étais un peu bourru avec elle quand on était plus jeunes, admit Arthur en tentant de ne pas révéler son véritable regret. Elle est tellement connue pour être gentille avec tout le monde à Lake Pristine. À part moi. Ma faute.

— Qu'est-ce que tu en as à faire ?

La question de Saffron déstabilisa Arthur et son air agacé le surprit.

— Je… Je ne…

— C'est vrai, qu'est-ce que ça peut te faire si Jasper t'apprécie ou pas ? répéta-t-elle, les bras croisés, penchée en avant, le regard perçant.

— Je m'en fiche.

Les mots tombèrent à plat, sans vie, sur la petite table qui les séparait, pendant que la caméra ronronnait en arrière-plan.

— Je m'en fiche.

Arthur espérait que la répétition du refrain de sa chanson signature serait plus entraînante. L'objectif braqué sur lui le poussa à continuer de parler, à toute allure cette fois-ci.

— Je n'arrive toujours pas à m'expliquer pourquoi elle est autant choyée dans cette ville. Je pense qu'elle devrait davantage s'opposer à sa famille !

— Parce qu'elle a rendu service à chaque personne âgée de Lake Pristine, avança Marcus. Parce qu'elle a toujours été attentionnée avec ton père, en particulier au début de sa maladie. Oh ! Elle est aussi à l'origine de cette marche pour briser la solitude et améliorer sa santé mentale au centre social…

— Je sais, je sais, aboya Arthur.

Plus personne ne parla et Arthur comprit soudain que Marcus avait enregistré cette dispute à propos de Jasper. Il paraissait du côté de l'attaque et Marcus, de celui de la défense.

Saffron écarta ses cheveux de ses yeux.

— Il n'y en a que pour Jasper dans cette ville, remarqua-t-elle à voix basse, l'air déprimé.

Arthur s'ébroua et se racla la gorge.

— Tu veux un autre verre ?

❄ ❄ ❄

Après cette troisième tournée, Marcus recommença à poser des questions.

— Saff', dis-moi ce que tu apprécies chez Arthur.

— Pitié, grommela l'intéressé, qui s'adossa à son siège, l'air renfrogné.

Saffron rit. Aux éclats.

— Oh ! Il y a beaucoup de choses que j'aime chez lui. Il mesure un mètre quatre-vingt-quinze.

— Quatre-vingt-dix, rectifia Arthur dans un souffle.

— Il a de grandes mains, poursuivit-elle en buvant une impressionnante gorgée de sa boisson et en regardant la caméra comme s'il s'agissait d'une troisième personne. Et… Je ne sais pas. Il y a ce côté puissant, taciturne chez lui. Mélancolique. Sexy. Ça, j'aime bien.

Arthur aurait voulu que son siège vole en éclats sous lui. Il serait tombé par terre et aurait eu le corps lacéré, lui donnant l'excuse parfaite pour fuir. Autour de lui, le nombre de clients croissait à mesure que la nuit devenait plus sombre et plus froide.

— Qu'est-ce qui te plaît chez Saffron, Arthur ?

Arthur ouvrit la bouche et essaya de formuler une espèce de réponse, mais les mots firent sécession. Odette et Jasper venaient d'entrer dans le bar. Coiffées et maquillées, toutes deux étaient sur leur trente-et-un. Jasper portait un pantalon en cuir et un haut à paillettes. Arthur se surprit à fixer son dos échancré. Les deux amies étaient de sortie. À moins qu'elles n'aient un rencard… Cette éventualité l'agaça fortement.

— Art' ?

Sous le regard attentif d'Arthur, Steve, le barman, les accueillit avec un grand enthousiasme. Jasper dit quelque chose. L'homme bascula la tête en arrière et partit dans un grand éclat de rire. Puis elle lui pinça la joue avec espièglerie.

Arthur eut soudain envie d'être ailleurs. N'importe où, mais ailleurs.

— J'apprécie que Saffron sache ce qu'elle veut, finit-il par répondre, d'un ton calme et définitif. Je respecte ça. J'aime les gens qui sont francs. Elle sait qui elle est. Elle ne cherche pas à faire plaisir à tout le monde coûte que coûte.

Sentant leur perplexité, il cessa d'observer Jasper et reporta son attention sur leur table.

— J'ai passé un bon moment, déclara-t-il brusquement. Mais il faut que je retourne au cinéma. J'ai un inventaire à faire. Merci pour cette agréable soirée, Saff'.

Il se leva et enfila le vieux manteau élimé de son père.

— On se refait ça un soir ? demanda Saffron. Sans ton chaperon ?

— Oui, lâcha-t-il. Un de ces quatre.

Il avait besoin d'air froid sur le visage. Le bar lui parut soudain trop bondé. Il devrait passer devant Jasper et Odette pour sortir, mais elles étaient en grande conversation. Il était sûr qu'elles ne le remarqueraient pas. Il tendait le bras vers la porte quand…

— Arthur Lancaster !

Il s'arrêta. Tourna les talons. Offrit un sourire crispé à Odette, qui l'avait interpellé.

Jasper était resplendissante dans cette lumière tamisée. Son haut projetait de petites étincelles à travers la salle, comme autant d'étoiles.

Qu'avait-elle de si spécial, ce soir ? Qu'avait-elle de si spécial quand il la regardait depuis les coulisses se donner en spectacle devant une salle pleine à craquer ? Quand elle se faisait saigner les pieds et se froissait les muscles pour que deux ou trois cents personnes ressentent un peu de joie ?

C'était tellement plus facile lorsqu'elle n'était pas dans les parages, lorsqu'elle était à l'université.

Parfois, quand il avait faim ou qu'il était fatigué, il se transformait en une autre version de lui-même – trop éreinté pour s'en rendre compte, trop affamé pour penser à se nourrir.

Voilà l'effet que cela lui faisait quand Jasper s'éloignait de Lake Pristine.

Sa mère ne cessait de l'exaspérer. Avant Brian, elle enchaînait les aventures. Arthur ne comprenait pas du tout ce qu'elle trouvait à tous ces hommes. Il pensait que les gens avaient des relations pour tromper l'ennui. Il n'aurait jamais imaginé qu'on pouvait avoir besoin des autres pour se sentir complet. Ce n'était pas sain.

Depuis peu, toutefois, il commençait à considérer certaines personnes comme des clés capables d'ouvrir des portes intérieures qui n'avaient jamais été déverrouillées auparavant.

— Grace s'est vraiment bien débrouillée lors des auditions.

Le nom de sa petite sœur le ramena dans le bar. Jasper s'adressait à lui. Par politesse. Elle attendait une réaction de sa part.

— Merci, fit-il et il le pensait. Ça lui fera très plaisir.

— Elle est adorable, s'exclama Odette en lui enfonçant le poing dans le bras. Tu bois quelque chose ?

Il jeta un coup d'œil à Marcus et Saffron.

— Vaut mieux pas. Je viens juste d'abandonner mon rencard et mon nouveau partenaire de tournage.

— Oh ! Tu as appelé Saff ! s'exclama Jasper, apparemment ravie. (Son ton enjoué désola Arthur.) Tant mieux pour toi.

— Ouais, ironisa Odette, la tête penchée sur le côté, les yeux rivés sur lui. Tant mieux pour toi, Arthur. C'était horrible à quel point ?

— Tu peux parler ! la sermonna Jasper en lui donnant un petit coup. Tu as vu Craig ?

Arthur rougit malgré lui. Il marmonna qu'il devait retourner à l'Arthouse, donna la même excuse bidon qu'à son cousin et Saffron, puis fila à l'anglaise.

L'hiver était bien installé à Lake Pristine et le vent glacial le percuta en pleine face.

— Arthur ?

C'était comme si la voix de Jasper faisait vibrer une corde invisible le long de sa colonne et l'obligeait à s'arrêter net à n'importe quel moment.

— Oui ?

Ses paillettes ne brillaient pas dans l'obscurité du soir. Contrairement à elle. Elle brillait toujours de mille feux.

— Tu comptes filmer les callbacks de demain ? Henry veut bien nous prêter la salle de bal de l'Arthouse, comme tu l'as suggéré.

La grande salle de réception du cinéma familial.

— Oh ! Oui ! Bien sûr ! On sera là pour filmer.

— Je sais que tu ne fais pas un documentaire sur les compagnies de danse classique des petites villes, continua Jasper en souriant timidement. Mais tu auras des séquences supplémentaires, au cas où…

Arthur ne savait plus quelle histoire il racontait ni quel rôle il occupait.

Depuis la mort de son père, il en voulait à la terre entière. Comment réussissait-il à supporter cette ville légèrement excentrique ? En ne la prenant pas trop au sérieux. Il cachait ses émotions négatives en réparant la clôture de l'un, en graissant la porte de l'autre. De cette manière, les gens ne voyaient pas la Rubalise et le fil barbelé qu'il avait soigneusement installés autour de lui. Il se sentait tellement à l'aise derrière l'armure qu'il s'était créée, tellement protégé par ses roulements d'yeux et ses remarques désinvoltes. Et si ce film lui servait d'exutoire ? Peut-être souhaitait-il brandir un miroir devant la ville entière, un miroir qui, pour une fois, ne serait pas orné de guirlandes lumineuses et de gui.

Jasper Montgomery, elle, était une fille riche qui récupérait l'addition et faisait des dons. Lors d'une fête, elle se rendait toujours auprès de la personne isolée dans un coin pour vérifier si elle s'amusait. Elle écoutait les vieillards qui lui racontaient leur jeunesse. Quand elle concentrait toute son attention sur leur récit, vous vous disiez que vous n'aviez jamais vu quelqu'un avec une telle capacité d'écoute auparavant. Au pied levé, elle faisait semblant d'être la meilleure amie de la fille au bar importunée par un pervers ivre. Et deux minutes plus tard, elles étaient véritablement amies. Elle était populaire pour les bonnes raisons.

Elle était belle.

Et elle avait remarqué sa petite sœur. Elle voyait sa vulnérabilité, sa vaillance et son chagrin. Elle n'avait pas pitié de Grace. Elle ne l'évitait pas. Non, elle lui avait offert une deuxième audition pour un ballet qui obsédait Grace depuis des mois. Arthur se demanda si elle savait ce que cela signifiait pour sa sœur.

Il ne lui confia rien de tout ça.

— Ouais, c'est une bonne idée, se contenta-t-il de répondre.

Elle sourit.

— Super. On commence à dix-huit heures.

Et elle retourna à l'intérieur. Et il rentrerait seul chez lui.

Par la fenêtre, il la vit commander une tasse de thé. Elle gloussa quand le barman surpris leva les yeux au ciel, puis elle le remercia abondamment quand il la servit.

Arthur ne pouvait pas rester là, dans cette ville minuscule, et continuer ainsi. Le deuil de son père pesait déjà assez lourd. Ce sentiment non partagé, quel qu'il soit, était de trop.

ACTE I, SCÈNE 12

Le royaume des friandises

Le lendemain, quand elle entra dans la boutique d'Odette, Jasper découvrit Christine et ses demoiselles d'honneur qui se chamaillaient déjà. Assise en tailleur sur le comptoir, Odette se tenait la tête dans les mains.

— Je l'imaginais plus saumon, souffla Rebecca en grimaçant, sa robe à la main. Chris, tu avais bien dit saumon ?

— Le site Internet indiquait saumon, gronda Christine en relevant rapidement ses cheveux en chignon comme la ballerine chevronnée qu'elle était. Ne commence pas à te plaindre de la couleur. Nous avons besoin de vérifier si elle te va.

— Sois tranquille, la rassura Jasper. Je peux la retoucher si elle est trop serrée ou trop large. Je suis là pour ça.

Charlotte et Anna lui firent un grand sourire. Jasper les aimait bien. Ces filles étaient bien trop sensées pour être amies avec Christine, mais elles étaient là quand même.

Jasper posa sa petite boîte à couture sur le comptoir à gauche d'Odette et grimpa de l'autre côté pour assister au défilé de mode. Alors qu'elle était une excellente couturière, son amie avait accepté de mettre sa boutique à leur disposition uniquement pour les essayages, pas d'y apporter sa touche. Elle connaissait trop bien le caractère de Christine et sa patience était loin d'égaler celle de Jasper.

— Comme c'est gentil de la part de Jasper de proposer de faire des retouches, alors qu'elle n'a même pas le droit d'être demoiselle d'honneur, remarqua Odette sur un ton acerbe. Très généreux de sa part.

— Allez vous changer, ordonna Christine à ses amies en ignorant royalement Odette. Et cachez vos bretelles de soutien-gorge. Je veux voir le rendu final.

Alors que les demoiselles d'honneur s'éclipsaient, la sonnette du magasin tinta, annonçant l'arrivée de Saffron. Jasper lui offrit un sourire chaleureux qui ne trouva pas d'écho.

— Je viens récupérer ma sœur. On va chercher notre père à l'aéroport, expliqua-t-elle à Odette, qui semblait étonnée par sa présence.

— Elle pourrait mettre plus longtemps que prévu, lui apprit Odette.

Les robes bustiers en mousseline de soie étaient très jolies, mais au lieu d'être saumon, elles étaient orange sanguine. Sentant que cet essayage allait leur prendre tout l'après-midi, Jasper glissa gentiment à sa sœur qu'elle avait des callbacks à superviser à dix-huit heures.

— Hilly en Clara, Eva en Fée Dragée, trancha Christine, agacée. Affaire réglée. On n'en parle plus.

Jasper écarta ses cheveux de ses yeux et haussa les épaules.

— Mon choix n'est pas encore arrêté.

Christine la regarda avec dédain, mais n'ajouta rien. Ce sujet était une affaire familiale, elles ne parlaient jamais ballet devant les gens.

Les amies de Christine sortirent d'un pas nonchalant des cabines d'essayage. La robe d'Anna était trop serrée, celle de Rebecca lui allait, mais celle de Charlotte avait besoin d'une légère reprise. Jasper s'empara de son mètre de couturière et se mit aussitôt au travail.

— Alors, Saff' ? (Rebecca interpella sa jeune sœur en se secouant pour ajuster sa robe.) Comment s'est passé ton rencard avec monsieur Grincheux ?

Les mains de Jasper bataillaient un peu avec les épingles. Cela faisait longtemps qu'elle n'avait pas fait de couture.

— Disons qu'il n'était pas trop chaud pour être filmé, répondit Saffron avec un sourire mystérieux.

— Pour son documentaire ? demanda Odette, les sourcils froncés.

— Oui, mais c'est Marcus qui était derrière la caméra. Arthur ne semblait pas emballé du tout.

— Ça le gênait qu'on le voie avec toi ? ironisa Christine.

Saffron gloussa.

— Peu probable.

— Il est très séduisant, mais je ne sais pas s'il a grand-chose dans le crâne, ajouta Christine, qui s'installa par terre et sortit son téléphone.

— L'hôpital qui se fout de la charité, marmonna Odette.

— De toute façon, il est obsédé par quelqu'un depuis des années.

Christine prononça ces mots de façon quasi inaudible, mais suffisamment fort pour que Jasper lui jette un coup d'œil. Christine ne leva pas la tête, mais son doigt s'arrêta une milliseconde au-dessus de l'écran. Jasper attendit que sa sœur explicite sa pensée, mais personne d'autre ne l'avait entendue, apparemment.

— Il y a quelque chose de sexy chez lui, poursuivit Saffron. (Jasper mesurait le buste de Charlotte et regrettait de ne pas être invisible.) Il s'est montré assez hostile envers Marcus et j'ai perçu… je ne sais pas… j'ai perçu comme une attitude protectrice à mon égard, vous voyez ? Comme s'il voulait vraiment qu'on soit seuls tous les deux, mais qu'il était trop poli pour le dire.

Anna, Charlotte et Rebecca émirent des petits bruits de soutien ravis. Christine garda les yeux rivés sur son portable. Jasper fixa sa sœur. C'était elle qui avait demandé à Jasper d'arranger cet étrange petit rapprochement. C'était elle qui lui avait dit de transmettre le message à Arthur.

— Il semblait plutôt pressé de quitter le bar quand on est arrivées, remarqua Odette avec désinvolture. (D'un regard, Jasper lui somma de tenir sa langue, ce qui renforça son envie de semer la zizanie.) Pas pu le retenir à l'intérieur.

Un silence gêné s'ensuivit. Sentant que Charlotte se crispait pendant qu'elle prenait ses mesures, Jasper se dépêcha de changer de sujet.

— Et si on ajoutait une ceinture en satin à Charlotte, Chris ? proposa-t-elle. Un accessoire qui accentuerait sa silhouette de rêve ?

Christine abandonna son téléphone et regarda Charlotte de la tête aux pieds.

— Non.

Anna tourna la tête vers Jasper, leva brièvement les yeux au ciel comme pour lui dire « sans commentaire » et Jasper lui sourit avant de passer à la taille de Charlotte.

— Tu comptes le revoir ? demanda Rebecca.

— Évidemment ! répondit Saffron avec assurance. Sans caméra, cette fois-ci.

Jasper communiqua quelques mesures à Odette, qui les nota.

— Comment ça se passe à la fac, Jazz ?

Jasper regarda Anna, qui lui avait posé la question.

— Oh ! Bien. L'année vient seulement de commencer, tu sais.

Mensonges. Énormes mensonges.

C'était si simple de mentir. D'ailleurs, n'était-elle pas douée pour la dissimulation ?

Elle était à deux doigts de se noyer et personne n'avait le moindre soupçon. Par moments, elle pensait que son père et Odette s'en doutaient. Puis ils clignaient des yeux et cela passait. « Pas elle, se disaient-ils. Jamais elle ne ferait ça. Notre brave petite Jasper. Elle finit son assiette, elle cède sa place dans le train… Jamais, au grand jamais, elle ne nous mentirait sur un sujet aussi important. »

Au cœur de la nuit, quand l'insomnie, cette intruse indésirable, venait la tourmenter et l'agacer, Jasper se retenait de hurler. Elle n'avait personne sous la main. Sa meilleure amie était inaccessible derrière sa vitre épaisse, sa famille n'avait jamais toléré les problèmes de santé mentale. Elle n'avait personne sur qui s'appuyer. Elle voulait rester amoureuse de Lake Pristine, mais plus elle se cachait, plus cela devenait difficile.

Il y avait un autre film en nocturne ce soir-là à l'Arthouse et elle avait l'intention de le voir. Seule avec son désir d'évasion. Retardant le moment de plonger dans la nuit béante.

❄ ❄ ❄

La séance d'essayages ne déborda pas, en grande partie grâce à Odette. Avec elle, l'heure, c'était l'heure, et elle tolérait mal l'attitude autoritaire de Christine. Jasper embrassa son amie, salua Christine et ses copines, puis fila à l'Arthouse pour la deuxième audition. Elle portait une veste en jean vintage sur un justaucorps noir et une jupe rose pâle. Elle se fit un chignon à la va-vite avant d'entrer dans le hall.

Arthur et Marcus étaient là, avec tout leur matériel.

— Désolée, me voilà, lança Jasper en s'avançant à grands pas. On se met en place ?

Bertie passa la tête dans l'encadrement de la porte et lui fit signe. Son clavier était déjà en position, sa partition prête.

Marcus était content du cadre et répétait qu'ils auraient largement la place pour filmer. Tous pénétrèrent dans l'immense et magnifique salle de bal et Jasper se redressa immédiatement. Elle ôta sa veste, qu'elle posa dans un coin, puis se laissa glisser par terre pour enfiler ses chaussons. Arthur s'adossa contre le mur près de la porte et l'observa.

— Si tu essaies de me mettre mal à l'aise, c'est raté, lui lança-t-elle, sans interrompre sa tâche.

— Ce sont ceux qui font mal ? demanda-t-il, sa voix grave résonnant légèrement dans la grande salle.

— Non, gloussa-t-elle. Il y a longtemps que je ne mets plus de pointes.

— Tu danses à la fac ?

C'était une question innocente. L'université comptait nombre de clubs et d'associations de danse, mais Jasper n'avait jamais trouvé le courage de s'inscrire. Elle avait assisté à une réunion et s'était aperçue qu'elle était lâche. Tout le monde se connaissait. Ils échangeaient des blagues qu'eux seuls comprenaient et s'appelaient par des surnoms.

Ils ne lui avaient donné absolument aucune raison de se sentir indésirable et, pourtant, elle s'était sentie exclue.

Elle n'aimait pas assez la danse pour se montrer courageuse là-bas.

— Non, je ne danse plus vraiment, répondit-elle sur un ton détaché.

Elle sentit son regard sur elle quand elle se leva et s'échauffa les chevilles. C'était bizarre. Autrefois, elle était parfaitement à l'aise devant des centaines de spectateurs. La scène devenait l'endroit le plus sûr au monde. À l'inverse, elle avait l'impression de trop se dévoiler devant une poignée de personnes.

Face à Arthur le taciturne, Arthur le critique, elle se sentait prise en défaut. Comme si elle passait aux rayons X.

Elle le regarda à la dérobée pendant qu'elle s'étirait. Il était beau. Objectivement. Christine ne l'aurait jamais dit si ce n'était pas le cas. Cheveux bruns, yeux foncés. Grand. Il ne ressemblait pas du tout aux partenaires que sa mère lui avait attribués lors de ses années de ballet. Elle se sentait petite à côté de lui. Cette sensation était assurément nouvelle.

S'il souriait, s'il souriait vraiment, il serait probablement éblouissant. Elle n'avait pas l'habitude de demander aux gens de sourire – elle méprisait les hommes qui lui beuglaient de se dérider quand elle marchait tranquillement dans la rue – mais elle aurait aimé le voir faire.

Il a de grandes mains, remarqua-t-elle. Et soudain, elle les imagina autour de sa taille.

Révoltée par cette image ridicule, elle secoua la tête avec vivacité.

À son grand soulagement, les premières filles passèrent la porte. Des voix masculines s'élevaient derrière elles.

— Commencez à vous échauffer, leur ordonna-t-elle.

Grace apparut. Un chignon domestiquait ses boucles. Elle portait sa tenue de répétition et ses chaussons quand elle se faufila dans la pièce. Elle afficha un grand sourire ravi dès qu'elle vit son frère, debout à côté de Bertie.

Arthur parut tout de suite moins guindé tandis qu'il saluait discrètement sa petite sœur.

Touchée, Jasper détourna le regard.

— J'aimerais vous voir danser une partie de la scène de la fête, annonça-t-elle au groupe, une fois que tout le monde fut arrivé et échauffé. Je regarderai votre jeu aussi bien que votre technique.

Dans ce tableau de liesse, la technique de Hilly et d'Eve était parfaite, mais leurs visages crispés ne laissaient entrevoir aucune émotion. De son côté, Grace mettait toute son énergie dans la scène et jouait si brillamment une Clara montée sur ressorts que Jasper sourit malgré elle.

— Au fait, tu n'étais pas synchrone à la fin, asséna Hilly à Grace quand elles firent toutes une pause. Fallait que tu le saches.

Grace porta sa gourde à ses lèvres. Elle avait l'air démoralisé.

— Hilly ! l'interpella Jasper sèchement. Pourquoi regardes-tu la prestation de Grace au lieu de t'occuper de ta propre audition ?

Hilly devint rouge pivoine et se jeta sur son sac de danse pour y prendre sa bouteille.

Jasper s'adressa ensuite à la salle.

— Que tout le monde m'écoute ! Je profite de cette pause pour vous rappeler une chose : les danseuses principales de ce ballet auront bien plus que leur choré en tête. Elles guideront la compagnie. Des filles qui boudent, qui soupirent ou qui lèvent sans arrêt les yeux au ciel, je n'en veux pas ! Je n'ai pas besoin de danseuses qui rabaissent leurs camarades. J'ai besoin de filles qui tirent les autres vers le haut. Voilà comment fonctionne une compagnie. Réfléchissez-y.

Mis à part le bruit des pas de Jasper s'approchant du piano, la salle de bal était totalement silencieuse. Elle sentait que la caméra la filmait, mais ce n'était pas aussi intense que le regard d'Arthur rivé sur son visage.

— Grace et Victor, pouvez-vous refaire la scène, s'il vous plaît ?

Grace en tant que Clara et Victor en tant que jeune prince étaient charmants. Ils évoluaient bien ensemble. Mais la timidité de Grace face à ce garçon se ressentait trop.

— Vraiment bien, les enfants. Victor, étire bien tes bras jusqu'au bout des doigts. Et Grace, un petit topo sur Clara.

Les yeux écarquillés, Grace hocha la tête avec enthousiasme.

Jasper saisit l'accessoire qui représentait le casse-noisette dans la scène d'ouverture.

— Bien ! Clara est entourée de nombreuses personnes de son âge cette nuit-là. Ils estiment tous que Casse-Noisette est laid. Ils se moquent de Clara parce qu'elle l'aime beaucoup. Elle, elle s'en fiche, car elle voit sa vraie nature.

Jasper regarda le jouet en bois. C'était le même qu'elle avait tenu en main, quand elle jouait le rôle de Clara, des années auparavant.

— Elle ne voit pas son potentiel, continua-t-elle sur le même ton. Ni une version imaginée de lui. Elle le voit, lui. Dans toute sa noblesse, toute son intelligence. Elle voit son cœur. Elle le voit dans sa totalité.

Tandis qu'elle serrait l'accessoire dans sa main, elle eut un pincement au cœur en pensant à tout ce gâchis. Tous ces « un de ces jours » devenus des « peut-être ». La beauté d'un ballet fondant comme neige au soleil, à mesure qu'elle s'éloignait de Lake Pristine.

— Il représente la promesse de l'autre. La possibilité de rompre sa solitude. Clara est indépendante. Intelligente. Elle est tout ce qu'on demande à une fille d'être. Mais elle désire aussi un ami. Un compagnon. Pour ne plus jamais être seule.

Elle contempla le vieil accessoire, un ami familier d'autrefois. Idiot. C'était idiot.

— Il y a une foule d'invités à cette fête, ajouta-t-elle. Mais elle ne peut pas se permettre d'être elle-même, avec aucun d'entre eux.

— Ça fait beaucoup, murmura Victor, les sourcils froncés.

Sa remarque fit sortir Jasper de sa rêverie. Elle adressa un sourire désabusé aux deux danseurs.

— Dansez-moi ça, leur demanda-t-elle sur un ton désinvolte, brisant l'étrange tension qui s'était accumulée autour d'eux, tel un banc de brouillard. Dansez tout ce que Clara et le prince pensent et ressentent, sans oublier les pas. Vous pouvez y arriver, je le sais.

Elle recula pour leur laisser le champ libre. Son sourire devint éclatant quand Grace opéra les changements voulus et se décrispa quelque peu. Ses gestes étaient légers et précis, mais surtout, elle habitait son rôle. Sa prestation permit à Jasper d'imaginer les décors somptueux, l'éclairage aux chandelles, la neige qui tombait dehors.

La jambe de Grace balaya l'air tel un enfant jetant une poignée de neige au-dessus de sa tête. Elle incarna son prénom. Jasper lui envia presque la manière dont elle étendit les bras. La fillette était si libre, si vulnérable. Elle montrait son amour et son besoin d'être aimée à chaque pirouette, chaque regard. Jasper en eut la gorge serrée. Un soupçon de honte ici. Une question fugace là. Elle était impressionnée par le talent de Grace et sa capacité à révéler son cœur.

La plus réussie des danses avait beau vous raconter un millier d'histoires, vous en attendiez toujours une petite de plus. Grace faisait cet effet à Jasper. C'était sensationnel.

Elle avait trouvé sa Clara.

ACTE I, SCÈNE 13

Jack Lemmon

Arthur débarrassait les assiettes du dîner en réprimant un grand sourire. Grace pétillait de joie, d'adrénaline et d'énergie. Elle lui avait décrit chaque minute du callback dans les moindres détails. Après lui avoir rappelé à plusieurs reprises qu'il était présent, qu'il avait tout filmé, qu'il avait, dès la fin de l'audition, promis, au téléphone, d'envoyer une copie dudit film à leur mère surexcitée, Arthur avait fini par baisser les bras.

— Art'... (Grace se calma soudain et secoua la tête avec émerveillement.) Jasper est tellement gentille ! Tu le savais ?

— Oui, poussin, confirma-t-il. Je le savais. Mais arrête de te sous-estimer. Tu étais vraiment incroyable.

Elle rougit, mais ne put s'empêcher de sourire.

— Merci, Art'. Mais elle était bien meilleure. Ne dis pas le contraire ! Tu étais en coulisses à chaque fois qu'elle dansait. Jasper est simplement la meilleure. Et elle pourrait être une vraie garce si elle le voulait, mais non, elle ne se comporte pas comme ça. C'est la meilleure, je te dis.

L'air déterminé, elle affichait un grand sourire, comme si elle le défiait de dire le contraire.

— C'est toi, la meilleure, fripouille.

— Arthur !

Il fut légèrement choqué qu'elle l'appelle par son prénom entier.

— Grace ?

— Dis-le. Vas-y, dis qu'elle est la meilleure. Tu le sais et tu le penses aussi, Art'. Allez !

Arthur cligna des yeux et se mit à bredouiller.

— On m'enregistre ? Il y a un micro caché sous la table ?

Grace sourit à sa plaisanterie avant de se rembrunir.

— Art', je suis sérieuse.

— Elle est super, poussin. C'était une grande danseuse et maintenant, c'est une grande maîtresse de ballet. Quand elle repartira à la fac et nous abandonnera tous à nouveau, ne la regrette pas trop, d'acc' ?

Grace flotta sur un petit nuage jusqu'à sa chambre pendant qu'Arthur faisait la vaisselle. Il avait l'impression d'avoir un poids en moins sur les épaules. Quels que soient les résultats du casting, Grace n'avait jamais eu autant confiance en elle depuis la disparition de leur père. Ce changement mettait Arthur dans un état d'euphorie.

Il essuyait la table quand la porte s'ouvrit en grand sur Henry, qui fonça en ligne droite sur le frigo.

— Fermé ? demanda Arthur en jetant un coup d'œil à la porte qui reliait leur maison au cinéma.

— Non, Agnès s'en charge, répondit Henry.

Arthur savait qu'il ne devait pas s'en occuper. L'équilibre entre le travail et la vie privée, tout ça, tout ça. Mais Agnès, si adorable fût-elle, commettait systématiquement des erreurs de caisse.

— Art', t'es sérieux ?! l'interpella Henry, incrédule, quand Arthur prit son badge et se dirigea vers le cinéma.

Agnès passait le balai quand il arriva devant le comptoir.

— Agnès, je peux fermer si tu veux rentrer chez toi, lui proposa-t-il.

Elle avait l'âge de sa mère et il évitait de lui donner le poste du soir. Elle ne vivait même pas à Lake Pristine.

— Oh ! Arthur ! s'exclama-t-elle. J'apprécie. Merci !

— Des spectateurs ? s'enquit-il en désignant du menton les portes battantes.

— Uniquement en salle deux, répliqua Agnès, qui se dirigeait déjà vers la petite salle du personnel. Une fille qui regarde le vieux film en noir et blanc toute seule.

— C'était ce soir, *La Garçonnière* ?

Agnès hocha la tête.

Arthur rabattit ses cheveux en arrière, se maudissant de ne pas avoir rafraîchi sa coupe habituelle – plus court derrière et sur les côtés. Il avait tellement d'autres choses auxquelles penser.

Il regarda le temps qu'il restait. Plus que vingt minutes. Il se dépêcha de compter l'argent de la caisse, fit un rapide inventaire, inspecta le hall et ferma toutes les portes à l'exception de la principale. Il élimina sa nervosité en faisant les cent pas sur la moquette rouge, les yeux rivés sur les lustres en cristal allumés, puis sur la nuit noire.

Il alignait bêtement les pots à pop-corn quand la porte battante s'ouvrit enfin et la fille sortit de la salle. Il la dévisagea franchement et se sentit soudain ridicule.

Quand Jasper croisa son regard, il se racla la gorge.

— Bon film ?

Elle lui adressa un petit sourire triste.

— Excellent. Tu l'as déjà vu ?

— Non. Ça parle d'un appartement, je suppose.

— En effet.

— D'accord.

Il lui tourna le dos. Il s'en voulait pour son idiotie. Il lui accorda suffisamment de temps pour fuir le bâtiment, loin du gérant de cinéma émotionnellement inculte. Quand il pivota, elle était toujours là.

— Merci d'avoir donné de ton temps à ma sœur.

Elle parut surprise.

— C'était normal.

— Pas pour tout le monde. Elle… (Il cherchait ses mots.) Grace est la meilleure personne que je connaisse. Mais parfois, certains la prennent pour leur souffre-douleur.

Il attendit qu'elle fasse semblant de ne pas comprendre. Au lieu de cela, elle acquiesça, la mine grave.

— Je sais ce que c'est.

Il manqua de bafouiller, puis la regarda d'un air réprobateur.

— Non.

— Si.

— Désolé, mais non. Personne ne s'en prend à Jasper Montgomery. Personne n'oserait.

— Oh ! J'ai été harcelée, répliqua-t-elle, le regard noir, mais avec une légère pointe d'humour. Peut-être pas ici, à Lake Pristine, mais à la fac, oui. Ça devait être écrit sur mon visage qu'on pouvait m'embêter. Ou alors c'était une odeur que je dégageais.

— Parce que tu les terrifiais, oui !

Elle sourit puis examina ses mains, comme si elle était devenue une petite chose fragile.

— Peut-être. Je ne sais pas. Je n'ai jamais cherché à terrifier qui que ce soit. Ma neuroatypie leur suffisait, je pense.

Arthur se sentit soudain très bête. Il n'avait pas imaginé un instant qu'on puisse humilier une personne parce qu'elle était différente. Ni qu'on puisse prendre Jasper en grippe. Mais elle lui avait rappelé qu'il ne savait rien de sa vie. Il ignorait ce que ce diagnostic signifiait pour elle, quel genre de discours stupides les gens lui servaient à cause de cela.

— Beaucoup croient encore que seuls les garçons peuvent être neuroatypiques, continua-t-elle. Je t'explique : si tu es une fille et neurologiquement différente, les marges se rapprochent. Si tu débordes, tu dois accepter que ça dégénère.

Sa seule réaction fut de la fixer.

— Désolée ! s'écria-t-elle, brusquement sur la défensive. Je ne sais pas ce qui m'a pris de te raconter tout ça.

Il en conclut qu'elle mourait d'envie de vider son sac depuis des années. En échange, il voulait lui dire quelque chose de profond, de rassurant.

— Une chance que je ne te filme pas en ce moment ! tenta-t-il.

— Tu pourras toujours utiliser les images de la vidéosurveillance.

— Non, non, tu ne crains rien, s'exclama-t-il avec un petit rire.

— Je me dévoile trop, s'excusa-t-elle en montrant ses paumes. C'est un trait que j'essaie de contrôler. Désolée.

Elle se dirigea alors vers la sortie, lui donnant l'impression d'une très belle mélodie qui irait en decrescendo, alors qu'il rêvait de l'écouter davantage.

— Houlà !

Elle recula en titubant. Arthur s'approcha spontanément du seuil et comprit sa réaction. Il neigeait abondamment sur Lake Pristine. Cela ne ressemblait pas aux gentilles chutes de neige des après-midi de décembre ni à celle qui l'avait accueillie après dix-huit mois d'absence. Celle-ci était du genre agressif.

— Tu as un parapluie ?

Elle écarquilla les yeux. Elle ne portait même pas de manteau !

— Je te dépose chez toi.

— Non, ça ira, protesta-t-elle vivement, mais il avait déjà dégainé ses clés de voiture.

Il n'eut pas le temps d'être gêné par le bazar accumulé dans l'habitacle quand il lui ouvrit la portière côté passager. Il sauta derrière le volant et il ne lui fallut que trois ou quatre essais avant de démarrer sa vieille caisse. Il mit le chauffage au maximum et avança lentement.

— Je te jure que ça va, lui dit-elle. Il ne fait pas si froid.

Les bras croisés, elle était recroquevillée sur elle-même au fond du siège.

Arthur pila et tira d'un coup sec le frein à main. Puis il tapa encore et encore sur le vieux système de chauffage jusqu'à ce qu'un peu de chaleur se propage autour d'eux.

Il était un peu essoufflé à la fin de sa démonstration de force. Quand il tourna la tête vers Jasper, elle riait.

— Désolée, lâcha-t-elle. Mais merci pour le spectacle !

Il sourit à contrecœur et reprit la route.

— Omar Sharif jouait dans le film de ce soir ?

Elle défit son chignon en bataille et il fut submergé par un parfum d'agrumes.

— Non, c'était Jack Lemmon.

— Il est mieux ou pire ?

— Je ne compare pas mes idoles.

La voiture dérapa légèrement. Arthur saisit le volant à deux mains.

— Ah !

— Laisse-moi t'expliquer pourquoi Jack est si génial, enchaîna-t-elle, l'air enjoué. C'est un type bien. Mais attention, ce n'est pas un *nice guy*.

Arthur la regarda à la dérobée.

— Un quoi ?

— Un gars mielleux avec les filles pour les mettre dans son lit. Le type bien, lui, est foncièrement bon.

— Et Jack est foncièrement bon.

— Oui, ça irradie de lui.

— Ouh ! Ça doit faire mal.

Elle sourit.

— Il est tellement gentil qu'il se met dans des situations inconfortables et ridicules. Il se laisse trop marcher sur les pieds. Toi, tu le regardes à l'écran et tu t'arraches les cheveux en lui criant d'envoyer balader tout le monde. Mais non, il ne le fait pas.

— Ça aussi, ça doit faire mal.

— Eh ! C'est ton cinéma ! Pourquoi tu passes des vieux films cucul si tu ne les aimes pas ?

Arthur resta muet un instant, comme ankylosé.

— Ce n'était pas mon idée, mais celle de mon père. Il avait envisagé une rétrospective, il y a longtemps.

Dans le silence qui s'ensuivit, seul le grognement du moteur était perceptible.

— Désolée… Je n'imagine même pas à quel point il doit te manquer.

Arthur cligna plusieurs fois des yeux et haussa une épaule.

— C'est rien de le dire…

Les arbres défilaient de chaque côté de la voiture, sur la route déserte entre le lac et la ville. Un arrêt de bus. Un panneau routier. Un banc sur le bas-côté du chemin de terre, pour que les gens observent les allées et venues.

— Il avait une telle culture cinématographique ! remarqua Jasper à voix basse. Je ne peux pas regarder *Certains l'aiment chaud* sans penser à lui. C'est un autre film avec Jack Lemmon. Tu sais quoi ? Je crois que je vais squatter ton cinéma jusqu'au mariage de Christine !

— Ça se passe comment, d'ailleurs ?

Elle laissa échapper un petit rire sec.

— Euh… Ça se passe.

— D'accord.

Ils étaient arrivés à Lakehouse. Arthur se gara et coupa le moteur, mais Jasper ne sortit pas de la voiture.

— Ça me manque de ne plus croiser ton père dans les rues de Lake Pristine, déclara-t-elle au bout d'une minute.

Quand les gens parlaient du père d'Arthur, ce n'était pas douloureux. Cela ressemblait plus à la première inspiration après un grand plongeon. Il se demandait souvent si les gens craignaient de mentionner Tayo précisément pour cette raison. Ils ignoraient ce que cela lui faisait.

— Oui, ça me manque aussi.

Les yeux de Jasper brillaient quand elle parlait.

— Il aimait beaucoup les stands artisanaux de la foire, qui sont aussi mes préférés dans cette vieille tradition bizarre. Tu te souviens, l'autre jour, Mme Heywood et ses pommes de pin ? Je me suis dit que M. Lancaster aurait adoré. Il en aurait acheté des centaines et les aurait accrochées dans toute la ville.

Arthur eut un petit pincement au cœur parce qu'au fond, elle avait raison.

— Il nous aurait fourni des séquences mémorables pour notre documentaire, ajouta-t-il pour détendre l'atmosphère.

Son idée marcha, parce qu'elle afficha un grand sourire.

— Oh oui !

Ils restèrent assis là un long moment sans se parler. La compassion de l'une et le chagrin de l'autre, côte à côte dans une vieille voiture.

— Merci de m'avoir raccompagnée, finit-elle par dire en ouvrant la portière et en secouant poliment la tête. Tu m'as sauvée de l'hypothermie.

— Tu en as acheté une, pas vrai ? lui demanda-t-il au moment où elle fermait la portière.

Elle lui adressa un sourire perplexe.

— J'ai acheté quoi ?

— Une pomme de pin.

— Ah ! Oui !

Elle répondit à la question qui brûlait les lèvres d'Arthur.

— J'ai écrit le nom d'Odette sur le ruban.

Arthur ressentit un étrange soulagement suivi d'une sensation impossible à identifier.

— Évidemment.

— C'est mon roc, tu sais. Sans elle…

Il haussa un sourcil.

— Sans elle, quoi ?

Jasper s'esclaffa, mais son rire sonnait un peu creux. Elle reprit la parole, un soupçon de tristesse dans la voix.

— Sans elle, je serais capable de quitter cette ville et de ne jamais revenir. Et personne ne le remarquerait. Personne ne s'en soucierait.

Arthur la dévisagea. Il était stupéfait. Elle ne s'apitoyait pas sur son sort. Elle pensait sincèrement ce qu'elle disait. Il se demanda si elle était incapable de voir tout l'amour que la ville lui portait. À moins qu'elle ne le trouve superficiel.

Avant qu'il ne puisse lui dire qu'elle se trompait au plus haut point, elle agita la main et remonta en courant l'allée menant à l'entrée de sa maison.

ACTE I, SCÈNE 14

L'erreur de casting

Dans la salle du petit déjeuner, les membres de la famille Montgomery se chamaillaient au-dessus de leurs bols de muesli quand Jasper descendit enfin avec sa liste de ballerines.

— Hilly ? demanda Andrea avant de boire une petite gorgée de son cappuccino et de regarder sa montre en or.

— Non, répondit Jasper, le menton relevé en signe de défi. Grace.

Christine leva les yeux de sa tablette. Elle avait la bouche entrouverte et les yeux écarquillés par l'incompréhension.

— Tu plaisantes ?

— Sa prestation était la meilleure, répondit Jasper dans un haussement d'épaules.

— Impossible ! Elle n'a pas du tout le bon profil.

— Oh ! Ferme-la, répliqua Jasper sans s'emporter. Elle est parfaite pour le rôle et je ne t'ai pas demandé ton avis.

— Les filles…, intervint leur mère en levant les mains, ses longs doigts collés à la manière d'une flûte de Pan. Un casting n'est pas une question de préférence, mais d'adéquation avec le rôle.

— Exactement, confirma Jasper, l'air austère. Et Grace a été la meilleure. Elle a suivi mes directives et elle connaît les pas. Elle est Clara.

— La mère de Hilly va t'assassiner, remarqua simplement Christine avant de retourner à ses réseaux sociaux. Tu en as conscience, Jazz ? Amanda va nous taper le scandale du siècle.

— Elle ne me fait pas peur, répliqua Jasper le plus nonchalamment possible. Arthur pourrait peut-être filmer la scène pour son documentaire.

— Jasper ! gronda leur mère. Ne sois pas insolente !

— Hilly sera la Fée Dragée. C'est un très bon rôle. Je ne donnerais pas celui de Clara à Grace si je ne croyais pas en ses capacités. Je sais qu'elle y arrivera. Le débat est clos. Tu m'as demandé de m'occuper du casting, je me suis occupée du casting.

— D'accord, répondit leur mère. Si tu es sûre de toi.

— Je suis sûre de moi.

— O.K. Peu importe, grommela Christine. Mais par pitié, évite les poings de la mère de Hilly. Il ne manquerait plus que tu aies un œil au beurre noir sur les photos ce week-end.

L'enterrement de vie de jeune fille de Christine. Jasper était soulagée que la soirée apparaisse à l'horizon. Cela signifiait qu'ils avaient fait la moitié du chemin.

— La salle de bal est réservée pour vingt heures samedi, lui rappela Christine.

Jasper rangea la liste dans son sac et se leva. Alors qu'elle se dirigeait vers la porte d'entrée, son père l'entraîna dans la salle à manger.

— Tout va bien, Jazz ?

Jasper refusait de croiser son regard, de peur qu'il ne la démasque. Parfois, elle avait l'impression que ses secrets étaient cachés dans un coin de ses iris. Si quelqu'un la regardait de trop près, il ne manquerait pas de les voir. Et si une personne de sa famille pouvait deviner ses tourments, c'était bien son père. Même s'il ne lui avait pas posé beaucoup de questions sur la fac ou Odette, il sentait systématiquement quand quelque chose clochait.

— Tout va bien, mentit Jasper. Les cours m'ont épuisée. Et puis tu sais, il y a le mariage de Christine. La nuit, je prie pour qu'aucune serviette de table ne soit dépareillée et que toutes les nappes soient bien repassées.

Elle avait visé juste avec ce trait d'humour. Il en conclut qu'elle croulait simplement sous les exigences de Christine. Rien de méchant. Tant mieux.

— Tu as fait le bon choix avec la petite Lancaster, lui confia-t-il avec un air de conspirateur. Bien joué.

Jasper se sentit soudain un peu penaude.

— Merci, papa. J'aurai peut-être besoin d'un garde du corps quand Amanda apprendra que sa fille n'est pas première ballerine cette année, mais merci.

— Charge bien ton téléphone avant de sortir samedi avec Christine, lui conseilla-t-il.

— Papa, rouspéta légèrement Jasper. C'est une soirée chic en petit comité. Je ne crains rien.

— O.K. O.K. (Il jeta un coup d'œil vers la salle du petit déjeuner où Christine parlait fort à Kevin au téléphone.) Je sais juste que ta sœur et toi n'entretenez pas les mêmes rapports avec les gens.

Jasper poussa un soupir. Pas un dans sa famille n'était capable de mentionner son diagnostic. Ils avaient passé des années à se demander pourquoi elle était différente, pourquoi certaines situations l'oppressaient ou la surstimulaient. Pourquoi, à l'inverse de Christine, elle n'aimait pas les grandes fêtes. Pourquoi elle sentait certaines odeurs et pas eux, voyait des détails qu'ils ne remarquaient pas.

Des années perdues à croire qu'on avait jeté un sort à leur benjamine.

Il n'y avait évidemment aucun sort. Cela venait juste d'elle. De son cerveau, de la manière dont il fonctionnait depuis toujours. Et après qu'un médecin le leur avait confirmé, plus aucun membre de sa famille n'en avait parlé.

« Personne ne compatira avec toi. Personne ne te facilitera la vie. Et cette étiquette ne devra pas te servir d'excuse. »

La mère de Jasper n'avait jamais aimé la réponse à la question que sa fille lui posait tous les soirs, à une époque, avant de s'endormir. « Je suis quoi, moi ? » Contrairement à elle, Jasper avait apprécié le diagnostic. On lui avait enfin fourni une carte. Une clé. Une explication qui ouvrait des portes en elle et diminuait en partie sa confusion, sa culpabilité, sa peur.

— Mon téléphone sera chargé, se contenta-t-elle de répondre à son père – même si en cas de crise, Odette serait la première qu'elle contacterait. T'inquiète.

Il opina du chef, apparemment satisfait.

❄ ❄ ❄

Le reste de la journée passa en un éclair. Jasper mangea des nouilles avec Odette, Sophie la revêche et Craig le loser. Puis elle se rendit au studio de danse. À son arrivée, les jeunes danseuses firent mine de ne pas vouloir sauter sur la liste qu'elle tenait à la main. Elle s'approcha du tableau. Lorsqu'elle punaisa la feuille, elle sentit chaque jeune fille se crisper derrière elle.

Sans laisser paraître la moindre émotion, Jasper fit un pas de côté. Quand elle hocha imperceptiblement la tête, toutes se ruèrent sur le tableau.

Elle entendit des « Oh ! », des « Ah ! », des murmures. Elle se tourna vers le groupe. Grace se tenait à l'arrière de la mêlée. Elle serait la dernière au courant. Sous les yeux de Jasper, les filles s'écartèrent pour la laisser avancer. Elles ne se réjouissaient pas toutes pour elle.

Jasper assista au moment précis où Grace lut son nom, où tout son corps réagit.

— Échauffement ! annonça-t-elle sur un ton ferme en faisant un signe de la tête au pianiste-répétiteur.

Grace était légère, comme en apesanteur, pendant le cours. L'une après l'autre, les élues se rendirent dans le vestiaire pour leur interview avec Arthur et Marcus. Hilly s'absenta un quart d'heure de plus que les autres et revint dans la pièce le visage rougi.

À la fin du cours, les danseuses récupérèrent leurs affaires et l'équipe du film remballa. Le visage encore marbré de larmes, Hilly se faufila jusqu'à Jasper.

— Ce n'est pas juste, bredouilla-t-elle entre deux sanglots, des trémolos dans la voix. Jasper, ce n'est pas juste.

— Hilly, c'est la décision qu'il fallait prendre et c'est la mienne, déclara-t-elle avec empathie, mais aussi une pointe d'autorité sous-jacente. Je comprends ta déception, mais je t'ai attribué un rôle excellent.

— Elle n'est pas Clara, sanglota la ballerine. Elle n'est absolument pas faite pour ce rôle. Elle n'est pas (elle se creusa la tête puis laissa échapper un soupir tremblotant avant de reprendre la parole)... blonde.

— Un mot de plus et tu ne fais plus partie de cette compagnie, lui asséna Jasper. Compris, Hilly ? Je ne plaisante pas. Un seul mot.

Hilly parut stupéfaite et Jasper sut tout de suite pourquoi. Chez les Montgomery, Jasper était la plus facile à vivre : elle leur offrait plus de pauses pour se désaltérer, ne faisait jamais de commentaires sournois ou caustiques sur leur apparence. Elle était chaleureuse, drôle, gentille avec elles. Hilly ne connaissait pas cette facette-là de Jasper, mais aujourd'hui, celle-ci n'avait pas honte de la montrer.

Elle congédia Hilly. Elle se changeait quand elle remarqua Grace, qui hésitait dans l'encadrement de la porte.

Jasper se redressa et, l'air grave, lui fit signe d'approcher.

— Tu l'as mérité.

Cette simple phrase libéra quelque chose chez la fillette. La voix chevrotante, elle marmonna quelques mots de gratitude et s'essuya vite les yeux.

— Je ne te décevrai pas.

— Je n'en doute pas une seconde, répondit Jasper.

Elle savait que c'était choquant de dire ça à seulement dix-huit ans, mais Grace lui rappelait l'adolescente qu'elle était à treize ans. Quelques années seulement les séparaient, mais l'écart lui paraissait tellement plus grand.

Grace détala comme une souris et Jasper demeura seule dans le studio. Elle regarda ses ballerines à côté de ses escarpins à la Audrey Hepburn. Elle aurait aimé couper son portable et danser quelques minutes, mais elle enfila ses chaussures. Elle s'appliqua un peu de rouge à lèvres, claqua la porte de son casier, éteignit les lumières puis se précipita dehors.

Sur le trottoir, elle sortit sa liste. Pour l'instant, elle n'avait accompli que trois choses.

1. Patiner sur le lac Pristine ;
2. Trouver un meilleur partenaire – fille ou garçon – pour Odette (n'importe qui sauf cet abruti de Craig) ;
3. Rendre maman fière de moi avec un incroyable *Casse-Noisette* ;
4. Manger des cupcakes chez Vivi – FAIT ;
5. Visiter le labyrinthe de Noël ;

6. Acheter une décoration à Mme Heywood au marché de Noël – FAIT ;
7. Dire à ma famille que je quitte Lake Pristine (et la fac) pour une école de design ;
8. Intégrer une école de design ;
9. Aider Christine à avoir le plus beau des mariages ;
10. Voir des films en soirée à l'Arthouse – FAIT ;
11. ~~Essayer de me montrer courtoise avec Arthur Lancaster~~ ;
12. M'amuser à l'enterrement de vie de jeune fille de Christine ;
13. Faire preuve de bravoure.

Une incroyable représentation de *Casse-Noisette* se rapprochait, et refuser de donner le rôle de Clara à Hilly pouvait figurer parmi les « preuves de bravoure ». Son entretien avec la directrice de l'école de design s'était extrêmement bien passé. Même son moi critique devait l'admettre. Elle finirait peut-être sa liste d'ici le réveillon du Nouvel An…

❄ ❄ ❄

Arthur se donna une petite claque afin de rester concentré. Assis devant un écran dans la chambre de son cousin, il faisait semblant d'être aussi intéressé par le montage du court-métrage que par son tournage.

— Tu devrais me laisser cette partie-là, lui proposa Marcus quand il remarqua l'ennui profond de son partenaire. Je trouve ça beaucoup moins fastidieux que de filmer.

— Filmer est le seul truc intéressant ! objecta Arthur. Là, tu vois, je commence à me demander pourquoi je me fatigue la vie avec ça.

Marcus siffla, puis éclata d'un rire moqueur. Il mit en pause l'extrait qu'ils visionnaient. L'image s'arrêta sur Jasper en train de superviser les auditions. Marcus désigna l'écran dans un gloussement.

— Tu te fatigues la vie afin de dévoiler l'étrange hiérarchie qui s'est établie dans cette ville. Et cela inclut sa famille.

— Tu racontes n'importe quoi ! aboya Arthur.

Il regretta immédiatement d'avoir parlé sur ce ton.

— Ce n'est pas ça, clarifia-t-il, un peu plus poliment. J'essaie encore de trouver un fil conducteur.

— Des princesses pourries gâtées gouvernent par la peur une jolie petite ville qui rêve d'être touristique ? rétorqua Marcus, comme si c'était l'évidence même.

— Jasper t'effraie ? riposta Arthur. La fille que tu couvrais de compliments devant Saffron ?

— Pff, Jasper ne m'effraie pas, reconnut Marcus. Sa sœur, par contre…

— On est d'accord sur ce point. J'ai une tonne de vidéos où Christine fait régner la terreur en ville.

À chaque fois qu'Arthur filmait des endroits calmes pour leurs scènes de transition, Christine surgissait. Comme si elle avait le don d'ubiquité. Il ne comptait plus les plans tranquilles que l'arrivée de Christine avait perturbés. Elle fulminait à propos d'un fleuriste, des invitations, du plan de table pendant que les demoiselles d'honneur couraient derrière elle.

— Il y a cinquante émissions de téléréalité dédiées aux femmes qui stressent pendant les préparatifs de leur mariage et le jour J, remarqua Arthur. Pourquoi en ajouter une ?

— Il y a aussi des millions de documentaires sur les petites villes, répliqua Marcus avec un haussement d'épaules. En quoi celui-ci est-il différent ?

Le regard d'Arthur pivota malgré lui vers l'image figée à l'écran.

— Ah ! Ah ! s'exclama Marcus. J'ai pigé.

— Tu n'as rien pigé du tout, grogna Arthur en se levant brusquement. Concentre-toi sur le mariage si tu veux rester dans la banalité. Tant qu'on n'aura rien de potable, oublie-moi pour le montage.

— Ouais, c'est ça…, murmura Marcus en regardant son cousin partir.

ACTE I, SCÈNE 15

L'évacuation

Arthur était d'une humeur exécrable quand il arriva à l'Arthouse.

— Ça va ? s'enquit Henry lorsque son jeune frère fit irruption dans le cinéma.

— Ça va, grogna-t-il en se dirigeant vers leur appartement.

Il entra dans la cuisine où Grace dansait sur de la musique. Elle resplendissait.

— Ta journée s'est bien passée ? lui demanda-t-il, et son humeur bascula instantanément vers quelque chose de plus léger et de plus avenant.

— Art' ! cria Grace par-dessus la musique, les yeux embués de larmes. Elle m'a choisie !

— Hein ?

— Jasper m'a donné le rôle de Clara. Je serai première danseuse dans *Casse-Noisette* !

Il fallut cinq bonnes secondes avant que le cerveau d'Arthur ne traite cette information. Et soudain, il se mit à crier plus fort que la musique. Il souleva Grace et tous deux se mirent à hurler de joie et à danser dans la pièce.

Ils faisaient un tel boucan que Henry déboula dans la cuisine, l'air effrayé, prêt à se battre.

— Qu'est-ce qui se passe ? s'enquit-il, inquiet.

— Tout va bien ! lui assura Grace, en sanglots. Jasper m'a confié le premier rôle ! Je suis Clara !

Le visage transformé par l'allégresse, Henry se joignit aussitôt aux célébrations. Les deux frères portèrent leur sœur et tous trois dansèrent ensemble dans la petite cuisine et crièrent de joie à s'en casser la voix.

— Il faut que tu appelles maman pour lui annoncer la bonne nouvelle, déclara Henry quand ils s'arrêtèrent enfin, le souffle court. Elle sera tellement heureuse pour toi.

Grace hocha la tête.

— Déjà fait. Elle était très contente. Si seulement…

Ses aînés posèrent une main sur son bras. Ils n'avaient pas besoin de se parler pour comprendre.

Henry dut retourner au travail. Grace regagna sa chambre, prétextant qu'elle devait répéter ses pas, qu'elle n'avait pas une seconde à perdre. La musique de Tchaïkovski envahit soudain l'appartement et Arthur se retrouva seul dans la cuisine.

Jasper m'a donné le rôle, avait dit Grace. La plus jeune des sœurs Montgomery avait pris seule cette décision.

Il devait la remercier.

❄ ❄ ❄

Alors qu'il arrivait devant Lakehouse, Arthur se figea. Emmitouflés dans de gros manteaux, les Montgomery étaient réunis autour d'un chauffe-terrasse sous le porche. Jasper ne se trouvait pas parmi eux, mais sa Jeep était garée à son emplacement habituel. Se sentant ridicule, Arthur recula lentement. Elle n'avait pas fait ça pour lui. Elle avait choisi Grace parce que celle-ci le méritait.

Il allait repartir en ville quand Howard Montgomery l'interpella.

— Arthur ?

— Bonsoir, monsieur ! répondit-il. Désolé, j'allais rentrer.

— Quel plaisir de vous voir, Marcus et toi, filmer notre chère ville, lui lança le père de Jasper, ignorant ses envies de fuir. Pourrons-nous assister à une projection du film avant que vous ne l'envoyiez ?

— Bien entendu, lui promit Arthur.

— Tu es là pour ma sœur ? l'interrogea Christine.

Il y avait quelque chose dans sa voix qu'il n'arrivait pas à définir. Elle n'était pas désagréable avec lui, elle ne se moquait pas. Elle n'essayait même pas de le rabaisser. Aucun de ses tours habituels. Elle semblait presque inquiète.

— Je voulais la remercier d'avoir sélectionné Grace, lui répondit-il en toute sincérité.

Mme Montgomery renifla, mais son visage se radoucit quelque peu.

— Elle a très bien dansé.

— C'était la bonne décision, ajouta M. Montgomery à mi-voix. Nous transmettrons le message, Arthur. Je pense qu'elle fait des devoirs dans sa chambre.

— Tu ne sors pas avec la sœur de ma meilleure amie ? lui demanda soudain Christine.

— Saffron et moi avons bu un verre ensemble un soir, oui, répliqua Arthur en clignant plusieurs fois des yeux sous le coup de la surprise.

— Hum…, marmonna Christine, les yeux rivés sur lui.

— Est-ce que tu peux remercier Jasper de ma part ? lui demanda-t-il, les dents serrées.

— Si j'y pense, répondit Christine.

Fin de la conversation. Il tourna les talons et se maudit d'être venu là en tout premier lieu.

❄ ❄ ❄

En ce samedi soir, Jasper se rendit à l'Arthouse un peu avant l'enterrement de vie de jeune fille de Christine pour s'occuper des derniers détails. Elle pénétra dans la salle de bal, les bras chargés de bougies. Jasper avait prévu des boîtes pour la mariée et ses demoiselles d'honneur. Chacune était remplie de petites attentions personnalisées – photographies, breloques, souvenirs… Elles contenaient aussi un appareil photo jetable et un petit album vierge n'attendant que les photos de la soirée. Elle savait que Christine détestait les guirlandes et les fanions. La décoration était donc de bon ton, tout en étant festive. Elle était plutôt fière de son travail. La pièce était belle, en concordance avec ses goûts et, surtout, ceux de sa sœur. Le genre d'ambiance dont Christine rêvait. Elle espérait que l'amour et l'attention qu'elle y avait mis compenseraient ses mois d'absence.

Elle mit la playlist de Christine et vérifia le son. Tout était prêt. Lorsque Henry arriva pour préparer le bar, Jasper envoya un texto à Charlotte pour lui demander si elles étaient en chemin. Jasper savait qu'elle s'était forcément arrêtée à Lakehouse pour s'y pomponner avec Christine.

— Euh… Si tu as engagé un strip-teaseur, ce serait le moment de me le dire. Question de sécurité incendie…, la taquina Henry pendant qu'ils baissaient la lumière et lançaient la musique.

— Pas moi, mais les demoiselles d'honneur en sont capables ! cria Jasper par-dessus la première chanson.

Elle plaisantait avec lui, mais tous deux étaient conscients que les filles auraient déjà dû être là. Jasper décida d'appeler directement Christine. Elle sortit de la salle de bal et se posta dans le hall, une main sur une oreille, le portable sur l'autre.

Christine ne répondit pas au premier appel, mais au second.

— Chris ? Vous arrivez bientôt ? demanda Jasper, grimaçant à cause d'un léger acouphène, mais aussi du mal de tête qui avait surgi plus tôt dans la journée et ne l'avait pas quittée.

La musique était à fond au bout de la ligne.

— Changement de programme ! beugla Christine.

Jasper se pétrifia.

Non loin, Henry ajoutait de la glace dans les seaux à champagne – les bouteilles étaient déjà payées. Elle se rappela soudain ces avions que sa famille avait ratés à cause de Christine, parce qu'elle aimait s'attarder dans les duty free. Elle avait la même migraine, à l'époque. Elle la sentait qui s'accentuait à cet instant.

— Quoi ?

— On passe te prendre au ciné. On va au Stone !

Jasper se mordit la langue. Sa sœur lui parlait comme si elle était son assistante. Comme si c'était son argent, et non celui de Jasper, qui avait été dépensé afin de préparer cette salle selon ses exigences.

— Christine…

— On arrive dans cinq minutes. Rebecca a réussi à nous mettre sur la liste des VIP, Jazz. Elle a demandé à Saff' de venir. Tu ne seras pas le seul bébé là-bas. J'étais obligée, Jazz. Rebecca et Saff' nous font entrer. Leur mère connaît le patron de la boîte.

Cette remarque était ridicule. De sa vie, Christine n'avait jamais été l'obligée de personne.

— Christine. (Sa peur transparaissait et Jasper se détestait pour ça.) Une boîte de nuit… Je ne pense pas…

— T'inquiète ! Tu as dix-huit ans maintenant, je te rappelle. Bon ! On est dans la limousine. On ne va pas tarder. Attends-nous dehors.

— Ce n'est pas une question d'âge, Chris ! Je ne peux pas…

La ligne coupa net et le pouls de Jasper s'accéléra. Elle sentit que Henry s'approchait d'elle, lui demandait si ça allait, tandis qu'elle ne parvenait pas à détacher son regard de son portable dans sa main. Comme si elle voulait qu'il sonne à nouveau. Que Christine lui dise qu'elle plaisantait.

— Henry, je suis tellement désolée…, bredouilla finalement Jasper, mortifiée. (Incapable de maîtriser le tremblement dans sa voix, elle se méprisa encore plus.) Christine a changé de programme. Elle veut aller en boîte. Rebecca et Saff' ont réussi à mettre tout le monde sur la liste VIP, ou quelque chose comme ça.

— O.K., répondit lentement Henry, l'air aussi hébété qu'elle. Vous buvez quelque chose ici avant d'y aller ?

Jasper avait décoré la salle avec goût, mais c'était Henry qui l'avait nettoyée et astiquée auparavant. Tous deux avaient consacré tellement de temps à Christine.

— Euh… (Jasper regarda en direction de la salle pour ne pas avoir à croiser son regard.) Non. Je pense qu'elles veulent s'y rendre directement.

Elle vit le dégoût sur son visage avant qu'il ne se ressaisisse.

— Écoute, je vais lui dire d'y aller sans moi, se dépêcha-t-elle de marchander. Comme ça, je pourrai rester et tout ranger ici. Je suis tellement désolée, Henry.

Elle ne parvenait toujours pas à le regarder droit dans les yeux. Elle avait tellement honte pour sa sœur. Le bruit d'une voiture se garant devant l'entrée du cinéma lui épargna d'autres excuses.

Jasper se dirigea à grands pas vers la limousine. Elle était prête à sortir sa sœur par un coude afin de l'amener de force devant Henry et l'obliger à s'excuser.

La portière s'ouvrit en grand et sa sœur, visiblement pompette, lui fit signe d'approcher.

— Allez ! Monte !

— Non, toi, tu sors ! Tu dois présenter tes excuses à Henry, Christine, aboya Jasper. Ton comportement est irrespectueux et insultant.

— Bouhhh ! hua Saffron à l'intérieur de la limousine.

Jasper se retint de la fusiller du regard. Elle ne jugeait pas les gens qui ont très peu d'amis. En revanche, elle ignorait pourquoi Saffron traînait avec sa sœur aînée et ses copines, un samedi soir. Elle devait aussi admettre qu'elle n'en avait pas des dizaines de son côté, alors qui était-elle pour jeter la pierre à Saffron ?

— D'où tu sors cette voiture ? interrogea Jasper en claquant la main de Christine quand celle-ci tenta de l'entraîner à l'intérieur.

— On l'a louée, répliqua Christine en reniflant pour marquer son agacement. (Elle saisit sa sœur par le poignet et tira.) Maintenant, tu viens !

— Non, je reste pour tout ranger, Chris. Ce n'est pas correct.

— Eh ! s'écria Christine, soudain très sérieuse. Tu as promis d'être là tout le long. Quoi qu'il arrive. J'ai besoin que tu viennes ce soir.

Jasper se radoucit un peu.

— Et puis, il faut que quelqu'un prenne des photos ! Monte !

Après avoir jeté un dernier coup d'œil catastrophé et mortifié à Henry, Jasper grimpa à l'intérieur. Elle claqua la portière puis chercha autour d'elle des substances licites ou illicites. Christine semblait surexcitée, mais elle avait peut-être simplement bu quelques gin-tonics.

— Cette boîte ne passe que des chansons sorties à la grande époque des Rolling Stones, lui apprit Christine, toute fière d'elle.

Sa sœur faisait preuve d'un sacré culot pour quelqu'un qui n'aurait pu nommer un seul titre des Rolling Stones, même si sa vie en dépendait.

Jasper était coincée entre son aînée et la portière. C'était la première fois qu'elle montait dans une limousine et l'expérience ne lui plaisait absolument pas, surtout quand Rebecca alluma une cigarette.

Jasper fixa sa sœur et lui pressa le bras pour attirer son attention.

— Christine, ce comportement n'est pas acceptable.

— La ferme, Jazz, par pitié, aboya Saffron. C'est sa soirée, merde !

Tu n'étais même pas invitée. Pourquoi tu n'es pas à ton deuxième rencard avec Arthur ? Cette pensée jalouse traversa l'esprit de Jasper, qui évita de la cracher.

Elle se mordit la langue. Littéralement. Elle avait maintenant la langue en feu, une sale migraine et chaque nerf de son corps réclamait du calme et du silence. Elle tremblait quand elles arrivèrent devant la discothèque.

De nombreuses personnes faisaient la queue à l'extérieur. Lorsque le petit groupe s'approcha du portier, Jasper se permit de rêver : Rebecca les avait menées en bateau et elles n'étaient pas sur la liste, finalement. Elles devraient patienter dehors, Christine se lasserait et elles finiraient par retourner à l'Arthouse.

Malheureusement, leurs noms figuraient bien sur la liste. Même le sien.

Elle suivit donc les autres en bas d'un escalier sombre. La musique était si forte que la sono semblait être dans son crâne. Chaque vibration des basses lui donnait l'impression de recevoir une balle. Elle ne pouvait pas leur expliquer cette sensation. Elles étaient toutes allistes. Il était impossible de leur faire ressentir ce qu'elle ressentait, de leur faire comprendre quoi que ce soit.

Les effets lumineux devinrent plus effrénés, plus irréguliers. Trop d'obscurité entrecoupée de flashs aveuglants. Trop de pulsations dans son sang. Trop de corps pressés contre elle. Trop de moiteur. Trop d'odeurs.

Elle regarda Christine et ses amies, qui se dirigeaient vers un box, mais ses jambes refusèrent de lui obéir. Elle ne se voyait pas en train de les suivre à travers les corps tournoyants. Elle se rendit avec peine dans un couloir où des gens attendaient d'accéder aux toilettes. Une femme pleurait. Une autre semblait évanouie. Même si ses mains tremblaient violemment, Jasper se pencha pour prendre le pouls de la fille et s'assurer qu'elle allait bien, mais celle-ci la chassa comme on chasse une mouche bleue. Jasper s'adossa au mur et se laissa glisser sur la moquette.

Elle fit tomber son téléphone à trois reprises avant de réussir à le tenir correctement et passer un appel. C'était comme si elle voulait saisir un objet qui coulait dans l'eau.

— Allô…, marmonna-t-elle, la voix éraillée. J'ai… besoin… d'aide.

❄ ❄ ❄

Grace était toujours sur son petit nuage quand Arthur la déposa chez leur mère pour la nuit. Comme celle-ci venait de rentrer d'Inde avec un carnet rempli de nouvelles recettes, il lui fallut plusieurs grognements et un « non ! » ferme pour qu'elle cesse de lui demander de rester dîner. Il se gara devant l'Arthouse et, alors qu'il s'apprêtait à entrer, il remarqua Marcus.

— Et si je te suivais un peu ? tenta-t-il. Histoire d'avoir des plans en rab.

— Je passe voir comment les employés s'en sortent et puis je file au lit, lui annonça Arthur. Super passionnant !

Vu que son ton disait : « Fais comme ça te chante », Marcus fit comme cela lui chantait.

Il filma Arthur de dos tandis qu'il pénétrait dans le cinéma. Il dut capturer l'instant où ses épaules se raidirent et ses jambes s'arrêtèrent brutalement. Les portes de la salle de bal étaient grandes ouvertes. À l'intérieur, Henry rangeait avec un air profondément résigné.

Oubliant Marcus et sa caméra, Arthur se dirigea vers son frère.

— Que s'est-il passé ? s'enquit-il.

— Christine est passée, rétorqua Henry, la mine renfrognée.

Arthur examina rapidement les lieux. Aucune bouteille ouverte, aucune bougie allumée, sono éteinte. Elles n'avaient pas mis les pieds dans cette pièce pour leur soirée, alors que le frère d'Arthur y avait consacré des heures et des heures afin que tout soit prêt dans les temps.

— Où sont-elles, maintenant ? l'interrogea Arthur.

— Aucune idée, répondit Henry sur un ton las et désabusé. Jasper m'aidait à tout installer quand Christine a appelé pour dire qu'elles allaient ailleurs. Ensuite, elles ont toutes débarqué en limousine et elles ont obligé Jasper à monter. Elle était plutôt mortifiée, crois-moi.

Arthur se gratta la nuque, puis décida de donner un coup de main à Henry. Alors que Marcus était très occupé à les filmer, ils furent interrompus par le bruit des portes qu'on ouvrait en grand. Tous trois se retournèrent et découvrirent Odette, qui courait vers eux. Elle avait les cheveux mouillés et portait un manteau sur ce qui ressemblait à un pyjama.

— Arthur ! (Son cri lui fit l'effet d'une fléchette en plein cœur.) Tu peux me conduire en banlieue ? Maintenant !

Il y avait une telle urgence dans sa voix, une telle panique dans sa posture qu'Arthur n'eut pas besoin de plus pour hocher la tête et dégainer ses clés.

— Qu'est-ce qui ne va pas ? demanda Marcus, qui accompagnait Arthur et Odette jusqu'à la voiture, caméra au poing.

— C'est pas tes oignons, rétorqua Odette en sautant sur le siège passager et en claquant la portière au nez du curieux.

— On va où ? s'enquit Arthur, désorienté.

Il mit le chauffage à fond et alluma ses feux.

— Au Stone. C'est une boîte sur Market Street.

Comme cette rue se trouvait à trente bonnes minutes de route, Arthur démarra en trombe.

— Tu m'expliques ?

Odette s'essuya le visage et secoua ses cheveux mouillés.

— J'étais avec Craig. On buvait. Alors je ne suis pas en état de conduire.

— O.K. C'est quoi, le problème ?

L'inquiétude d'Odette commençait à déteindre sur lui.

— Jasper m'a appelée. Depuis la discothèque. Elle fait un shutdown.

Arthur appuya sur l'accélérateur.

— D'accord.

— Elle ne supporte pas ce genre d'environnement, expliqua Odette, au bord des larmes. Elle n'est pas faite pour ces endroits. Ça la surstimule. Et Christine le sait. (Elle serra le poing, l'air furieux.) Christine le sait parfaitement !

— Est-ce qu'elle est en danger ? s'inquiéta Arthur.

— Je n'en sais rien, répliqua Odette sur un ton sec. Désolée. Désolée, mais je ne sais pas. Elle m'a appelée à l'aide et à chaque fois que j'essaie de la joindre, je tombe sur son répondeur.

Arthur jura dans sa barbe.

— Tu m'ôtes les mots de la bouche, répliqua Odette. Tu imagines l'enfer qu'elle doit vivre pour me demander de l'aide ? Elle brûlerait vive qu'elle n'oserait pas réclamer de l'eau par peur de déranger. Alors, oui, c'est grave. Très grave.

Les mains d'Arthur serraient le volant tel un étau.

— Je ne sais même pas pourquoi elles sont allées en boîte ! ajouta Odette en s'adossant lourdement à son siège.

— Christine a changé d'avis au sujet de la fête, marmonna Arthur en prenant un virage un peu sec avant de ralentir brièvement devant un radar. Elle a dégoté une limousine et elles sont toutes allées en ville.

Odette émit un bruit de dégoût.

— Essaie de rappeler Jasper, insista-t-il.

Odette ne l'avait pas attendu. Elle mit son téléphone en haut-parleur et patienta dans un silence tendu avec lui. Comprenant que Jasper ne répondrait pas, tous deux laissèrent échapper un soupir de frustration.

— Tu as le numéro de Christine ? lui demanda Arthur au bout de quelques instants.

— Non, soupira Odette. Et tant mieux : elle n'apprécierait pas ce que je lui dirais.

Le reste du trajet se déroula en silence. Quand ils arrivèrent en périphérie de la capitale, Odette lui indiqua la direction de la discothèque et, sur le parking, Arthur se gara en vrac. Ils bondirent en même temps hors du véhicule et foncèrent jusqu'à l'entrée. Les gens qui attendaient leur tour ne manquèrent pas de manifester leur mécontentement quand Odette et Arthur jouèrent des coudes pour atteindre la porte, mais ces deux-là s'en fichaient. Profitant de ce qu'Odette parlemente avec le videur, Arthur sauta par-dessus la corde en velours et dévala l'escalier – ses pieds touchèrent à peine les marches.

Il grimaça quand il pénétra dans le club en sous-sol. L'endroit était bondé, l'atmosphère moite et il flottait une légère odeur corporelle masculine mêlée à du parfum bon marché. Il ne voyait quasiment rien, mais il sentit Odette quand elle arriva derrière lui.

— Elle est où, à ton avis ? hurla-t-il par-dessus l'horrible musique.

Alors qu'ils se dirigeaient vers la piste bondée, Arthur aperçut soudain Christine et ses amies, dans un des boxes. Saffron était debout. Elle posait avec une bouteille de champagne pendant que les flashs de leurs téléphones l'éclairaient. Jasper n'était visible nulle part.

Odette et Arthur se frayèrent un chemin jusqu'à elles à travers la foule déchaînée.

Saffron fut la première à remarquer Arthur et son visage passa de l'étonnement à l'excitation.

— Eh ! ronronna-t-elle en tendant les bras vers lui. Tu es venu !

Arthur ne prit pas la peine de lui dire que cela aurait été une vaste blague de l'inviter.

— Où est Jasper ? beugla-t-il par-dessus les basses qui faisaient quasiment trembler le bâtiment.

— Quoi ? cria-t-elle, les yeux plissés. T'es sérieux ?

Odette se colla sous les yeux de Christine et sembla se retenir de faire voler son téléphone.

— Christine ! Où est ta sœur ?

Christine regarda autour d'elle, comme si elle s'attendait à ce que Jasper soit assise sur la banquette en cuir à côté d'elles. Arthur crut percevoir une pointe d'inquiétude dans son attitude, mais il s'emballait peut-être.

— Elle doit être aux toilettes, finit par supposer Christine après avoir scruté la piste de danse, en évitant bien de croiser le regard d'Odette ou d'Arthur.

Celui-ci se rua vers une porte que les gens ne cessaient d'emprunter dans un sens ou dans l'autre, à l'autre bout de la piste. Il entendit qu'Odette élevait la voix derrière lui, mais il ne s'attarda pas pour en savoir davantage.

Il parvint dans un long couloir bordé de portes. Arthur poussa deux personnes pressées de retourner se trémousser et puis il l'aperçut. Elle était avachie contre un mur. Elle avait les yeux fermés et, s'il n'avait pas connu la situation, il aurait dit qu'elle était défoncée.

L'inquiétude et le soulagement le frappèrent de plein fouet en même temps.

Une fois que sa stupéfaction fut passée, il alla s'agenouiller devant elle en prenant soin de faire rempart entre elle et la porte d'où provenaient le vacarme et le chaos.

— Jasper ?

Ses paupières se soulevèrent plusieurs fois avec difficulté. Bien que désorientée et épuisée, elle reconnut son visage et sembla ne pas en croire ses yeux.

— Ma voiture est dehors, lui expliqua-t-il calmement.

À moitié sur le trottoir, à moitié sur la route, mais il n'entra pas dans les détails. Il espérait la sortir de là et ne pas trouver un sabot sur sa roue.

— Ne bouge pas, poursuivit-il. Je vais chercher Odette et on te sort de là ensemble.

Elle écarquilla les yeux, mais ne prononça pas un seul mot.

Arthur se leva d'un bond et partit en courant vers la sortie des toilettes. Il hocha la tête quand il vit Odette qui avançait sans ménagements entre les corps. Lorsqu'il lui fit signe de le rejoindre, le soulagement éclaira son visage.

— Elle est là ! lui cria-t-il tandis qu'elle se faufilait entre les danseurs ivres telle une barque entre des roseaux.

— Pfiou ! souffla-t-elle en arrivant devant lui.

Ils remontaient le couloir ensemble quand ils eurent une vision d'horreur. Un type libidineux était penché au-dessus de Jasper et lui murmurait quelque chose à l'oreille. Elle était recroquevillée sur elle-même, le visage blême.

Arthur passa à l'action avant même qu'Odette n'ait le temps d'ouvrir la bouche et d'incendier le type. Il jeta l'inconnu contre le mur poisseux et lui bloqua la clavicule avec son avant-bras.

— Qu'est-ce qui te prend, mec ? couina l'importun.

— Sors de cette boîte immédiatement, lui ordonna Arthur sur un ton calme. Et ne regarde personne en chemin.

— Mais…

— Obéis ou je m'en charge. Allez, dégage.

Il lâcha le type, qui fila en l'insultant copieusement.

Arthur retourna auprès de Jasper. Odette l'aidait à se lever.

— Prends mes clés, Odette. Démarre la voiture et mets le chauffage à fond. Je m'occupe d'elle.

Odette hocha la tête avant de partir en courant.

— C'est tellement embarrassant, marmonna Jasper, la voix rauque. Je ne voulais déranger personne.

Elle fit un pas en avant, mais sa cheville flancha. Elle ne tenait pas sur ses jambes. Sans prévenir, Arthur glissa un bras dans son dos, l'autre sous ses genoux, et la souleva. Puis il pivota et se dirigea vers la sortie.

— Désolé, ça va être l'enfer, grommela-t-il.

La tête nichée dans son cou, elle ne répondit pas.

Il fonça en ligne droite vers l'escalier, sachant qu'ils seraient bientôt sortis de ce cauchemar sensoriel. Cette ambiance lui donnait envie de grincer des dents et de contracter la mâchoire. Il n'imaginait même pas le calvaire qu'elle devait vivre. Il s'obligea à relâcher un peu la pression.

Lorsqu'ils parvinrent dans la rue, il poussa un grand soupir de soulagement. L'air frais caressait son visage que le club avait largement griffé avec ses ongles.

— La voiture est toute proche, l'informa-t-il doucement.

— Arthur ?

Ce n'était pas la voix qu'il voulait entendre.

Il se retourna et tomba sur Christine, qui regardait Jasper d'un air anxieux, et Saffron, qui le dévisageait avec perplexité. Cette dernière avait prononcé son prénom sur un ton à la fois surpris et plein d'appréhension. Christine semblait pâle d'inquiétude.

Bien, se dit Arthur. Il est temps qu'elle s'inquiète.

— Jazzie ? l'interpella Christine d'une voix timide et craintive. Jasper ?

— Pourquoi..., commença Saffron, qui titubait tout en voulant paraître sobre. Pourquoi est-ce que tu la portes comme ça ?

— Et toi, pourquoi tu es là ? vitupéra-t-il. Tu as suivi ta sœur ?

— Ouais, comme elle, répondit-elle, au bord des larmes. (Elle désigna Jasper.) Tu comptes lui hurler dessus aussi ?

— C'est l'enterrement de vie de jeune fille de sa sœur ! rétorqua Arthur. Elle ne voulait pas venir. Elle est là à cause de son stupide altruisme de merde. Et sa grande sœur aurait dû veiller sur elle !

Arthur n'avait pas le temps de s'occuper de Saffron, et encore moins de Christine. Il regagna sa voiture à grands pas. Par chance, elle était encore garée sur le trottoir. Odette ouvrit la portière arrière afin qu'il dépose Jasper à l'intérieur. Odette glissa à côté de son amie, l'aida à s'installer et lui attacha sa ceinture.

Arthur claqua la portière puis bondit derrière le volant. Il était sur le point de filer quand il croisa le regard de Christine. Pendant une seconde, elle lui parut morte de honte, voire dévastée. Puis, dès qu'elle s'aperçut qu'il l'observait, son visage se durcit. Tout soupçon d'empathie se volatilisa après un court séjour dans sa tête. Quelle que soit la voix qui résidait en elle, ce n'était ni celle de la conscience ni celle de la responsabilité, mais celle qui avait mille excuses. « Je ne fais jamais rien de mal. Et si j'ai fait quelque chose, ce n'est pas ma faute. »

Arthur détourna froidement le regard. Il n'accorda pas un coup d'œil à Saffron.

Il attendit qu'ils soient sortis de la ville et de retour sur les routes de campagne menant à Lake Pristine pour parler.

— Comment elle va ?

— Elle serait mille fois mieux chez elle, dans son lit, répondit Odette à voix basse. Si elle ne boit pas beaucoup d'eau, elle aura une migraine carabinée. Si elle ne l'a pas déjà.

Arthur se racla la gorge.

— Ce n'est pas la première fois.

Il s'agissait d'une constatation et non d'une question.

— Ça s'est déjà produit, oui, répliqua-t-elle tristement. Un jour à l'école, il y a très longtemps… Elle… Ce n'est pas facile à expliquer.

— Elle ne vit pas au même niveau que nous, offrit-il inutilement. Elle ressent les choses différemment, c'est ça ? Tout est plus intense, plus bruyant, plus fulgurant…

— *Harder, better, faster, stronger*, murmura Jasper.

Odette et Arthur rirent malgré eux.

— Je crois que c'est la goutte d'eau qui fait déborder le vase, remarqua Odette. Je vais définitivement assassiner Christine.

— Pourquoi est-ce qu'Arthur est là ? s'enquit Jasper, la voix rauque. Vous aviez un rencard ?

Arthur renifla.

— Moi oui, répliqua Odette en caressant l'oreille de Jasper. Avec Craig. J'avais bu du vin quand tu as appelé. Alors, Arthur a joué les pompiers.

Il y eut une pause, le temps que Jasper digère l'information. Puis un petit mot quasi inaudible sortit de sa bouche.

— Désolée.

— Pas de « désolée » qui tienne ! riposta Odette. Les amis, c'est fait pour ça.

— Tu es plus qu'une amie, murmura Jasper. Tu fais partie de ma famille.

— Je sais, répondit Odette, qui semblait presque avoir mal. (Elle déposa un baiser sur la tête brune de Jasper.) Je sais.

Il y avait un sous-entendu qui échappait à Arthur dans cette voiture. Quelque chose de plus profond. Une conversation passée qui hantait ces deux-là. Comme si Jasper était prête à s'admettre vaincue. Comme si Odette voulait lui asséner un « Qu'est-ce que je t'avais dit ? ». Il se demanda si elle avait déjà eu besoin de ce genre d'aide, mais avait préféré gérer seule.

Ce ne sont pas mes affaires, se dit-il. Il était simplement chargé de les ramener à Lake Pristine.

ACTE I, SCÈNE 16

Rouge carmin

Maintenant que Jasper était en sécurité loin de la discothèque, la forte humiliation qu'elle ressentait finissait de l'achever. Le côté logique et rationnel de son cerveau savait qu'elle n'avait aucune honte à avoir. Ses besoins sensoriels venaient de lui rappeler que les boîtes de nuit n'étaient vraiment pas faites pour elle. Ce n'était pas un crime.

Logiquement, elle le savait.

Émotionnellement, elle se sentait très fragile et en danger.

Elle avait appelé Odette en tout dernier recours. Pourquoi ? Oh ! Pas parce qu'elle ne lui faisait pas confiance. Au contraire, elle savait pertinemment que son amie viendrait à sa rescousse. Elle savait qu'Odette lâcherait tout et volerait à son secours.

La honte et l'embarras avaient remplacé les lumières stroboscopiques et la musique assourdissante.

Sans parler d'Arthur.

Arthur Lancaster était là.

Ce qui rendait la situation pire encore.

Ils se garèrent enfin devant Lakehouse. Jasper essaya de claquer la portière, mais elle n'avait pas assez de force pour cela. Son esprit et ses mots lui revenaient, mais son corps lent et apathique croulait toujours sous le poids de la surcharge sensorielle et du shutdown. Elle avait l'impression de porter des vêtements mouillés un jour de vent glacial.

Elle s'obstina à garder la tête haute pendant qu'elle s'avançait vers la porte d'entrée qu'Odette ouvrait sans bruit. Soudain, elle dut se raccrocher à quelque chose, et ce quelque chose s'avéra être le bras d'Arthur. Impassible, il l'aida à garder l'équilibre.

— Merci, murmura-t-elle en regardant l'allée en gravier sous ses pieds instables.

Il ne la lâcha pas. Il la guida à travers la maison et l'accompagna en haut de l'escalier.

Quand ils parvinrent dans la chambre de Jasper, Odette les y attendait déjà. Elle avait allumé les guirlandes et quelques bougies. Elle fouilla sous le lit et en sortit une couverture lestée qu'elle avait offerte à Jasper trois ans plus tôt.

Odette multiplia les attentions : elle borda Jasper, entrouvrit une fenêtre pour laisser entrer un peu d'air frais, dénicha une bouillotte, tira la lourde couverture grise afin de recouvrir complètement sa meilleure amie.

— Je descends remplir ça et je te rapporte de l'eau fraîche, déclara-t-elle, une fois assurée que Jasper ne manquait de rien. Tiens-lui compagnie, Lancaster.

Jasper écarta les cheveux de son visage et s'autorisa un coup d'œil à Arthur. La pièce était faiblement éclairée et chaude. Il était adossé au mur près de sa coiffeuse, comme s'il essayait de rester le plus loin possible d'elle. Jasper décida qu'elle ne pouvait pas le blâmer. Elle se sentait prodigieusement exposée.

— J'ignorais que cela pouvait être aussi difficile pour toi, murmura-t-il. Grace a des angoisses parfois, mais ma connaissance des…

— Des neuroatypiques ?

— Oui. Je ne sais… Je ne savais… Ce n'est pas comme je l'imaginais. Enfin, en tant que… euh… en tant que…

— Neurotypique.

— Oui. Je ne pensais pas que les bruits, les lumières et le reste pouvaient être… tu sais… Tu paraissais tellement à l'aise sur scène. Jamais je ne me serais douté…

Sa gêne était touchante, mais Jasper ne souhaitait pas prolonger cette conversation.

— Merci de m'avoir sortie de là-bas, réussit-elle à articuler.

Elle était tellement contrariée qu'il l'ait portée jusqu'à sa voiture, à la manière d'une mariée. Elle voulait effacer de sa mémoire la façon dont la discothèque s'était enroulée autour de son cou et avait serré. La façon dont chaque organe de son corps avait repoussé cette agression.

Alors qu'ils n'avaient pas repoussé Arthur.

Voilà qui était intéressant.

— Comment tu te sens ? lui demanda-t-il sur un ton bourru.

— Beaucoup mieux.

Il baissa la tête, regarda la coiffeuse et éloigna un flacon de parfum du bord. Puis ses doigts effleurèrent une petite boîte en verre contenant une poudre carmin.

— Ça vient de Paris, l'informa-t-elle. À l'époque où je sortais avec Katie. Elle veut devenir danseuse burlesque. (Elle se redressa et sentit que l'énergie revenait un peu. Suffisamment pour le taquiner innocemment.) C'est du fard à tétons.

Il retira si brusquement sa main qu'il manqua renverser la boîte. Il se dépêcha de la remettre à sa place. Jasper éclata d'un rire dépourvu de méchanceté.

Il répondit par un sourire. Un véritable sourire.

— Tu me fais marcher, répliqua-t-il, la voix rauque.

— Oui, mais ça se pourrait ! Elle ne jurait que par cette poudre. Elle répétait que je devrais en porter comme blush sur scène. (Son propre sourire s'estompa quelque peu.) Je ne l'ai jamais fait. Ce voyage à Paris remonte à si loin... Je ne suis pas retournée sur scène depuis.

Il passa son index sur la poudre rouge, appuya légèrement sans rien dire. Puis il regarda les affiches et les photos qui couvraient les murs.

— Ah ! Le voilà ! fit-il au bout de quelques secondes.

Elle n'eut pas besoin de regarder.

— Omar Sharif.

Ils éclatèrent de rire. Elle partageait une *private joke* avec Arthur Lancaster. Elle n'en revenait pas.

Odette réapparut avec sa bouillotte et un verre d'eau fraîche. Elle regarda Jasper et Arthur tour à tour, comme si elle percevait les braises de quelque chose. L'air amusé, elle haussa un sourcil, mais ne fit aucun commentaire. Elle glissa la bouillotte sous les pieds de Jasper et lui tendit le verre, qu'elle vida en deux gorgées.

— Retourne à ton rendez-vous, lança-t-elle à Odette, le souffle court. Ne t'inquiète pas pour moi.

— Non, non, c'est bon. Je le verrai une autre fois, déclara Odette. (Elle agita la main devant elle, chassant ces tentatives d'éloignement comme on disperse la fumée d'une cigarette.) Ferme-la et requinque-toi.

Jasper renifla.

Odette s'assit au bord du lit et toutes deux se tournèrent vers Arthur.

— J'y vais. Henry doit m'attendre, s'empressa-t-il de dire.

— Oh non ! Henry ! s'exclama Jasper en se relevant, l'air embarrassé. S'il te plaît, Arthur, dis-lui que je suis sincèrement désolée.

— Tu n'as pas à t'inquiéter, répondit-il de manière rassurante, généreuse. Il comprend. Ce n'est pas grave, honnêtement.

— Si, c'est grave, insista Jasper. Il n'est pas un des employés de Christine. Et s'il l'était, ce ne serait pas acceptable pour autant. J'irai lui présenter mes excuses en personne demain. En attendant, tu peux…

— Si Christine veut s'excuser, elle sera la bienvenue, l'interrompit Arthur. Tu n'as pas à être désolée. Henry ne t'en veut pas.

Il la fixait. Sans ciller. Jasper était déterminée à ne rien lâcher.

Odette les dévisagea à nouveau et toussota. Aussitôt, Jasper regarda ses mains, qui tremblaient encore un peu.

— Je file, murmura Arthur.

— Merci d'être venu à la rescousse, lui dit Odette chaleureusement.

Alors qu'elle se glissait dans le lit à côté de Jasper, elle poussa un petit cri. Chum, le chat, se trouvait déjà sous la couette. Elle éclata de rire puis le déposa dans les bras de son amie.

Quand Jasper releva la tête, Arthur s'était volatilisé.

Étrangement, elle en ressentit une certaine déception.

— Elle savait que ça se finirait comme ça, asséna Odette. Elle sait comment tu réagis quand tu satures.

— Ne parlons pas de Christine, tu veux bien ? Raconte-moi plutôt ton rencard avec Craig.

— Ce n'est plus le pire petit ami au monde, répondit Odette, dont le cou se colora en rouge.

— Ah oui ? la taquina Jasper en lui chatouillant les côtes.

— Pour l'instant, corrigea Odette, un grand sourire aux lèvres.

Jasper était contente de rire, et elle regorgeait d'amour pour sa meilleure amie tandis que la fatigue post-shutdown la terrassait.

Pour la première fois depuis des semaines, elle dormit à poings fermés.

❄ ❄ ❄

À son réveil, Jasper perçut le bruit de la machine à café au rez-de-chaussée, ainsi que le rire de ses parents. Odette dormait sur le ventre à côté d'elle. Chum en avait profité pour s'allonger sur son dos.

Jasper se leva et se rendit dans la salle de bains attenante. Elle prit son temps pour se laver les dents et se brosser les cheveux, puis elle se frotta le visage avec un gant de toilette doux pour essayer d'effacer la nuit passée. Tout en enfilant une tenue décontractée, elle prépara dans sa tête le discours qu'elle tiendrait à sa famille à la table du petit déjeuner.

Elle allait avoir une explication avec Christine. Devant ses parents, qui plus est.

Armée de courage, elle descendit l'escalier. Elle s'attendait à une mine boudeuse, à une humeur de chien, à du ressentiment et de l'amertume de la part de sa sœur. Elle s'attendait à ce que sa mère, en fidèle lieutenant de Christine, lui fasse une leçon de morale.

Quand elle parvint devant la salle du petit déjeuner baignée de lumière, elle hésita.

Ses parents et sa sœur étaient assis à leurs places habituelles. Sa mère sirotait son cappuccino, son père lisait son journal. Christine buvait un verre d'eau froide agrémentée de deux rondelles de concombre.

— Tu te lèves tard, remarqua ostensiblement sa mère – son regard était à la fois un reproche silencieux et une demande expresse de ne pas faire de vagues.

Jasper s'assit avec raideur. Elle remplit son verre d'eau en évitant les concombres et but cul sec.

— Alors, c'était bien, hier soir ? s'enquit leur père.

— Génial, se dépêcha de répondre Christine.

Elle s'était fait un chignon haut qu'elle avait caché sous un turban de soie et sa crème contour des yeux lilas pâle était visible sous ses cils.

— J'ai passé une merveilleuse soirée, continua-t-elle. Rebecca et les filles ont fait du super boulot.

— Je croyais que Jasper devait s'occuper de tout, remarqua leur père.

— Eh bien... Rebecca est ma demoiselle d'honneur. Elle nous a fait entrer dans une boîte hyper sélecte à la dernière minute. (Christine enchaîna avant même que Jasper n'ait le temps d'inspirer.) On s'est éclatées.

— Quel est le moment que tu as le plus apprécié, Jasper ? voulut savoir leur père.

Jasper prit le temps de boire, saisit une tranche de pain grillé, la beurra, mordit dedans. Elle envisagea un instant de se lever pour se préparer des œufs brouillés.

— J'ai croisé un garçon extrêmement beau, finit-elle par dire.

Surprise, sa mère leva brusquement la tête. Son père, embarrassé, toussota puis secoua bruyamment son journal. Christine lança un regard glacial à sa sœur, la mettant au défi d'en dire davantage.

Jasper croqua à pleines dents dans son toast et arbora un sourire serein.

— Il m'a quasiment portée jusqu'à la sortie.

— Qu'est-ce qui te prend ? demanda Andrea en dévisageant sa fille comme si quelqu'un d'autre occupait son corps.

Jasper décida de se taire le restant du repas. Elle attendit qu'Odette soit partie avant de retourner dans sa chambre.

Son amie avait écrit un au revoir joyeux au rouge à lèvres sur le miroir. Dans un rare accès de colère, Jasper donna un coup de pied dans le tabouret de la coiffeuse avant de le remettre en place.

Un léger coup à la porte la fit sursauter.

— Oui ? cria-t-elle.

— C'est maman. Je peux entrer ?

Andrea Montgomery ne frappait jamais. Elle entra néanmoins sans attendre la réponse à sa question. Jasper la regarda avec méfiance. Prête à subir ses foudres, elle sentit qu'elle commençait à se dissocier, ses expériences passées la préparant à une escalade. Sa mère était une véritable artiste quand il s'agissait de ballet, mais elle avait aussi un tempérament explosif qui allait de pair avec son besoin de tout contrôler.

— Christine subit beaucoup de stress. (Elle exposa calmement la situation à Jasper, qui ne laissa paraître aucune réaction.) Il n'y a rien de tel qu'un mariage pour vous donner des cheveux blancs, ajouta-t-elle en touchant ses propres cheveux teints en blond.

Quiconque aurait écouté ses mots et son ton modéré les aurait pris pour un message codé de réconfort. Pas Jasper. Elle savait qu'un orage allait s'abattre.

— Il faut que tu sois plus tolérante avec ta sœur.

Jasper ferma les yeux et expira.

— C'est ce que je fais, maman.

— Elle va dire et faire des choses qu'elle ne pense pas à cause de toute cette pression.

Jasper avait toujours été la préférée de leur père et Christine, celle de leur mère. Elle trouvait ça équitable, auparavant.

— Je pensais que les étiquettes ne définissaient pas qui nous étions et ne nous servaient pas d'excuse dans cette famille, rétorqua Jasper avec une pointe d'amertume dans la voix. Pourquoi le mot « mariée » excuserait-il le comportement de Christine ? Une étiquette que j'ai reçue il y a quelques années ne me rappelle-t-elle pas tous les jours que je ne dois pas faire un pas de travers ?

Elle rassembla assez de courage pour croiser le regard noir de sa mère. Ses narines frémirent légèrement et Jasper se demanda si elle allait sortir de ses gonds.

— Une bonne ballerine ne fait jamais de pas de travers, se contenta-t-elle de dire.

— Eh bien…, répliqua Jasper dont le regard se posa sur les photos encadrées au mur, du temps où elle dansait. Vu que je ne suis plus une ballerine…

— Jasper. Tu seras toujours une danseuse. J'ignore si tu me fais une crise d'adolescence, mais tu seras toujours une ballerine, ma fille.

Agacée par ces paroles, Jasper se rendit à l'autre bout de la chambre et commença à ranger son linge propre.

— Ce n'est plus pareil.

— Est-ce que tu danses à l'université ? Je sais que tes cours te prennent du temps, mais certaines associations…

— Je ne danse pas à l'université, répondit sèchement Jasper.

Elle sentait que les mots qu'elle avait envie de prononcer patientaient en coulisses. Ils attendaient le signal pour sortir.

D'ailleurs, je n'y retourne pas.

Jasper ne se sentait pas le courage de les prononcer à voix haute, encore moins en public.

❄ ❄ ❄

Arthur attendait encore que Christine présente ses excuses à son frère. Henry, lui, était déjà passé à autre chose. Arthur était moins conciliant. S'il voulait être honnête envers lui-même, il avait une autre raison d'être en colère, en plus du temps perdu par Henry et d'une salle de bal vide. Il était furieux à chaque fois qu'il se rappelait Jasper recroquevillée sur le sol contre le papier peint douteux. Il ignorait tout de son monde, mais même lui savait que c'était une honte de forcer une personne avec une hypersensibilité sensorielle à se rendre dans un tel environnement.

— N'importe qui d'autre aurait refusé. Pas Jasper.

Arthur faisait quelque chose qu'il ne devrait pas : il répondait aux questions de Marcus sur l'incident de la veille. Caméra allumée. Micro ouvert.

— Pourquoi ? lui demanda Marcus.

Il filmait Arthur en train de vérifier les reçus. Une ouvreuse écoutait la conversation.

Arthur continua de consigner les chiffres dans le registre avant de tout revérifier. Il posait chaque reçu sur le comptoir le moins violemment possible.

— Parce que c'est Jasper. (Il barra une ligne dans son registre avec une impétuosité qui ne put échapper à la caméra.) Jasper fait passer tous les êtres humains de cette planète avant elle.

Marcus se pencha en avant dans le but de l'encourager à poursuivre, mais Arthur n'avait pas besoin qu'on le pousse.

— Si sa sœur lui demandait de se ruer dans un bâtiment en feu, Jasper le ferait. Non ! Si une personne rencontrée dans la rue le lui demandait, elle s'exécuterait.

Arthur pensait faire là le plus beau des compliments, mais son ton bourru et agressif modifiait la perception du message.

— Écoute, Marcus, je ne la connais pas si bien que ça, insista-t-il pour plus de clarté. Mais cette ville est petite. Nous nous connaissons tous plus ou moins. Et s'il y a une chose que je sais sur Jasper, c'est qu'elle veut rendre la vie des gens plus facile.

Et, à nouveau, son ton fut plus sec qu'il ne l'aurait voulu.

— Tu n'aurais pas…, commença Marcus. (Il croisa les bras et se mit à danser d'un pied sur l'autre.) Tu n'aurais pas le béguin pour elle ?

Cette expression était tellement vieillotte qu'Arthur éclata de rire et pensa aussitôt aux vieux films de Jasper. Il continua de regarder ses reçus et de lentement barrer les dates.

— Si tu veux mon avis, il est temps qu'elle tienne tête à sa famille.

— Les petites villes sont des mines d'or, déclara Marcus. Elles regorgent de secrets. Et cette famille ? Ils sont au bord de l'implosion. Crois-moi. On doit juste se montrer patients.

Arthur jeta les reçus dans la caisse ouverte et la referma brusquement sans quitter son cousin des yeux.

— Ne t'avise pas de la ridiculiser.

Il se moquait d'être filmé ou pas.

— Si tu parles de Jasper, elle maîtrise bien trop ses faits et gestes pour que cela arrive, l'informa Marcus, qui paraissait un peu contrarié. Sa sœur, quant à elle… C'est une vraie bombe à retardement.

Arthur allait répondre quand quelqu'un entra dans l'Arthouse et lui cloua le bec.

Elle était pile à l'heure pour le James Stewart.

Quand elle reconnut Marcus de dos, Jasper écarquilla les yeux. Comprenant qu'elle était angoissée à l'idée d'être filmée et de gâcher ce moment de détente, Arthur lui indiqua la salle par un signe discret de la tête. Elle haussa les sourcils comme pour lui dire : « Tu es sûr ? » et il abaissa le menton en guise de réponse : « Oui, entre. »

Et elle entra, au nez et à la barbe de Marcus, dont la caméra resta braquée sur Arthur.

Le téléphone de celui-ci vibra. Encore un appel de Saffron auquel il ne répondrait pas. Il ne faisait pas exprès de l'ignorer. Les gens tombaient systématiquement sur sa messagerie pendant ses heures de travail. Cependant, il ne pouvait pas dire qu'il mourait d'envie d'avoir de ses nouvelles après l'incident de la veille. Elle n'était pas aussi responsable que Christine, mais elle avait été bien contente de suivre les autres. Si elle s'était évanouie dans un couloir ou avait fait un *bad trip*, Jasper aurait été à ses côtés. Arthur le savait.

Il était sorti avec une fille prénommée May. Ils suivaient le même cours de géographie. Ils avaient rompu sans heurts quand elle avait déménagé avec sa famille. C'était le genre de première relation sérieuse idéale, car cette fille était gentille, polie. Elle s'entendait bien avec sa famille. À l'époque, ils étaient deux bons amis qui s'étaient découverts maladroitement les quelques fois où la maison était vide. Aujourd'hui, elle fréquentait un joueur de foot dans une autre ville et tous deux semblaient très heureux ensemble. Alors qu'il était parfaitement sain de sa part d'être content pour May et son nouveau partenaire, Arthur s'aperçut que cela n'avait rien de romantique et qu'il aurait dû se languir d'elle.

« Art', j'ai l'impression que tu cherches quelque chose dans cette ville, lui avait-elle confié. Je ne sais pas si tu trouveras un jour. Tu dois en connaître chaque mètre carré, tu as certainement remué ciel et terre. Quoi que ce soit, c'est ici. Et ce n'est pas moi. »

Elle avait raison.

Arthur agissait en protecteur avec May. Il aimait la faire rire. Elle lui manquait en tant qu'amie. Avec Saffron, c'était le jour et la nuit. Pour être franc, il ne s'imaginait pas être ami avec cette dernière, mais il pouvait faire un effort.

Histoire de voir s'il y avait quelqu'un à l'intérieur, une meilleure personne que celle qu'il avait vue dans la boîte.

Parce qu'il se sentait seul.

À Lake Pristine sans son père.

Avec sa mère, qui vivait sa vie de son côté.

Avec Grace, qui passait son temps entre la danse et sa chambre.

Avec Henry, qui travaillait non-stop et ne sortait jamais deux fois avec la même fille.

Sans personne avec qui se promener dans les rues familières de sa ville.

Il regarda les portes battantes de la salle deux.

Comment ne pas se sentir seul quand on se languissait de quelque chose, tout en sachant qu'on ne l'obtiendrait jamais ?

ACTE II, SCÈNE 1

Changement de carrière

Jasper avait trouvé quelques heures à faire au café de Pete pour gagner un peu d'argent de poche. Son salaire passait en grande partie dans les costumes de la compagnie de danse. Ainsi, quand Pete s'était plaint à voix haute qu'il manquait de personnel, un après-midi où Odette et elle buvaient un milk-shake chez lui, elle lui avait proposé ses services et avait été engagée sur-le-champ.

Alors qu'elle se mettait au travail – avec la promesse d'être payée en liquide –, son esprit vagabonda. C'était un endroit sympa pour un premier rendez-vous.

Elle était sortie avec quelques garçons lors de son dernier trimestre à la fac. Quand elle avait trop peur de dormir, elle en faisait parfois entrer un en douce dans sa résidence universitaire. Ils adoraient tous le masque qu'elle offrait au monde, la version lisse et protégée de Jasper Montgomery. Elle le sentait. Ils adoraient projeter leur copine imaginaire sur elle. Les rares fois où elle se montrait sous son vrai jour, ils ne cachaient pas leur désarroi.

Elle ne souhaitait plus ressentir ça. Elle ne voulait plus qu'on lui rappelle le bruit, les mensonges, l'imposture tissés dans les préjugés des gens.

Voilà pourquoi elle était surprise de baisser automatiquement la garde avec Arthur.

Tout paraissait si différent avec lui. Cette nuit-là au Stone, quand il était venu la chercher en enfer, avait tout changé.

Peut-être bien qu'elle lui plaisait. Comme Shirley MacLaine plaisait à Jack Lemmon. Peut-être leurs destins étaient-ils liés, comme dans ces films qu'elle adorait, mais qu'elle ne pouvait pas le comprendre tant qu'elle n'avait pas rassemblé tous les morceaux de ce puzzle.

Elle empêcha son imagination de continuer sur cette piste. Elle refusa de penser au travailleur acharné et au frère attentionné qu'il était, à sa tristesse à chaque fois qu'elle mentionnait son père, mais aussi à son soulagement attendrissant quand elle avait partagé avec lui ses souvenirs de Tayo Lancaster. Jasper préférerait mourir que d'admettre qu'elle pensait plus souvent à Arthur qu'à son entourage, ces derniers temps.

Il se faufilait dans ses pensées tard le soir, quand elle reprisait un tutu. Et lorsqu'ils avaient marché de l'Arthouse à Lakehouse, il y avait eu une espèce d'électricité dans l'air qui l'avait effrayée et ravie à la fois. Elle sentait qu'elle perdait le contrôle et sa capacité à se cacher.

— Si tu as des questions ou des problèmes, Jazz, tu cries, lui précisa Pete en lui tendant la clé de la caisse et en lui tapotant l'épaule.

Elle avait suivi une formation en accéléré et avait à présent hâte d'encaisser ses pourboires. Elle hocha la tête en souriant, puis se rendit derrière le comptoir.

Chaque enveloppe remplie de billets et chaque pourboire allaient dans une boîte sous son lit. Ce fonds l'aiderait à quitter Lake Pristine et à intégrer une école de design, dès que Christine serait mariée. Elle savait que leur mère entrerait dans une colère monstre à l'instant où elle leur apprendrait qu'elle ne retournerait pas à l'université qu'ils lui payaient. Elle ne devrait alors compter que sur ses économies, son prêt étudiant et sa bourse. Elle s'était faite à cette idée. Elle n'avait pas peur de regarder ses privilèges en face, mais elle ne voulait plus des conditions qui les accompagnaient.

Ce premier service se passait bien. Le flot de clients était constant. Jasper aimait beaucoup préparer les boissons et faire les calculs mentaux nécessaires – une tâche répétitive qu'elle trouvait apaisante. Elle avait toujours quelque chose à faire et, de temps à autre, elle apportait une limonade à Odette qui squattait un box en guise d'encouragement.

À mesure que la fin de son service approchait, Jasper se sentait de plus en plus à l'aise dans son nouveau poste.

C'est alors qu'un couple entra.

Pete avait tamisé la lumière pour créer une atmosphère plus intimiste ; un feu ronflait dans la cheminée en pierre.

Le couple s'installa dans le box derrière Odette. Il s'agissait visiblement d'un rendez-vous galant.

Jasper prit deux menus sur la pile et un pichet d'eau, puis se dirigea vers leur table. Un peu hébétée, elle posa sur la table en bois les menus plastifiés et la carafe, qu'elle manqua renverser.

— Salut ! s'exclama-t-elle d'une voix qui se voulait enjouée. Une boisson pour commencer ?

Arthur et Saffron la dévisagèrent d'un air ébahi. Saffron afficha une mine amusée, quand Arthur parut pris de court.

— Jasper ! s'exclama Saffron. (Elle regarda autour d'elle en riant.) C'est une blague ?

— Non, répondit Jasper avec une grimace. Je travaille ici. J'ai une robe hors de prix à acheter pour un mariage.

Sa plaisanterie était idiote et ne lui ressemblait pas, mais elle amusa néanmoins Saffron.

Jasper n'arrivait pas à regarder Arthur. Elle se rappela soudain ce qu'elle avait ressenti, quelques jours plus tôt, pendant ce court moment ensemble. Comment elle avait baissé la garde très brièvement.

Parce qu'il l'avait sortie de ce cauchemar. Son monde avait soudain bougé sur son axe. Il n'était plus un inconnu. Elle n'oublierait pas qu'elle avait été plaquée contre lui. Pendant dix bonnes minutes, elle avait été son seul centre d'intérêt.

Elle n'avait pas mis de mots dessus avant, mais, à cet instant, il lui était difficile de penser à quoi que ce soit d'autre.

Elle fut soudain embarrassée par les réflexions qu'elle s'était faites en début de service. Évidemment qu'il ne l'aimait pas. Du moins, pas plus qu'une vague connaissance. Il tolérait sa présence et la raccompagnait chez elle après un vieux film à l'Arthouse par pure obligation morale. Arthur était quelqu'un de bon et son comportement le prouvait. Ce serait naïf et présomptueux de la part de Jasper de penser que sa prévenance envers elle reflétait un sentiment plus profond.

Il était clair que Saffron lui plaisait. Il avait un rendez-vous romantique. Avec Saffron. Les deux tourtereaux se trouvaient en face d'elle, ensemble. Arthur n'avait jamais proposé de rendez-vous à Jasper. Il n'en avait pas exprimé le désir. Cela calma les étranges sentiments qui commençaient à élire domicile dans son cœur.

— Je vais regarder la liste des cocktails sans alcool, annonça Saffron, ramenant soudain Jasper sur terre. Tu me donnes une minute ?

— Il n'y a pas de liste des cocktails sans alcool, Saffron, l'informa Jasper sur un ton neutre. Nous sommes dans un salon de thé.

— O.K., renifla Saffron. J'ai quand même besoin d'une minute.

Jasper était très heureuse de la lui accorder.

— D'accord.

Elle retourna derrière le comptoir et entra le numéro de table dans le système d'une main tremblante. Elle remua les doigts dans un *stim* imperceptible. Cette autostimulation était censée l'apaiser. Tout son corps vibrait tellement il avait envie d'être ailleurs, de fuir.

— Jasper ?

Elle avait entendu sa voix grave à de multiples reprises, mais c'était la première fois que ce son déclenchait quelque chose d'inhabituel chez elle. Elle ne voulait pas se confronter à cette émotion. Elle ferma donc les poings pour faire cesser les tremblements et pivota vers lui après avoir remis son masque.

— Oui ? répondit-elle avec un large sourire.

Il la regardait trop attentivement. Il était seul au comptoir. Ses cheveux étaient bien coiffés et il devait sentir incroyablement bon. Elle se demanda brusquement quel effet cela ferait de nicher son visage dans son cou… Elle se pinça vite le poignet pour chasser cette image.

Le moment était vraiment mal choisi.

— Comment vas-tu, Jasper ?

Comment vais-je ? se demanda-t-elle. Son cerveau s'était déconnecté à la fête de sa sœur. Elle mentait à toute sa famille et à sa meilleure amie. Elle n'avait absolument aucune idée du chemin à prendre pour aller vers son bonheur et non à son encontre. Il y avait tellement de choses qui clochaient chez elle.

Ses dix-huit ans lui paraissaient tellement plus difficiles que ses dix-sept. Elle pensait que grandir et parvenir à l'âge adulte étaient juste deux étapes vers lesquelles on se précipitait, et qu'une fois que l'on avait franchi la ligne d'arrivée, tout se mettait en place et avait enfin du sens. Au lieu de cela, structures et certitudes disparaissaient. Comme un filet qu'on enlève sous un trapéziste. Il ne restait alors plus qu'un choix : s'accrocher à la barre de toutes ses forces et continuer de se balancer, ou s'écraser au sol.

On lui mentait et elle décevait les autres dans un même souffle. Voilà à quoi ressemblaient ses dix-huit ans.

— Je vais bien, fut tout ce qu'elle fut capable de dire.

Je suis sur le point de craquer, oui ! Tu ne le vois pas, Arthur ? Elle n'était pas sûre que les morceaux se recolleraient aussi bien cette fois-ci. Colleraient-ils seulement ? Elle avait passé sa vie entière à danser autour des shutdowns en jouant la comédie, en faisant plaisir, en ne tournant jamais le dos. Elle avait de plus en plus de difficulté à y arriver aujourd'hui.

— Tu n'es pas venue à la projection, hier soir, remarqua-t-il.

Et c'était peut-être son imagination, mais elle crut discerner une légère accusation dans sa voix.

Certains l'aiment chaud. Son film préféré.

— J'ai deux boulots, maintenant, se contenta-t-elle de dire. *Casse-Noisette* et le café.

— Grace est enchantée.

— Tant mieux, fit-elle et elle le pensait. Elle se débrouille vraiment bien.

Elle s'empara d'un torchon et entreprit d'essuyer les taches de café sur le bar verni, en prenant bien soin d'éviter son regard.

Jasper aimait bien Arthur. Depuis le début, probablement. Elle appréciait sa loyauté, son charisme occasionnel, ses principes auxquels il ne dérogeait pas, son incapacité à dissimuler son dégoût pour certaines choses ou certaines personnes, la beauté de son visage et la douceur de ses yeux, ses fossettes, son amour pour sa famille.

Elle passait désormais plus de temps qu'elle n'osait l'admettre à souhaiter qu'ils deviennent amis, voire plus qu'amis. Ce genre de révélation avait de quoi secouer.

— Vous avez fait votre choix ? finit-elle par demander quand elle n'eut plus rien à nettoyer.

Arthur était d'une beauté désarmante et il avait surtout l'air préoccupé.

Jasper jeta un coup d'œil à Odette. Son amie les observait, l'air perplexe. Jasper se sentit prise en flagrant délit de mensonge.

Il passa commande et ce fut un soulagement pour Jasper de l'entrer sur l'écran. Quand elle eut terminé, elle découvrit qu'il n'avait pas quitté le comptoir.

— C'est bon, l'informa-t-elle avec un enthousiasme feint. J'apporte tout ça à votre table.

— Jasper, qu'est-ce qui ne va pas ?

Quelle question ! se dit Jasper avec une légère pointe d'amertume. *Mon cerveau gère les choses différemment et je ne parviens pas toujours à identifier ce que je ressens. C'est énorme, je sais au moins ça. J'ai l'impression d'être une épave de bateau qui se remplit d'eau. Je perçois mon environnement et les gens dans les moindres détails, mais il m'est interdit de regarder à l'intérieur de moi. Je suis devenue une étrangère dans mon propre corps à force de jouer des rôles pour les autres. Porter un masque dans un monde neurotypique érode la personne en dessous. Est-ce que tu savais ça ?*

— Je vais bien, Arthur, répéta-t-elle. Merci.

Laisse-moi absorber tranquillement cette tempête intérieure, le supplia-t-elle en silence. *Laisse-moi m'effondrer de mon côté et retourne auprès de Saffron.*

Saffron, qui la traitait comme un chien quand personne ne regardait, mais aussi en public, parfois. Saffron, qui postait de longues dissertations en ligne sur l'importance de la sororité et s'empressait de baver sur ses amies ensuite.

Arthur interrompit son monologue intérieur lorsqu'il lui saisit la main. Elle crut recevoir une décharge électrique. Il lui effleura la paume avec le pouce, comme s'il lui transmettait un message codé.

Puis il s'éloigna. Jasper se rendit dans la réserve, prétextant qu'il fallait une bobine de papier pour la caisse.

— Je crois qu'il me plaît, marmonna-t-elle dans sa barbe, affolée, au milieu des cagettes, des cartons et des bons de livraison. Oh ! Il me plaît beaucoup, oui !

❄ ❄ ❄

Arthur regagna d'un pas raide le box que Saffron leur avait choisi. Il l'avait invitée chez Pete pour une seule et bonne raison : lui dire fermement et irrévocablement qu'ils seraient amis et rien de plus. Sauf qu'elle avait habilement évité chacune de ses tentatives d'entamer une conversation sérieuse. Il avait choisi cet endroit pour sa mise au point sans savoir que Jasper y travaillait. Sa présence l'empêchait carrément de se concentrer sur Saffron.

Quand celle-ci but enfin une gorgée de son jus de cranberry, il tenta de dévier la conversation, mais elle leva un index.

— Je sais ce que tu vas dire, déclara-t-elle après avoir avalé sa gorgée.

— Ah bon ?

— Oui. Tu fais comme si je n'existais pas depuis le Stone.

Arthur secoua la tête.

— C'est faux ! Je…

— T'inquiète. Je comprends. Mais je trouve un peu toxique le fait de juger une fille pour une soirée où elle s'est lâchée. Si nous étions des mecs, personne n'y trouverait à redire.

Arthur ne suivait pas son raisonnement. Si elle avait été un mec et avait facilité le shutdown de Jasper avant de l'abandonner, il serait tout aussi furieux. Et puis, il ne l'ignorait pas. Il était trop occupé à essayer de croiser Jasper par hasard.

Voilà pourquoi il devait jouer cartes sur table. Si Saffron envisageait une quelconque relation avec lui, ce n'était pas juste de lui mentir.

— Désolé si je me suis montré distant, poursuivit-il à voix basse. Je n'en avais pas l'intention.

Ses excuses la transformèrent. Satisfaite, elle rayonnait.

— Bien. Je te pardonne.

— Je voulais te dire quelque chose, Saff'. Je pense que tu es une fille géniale et j'ai vraiment apprécié de te connaître un peu plus. Mais je ne veux pas que tu croies…

— Que je croie quoi ?

Surpris, il s'interrompit.

— Euh… Je voulais juste te dire…

— Tu es sérieux ? s'exclama-t-elle, un grand sourire aux lèvres, mais le regard bleu perçant et courroucé. Dis-moi que c'est une blague.

— Saff'… J'aimerais être honnête avec toi. Je ne voudrais pas que tu te fasses des idées.

— Au bout de plusieurs rencards, une fille se fait forcément des idées.

— Je sais. Voilà pourquoi il faut qu'on en parle avant que les choses n'aillent plus loin. Je t'aime bien. Tu es super, mais je ne…

— Mais tu m'as appelée !

Il s'abstint de lui faire remarquer qu'elle l'avait un peu harcelé avant qu'il ne décroche le téléphone, et que le geste n'avait certainement pas été naturel.

— Je suis désolé. Je pensais tirer ma révérence ici.

— Ne prends pas ce ton hautain avec moi, aboya-t-elle. Ne te comporte pas comme si j'étais une petite chose fragile sur le point d'éclater en sanglots. Nous avons eu deux rencards vraiment moyens. Je ne suis pas amoureuse de toi.

Soulagé, Arthur hocha la tête.

— Bien. Je suis content que tu voies les choses comme moi.

Au grand désarroi d'Arthur, la peine et la colère déformèrent le visage de Saffron. Apparemment, il avait dit ce qu'il ne fallait pas dire.

— Sache que je…

— Comme si j'envisageais de sortir avec toi, de toute façon ! s'écria Saffron dont les joues rosissaient à vue d'œil. Tu es un ours, un ermite ! Tu travailles trop dans ce vieux cinéma qui fiche la frousse. Ta sœur est une petite…

— Hé ! l'interrompit Arthur, décidant de ne plus prendre de pincettes. Tu n'as pas intérêt à dire quoi que ce soit sur ma sœur !

— Que ce soit bien clair : toute la ville est triste que ton père soit mort, mais ta mère qui se fait la malle pour vivre avec son nouveau mec pendant que ton frère et toi gérez l'Arthouse… C'est trop pour moi ! Je suis désolée, je ne recueille pas les animaux négligés des familles éclatées.

Arthur s'obligea à déglutir.

— Tu es contrariée. Je comprends. Tu as le droit…

— Je ne suis pas contrariée ! Je suis soulagée, gronda-t-elle. (Elle se leva et attrapa sa pochette.) Je suis soulagée de ne pas avoir à te larguer en douceur.

— O.K. Comme ça te chante.

— Et ne me rappelle surtout pas, ajouta-t-elle avant de sortir en trombe du café.

Arrivée au niveau de la porte, elle se retourna brusquement et pointa son sac dans sa direction, comme si elle tenait une arme chargée.

— Tu commets une grave erreur, Arthur Lancaster.

— On a deux versions légèrement contradictoires, là, Saff', remarqua Odette depuis son box à l'écart.

Dès que les mots passèrent ses lèvres, elle décocha un regard à Arthur et but une longue gorgée de limonade.

— Occupe-toi de tes fesses, toi, gronda Saffron.

Elle quittait le bâtiment quand elle pivota à nouveau pour lancer une dernière pique à Arthur.

— Oh ! À propos, Lancaster ! Elle ne te verra jamais comme tu la vois.

Le poing d'Arthur se serra autour de la serviette en papier avec laquelle il jouait. Il jeta un regard furieux à Saffron.

— Désolé, mais je ne comprends pas.

— Oh si ! Tu comprends très bien ! lâcha-t-elle d'une voix chevrotante. Toute la ville est au courant. Tu es fou d'elle. Ça se voit comme le nez au milieu de la figure. Tu te fais des illusions, mon pauvre.

Elle sortit telle une furie, la porte oscillant dans son sillage.

Tout le café avait entendu. La honte et l'embarras glaçaient les sangs d'Arthur. Il tourna la tête vers Odette, qui prétendit ne pas le voir. Comme la plupart des clients, d'ailleurs. Ils fixaient leur menu et faisaient comme s'il était invisible.

Seule Jasper le regardait. Elle venait d'émerger de la réserve et n'avait pas assisté à la scène. Arthur, lui, était trop décontenancé pour soutenir son regard.

ACTE II, SCÈNE 2

Le code des filles

Jasper descendit dans la cuisine après une énième mauvaise nuit de sommeil et tendit un papier à Christine.

— La liste des invités qui regrettent de ne pouvoir venir. Il n'y en a pas beaucoup. Tu vas faire salle comble.

Pendant que Christine regardait la feuille, Jasper prit une pomme dans la coupe à fruits et repartit d'où elle venait.

— Merci, Jazz.

Jasper se figea. Elle tourna la tête vers son aînée, qui était assise à la table du petit déjeuner. Elle portait sa robe de chambre et son turban en soie et elle s'était récemment verni les ongles.

— Pardon ?

— Merci. Ça m'aide beaucoup. Tu me rends un sacré service.

Jasper était tellement choquée qu'elle en aurait pleuré.

— À ta disposition, ma puce.

— Kevin te remercie aussi. Il a dit que notre premier enfant te revenait de droit.

Jasper éclata de rire.

— Euh ! Non merci, mais c'est gentil de proposer.

— Eh ! Je vais chercher ma robe de mariée en ville ce week-end. Tu veux venir ?

— Évidemment ! Tu veux que je prenne des photos ?

— Non, je veux juste que tu sois à mes côtés.

— Oh !

— Cool. Je t'enverrai par texto où et quand.

— D'accord.

Ce fut une Jasper un peu hébétée qui gagna sa voiture. Elle se demandait par quel miracle sa sœur avait changé de comportement. Elle ne se faisait pas d'illusions : ce ne serait pas permanent. C'était néanmoins bien agréable.

Elle confirma certains détails avec la salle de réception sur haut-parleur, tandis qu'elle se rendait en ville pour acheter plus de tulle. Quelques secondes à peine après avoir raccroché, son téléphone sonna à nouveau. Elle sourit en voyant le nom de son correspondant et prit l'appel.

— Salut !

— Salut, jeune inconnue, s'exclama la voix avenante qui appartenait au fiancé de sa sœur. Ça faisait longtemps ! Tu te souviens toujours de ma voix ?

— Il m'est arrivé un truc hyper bizarre, Kev', lui lança-t-elle sur un ton rieur tout en se concentrant sur la route. Christine m'a remerciée de vous aider.

— Il était temps.

— C'était ton idée ?

— Non, même pas. Je lui ai juste rappelé que tu nous sauvais la vie tous les jours.

— Ah ! Ce n'est rien.

— Non, je suis sérieux, Jazz. Tu es une superhéroïne. La supporter alors qu'elle est stressée ! Et je ne parle pas de cette caméra qui vous suit partout.

— Je suis contente de vous aider, Kev'. Je te jure.

— Tu sais quoi ? Prends ta soirée et amuse-toi, Jasper. Nous sommes vendredi. Tu l'as bien mérité. Tu travailles ?

— Non.

— *Casse-Noisette* ?

— Non, c'était hier soir.

— Alors, fais-toi plaisir. Bloque le numéro de Christine quelques heures et pense à toi.

Jasper arbora un large sourire.

— Je vais y réfléchir. Essayage de ton smoking lundi à quinze heures.

— Prends un jour de congé ! Tu es là pour nous donner un coup de main, pas pour gérer chaque détail !

Elle raccrocha dans un gloussement. Elle était sincèrement heureuse que Kevin devienne son beau-frère. Elle appréciait beaucoup cet homme étrange qui avait décidé de passer le restant de ses jours avec Christine.

Alors que Jasper atteignait le long sentier isolé qui reliait Lake Pristine à la capitale, son regard fut attiré par une scène insolite. Un bus desservant les villages voisins avait déposé des passagers à l'arrêt situé un peu plus loin. Cet arrêt de bus était sujet de controverses à Lake Pristine, car il se trouvait à une bonne vingtaine de minutes de marche du centre-ville et le bus fonçait en limite du territoire sans s'arrêter. Résultat : soit on s'élançait sur le chemin en pente, soit on faisait du stop pour parvenir à destination.

Mais ce n'était pas ce qui inquiétait Jasper à cet instant. Alors que le bus s'éloignait, elle remarqua une silhouette familière.

Grace Lancaster. La tête rentrée dans les épaules, elle semblait vouloir disparaître. Deux autres filles et un homme coiffé d'une casquette de base-ball à la visière baissée la suivaient. Eux aussi étaient descendus du bus. Jasper reconnut Hilly et Eve. Les yeux rivés sur la silhouette crispée de Grace, elles riaient manifestement un peu trop fort. La jeune sœur d'Arthur s'écarta pour les laisser passer. Elle scrollait avec frénésie sur son téléphone.

Jasper se gara sur le bas-côté de la route des bois et coupa le moteur. Les mains sur le volant, elle se pencha en avant. À nouveau, les deux filles regardèrent Grace avec insistance avant de hurler de rire.

L'instant d'après, l'homme qui les suivait dit quelque chose qui fit brutalement cesser les rires. Il arborait un sourire troublant. Jasper ignorait son identité, ce qui n'arrivait jamais à Lake Pristine, et son comportement éveilla son inquiétude.

Il fit une autre remarque aux filles, qui parurent encore plus mal à l'aise. C'en fut trop pour Jasper. Elle bondit hors de sa Jeep en claquant la portière derrière elle. Les trois filles jetèrent un coup d'œil dans sa direction et furent aussitôt soulagées de voir leur maîtresse de ballet. Grace ne cachait pas sa reconnaissance.

— Vous êtes perdu, monsieur ? cria Jasper.

L'homme leva la tête. Son expression licencieuse se figea face à cette nouvelle venue. Il se ressaisit vite et l'examina de la tête aux pieds, lentement, délibérément.

— Pas mal, ce patelin…, susurra-t-il.

— Montez dans la Jeep, les filles, leur ordonna-t-elle.

Les trois ballerines ne se firent pas prier. Elles coururent jusqu'à la voiture et grimpèrent à l'intérieur, Grace à l'avant, Hilly et Eve à l'arrière.

L'homme s'approcha de Jasper, le pas nonchalant.

— J'ai un club de golf dans le coffre de ma voiture, l'informa-t-elle d'une voix suave. Ce n'est pas la peine d'avancer plus, merci.

Le doute passa dans les yeux gris terne de l'homme.

— Tu bluffes.

Jasper lui sourit gentiment puis retourna à sa Jeep. D'un geste vif, elle ouvrit le coffre et en sortit un long club effilé couleur argent. Tout en le balançant gaiement, elle rejoignit l'homme sur le bord de la route.

— Je ne bluffe pas. C'est le vieux driver de mon père. Du solide pour une vieillerie. Bon, mes capacités motrices ne sont pas au top. Contrairement à lui, je ne suis pas championne de golf – il est juge à la retraite, au fait – mais je peux cogner ce que je trouve en travers de mon chemin. Et je cogne fort.

L'homme la dévisagea d'un air ahuri.

— Tu ne ferais pas ça !

Le regard de Jasper était glacial, mais son sourire était éclatant.

— Je vais me gêner.

— Et puis quoi ? aboya l'homme. C'est illégal de regarder les filles, maintenant ? De leur parler ?

— Vous n'avez pas à reluquer des mineures ou à leur parler. À présent, je vous conseille de faire demi-tour et de retourner à Port Balary ou bien de prendre un bus qui vous ramènera en ville. Avant que l'envie ne me prenne de jouer au golf.

L'homme semblait sur le point de lui cracher à la figure, mais il tourna les talons et s'éloigna en la fusillant du regard. Jasper attendit, immobile, qu'il soit hors de vue avant de retourner à sa Jeep.

Il fallait que les trois filles sachent qu'elle s'interposerait toujours pour elles et qu'elles devaient aussi être là les unes pour les autres. C'est tellement facile de rivaliser bêtement avec ses semblables. Jasper le savait mieux que quiconque. Mais elle avait réussi à sortir de ce schéma pervers et elle se devait de montrer l'exemple à ses jeunes danseuses.

Elle s'installa au volant et se tourna vers elles.

— Tout va bien ?

— Oui, répondit Eve sur un ton joyeux. On était au fond du bus et on ne l'a remarqué qu'en descendant. Il était louche. Il nous a dit des trucs dégoûtants.

— Moi, j'étais à l'avant, déclara Grace. Il m'a parlé quasiment tout le long du trajet.

Jasper tendit la main vers le bras de la fillette.

— Ça va ?

Grace hocha la tête et haussa les épaules.

— Oui. Il ne m'a pas touchée.

Jasper secoua la tête. Elle regrettait que ce type n'ait pas eu un aperçu de son swing.

— Je vous dépose à Lake Pristine.

— Arthur vient me chercher, lui apprit Grace. Il est déjà en route, à mon avis.

— Ah ! O.K. On va l'attendre ici, alors.

— On peut rentrer à pied, décréta Hilly. Merci de lui avoir presque mis la pâtée, Jasper.

— Attendez ! leur demanda Jasper quand elles ouvrirent les portières arrière. Juste un mot en vitesse. Comment réagirez-vous la prochaine fois que vous verrez qu'un membre de la troupe ne va pas bien ?

Toutes deux eurent la décence de paraître penaudes.

— On interviendra, finit par répondre Eve.

Jasper garda le silence quelques instants avant de leur faire signe de partir. Elles prirent la direction de Lake Pristine pendant que Grace gigotait sur son siège. Jasper regarda le club de golf sur ses genoux et manqua éclater de rire. Tout cela semblait tellement absurde, maintenant que l'adrénaline était retombée.

— Il a de la chance de ne pas être tombé sur ton frère, remarqua Jasper pour faire rire Grace.

Cela marcha. La fillette sourit et une partie de la tension se dissipa.

— Oh ! Oui ! Même si tu étais plutôt effrayante aussi.

— Je peux être très effrayante, Grace, l'informa Jasper, ce qui la dérida davantage. Mais si, madame ! On ne passe pas toute son enfance sous le même toit que Christine Montgomery sans connaître quelques techniques d'autodéfense.

— Tu t'es battue avec ta grande sœur à coups de club de golf ?

— Pas encore, mais attends qu'elle apprenne qu'elle n'aura pas les cygnes peints en doré espérés pour l'accompagner jusqu'à l'autel.

Cette allusion au mariage la mit en joie.

— J'ai reçu mon invitation ! Je l'ai exposée dans ma chambre. J'ai tellement hâte !

Jasper lui adressa un sourire chaleureux.

— Bien. Ça me fait plaisir, Grace.

Elle ouvrit la portière de sa voiture et tapa une balle imaginaire avec le club de golf. Elle allait le ranger dans son coffre quand la voiture d'Arthur se gara n'importe comment à côté de la sienne. Il en sortit d'un bond.

— Grace, tu vas bien ? demanda-t-il en scrutant l'habitacle.

— Oui, oui, Art', répondit-elle, les sourcils froncés. Comment tu as su qu'il y avait un problème ?

— Tu n'arrêtais pas de me dire de me dépêcher. (Il jeta un coup d'œil à Jasper, qui fermait son coffre.) Tout va bien, tu es sûre ?

Grace hocha la tête avec ferveur. Jasper, elle, regardait le frère et la sœur d'un air songeur.

— Je pense que Grace a besoin de se changer les idées, déclara-t-elle.

— Ah oui ? s'exclama Arthur, surpris.

— Oui, confirma Jasper, un grand sourire aux lèvres. Je pensais aller au bowling…

Le visage de Grace s'illumina. Elle interrogea son frère d'un haussement de sourcils.

— Tu peux venir, Art', lui proposa-t-elle en tapant sur le tableau de bord avec enthousiasme. Ça fait des siècles qu'on n'a rien fait d'amusant.

Arthur conservait son air austère.

— Je la ramène à une heure raisonnable, promit timidement Jasper. À moins que tu ne veuilles te joindre à nous…

Ce fut au tour d'Arthur de hausser les sourcils.

— Je vous accompagne. Mais ne venez pas vous plaindre si vous ramassez une déculottée.

Jasper laissa échapper un rire étonné. Le vertige d'avoir un crush puis d'être près de lui… c'était comme si un ciseau avait coupé tous les fils inutiles qui la retenaient.

— C'est ce qu'on va voir, répliqua-t-elle. Grace, tu veux faire équipe contre lui ?

Grace boucla sa ceinture de manière théâtrale en guise de réponse.

❄ ❄ ❄

— Bienvenue au bowling de Lake Pristine ! leur lança Hera à l'accueil.

Grace se précipita vers le comptoir et commença à enlever ses chaussures.

— Peut-on avoir la piste cinq pour trois parties ? demanda Jasper à Hera avec un grand sourire avant d'ajouter sur un ton suppliant : est-ce que je peux mettre mon veto sur les chaussures ?

— Le règlement, c'est le règlement, Princesse, intervint discrètement Arthur. Déchausse-toi !

— Désolée, Jazz, enchaîna Hera dans un haussement d'épaules. Il a raison.

Jasper soupira, mais céda et se pencha pour enlever ses babies. Elle les tendit à Hera avec une moue exagérée qui fit rire Grace. Clairement impatiente de jouer, celle-ci arracha ses chaussures de bowling des mains de Hera avec un empressement féroce. Jasper et Arthur prirent les leurs, même si Hera mit un peu de temps pour trouver du quarante-sept à ce dernier.

Tous trois s'assirent sur le banc en face du comptoir. Jasper continua de faire rire Grace en multipliant les grimaces tandis qu'elle glissait ses pieds dans les chaussures.

— Beurk ! Elles sont encore chaudes, plaisanta-t-elle, ce qui fit hurler de rire la fillette.

Jasper n'avait pas besoin de regarder Arthur pour sentir qu'il souriait. Il remua sur le banc à côté d'elle et son épaule toucha la sienne.

— Apparemment, de nombreuses salles ont laissé tomber les chaussures de bowling, leur cria Hera. Elles ne sont plus vraiment nécessaires. Elles servaient aussi à donner un petit aspect sportif. Ce que peu de personnes savent.

— Pourquoi est-ce que mes pieds sont dedans, alors ? aboya Jasper, au grand amusement de tout le monde.

— Tu essaies de gagner du temps, Princesse, remarqua Arthur. Parce que tu sais que je vais gagner.

Jasper fit claquer sa langue et donna un coup de coude à Grace.

— Allons lui mettre une raclée.

Tous trois gagnèrent la piste qui les attendait et entrèrent leur nom dans la machine. Jasper choisit Ronchon pour Arthur, qui lui rendit la pareille. Grace leva les yeux au ciel, mais leur sourit avant de choisir sa première boule de bowling.

— Démarre fort, Gracie, lui recommanda Arthur quand sa sœur s'avança pour lancer.

Elle renversa sept quilles – un score très respectable – et sourit timidement quand Arthur et Jasper l'applaudirent.

— C'est impossible de revenir sur ses pas après avoir tiré en ayant l'air cool, marmonna Grace.

— C'est ce que nous allons voir, déclara Jasper qui choisit une boule et se mit en place. Elle lança et cria de frustration quand une seule quille bascula.

— Pas terrible ! s'exclama Grace gaiement.

— Je veux la refaire ! décréta Jasper en se tournant vers Hera. Eh ! Hera ! Tu veux bien mettre les trucs sur les côtés ?

— Les barrières pour les enfants ? demanda sèchement Hera.

— Oui, bafouilla Jasper, l'air indigné. Tu me parles sur un autre ton ! J'ai besoin de toute l'aide possible !

— Ne les mets pas, Hera, lui cria Arthur.

Grace était rouge tellement elle riait. Jasper ouvrait la bouche d'un air outré.

— Pourquoi tout le monde se ligue contre moi ? se plaignit-elle, la voix délibérément pleurnicharde, mais le regard pétillant et amusé.

Soudain, Arthur se leva et s'approcha d'elle.

— Tu veux quelques conseils ?

Jasper fut choquée par la réaction de son corps en sa présence. Elle leva les yeux vers lui et haussa une épaule.

— Pourquoi pas ?

Le reste de la salle sembla disparaître quand il la regarda avec un sourire en coin puis lui indiqua de pivoter face aux quilles. Neuf d'entre elles la fixaient, mais cette grande silhouette collée à elle qui sentait merveilleusement bon l'empêchait de se concentrer.

— J'aimerais te voir à l'œuvre avant, annonça-t-elle.

— Je suis très doué, crois-moi, répliqua-t-il d'une voix grave qui lui donna la sensation qu'un ruban s'enroulait et se déroulait autour de sa colonne. Inspire et lance au moment où tu expires.

— Tu te fiches…

— Fais-moi confiance !

Elle laissa échapper un rire nerveux puis obéit.

La boule partit dans la rigole et roula jusqu'au coin sombre au bout de la piste.

Grace éclata de rire. Jasper poussa un cri d'agacement, se tourna vers Arthur et lui donna une tape à l'épaule.

— Fais-moi confiance ? répéta-t-elle. J'appelle ça du sabotage.

Il affichait un large sourire – Arthur souriait rarement et peu de ses sourires étaient aussi éblouissants. Jasper en eut le tournis. Elle fut mortifiée quand elle manqua basculer contre lui. Elle sentit sa main sur sa taille quand il la stabilisa et ce fut le sifflement admiratif de Hera derrière son comptoir qui l'éloigna d'un bond de lui. Le bruit aigu lui rappela qu'ils étaient là pour redonner le sourire à Grace après sa mauvaise rencontre et non pour qu'elle flirte avec Arthur.

Même si c'était très agréable.

Elle alla s'asseoir à côté de Grace pendant qu'Arthur se positionnait. Les deux filles le huèrent. En vain. Il renversa toutes les quilles puis obligea Jasper à lire leurs scores à voix haute pour fêter ça. Celle-ci le bouscula gentiment.

— Papa l'emmenait souvent ici quand il tentait de sécher les cours, expliqua Grace. C'est pour ça qu'il est si bon.

Le sourire de Jasper s'estompa légèrement.

— Je ne savais pas.

— Cette ville regorge de souvenirs de papa, continua Grace sur le ton de la conversation. Difficile d'y échapper.

Arthur gagna la première partie, mais Grace était déterminée à l'écraser à la suivante. Les lancers de Jasper s'améliorèrent quelque peu et elle gagna en confiance au point d'adresser un sourire satisfait à Arthur à chaque fois qu'elle faisait un *split* ou un *spare*. À un moment du jeu, il alla chercher à manger pour Grace et des sodas pour eux trois.

Jasper ne se rappelait pas la dernière fois qu'elle s'était autant amusée. Chaque fois qu'elle riait, buvait une gorgée ou effleurait Arthur, tous ses soucis se désintégraient, ne laissant derrière eux que les gloussements et le bruit des boules de bowling heurtant les quilles.

— Tu fais de sacrés progrès, Princesse.

Il fallut quelques instants à Jasper pour comprendre qu'il faisait allusion à son jeu et non à autre chose.

— Merci, Ronchon. Tu crois toujours que tu vas gagner ?

— Je ne crois pas, j'en suis sûr, poupée.

Jasper s'étrangla de rire et tenta de saisir sa boule de bowling. Il la leva au-dessus de sa tête, hors de sa portée. Alors qu'elle cherchait sa jumelle autour d'elle, elle remarqua d'autres joueurs sur la piste d'à côté… mais surtout une magnifique boule de bowling rose fuchsia.

— Je veux celle-là, minauda-t-elle.

Arthur suivit son regard et gloussa quand il vit la boule.

— Tu veux celle-là ?

— Oui. Pourquoi on a les vertes et moches, et pas eux ?

— C'est la seule de tout le bowling, l'informa Grace sur un ton conspirateur. La boule rose.

Jasper se mit en position de départ quand, tout à coup, Arthur rejoignit le groupe voisin.

— Salut les gars ! fit-il aux joueurs qui le regardèrent d'un air surpris et méfiant. Notre amie aimerait bien avoir la rose.

Jasper imagina soudain ces hommes en train de refuser avec véhémence avant de déclencher une bagarre, mais en vérité, ils semblaient s'en ficher.

— Il veut quoi ? demanda le joueur sur la piste.

— Sa copine veut la rose, répondit un autre en remettant à Arthur la boule tant convoitée.

— Ce n'est pas sa copine, rectifia Grace doucement, sciemment, un sourire narquois aux lèvres dans le dos de son frère.

Les joues de Jasper devinrent aussi roses que la boule de bowling qu'Arthur lui tendait. Elle la saisit avec un sourire timide et ils se dévisagèrent quelques instants.

— Merci, finit-elle par dire.

— Pas de quoi. Elle me fait penser à toi.

Elle regarda l'objet brillant dans ses mains.

— Parce qu'elle est ridicule ?

— Non, parce que toutes les autres sont ternes, sans intérêt, banales. Et puis il y a celle-ci. Elle sort du lot. On ne peut pas la rater.

Le monde vacilla un instant, comme une vieille bobine de film qui s'enraierait et ralentirait. Jasper inspira les mots et retrouva soudain son Lake Pristine. La ville qu'elle aimait.

Elle se mit vite en piste et lança. Au grand étonnement de Jasper, sa petite boule de bowling rose lui décrocha un strike. Arthur poussa un long sifflement ; Grace l'applaudit et l'acclama. Stupéfaite, Jasper demeura silencieuse une milliseconde avant de crier de joie.

— J'ai fait un strike ! s'exclama-t-elle, à la fois déroutée par son exploit et ravie.

— Tu vois ! lui lança Arthur en prenant sa place. Tout se passe bien, quand tu es toi-même.

Elle se figea et le dévisagea.

— Pardon ?

Il secoua légèrement la tête.

— Rien, rien. C'est mon tour.

Jasper s'attarda sur la piste tandis qu'il se préparait à lancer sa boule.

— Tu veux un conseil ? Je viens de réaliser un strike incroyable. Je suis un peu une gourou du bowling, maintenant.

La bouche d'Arthur frémit, mais il continua de fixer les quilles. Alors qu'il prenait son élan, elle lui souffla doucement dans l'oreille. Saisi de frissons, il laissa échapper un soupir en même temps que sa boule qui échoua dans la rigole.

Grace bondit sur ses pieds et se moqua allègrement de son frère. Arthur était trop sidéré pour parler. Jasper, elle, se couvrait la bouche avec sa paume et essayait de ne pas rire trop fort.

— Tu as dépassé les bornes, Princesse, grogna Arthur en réprimant un sourire.

Il plia les genoux et la jeta sur son épaule. Jasper poussa un cri aigu avant d'être prise d'un fou rire. Elle tentait de s'excuser à chaque fois qu'elle reprenait sa respiration, mais il parlait plus fort qu'elle.

— C'est typique, ça. Nous voler nos victoires, à nous autres paysans. Une honte, je vous dis.

— Je suis désolée, haleta Jasper, des larmes d'hilarité dans les yeux tandis qu'elle tirait désespérément sur l'arrière de sa jupe pour l'empêcher de remonter. Pose-moi ! Je suis désolée.

Au lieu d'obéir, il la ballotta sur son épaule, ce qui les fit rire tous les trois de plus belle. Il tourna sur lui-même et soudain, il se figea. Crispé, il cessa brusquement de rire et la déposa délicatement sur le sol. Jasper se redressa en se demandant ce qu'elle avait fait de travers. Elle le dévisagea, suivit son regard…

Saffron et Rebecca se tenaient près du comptoir de Hera, où elles buvaient de grands granités. Elles paraissaient dégoûtées.

— Tu es venu ici avec elle, cracha Saffron avant de foudroyer Jasper du regard. Et toi ! Le mariage de Christine est dans quoi… ? Dix jours ? Et tu fais l'idiote ici. Avec lui.

L'air désapprobateur de Rebecca finit de sortir Jasper de son rêve rose et douillet.

— Tu as raison, répondit-elle, acceptant le blâme. Je ferais mieux de retourner à Lakehouse.

Elle quitta la piste après avoir déposé un baiser en vitesse sur la joue de Grace. Elle passa devant la demoiselle d'honneur de sa sœur et trottina jusqu'à la sortie.

— Tes chaussures, espèce de chelou, lui lança froidement Saffron.

Jasper grimaça et s'immobilisa. La salle de jeux vidéo et le bowling étaient bruyants et bondés et, pourtant, Jasper n'entendit plus aucun son à part ce mot qui résonna dans l'air et resta en suspension autour d'elle.

Jasper ôta ses chaussures à la hâte et les ramassa. Puis elle se précipita vers Hera. Les joues rouges, elle refusa de regarder qui que ce soit. Son amie lui rendit ses babies avec un sourire confus.

— Vous alliez si bien ensemble, commenta-t-elle dans un murmure quasi inaudible. Et tu n'es pas chelou. Pas plus que moi. Qu'elles aillent se faire voir.

— C'est juste de la bêtise, répliqua Jasper. Je ne sais pas ce qui m'a pris.

Sur ce, elle enfila ses chaussures de ville, celles qu'elle avait choisies le matin même, quand elle ignorait qu'elle était capable de faire des strikes avec des boules de bowling roses et qu'Arthur pouvait être drôle et beau comme un dieu.

ACTE II, SCÈNE 3

Grand froid

Si Rebecca avait mouchardé et raconté en détail à sa sœur sa soirée de détente et d'insouciance, Christine n'en laissa rien paraître. Elle n'en fit pas mention au petit déjeuner le lendemain matin, signe que Jasper devait se sortir la soirée de la tête et retourner à la multitude de responsabilités familiales.

Plus tard dans la journée, elle se rendit à l'ouverture officielle du marché de Noël de Lake Pristine. Elle appréciait tant ce moment qu'elle baissa la garde. Des dizaines et des dizaines de petits stands occupaient un coin de la ville. En été, c'était le festival du livre et en automne, la foire. Et là, en décembre, le marché proposait des boissons et des plats chauds, des confiseries, des décorations, des cadeaux et des babioles.

Jasper s'imprégnait des couleurs et des odeurs. Une minute, elle admirait les bagues ornées d'une topaze d'un exposant ; la minute suivante, elle se retrouvait nez à nez avec Marcus, caméra dans une main, perche micro dans l'autre.

— On peut faire un brin de causette ? lui proposa-t-il.

Jasper adressa un sourire confus au marchand.

— Euh… Je suppose.

Arthur s'approcha de son cousin et se renfrogna quand il s'aperçut que la caméra tournait.

— Désolé, Jasper, fit-il de sa voix bourrue.

Le garçon de la veille avait disparu et cédé la place au Arthur habituel, sérieux, froid et renfermé.

— Pas de problème, répliqua Jasper. Mais je ne pense pas être le sujet qui vous fera gagner le concours.

Elle les laissa attacher un micro à la ceinture de son jean et ils errèrent dans les allées du marché. Les visiteurs avaient beaucoup de mal à se comporter naturellement en présence de la caméra. Beaucoup filaient à l'anglaise dès qu'ils les voyaient.

— Les préparatifs du mariage avancent bien ? demanda Marcus innocemment.

— Oui, impec', répondit Jasper sans mentir. Les essayages de Kevin et de son témoin se sont très bien passés. Quasiment tous les invités ont confirmé leur présence. Le chapiteau est loué, le menu est choisi. Je ne sais pas pourquoi les mariages stressent autant les gens.

Jasper prononça cette dernière phrase sur un ton sarcastique. Elle s'était quasiment arraché les cheveux quand une partie de la famille éloignée de Kevin avait téléphoné, en furie. Leurs invitations n'étaient jamais arrivées. Jasper leur avait soutenu que leurs cartons avaient dû se perdre à la poste. En vérité, Christine les avait délibérément exclus de sa liste. Kevin avait proposé de se charger du problème, mais Jasper avait encaissé pour eux : elle avait posté des invitations aux membres offensés et revu le plan de table. Puis elle avait rappelé la salle, mais aussi chaque parent de Kevin pour connaître leur choix de menu tandis qu'ils l'insultaient au téléphone.

Peu importait. Cela ne regardait pas Marcus et Arthur.

— Où en est votre court-métrage ? s'enquit-elle.

Marcus parut perturbé qu'elle l'interroge face caméra et brise le quatrième mur. À cause d'elle, cette séquence serait inutilisable.

— Tout se passe bien, intervint Arthur. Je pense qu'on pourra montrer une première version aux gens avant de filmer le mariage.

— Ah oui ? s'exclama Jasper, surprise.

— Oui, j'espère bien.

— Vous savez où vous allez le projeter ?

Arthur sourit.

— J'ai ma petite idée. Mais ce n'est qu'un tas de séquences pour l'instant.

— Je ne vais pas tarder à faire le premier montage, déclara Marcus en donnant un coup de coude à son cousin – Jasper en conclut que c'était une conversation qui revenait souvent sur le tapis. Monsieur le réalisateur validera le travail. Ou pas.

Avant que Jasper ne puisse réagir, un cri aigu et surexcité les fit sursauter. Jasper se tourna vers son auteur et ressentit un étrange pincement au cœur. Odette était celle qui avait crié. Elle marchait avec Craig et Sophie, qui l'escortaient tels des poissons-pilotes. Tous trois se dirigeaient vers le labyrinthe.

Odette et Craig semblaient de très bonne humeur. Odette avait paniqué quelques jours plus tôt. Elle avait appelé Jasper et vidé son sac au téléphone. Elle était convaincue que Craig voyait une autre fille. Jasper n'avait pas été d'un très grand réconfort. Elle savait simplement que le mieux à faire dans cette situation, c'était d'assurer à Odette qu'elle s'imaginait des choses.

Chez les neurotypiques, l'usage, semblait-il, était de vous mener en bateau. Jasper n'était pas très douée en la matière. Si elle parvenait à se réfréner de dire spontanément la vérité, quand il s'agissait de donner de faux espoirs à son amie, elle n'excellait pas dans l'art de mentir.

C'était peut-être la raison pour laquelle Odette ne l'avait pas invitée à se joindre à eux.

Jasper éprouva ce désagréable et familier sentiment d'exclusion qu'elle détestait tant. Elle aurait préféré avoir une rage de dents que souffrir ainsi. Elle savait que la caméra la filmait et capturait sa réaction tandis que sa meilleure amie et une foule de badauds se dirigeaient vers une des plus grosses attractions de Lake Pristine.

Cette journée d'hiver était parfaite pour s'amuser : des guirlandes lumineuses clignotaient à travers toute la ville, le temps était froid et sec. Cela sentait la neige. L'immense labyrinthe trônait sur la grand-place bondée et les gens portaient des tenues d'hiver colorées. Une carte postale de vacances. Le soleil brillait et même si un musicien ambulant jouait un air magnifique sous le kiosque, Jasper n'entendait que le tambourinement de son pouls dans ses oreilles.

Elle n'était pas la bienvenue.

— Alors, ça te fait quoi ? lui demanda Marcus à voix basse.

— Hé ! s'interposa Arthur.

Ce que je ressens véritablement ne les regarde pas, songea Jasper avec amertume. Ils étaient filmés – potentiellement pour la postérité – et elle ne voyait aucune raison de s'exprimer là-dessus. Elle se sentait à découvert, mais aussi fascinée par la vitesse à laquelle ces sentiments l'avaient assaillie. Elle se retint de sortir son téléphone et vérifier ses messages, au cas où elle aurait raté l'invitation.

Le trio disparut à l'intérieur du labyrinthe. L'entrée et la sortie se trouvaient côte à côte et des bénévoles se tenaient prêts à courir à la rescousse des personnes perdues dans le vaste dédale vert.

— Allons discuter d'autre chose ailleurs, suggéra Marcus en guise de rameau d'olivier. Comment se passent les répétitions de *Casse-Noisette* ?

Son affection pour le ballet lui réchauffa le cœur.

— Super bien. Grace est parfaite.

C'était vrai. La fillette lui rappelait ce qu'elle adorait dans le ballet et la danse. Elle écoutait les instructions, c'était un plaisir de travailler avec elle et son implication émouvait Jasper au plus haut point.

— J'ai hâte que les gens voient le spectacle.

— Quand aura lieu la représentation ?

— La veille de Noël. Ce sera vite là.

— Jasper… Entre la fac, tes heures au café…

— Oui ?

— Tu diriges aussi l'école de danse de ta mère et tu prépares en quelques jours un des ballets les plus célèbres jamais mis en scène au monde. Et en plus de cela, il y a le mariage de ta sœur… Alors que tu n'es même pas sa demoiselle d'honneur…

Ces derniers mots agacèrent Jasper, qui tourna la tête vers la sortie du labyrinthe. Des gens surexcités en sortaient avec la fierté d'avoir relevé le défi.

— J'attends ta question.

— Comment tu fais ?

Jasper n'aurait su répondre, même si elle l'avait voulu. Ce programme chargé lui convenait à merveille. Il lui permettait de combattre son insomnie avec une arme appelée « épuisement » et il tenait à distance toute pensée angoissante et intrusive. Elle allait répondre par une pirouette quand ses mots lui furent volés par une vision qui ne laissa aucune place au doute.

Craig sortit en titubant du labyrinthe. Il riait comme une baleine. Après avoir bousculé un préposé sans s'excuser, il aida quelqu'un à sortir du dédale tout en arborant un air entendu. Un air complice. Il ignorait que Jasper et une équipe de tournage étaient témoins de la scène.

Sous leurs yeux, il entraîna Sophie sur la place. Elle riait aux éclats. Elle écarta sa frange de ses yeux et regarda Craig avec une sorte d'adoration. Jasper eut un haut-le-cœur. C'était un instantané. Juste le langage du corps.

Mais elle sut. Au plus profond d'elle.

Comme elle devinait quand on allait lui annoncer une mauvaise nouvelle ou lui apprendre un décès. La tension dans l'air était palpable et plus facile à comprendre que des mots. Très tôt, on avait dit à Jasper qu'elle n'était pas douée pour cerner les gens, et c'était vrai. Quand certaines personnes étaient malhonnêtes en paroles, trichaient avec leur langage corporel, préféraient la politesse à la vérité, alors oui : elle avait des difficultés à les décoder.

En revanche, quand elles faisaient preuve de sincérité, elle n'avait aucun problème. Et, à cet instant, alors qu'ils n'avaient pas conscience que leur petit moment d'intimité était public, Craig et Sophie étaient parfaitement sincères.

— Ne mettez pas ça dans votre film, ordonna-t-elle à Marcus et Arthur, les yeux toujours rivés sur Craig et Sophie, qui se rapprochaient l'un de l'autre. Je vous en supplie.

Marcus siffla.

— Ouh ! Je ne peux rien te promettre, Jasper. Je… Hé !

Jasper écarta le caméscope et attrapa Marcus par le col. Elle ne se préoccupa pas de ce qu'Arthur pensait de son comportement. Il était hors de question que son amie soit ridiculisée.

— Écoute-moi bien, murmura-t-elle. Peu importe que les gens vous aient cédé leur droit à l'image, personne n'a signé pour être humilié. Si vous faites du mal à mon amie, si vous lui collez la honte, je jure que votre film aura une fin dramatique et tragique.

— Jasper, on ne s'en servira pas.

Elle tourna la tête vers Arthur.

— Je suis sérieuse, Lancaster. N'utilisez pas cette séquence.

— On ne s'en servira pas, répéta-t-il.

Jasper lâcha Marcus.

Celui-ci paraissait sidéré quand, soudain, il afficha une mine réjouie.

— Oh ! Jasper ! Je savais que tu avais ça en toi ! C'est fantastique !

— Qu'est-ce qui t'arrive ? s'exclama-t-elle en reculant. Tu es devenu méchant, Marcus. Je t'ai connu plus gentil.

Cette remarque le décontenança un instant, mais il se ressaisit vite.

— Nous sommes des adultes maintenant, Jasper. Je ne suis plus obligé d'être gentil. Je n'ai plus à me soucier du bon vouloir de mademoiselle Jasper et de ses amis populaires. L'école est finie.

Malheureusement, à Lake Pristine, le lycée n'était jamais tout à fait terminé. C'était une des raisons pour lesquelles Jasper voulait s'en aller.

— Marcus, ne l'utilise pas, répéta-t-elle. Odette et moi ne t'avons rien fait. Si tu es en colère contre Craig, ses copains ou le passé, cela ne lui fera ni chaud ni froid. Mais ça nous blessera, nous.

— Il ne s'en servira pas, maintint Arthur en fixant son cousin d'un air consterné, comme si son comportement le surprenait et le décevait à la fois.

Jasper s'empressa de gagner l'entrée du labyrinthe. Craig et Sophie avaient filé en direction des stands du marché sans se rendre compte de rien. Jasper s'élança dans le dédale. Tout en appelant Odette et en maudissant le réel niveau de difficulté, elle progressa le long des allées.

— Suis ta main droite, se rappela-t-elle. C'est ce qu'ils disent tout le temps.

Elle dut faire des choix quand elle parvenait à un embranchement et, de temps à autre, elle rebroussa chemin. Plus elle criait le prénom de son amie, plus le stress montait.

— Jasper ?

— Odette ! l'interpella Jasper. Je te cherche partout ! Ne bouge plus.

— Je suis à côté du buisson en forme de dinosaure !

— Ça m'aide beaucoup, marmonna Jasper.

Elle longea plusieurs couloirs avant de retrouver Odette. Elle poussa un soupir de soulagement lorsqu'elle aperçut son amie et se rappela soudain la raison de sa venue.

— Ça fait un moment que je suis coincée, s'exclama Odette, qui paraissait joyeuse jusqu'à ce qu'elle voie la mine sérieuse de Jasper. Il y a un problème ? Et puis, qu'est-ce que tu fais là ? Je te pensais débordée à cause du mariage et du ballet.

Jasper était contre l'idée de cacher des choses à ses amis, mais à cet instant, elle fut assaillie par ce doute que les gens ressentent dans ce genre de situation. Elle avait toujours levé les yeux au ciel quand on lui disait que l'ignorance était la clé du bonheur et qu'il valait mieux ne pas réveiller le chat qui dort. Maintenant que sa plus chère amie la regardait d'un air inquiet, la vérité lui semblait d'une extrême cruauté.

Mais, à sa place, Jasper aurait aimé savoir.

— C'est peut-être rien, commença-t-elle en s'approchant de son amie.

Odette se rembrunit immédiatement.

— Craig. C'est au sujet de Craig, hein ?

— Qu'est-ce que tu sais précisément ? demanda Jasper d'une voix chevrotante.

— Merde, lâcha Odette, qui s'adossa au dinosaure ridicule. Rien. Juste une intuition. Pourquoi ? Qu'est-ce que tu sais, toi ?

— Je l'ai vu quitter le labyrinthe avec Sophie. Ils me paraissaient très… proches.

— Mais… Il s'est passé quelque chose ? demanda Odette, les sourcils froncés.

— Eh bien…, marmonna Jasper qui cherchait désespérément les bons mots pour décrire ce qu'elle avait vu. Non. Mais… J'ai ressenti comme des vibrations. Une intimité…

— Jasper, l'interrompit Odette, sur un ton plus dur. Je ne… Je ne vais pas larguer Craig parce que tu as ressenti des… vibrations !

— Tu n'as pas vu ce que j'ai vu.

— Est-ce que tu sais seulement ce que tu as vu ? C'est vrai, tu…

— Tais-toi, la supplia Jasper d'une voix quasi inaudible. Pitié, non, Odette. J'ai compris ce que j'ai vu. Je te l'assure. Je n'ai pas mal interprété. Ils…

— Je dois le retrouver, décréta Odette, qui s'élança en titubant vers un autre croisement du labyrinthe.

— Odette ! l'appela Jasper, qui suivit ses pas dans le dédale compliqué. Que se passe-t-il ? On ne se parle jamais comme ça, surtout quand un mec est impliqué.

— Parce que c'est mon mec, Jasper. Il était à mes côtés, lui quand, toi, tu t'amusais en ville avec tes amis friqués de la fac.

Ça faisait mal, mais Jasper le mit sur le compte de l'angoisse. Elle voulait lui crier qu'elle n'avait pas d'amis friqués à la fac. Odette avait toujours été sa seule amie, même au lycée. Adam, Ross et Craig étaient simplement trois garçons antipathiques qu'elle tolérait parce que cela lui permettait d'être avec elle. Il était hors de question qu'Odette l'exclue de sa vie aujourd'hui.

— Odette ! Je me trompe, si ça se trouve…

— Exactement ! Alors pourquoi est-ce qu'on a cette conversation ? Ça suffit ! J'en ai assez de discuter de quelque chose qui ne s'est potentiellement jamais passé !

— Je n'aurais pas dû dire « vibrations », s'exclama Jasper, frustrée. Mais je ne savais pas comment t'expliquer mon ressenti.

— Tu veux parler de vibrations ? s'écria Odette en s'arrêtant pour dévisager son amie d'un air hautement dépréciateur. Pourquoi tu ne parles jamais de celui avec qui tu « vibres » ?

— De quoi ?

— Allez ! Parlons un peu « vibrations », Jasper. Tu ne le mentionnes jamais, mais dis-moi que tu ne me crois pas assez stupide pour ne rien voir ?

— Odette…

— Vous n'arrêtiez pas de vous surveiller de loin, de vous lancer des regards noirs au lycée et je trouvais ça bizarre. Tu es gentille avec tout le monde, il ne calcule jamais personne et, pourtant, vous n'arrêtiez pas de vous juger du regard. J'ai toujours cru qu'il y avait une grande rivalité entre vous, mais en définitive, j'étais bête. Et toi, tu ne veux même pas m'en parler.

— Je ne…

— Ça n'a pas d'importance, l'interrompit Odette. Ce ne sont pas mes oignons. Ça fait quand même mal que tu ne te confies pas à moi. À moins que tu ne veuilles pas l'admettre toi-même. Si ça se trouve, tu es dans le déni. Pas grave.

— Je voulais qu'on passe le plus de temps possible ensemble ce mois-ci, avant que les choses changent à tout jamais, balbutia Jasper. Sans ce type qui te traite comme un chien.

— Ne parlons pas des gens qui traitent les autres comme des chiens, tu veux bien ? Ne sois pas hypocrite.

— Qu'est-ce que tu sous-entends ?

— C'est moi que tu as appelée quand tu as failli t'évanouir dans cette boîte ! Moi et pas ta sœur ! Ta grande sœur qui était pourtant à quelques mètres de toi.

— Ça, je le sais, répliqua Jasper, meurtrie. Parce que j'ai plus confiance en toi qu'en personne d'autre.

— Mais pas assez pour me dire ce qui t'arrive ! Et qu'est-ce que tu entends par « avant que les choses changent à tout jamais » ? Qu'est-ce que ça signifie, hein ? Qu'est-ce qui ne va pas, Jasper ?

— Tout va bien, lâcha Jasper, la voix chevrotante. Je suis très occupée, c'est tout.

— Ouais, très occupée à rester dans le déni. Tu ne parles jamais de la fac. Ça ne vient jamais dans la conversation. Et tu ne parles jamais de lui et toi.

— Je sais que tu es contrariée et que tu t'inquiètes pour Craig, déclara lentement Jasper, le temps de passer en revue les scénarios dans sa tête, de trouver les bons mots. Mais ce n'est pas nous, ça. Je suis de ton côté. Je l'ai toujours été. Et ce n'est pas parce que je n'apprécie pas Craig que j'ai inventé une histoire pareille. Non, je ne l'aime pas. Il n'est pas assez bien pour toi. Et alors ? Malheureusement, j'ai vu ce que j'ai vu. Et si les rôles étaient inversés, je compterais sur toi pour me le dire.

Odette tourna le dos à Jasper. Elle avait le souffle court, comme si elle luttait contre une crise de panique.

— Une chose est sûre, Jasper… Les rôles ne seront jamais inversés. Parce que tu n'ouvres ton cœur à personne. Tu n'as jamais fréquenté quelqu'un plus d'un été, car pour que ça marche, pour véritablement tomber amoureuse, il faut être vulnérable. Et tu ne le seras jamais avec qui que ce soit. Voilà. C'est comme ça. Tu resteras seule toute ta vie.

Plus un bruit. Seules les feuilles du labyrinthe bruissaient sous les assauts du vent d'hiver.

Jasper plaqua une main sur sa bouche tandis que son amie s'éloignait à la hâte. Jasper garda tout à l'intérieur en attendant que les bruits de pas pressés et indécis d'Odette se dissipent. Puis elle s'effondra par terre et se roula en boule, les genoux sous le menton, contre la haie verte. Plus elle retenait ses larmes, plus son corps était pris de secousses. Elle décida d'en libérer quelques-unes, mais elle eut beau les essuyer, elles ne cessaient pas de couler.

Elle se sentait comme un oiseau incapable de voler qui regardait le reste de la nuée prendre son envol. Certains peinaient à maîtriser l'envol, mais ils finissaient par y arriver. Ils rejoignaient le V dans le ciel et disparaissaient au loin, pendant qu'elle les observait depuis le plancher des vaches.

Elle s'était toujours dit qu'elle n'avait pas besoin de voler.

Alors qu'elle le souhaitait. De tout son cœur.

D'une main tremblante, elle sortit sa liste. Une larme tomba sur le papier fin et froissé. Quand elle effleura son deuxième vœu, un sanglot se coinça dans sa gorge. Elle ajouta « FAIT » après le numéro cinq puis replia sa feuille.

1. Patiner sur le lac Pristine ;
2. Trouver un meilleur partenaire – fille ou garçon – pour Odette (n'importe qui sauf cet abruti de Craig) ;
3. Rendre maman fière de moi avec un incroyable *Casse-Noisette* ;
4. Manger des cupcakes chez Vivi – FAIT ;
5. Visiter le labyrinthe de Noël – FAIT ;
6. Acheter une décoration à Mme Heywood au marché de Noël – FAIT ;

7. Dire à ma famille que je quitte Lake Pristine (et la fac) pour une école de design ;
8. Intégrer une école de design ;
9. Aider Christine à avoir le plus beau des mariages ;
10. Voir des films en soirée à l'Arthouse – FAIT ;
11. ~~Essayer de me montrer courtoise avec Arthur Lancaster~~ ;
12. ~~M'amuser à l'enterrement de vie de jeune fille de Christine~~ ;
13. Faire preuve de bravoure.

ACTE II, SCÈNE 4

Surprise

Jasper se tenait devant ses danseuses après une répétition épuisante – le genre de séance où tout le monde semble avoir oublié sa motivation, sa position sur scène et sa chorégraphie. Jasper était exaspérée et fatiguée. Elle se frotta les yeux et essaya de sourire.

— Bon, c'était dur, aujourd'hui, reconnut-elle. Je suis consciente qu'il ne s'agissait pas de votre meilleure prestation. Je vous conseille de prendre des notes pendant vos pauses et même si vous n'êtes pas dans les danseuses principales, vous devez quand même assister aux cours de préparation physique.

Elle en fixa quelques-unes en particulier.

— Mais nous y arriverons. C'était peut-être un tournant difficile. Mais vous savez toutes où vous placer. Maintenant, concentrons-nous sur l'histoire que nous avons à raconter. D'accord ?

Toutes les filles hochèrent la tête avec enthousiasme. Jasper frappa le sol avec son pied. La séance était terminée. Elles coururent jusqu'à leurs casiers et leurs sacs pendant que Jasper s'approchait du piano.

— Merci, Bertie, fit-elle au pianiste avant de se pencher pour frotter son pied gauche en grimaçant.

— Une vieille blessure ?

— Quelque chose comme ça.

Grace s'avança timidement. Jasper lui adressa un petit sourire lui indiquant de venir plus près. La fillette parut soulagée.

— Henry et moi avons organisé une fête d'anniversaire surprise pour Arthur, lui apprit-elle.

— Sympa ! commenta Jasper.

— Est-ce que… Ça te dit de venir ?

Confuse, Jasper cligna des yeux. Elle revit la tête d'Arthur au bowling quand Saffron était arrivée. Il était brusquement devenu bourru et s'était renfermé, à l'opposé du garçon drôle et vivant qu'elle avait entraperçu sur la piste.

— Je ne suis pas sûre que ton frère apprécie ma présence, Grace.

Grace allait lui affirmer le contraire quand elle changea son fusil d'épaule.

— Moi, j'aimerais beaucoup que tu viennes.

— C'est quand ?

— Ce soir. À l'Arthouse, à vingt et une heures.

Jasper s'esclaffa.

— Dans deux heures ?

— Oui, répondit Grace avec un grand sourire. Je sais qu'après les répétitions, tu rentres chez toi en boitant, tu prends un bon bain et tu lis. Tu n'as donc rien de prévu ce soir.

Jasper se tourna vers le pianiste.

— Vous entendez comme elle me parle, Bertie ?

Il éclata de rire.

— Il faut penser à vous amuser, mademoiselle Montgomery. Ça ne fait aucun doute.

— Merci, mais ça me plaît d'être la mystérieuse vieille fille en devenir de Lake Pristine, moi ! répliqua Jasper en le poussant du coude jusqu'à ce qu'il rie à nouveau. (Elle se tourna vers Grace et son sourire s'effaça un peu.) Merci Grace, mais j'ai un mariage à préparer et je n'ai pas très envie de voir des gens en ce moment.

Grace parut tellement déçue que Jasper dut s'empêcher de ne pas dire oui quand même.

— Je comprends. Si tu changes d'avis…

— Je sais où vous trouver, compléta Jasper.

Elle passa un bras autour des épaules de la jeune ballerine puis la conduisit jusqu'au vestiaire.

— Tu es tenace ! On se voit à la répétition générale avant le lever du rideau.

❄ ❄ ❄

De retour à Lakehouse, Jasper monta dans sa chambre et amusa Chum avec un ruban. Ce petit jeu lui plut beaucoup et, quand il lui lécha tendrement la paume de sa langue râpeuse, elle ressentit une pointe de culpabilité. Il l'aimait de manière inconditionnelle, même si elle s'était absentée dix-huit mois.

— Je t'aime, lui chuchota-t-elle tristement. Je t'aime, mon beau.

Beaucoup prétendaient que les chats sont incapables d'aimer, mais Jasper connaissait la vérité. Leur affection est difficile à gagner, mais la récompense est immense. Éternelle.

L'amour restait l'amour, même s'il ne ressemblait pas à celui des autres.

Elle se doucha et prit le temps d'appliquer quelques crèmes hors de prix que sa mère avait laissées sur son ottomane. Elle se sécha les cheveux puis entreprit de se raser les jambes.

Un léger coup à la porte la fit sursauter.

— Entre !

Elle s'attendait à voir son père. Quelle ne fut donc pas sa surprise quand Christine entra tranquillement dans sa chambre.

— Ça va ? demanda Jasper. Il y a un problème ?

— Non, aucun, grogna Christine avant de s'asseoir sur le lit à côté de Jasper. Il faut absolument qu'il y ait un problème pour que je vienne te voir ?

Jasper demeura muette. Christine leva brusquement la main.

— Ne réponds pas. Je sais. Je sais.

Jasper regarda ses mains douces et couvertes de crème. Elle frotta la lotion dans ses paumes et soupira.

— Tu es soumise à un grand stress, Chris.

— Et toi, tu es un ange. Comme d'habitude.

Jasper perçut une minuscule pointe d'amertume dans sa voix.

— On ne se marie qu'une fois, continua Jasper.

— Oh ! Comme tu es naïve !

— Non ! s'exclama Jasper dans un éclat de rire. Kevin et toi, c'est pour la vie. Ça ne fait aucun doute.

— Je l'espère, répondit Christine avec un vague sourire. Il est beaucoup trop bien pour moi.

— Même si tu l'as détesté la première fois que tu l'as vu ?

Christine laissa échapper un petit rire.

— Oui, c'est vrai ! Il est arrivé en trombe à une de nos fêtes de dortoir et m'a ordonné de mettre la musique moins fort. Il étudiait et nous avions, je cite, « abusé de nos privilèges de première année ».

— Et tu lui as calmement et poliment présenté tes excuses avant de baisser le volume.

— Euh… Non. Pas vraiment.

— Il sait depuis le début qui il épouse, commenta Jasper.

— Houlà, oui ! Il ne peut pas prétendre le contraire ! Les deux sœurs rirent aux éclats. La bonne humeur de Christine faisait du bien à Jasper.

— La rumeur dit qu'il y a une fête à l'Arthouse, déclara Christine, le souffle court. Tu y vas ?

— Bien sûr que non, répondit Jasper en lui montrant son sweat-shirt à capuche *tie and dye* et son short en soie. Je ne vais pas tarder à me coucher.

— Oui, mais avec le teint frais et les cheveux lavés, répliqua Christine.

— Et des draps propres aussi. Je suis partie pour faire le tour de la pendule. Merci beaucoup.

Christine entrelaça ses doigts aux siens.

— Allez, Jazz ! Il faut que tu t'amuses !

— Mais moi, ce qui m'amuse, c'est d'être tranquille à la maison après avoir côtoyé des gens toute une semaine !

Christine contempla leurs mains et serra.

— Quelque chose t'empêche d'y aller.

Voilà qui surprit Jasper.

— Peut-être.

— Raconte !

— Eh bien… (Jasper renifla et changea de position. Elle se sentait désarmée.) Odette sera probablement là-bas. Avec le pauvre type qui lui sert de mec.

— Et ?

— Et on s'est pris la tête. Dans le labyrinthe. On ne se dispute jamais.

— Non, c'est vrai, lui accorda Christine. C'était à quel propos ?

— J'ai vu Craig avec son autre amie. Sophie. La fille qui m'a, comme qui dirait, remplacée. Ils semblaient… proches.

— Il la trompe ?

— Je ne sais pas, répondit Jasper, qui commençait à douter d'elle. Ça ne m'a pas paru normal.

— Alors, ça ne l'était pas.

La réaction de Christine la conforta dans son idée.

— Odette ne pense pas comme toi.

— Bien sûr que non. Elle sait que sa relation avec ce loser est toxique, qu'elle devrait le larguer. Mais parfois, on accepte d'être malheureux juste pour dire que quelqu'un nous aime.

— Regardez-moi ça, s'émerveilla Jasper. Chris qui joue les psychologues !

— En plus, la mauvaise nouvelle est venue de toi.

— Pardon ?

Christine sourit et écarta une longue mèche de cheveux pas tout à fait sèche du visage de Jasper.

— Tu es… l'enfant chérie de Lake Pristine. Sa princesse. Son ange. Celle qui semble plus forte, plus intelligente, plus sensée que nous autres mortels. C'est lourd, parfois. Ça donne envie de se rebiffer.

Jasper inspira péniblement et secoua ses cheveux, si bien qu'ils lui cachèrent à nouveau le visage.

— Ce n'est pas vrai.

— Et si, pourtant, murmura Christine. C'est une chose d'être dévastée et humiliée. C'est assez pénible comme ça. Mais être dévastée et humiliée devant la grande Jasper Montgomery ? (Elle lui tapota le nez.) Je ne le supporterais pas, moi.

Jasper en resta bouche bée.

— C'est vraiment ce que vous pensez tous ? Que je me trouve mieux que vous ?

— Non, lui accorda Christine. Tu n'en es pas consciente. Loin de là. Contrairement à nous. Voilà pourquoi c'est encore plus difficile à digérer.

Elle fit pivoter Jasper afin qu'elles se voient toutes les deux dans le miroir de la coiffeuse en face du lit. Christine ébouriffa les cheveux de sa sœur et joua avec quelques boucles brunes.

— Je te donne la permission d'être quelqu'un d'autre ce soir, annonça-t-elle. Oublie ces règles bizarres auxquelles tu t'astreins, oublie ce personnage de jeune fille sage.

— Je ne joue pas un personnage…

— Je sais ! Tu t'es juste fondue dedans. Sors du moule, ce soir ! Sois toi-même, celle que ces imbéciles de pédopsychiatres ont dit que personne n'aimerait.

— Christine ! la réprimanda Jasper. Arrête…

— Je suis sérieuse. Et porte un ras-de-cou ! Les *bad girls* en portent toutes !

Christine retourna en courant dans sa chambre et revint avec un petit coffre rempli d'accessoires et trois robes qu'elle jeta sur le couvre-lit. Jasper se leva et les examina.

— Soit rouge, soit noir, décréta Christine. Tu choisis toujours des couleurs chaudes ou pastel. Il est temps d'exprimer ta sensualité.

— Dit celle qui trouve que j'ai trop de poitrine.

Si Jasper ne la connaissait pas, elle aurait juré que sa sœur avait un petit peu honte.

— Beaucoup tueraient pour avoir tes seins. Alors ce soir, mets-les en valeur !

— Tu plaisantes ? Les gens vont se faire des idées.

— Quelles idées ? On s'en fiche comme de l'an quarante de ce que les gens pensent ! Tu t'habilles pour toi et personne d'autre ! Si les gens veulent se faire des films et projeter des choses sur toi, c'est leur problème. Tu es devenue une toile blanche à force de te préoccuper d'eux. Pas ce soir ! L'heure est venue de t'affirmer !

Jasper effleura une robe en satin rouge.

— Celle-là sera trop moulante.

— Juste aux endroits qui comptent, répliqua Christine. Allez ! Je t'aide à la fermer, par n'importe quel moyen. Enfile-moi ça !

❄ ❄ ❄

Arthur venait de vider son coffre à la déchetterie en rouspétant parce que Henry avait promis de s'en occuper plus tôt dans la semaine. Il était donc d'une humeur de chien quand il se gara devant le cinéma. Il ferma sa voiture et s'interrogea, car toutes les lumières étaient éteintes.

Même si le dernier film était terminé, il était encore un peu tôt pour boucler l'Arthouse. Il déverrouilla la porte d'entrée, entra…

Cinquante personnes bondirent sur lui en criant : « Surprise ! » Certains portaient des chapeaux de fête. Arthur cligna des yeux et les dévisagea tour à tour.

— Joyeux anniversaire, Arthur ! gazouilla Grace, qui émergea de la foule, un grand sourire aux lèvres. Tu ne t'y attendais pas, hein !

— Visiblement non, commenta Odette, ce qui déclencha quelques rires.

Arthur s'avança, un peu sonné.

— C'est… C'est…

— Mets la musique à fond, cria quelqu'un à Henry, qui se trouvait à l'arrière.

Il fit un salut militaire et, aussitôt, les haut-parleurs crachèrent une chanson.

Le grand hall avait été transformé en espace de discussion et les portes de la salle de bal étaient ouvertes. Les invités hilares s'y pressaient pour danser. Raide comme un piquet, le regard courroucé, Arthur essayait de comprendre comment un de ses proches avait pu imaginer que ce serait une bonne idée.

— Tu ne t'y attendais pas ? répéta Grace.

Il hocha la tête, l'air hébété, tout en scrutant la foule. Sa mère et Brian étaient au fond avec une carafe de vin. Il reconnut les amis de Henry. Marcus et Danny lui firent signe d'approcher. Saffron sirotait un jus de cranberry et faisait semblant de ne pas le remarquer. Odette et Craig étaient appuyés contre le comptoir. Ils discutaient sous le regard attentif de Sophie.

Il continua de chercher.

— Elle n'est pas là, Art', murmura Grace.

Il reporta soudain son attention sur sa petite sœur.

— Pardon ?

Grace lui sourit tristement.

— Je l'ai invitée, mais elle ne pouvait pas venir.

Le visage d'Arthur s'assombrit. Il n'allait pas décevoir Grace parce que lui-même était désappointé.

— Je ne vois pas du tout de qui tu parles, poussin. Mais tu m'as bien eu sur ce coup-là. La surprise est totale. C'est pour cette raison que Henry et toi m'avez envoyé à la déchetterie ?

— Futé, hein ?

— Très futé. Oui, bien joué. Je me suis fait avoir comme un bleu.

Il l'embrassa sur le front puis alla saluer les invités tout en feignant d'être enchanté par cette surprise. Il atteignit enfin Marcus et Danny, qui lui donnèrent une grande tape dans le dos.

— Grace est adorable d'avoir organisé ça, pas vrai ? lui lança Marcus, un sourire chaleureux aux lèvres.

Arthur était heureux d'être avec son cousin, sans le caméscope de son père. Le tournage du film avait changé Marcus. À cet instant, il était soulagé de le retrouver comme avant.

— Oh, oui, reconnut Arthur avec un sourire crispé. Je vais faire bonne figure pour elle.

Il jeta un coup d'œil à l'autre bout du comptoir et fronça les sourcils quand il perçut une certaine tension entre Craig et Odette. Ça chauffait entre eux.

— Comme c'est agréable, une petite fête sans les deux princesses de la ville, s'exclama Danny en trinquant avec Marcus.

— Oh, lâcha celui-ci, amusé. Tu as parlé trop vite.

Arthur suivit son regard et son pouls s'accéléra. Les deux sœurs Montgomery se tenaient à l'entrée de l'Arthouse. Les portes se refermèrent derrière elles. La plupart des gens ne les virent pas arriver. D'ailleurs, aucune des deux ne cherchait à se faire remarquer. Elles s'avancèrent en toute décontraction. Christine fonça droit sur Saffron et Rebecca, et Jasper ouvrit les bras pour accueillir Grace et la serrer contre elle.

Elle était vêtue de rouge. Ses cheveux paraissaient différents. Plus lisses, plus brillants. Ses lèvres et ses joues étaient rouges, elles aussi. Il songea aussitôt à la boîte en verre dans sa chambre, à la poudre parisienne, à ce secret intime.

Arthur resta à nouveau pétrifié. Sa réaction était physique. À chaque fois qu'il la voyait, le reste du monde disparaissait. Mais là, c'était pire, au point d'en devenir gênant.

Il traversa le hall comme s'il était en transe. Il entendait ses amis parler, mais leurs mots avaient autant d'importance que l'horrible chanson que Henry passait. Il rejoignit

Grace et Jasper. D'abord timide, cette dernière prit un air déterminé et haussa les sourcils.

— Salut, Princesse.

— Salut, Ronchon.

Il esquissa un sourire en coin quand elle s'empêcha de sourire. Grace les regarda tour à tour avec amusement.

— Jasper est magnifique, pas vrai, Art' ? s'exclama-t-elle.

— Oui, répondit Arthur sur un ton sec. Magnifique.

Les yeux de Jasper s'illuminèrent. Elle l'examina de la tête aux pieds.

— Joyeux anniversaire.

— Merci. C'était une… surprise.

— C'est quand, le tien ? demanda Grace innocemment.

— En janvier, lui répondit Jasper.

— Tu comptes le fêter ?

— Non, j'ai passé le dernier au lit avec de super films en noir et blanc et un grand seau de pop-corn. Et ce sera pareil pour le prochain.

Arthur se pencha pour chuchoter à l'oreille de sa sœur.

— Et si tu allais vérifier que maman et Brian n'ont besoin de rien ?

Grace ne paraissait pas d'accord, mais elle se rendit tout de même auprès de leur mère et de leur beau-père. Jasper et Arthur restèrent face à face pendant que l'on dansait autour d'eux et que Henry enchaînait avec une nouvelle chanson.

— Est-ce que tu danses avec des amateurs comme moi ?

Il fut aussi surpris qu'elle par sa question.

Elle allait répondre quand Odette apparut. Elle salua en vitesse Arthur avant de s'adresser à Jasper.

— On peut se parler ?

Jasper écarquilla les yeux et il fut étonné de la voir aussi nerveuse.

— Oui, bien sûr.

Elle adressa un sourire navré à Arthur, qui bannit toute émotion de son visage. Il fit un petit signe de la main tandis que son amie et elle se retiraient dans un coin.

Quelqu'un lui tapa sur l'épaule.

— Ne me saute pas à la gorge, mais j'aimerais faire une interview d'anniversaire, pour le documentaire de la star de la fête.

Arthur fit une tête d'enterrement, mais capitula.

— D'accord.

Il y avait une petite arrière-salle à l'autre bout du hall. La musique de Henry était si assourdissante qu'Arthur savoura ces quelques instants de répit, loin des goûts musicaux discutables de son frère et des sentiments qu'il avait de plus en plus de mal à refouler. Il s'assit en face de la caméra et laissa son assistant réalisateur installer un micro sur lui.

— Que penses-tu de cette fête ? lui demanda Marcus. Si tu pouvais me regarder moi, et pas l'objectif.

— Je sais comment ça marche, grogna Arthur. Et je... je suis surpris.

Marcus éclata de rire.

— Tu es content de fêter ton anniversaire ?

Arthur allait répliquer avec une autre réponse monosyllabique et désinvolte, mais décida de dire la vérité pour une fois.

— Je préférerais le fêter avec mon père.

Marcus hocha la tête avec emphase. En temps normal, Arthur essaierait d'éviter les sujets qui prêtent à discussion, mais là, il était prêt à s'ouvrir. Il était heureux de voir les personnes importantes de sa vie réunies dans la même pièce, mais... le chagrin le rendait fou, l'injustice le mettait en colère.

— À ton avis, qu'est-ce que te dirait ton père, s'il était présent aujourd'hui ?

— Je pense qu'il me dirait de la fermer et de demander à la jolie fille de sortir avec moi, répondit Arthur en toute honnêteté.

— Quelle jolie fille ?

Arthur leva les yeux au ciel et s'efforça de ne pas se retourner pour scruter la foule.

Un souvenir du lycée lui revint soudain en mémoire. C'était un jour de janvier, après qu'il avait travaillé en coulisses lors du *Casse-Noisette* d'Andrea Montgomery. Il se trouvait à la cafétéria de l'école. May, Marcus et Danny déjeunaient près des grandes baies vitrées et ils lui avaient fait signe de les rejoindre. Alors qu'il traversait la cantine, Ross et Adam l'avaient bousculé en reculant et avaient manqué le renverser. Il leur avait jeté un regard noir et le temps de marmonner une insulte, il s'était retrouvé à plat ventre par terre. Une bagarre s'était ensuivie – il y avait mis toute sa colère – jusqu'à ce que les profs les séparent.

Il se rappelait le visage de Jasper. Odette et elle se rendaient à la table des « populaires » avec leur plateau. Il se rappelait leur stupéfaction. Comme il avait été gêné !

Il se rappelait aussi comment son manque de confiance en lui avait fait passer Jasper dans le camp ennemi.

Tayo Lancaster n'aurait jamais toléré le mauvais caractère de son fils cadet.

— Mon père aimait beaucoup sa vie. Je regrette de ne pas être comme lui. Je veux aimer la mienne en totalité. J'aime ma famille, mais en ce moment, j'avance comme un robot. Je n'aime pas cette ville. Je n'aime pas mon travail. En partie parce que je n'ai pas le contrôle total du cinéma et que je ne peux me lancer dans aucun projet. Mais ce jour viendra. Et ce jour-là, je n'aurai pas à me traîner hors du lit chaque matin. Je me lèverai, prêt à faire le travail que j'aime… à ma manière.

— Avec quelqu'un ?

— Pardon ?

— Eh bien ! Notre film tourne autour d'une petite ville romantique et d'un mariage. On a interviewé une grande partie de ses habitants et la plupart veulent te voir heureux.

— Je suis très bien tout seul.

Il était agacé qu'on parle de lui dans son dos.

— On a entendu des avis divergents.

— Qui n'est pas d'accord ? grogna Arthur.

Les yeux de Marcus pétillaient.

— Et… coupez !

Marcus attendit que la caméra s'arrête avant de poursuivre.

— En parlant de tout ça, je voulais te soumettre une idée.

— Dis toujours.

— Je me suis amusé avec le montage. Je pense qu'on a assez de matière pour une projection. Et si on la faisait ici ? À l'Arthouse ? Venez tous voir le film d'Arthur Lancaster, l'enfant de Lake Pristine !

Arthur, qui était si fier du cinéma de son père, trouva cette idée gratifiante.

— Ça marche !

ACTE II, SCÈNE 5

Bien réel

Jasper laissa Odette la conduire dans un petit coin sombre. Gênée, consciente que l'atmosphère était tendue, elle toussota avant de s'asseoir.

— Alors ? commença-t-elle prudemment. Quoi de neuf ?

Odette avait du mal à croiser le regard de son amie.

— Euh… J'ai discuté avec Craig.

Même si les mots étaient prononcés sur un ton décontracté, même si Odette la regardait avec calme et courtoisie, quelque chose clochait. Jasper ressentit son incapacité à lire dans les pensées de son amie comme une attaque. Nul ne comprenait totalement ce que l'autre pensait, certes, mais Jasper, elle, avait toujours eu du mal à anticiper le comportement des autres ou suivre le fil de leurs pensées.

— Il a dit que tu t'étais complètement gourée sur ce qui s'est passé devant le labyrinthe.

Jasper eut l'impression d'avoir avalé une pierre.

— Pardon ?

Odette paraissait déterminée, mais sa voix chevrotait quand même.

— Il a dit qu'au moment où il a quitté le labyrinthe, Sophie se trouvait toujours à l'intérieur. Il a dit qu'il avait attendu un peu, histoire de voir si une de nous deux sortait, puis qu'il s'était rendu au marché. Sophie l'a rejoint cinq bonnes minutes avant moi et ils venaient juste de commander des hot dogs quand je les ai retrouvés. Alors…

Jasper lui adressa un regard assassin.

— Alors c'est tout ? Sa parole contre la mienne ?

— Il n'est pas impossible que tu aies mal interprété…

— Je n'ai pas mal interprété et je n'ai pas halluciné. Il n'était pas seul à la sortie, Odette. Je n'ai pas perdu mes facultés et imaginé que Sophie était là.

— Je sais que ce n'est pas facile de me voir aussi proche d'une autre personne. Je comprends tout à fait. Mais jamais Sophie ne me ferait ça. Comme toi, tu ne me ferais jamais une chose pareille.

— Odette. (Jasper regarda la fille qu'elle aimait depuis si longtemps. Son amie la plus proche, la personne qu'elle avait sauvée et qui l'avait sauvée si souvent qu'elle ne tenait plus les comptes.) Je vais te poser la question une seule et unique fois : es-tu en train de me dire que je t'ai menti ?

— Non ! s'écria Odette. Je pense juste que tu t'es méprise sur…

— Au revoir, déclara calmement Jasper avant de se lever et de s'éloigner.

— Jasper ? Jasper !

Pour la première fois de sa vie, pour la première fois depuis qu'elles étaient amies, Jasper ne se retourna pas.

Elle gagna le bar du hall et se servit un grand granité. Christine discutait toujours avec une Saffron apparemment très chamboulée. Arthur dansait avec Grace. La petite regardait son frère avec une telle adoration que Jasper ne put s'empêcher de sourire. Il avait l'air détendu au point de paraître approchable. Elle entrapercevait par instants le garçon avec qui elle avait joué au bowling.

— Un petit quart d'heure à me consacrer ? lui demanda soudain une voix.

Jasper soupira.

— Bien sûr, Marcus, mais ce sera peut-être la dernière fois.

— Faudra pas se rater alors. Enfin… je ne devrai pas me rater.

Jasper s'assit sur un tabouret haut face à la caméra et essaya de trouver une bouteille vide en elle où mettre ses émotions. Elle s'imagina en train de les entasser à l'intérieur avant de la jeter à la mer.

— Action.

— Comment se passe ta soirée, Jasper ?

Elle vissa le bouchon au maximum.

— Bien.

— Développe.

— C'était adorable de la part de Grace de faire la surprise à son grand frère.

— Tu as souhaité un bon anniversaire à Arthur ?

— Oui.

— On n'est pas très bavarde, ce soir.

— Je me sens en paix.

Énorme mensonge. Elle ne se sentait absolument pas en paix, mais elle savait que les apparences ne la trahiraient pas. Elle était un cygne : tranquille et calme sur l'eau, les pattes hyperactives en dessous. Elle souriait paisiblement à Marcus et se délectait presque de savoir que ses émotions étaient à l'abri de son regard indiscret. C'était une chose de se sentir trahie par sa meilleure amie. Jasper ne supporterait pas que le monde entier ait accès à ce sentiment.

— Allez ! insista Marcus. Tu es une romantique invétérée, Jasper. Tu viens régulièrement ici voir des vieux films. Dis-m'en plus.

— J'adore les histoires d'amour, lui confia Jasper. Mais c'est de la fiction. Ma mère et ma sœur apprécient les séries policières. Mon père aime le golf et les émissions sur le jardinage. Chacun ses préférences.

— Qu'est-ce que t'apportent ces histoires d'amour ?

— Ce que les séries policières apportent à ma mère et à ma sœur, probablement, répondit Jasper. La fin est souvent la même. Ils vécurent heureux et eurent beaucoup d'enfants. Le détective attrape le tueur. Quelqu'un dit toujours : « Je t'aime, moi aussi. » Un peu d'ordre dans un monde chaotique et cynique. Dans le monde réel, les vrais meurtriers s'en tirent deux fois sur trois et la plupart des couples se séparent.

— Ah ! Si je comprends bien, tu es une cynique qui a oublié d'être optimiste.

— Non, répliqua Jasper. J'aime assister à des actes de bonté.

Ses mots la surprirent elle-même. Elle disait vrai. C'était pour cette raison qu'elle refusait de regarder des scènes d'égorgement ou de démembrement, par exemple. Elle aimait la douceur, la gentillesse. Elle aimait assister à leur distribution.

Dans un monde de guerre, de famine, d'horreurs inimaginables, une étreinte entre deux êtres humains relevait du miracle.

— Même si tu ne verras jamais de personnes comme moi dans les films romantiques, ajouta-t-elle avec dédain. Dans les émissions condescendantes de *dating* qui nous infantilisent ? Oui. Dans les films *feel good* à Oscar où nous mourons et donnons une leçon de vie au personnage principal alliste ? Évidemment. Dans la vraie vie ? Pas tant que ça.

Ce petit discours sembla clouer le bec à Marcus. Jasper savoura cet instant.

— Autre chose ? enchaîna-t-elle.

— Beaucoup de gens t'adorent dans cette ville.

Jasper hocha la tête.

— Oui. Je perçois cet amour.

— Tes amis sont tous en couple. Pourquoi pas toi ?

Elle se sentit transpercée par le regard de la caméra et se demanda si cette étrange séquence apparaîtrait dans le montage final. Auquel cas, elle ne voulait pas que la scène capturée soit candide ou montre que le sujet était sensible. Elle ne voulait rien montrer, en fait. Craignant qu'elle ne soit blessée, ses ressources intérieures refusaient de dévoiler cette partie d'elle.

Jasper répondit donc sur un ton léger.

— Parce que personne ne m'a proposé de rencard.

— Tu me fais marcher !

— Non, c'est vrai. Je dois envoyer de super mauvaises ondes ou personne ne s'intéresse à moi, tout simplement.

Elle se tapa sur les cuisses, se leva puis lui rendit son micro avec un sourire en coin.

— J'espère qu'Arthur et toi avez trouvé votre fil conducteur et pu filmer ce que vous vouliez, déclara-t-elle à Marcus avec flegme.

— Oh ! Oui ! J'ai tout ce qu'il me faut, répondit-il à mi-voix tandis qu'elle retournait parmi les invités. Merci, Jasper.

Jasper dut lutter contre son envie de retrouver sa meilleure amie. Elle préféra sortir en douce du cinéma. Après avoir prévenu Christine par texto, elle prit la direction de Lakehouse. Il n'allait pas tarder à neiger et des habitants de Lake Pristine flânaient encore autour de la rue principale et devant les stands de Noël. Tout près d'elle, un marchand déclara à une jeune femme qu'elle était encore plus belle avec un collier en pierre de lune. La cliente bascula la tête en arrière dans un éclat de rire avant de sortir son porte-monnaie. Plus loin, un père achetait une petite boule à neige à son fils.

Jasper marchait dans l'air vivifiant et regardait son souffle remplir l'obscurité devant elle. Elle adorait cette sensation de froid.

— Tu t'éclipses toujours des fêtes sans dire au revoir ?

Le son de sa voix la stoppa net.

— Oui. Je le recommande vivement.

Elle pivota. Arthur avait les mains dans ses poches et la tête rentrée dans les épaules à cause du froid.

— Tu n'es pas gelée ? lui demanda-t-il en examinant sa robe.

— Non ! Ces chaussures sont si serrées qu'elles me réchauffent tout le corps.

— Elles n'ont pas l'air confortable.

— Oh ! Ce n'est rien à côté des pointes.

— Ne bouge pas, lui ordonna-t-il avant de s'élancer vers sa voiture.

— Je préfère marcher ! lui cria-t-elle quand il ouvrit sa portière et lui fit signe de monter.

— T'es folle ! Ça caille !

— J'aime bien.

Il semblait tiraillé, mais il finit par fermer sa portière. Après avoir attrapé un manteau en peau lainée sur la banquette arrière, il trottina jusqu'à Jasper qui continuait de marcher lentement et le lui tendit.

— Tiens ! Enfile-moi ça !

Il ouvrit le manteau et elle glissa ses bras dans les manches avant de s'emmitoufler dedans. Il était trois fois trop grand, mais elle eut tout de suite plus chaud.

— Merci.

— À ton service.

— Tu joues les gentlemen ou tu désapprouves ma robe ?

Il réprima un rire, ce qui la fit sourire.

De nombreux habitants de Lake Pristine admiraient les nouvelles décorations de Noël dans la rue principale. La plupart étaient en couple, remarqua Jasper. Il y avait de jeunes parents à l'air fatigué mais heureux qui faisaient découvrir les stands à leurs enfants. Des premiers rendez-vous qui partageaient un vin chaud. De vieux époux qui faisaient quasiment partie du paysage. Et, tout autour d'eux, des exposants transformaient des bibelots ordinaires en jolis objets chargés de sens.

C'était un superbe endroit où vivre.

— Bonsoir, Jasper, lui lança une dame qui promenait son chien. Joyeux anniversaire, mon petit Arthur.

— Bonsoir madame Lester, répondirent-ils en chœur.

Ils marchaient lentement, comme s'ils essayaient de prolonger le trajet.

— Dis-moi, c'est quoi, cette manie de quitter les fêtes en douce avant tout le monde ? finit par lui demander Arthur.

— Je déteste les au revoir. Surtout devant plein de gens. Je me sens surstimulée à chaque fois. Au lieu d'attirer l'attention sur moi, je m'éclipse avant.

— Mais tu sais… quand tu pars comme ça, les gens le remarquent au bout d'un moment. Ils s'inquiètent pour toi.

— C'est là où Christine entre en action. Je lui envoie un texto pour la prévenir que je m'en vais et elle limite les dégâts.

— Futé.

— En ville, tu peux quitter discrètement une fête au bout de vingt minutes et personne n'en aura rien à cogner.

En revanche, à Lake Pristine… Où chacun de tes gestes est scruté… On crie au blasphème !

— C'est bien ce que je disais. Tu es la princesse de ces lieux.

Le sourire de Jasper se volatilisa.

— Ne dis pas ça, chuchota-t-elle.

— Pourtant, c'est vrai.

— Tu es le seul à m'appeler comme ça. Et ne pense pas que j'ai oublié la méchanceté dans ta voix quand tu le disais.

Arthur était abasourdi.

— Quand ?

— En coulisses. À l'époque. Tu m'aboyais dessus et je n'appréciais pas du tout.

— C'est un compliment.

— Il n'y a pas de compliment qui tienne quand on vous incendie devant trente personnes, alors que vous portez une tenue ridicule de ballerine, crois-moi.

— Si je me souviens bien, tu ne t'es pas gênée pour riposter. Tu ne m'avais pas menacé avec un morceau du décor qui s'était détaché ?

— Je ne m'en souviens pas.

— Moi si. J'ai vraiment cru que tu allais me frapper avec.

— Tu parlais sèchement à une autre danseuse. Il était de mon devoir d'intervenir. Ça te plairait si un régisseur hurlait sur Grace ?

— Bien sûr que non, mais je ne lui hurlais pas dessus. Je lui demandais juste d'arrêter de coller ses chewing-gums usagés sur les accessoires. Ce n'est pas ma faute si je ressemble à un ours mal léché quand je parle.

— O.K. Je n'étais pas au courant pour cette histoire dégueu de chewing-gum.

— Tu vois ! Je ne crie pas sur les ballerines sans raison valable.

Ils avaient atteint le sentier des bois qui menait à Lakehouse. Ils l'avaient déjà emprunté plusieurs fois ensemble, mais jamais ils n'avaient marché aussi lentement.

— Attention, s'écria soudain Arthur. Il y a du verglas.

Comme un coup du sort, Jasper glissa alors qu'elle montait la côte et Arthur se précipita pour la rattraper. Malheureusement, dans son empressement, il trébucha et glissa à son tour. Il tomba le plus dignement possible et lâcha un juron retentissant en heurtant le sol.

Jasper plaqua une main sur sa bouche pour empêcher un grand éclat de rire de jaillir.

— Ça va ?

Il grimaça. Jasper s'accroupit à côté de lui.

— Bien, grommela-t-il.

— Je ne te crois pas. Tu as mal où ?

— La honte…

— Non, devenir toxique et dire que seules les mauviettes se font mal, ça c'est honteux. Dis-moi où, maintenant.

Les coins de sa bouche frémirent.

— Cheville gauche.

— Tu peux marcher ?

— Ouaip, lui assura-t-il pendant qu'elle l'aidait à se relever.

Il ravala un autre juron et retenta l'ascension.

— Put…

— Je suis d'avis que tu ne poses plus le pied par terre. Appuie-toi sur moi.

— Et puis quoi encore ? Tu mesures trente centimètres de moins que moi et tu es en talons.

— Mais je ne suis pas blessée, moi. Appuie-toi.

Jasper se colla contre lui, glissa un bras autour de son torse et l'escorta doucement sur le restant du sentier. Elle l'aida à affronter le verglas et à garder l'équilibre afin de ne pas aggraver sa blessure.

— Papa ! cria-t-elle quand ils arrivèrent dans l'allée de Lakehouse. Demoiselle en détresse par ici !

— Ça t'amuse ?

— Tu es grièvement blessé et je te conduis en lieu sûr. N'est-ce pas galant de ma part ?

La porte d'entrée s'ouvrit en grand et le père de Jasper tendit le cou dans le froid polaire.

— Que se passe-t-il ?

— Nous avons un visiteur blessé ! répondit Jasper.

Howard dévala les marches et prit Arthur par l'autre bras.

— Ce n'est vraiment pas nécess...

Ni une ni deux, les Montgomery l'entraînèrent à l'intérieur et l'installèrent dans le canapé du salon.

— Je vais chercher de la glace ! offrit Howard avant de se précipiter dans la cuisine.

— Ton père est un homme d'action, murmura Arthur pendant que Jasper glissait avec délicatesse un coussin sous sa cheville.

— Oui, oui, répondit-elle distraitement. Tu as mal ?

Arthur fit non de la tête, mais son œil droit tressaillait de douleur. Jasper poussa un soupir.

— Ouais, je te crois, marmonna-t-elle. Papa ! Apporte un cachet aussi !

— Je vais bien, insista Arthur quand Howard revint avec une cuvette remplie de glace et une boîte d'antalgiques.

— Ce sentier est une horreur, commenta Howard, l'air compatissant. Je ne compte plus les gamelles que je me suis prises. Si j'avais su qu'il gelait, j'aurais salé. Tu es arrivée jusqu'ici avec ces affreuses chaussures, Jazz ? Bravo, ma fille !

Arthur allait manifester son indignation quand Jasper lui plaqua une main sur la bouche. Elle riait pendant qu'il la foudroyait du regard.

— J'ai glissé la première. Il a voulu me rattraper et il est tombé.

Le regard d'Arthur s'adoucit et elle ôta lentement sa main.

— Bien ! s'exclama Howard. (Il les dévisagea tous les deux puis se racla la gorge.) Et si j'allais nous préparer une tisane, hein ?

Jasper prit une poignée de glaçons dans la cuvette, les emballa dans le torchon que son père avait apporté puis tamponna la cheville d'Arthur qui était à présent enflée.

— Tu voulais marcher, ronchonna-t-il.

— Oui. C'est ma faute.

— Exactement, marmonna-t-il.

Il plia le pied et frémit. Jasper s'assit par terre à côté du canapé et continua d'appliquer la glace sur sa blessure.

— Du froid d'abord, du chaud plus tard.

— Oui, docteur.

Un long silence s'installa.

— Tu as dû te blesser souvent, en tant que danseuse, fit Arthur au bout d'un moment.

— Oh ! lâcha Jasper, déconcertée – personne ne s'intéressait jamais aux douleurs et aux blessures des ballerines. Oui, je suppose. Plus ou moins grièvement.

— Tu ne t'étais pas cassé les bras ?

— Les poignets, corrigea-t-elle. Les répétitions de *Peter Pan* ne se sont pas passées comme prévu. Je suis mal tombée.

— Si j'avais été régisseur à ce moment-là, ça ne serait pas arrivé.

— Non, probablement pas.

— Je me rappelle t'avoir vue avec les bras plâtrés, ce Noël-là.

— Ah bon ? Je ne me rappelle pas t'avoir vu, moi.

— Normal, on évoluait dans des cercles totalement différents. On ne mélange pas les torchons et les serviettes...

— Il faut vraiment que tu arrêtes ça.

— Quoi ? Te considérer comme une princesse ?

— J'ignore ce que j'ai fait pour que tu me détestes autant, mais sache que je suis désolée, s'excusa Jasper en rajoutant de la glace. Tu as toujours eu une dent contre moi. On s'est vraiment bien amusés l'autre jour, au point où je me suis demandé si un sosie n'avait pas pris ta place.

Elle avait dit ça pour plaisanter. Comme il ne réagissait pas, elle leva les yeux vers lui. Il la regardait avec un air qui la mettait mal à l'aise, un air à la fois sérieux et inflexible.

— Je ne te déteste pas, fit-il simplement quand elle ne put plus soutenir son regard. Et je ne désapprouve vraiment pas ta robe.

Elle cligna plusieurs fois des yeux puis chercha à tâtons la boîte de cachets.

— Un ou deux ?

— Jasper.

— C'est deux maxi d'après la posologie, je crois. Mais les médecins prescrivent toujours...

Elle ne finit pas sa phrase. Il venait de prendre la boîte dans sa main avant de la déposer sur le parquet. Il s'empara de sa paume ouverte et l'attira doucement près de lui jusqu'à ce que leurs visages soient à quelques centimètres l'un de l'autre. Comme s'ils allaient danser. Jasper éprouvait la même impatience, cet emballement qu'elle n'avait pas ressenti depuis des années, cette excitation mêlée de trac.

Les éventuelles déconvenues s'effacèrent devant l'euphorie d'un lendemain plus heureux.

Il glissa une main dans ses cheveux et lui effleura lentement le haut de l'oreille. Elle baissa la garde un instant.

— Jamais… détestée, murmura-t-il.

Soudain, la porte d'entrée s'ouvrit en grand et Christine cria : « Hé oh ! » Jasper bondit en arrière et manqua renverser la cuvette encore à moitié pleine de glaçons.

— Par ici, répondit-elle.

Elle regretta d'avoir parlé dès que Christine entra en trombe dans la pièce et découvrit Arthur sur le canapé avec le pied surélevé.

— Tu as fini par le pousser dans l'escalier ? lança-t-elle avec mépris.

Un bruit aigu échappa à Jasper, mais elle évita de les regarder.

— Pas exactement.

Elle supplia en silence Christine de sortir.

— Je vais appeler Henry pour qu'il vienne te chercher, annonça celle-ci avec la courtoisie la plus élémentaire.

Jasper jeta un rapide coup d'œil au blessé. Son regard indiquait clairement qu'il voulait être seul avec elle.

Consciente ou non de cet échange non verbal, Christine les ignora tous les deux. Elle dégaina son portable et demanda à Arthur le numéro de son frère.

— Je ne m'en souviens pas et mon téléphone n'a plus de batterie, répliqua Arthur.

— Pas de problème. J'appelle directement l'Arthouse, répliqua Christine sans ciller.

Elle composa aussitôt le numéro.

— Henry, fit-elle, la voix pleine de suffisance et de royauté provinciale. Viens chercher ton frère. Il a fait une chute dans notre allée et s'est cassé la cheville.

Elle raccrocha sans attendre la réponse du frère d'Arthur.

— Christine… Je…

— Jasper, va leur remplir un Thermos, lui ordonna Christine, sans quitter Arthur des yeux. D'après mes souvenirs d'ado, la voiture de Henry est un vrai congélateur.

Jasper soupira, mais elle était bien placée pour savoir qu'on ne disait pas non à la reine Christine. Elle se rendit donc dans la cuisine à l'arrière de la maison. Elle ressentait encore les effets de ces brefs instants avec Arthur.

— Tout va bien, Jazzie ? s'enquit son père en vidant la bouilloire.

— Oui, répondit Jasper dans un souffle. Tout va bien.

❄ ❄ ❄

Christine attendit que sa sœur entre dans la cuisine avant de fermer la porte du salon.

Arthur expira bruyamment.

— C'est quoi, le problème, Christine ?

Les flammes de la cheminée se reflétaient dans les yeux de l'aînée des Montgomery.

— À quoi tu joues ? aboya-t-elle, le regard noir.

Arthur désigna sa cheville meurtrie.

— À rien du tout, littéralement. Ça fait un mal de chien.

— Je te parle de ma sœur. À quoi est-ce que tu joues avec ma sœur, Arthur ?

Il la toisa.

— On est amis.

— N'importe quoi ! grogna-t-elle. On a déjà eu cette conversation, toi et moi.

Arthur s'en souvenait parfaitement bien. Son père lui avait demandé de donner un coup de main en coulisses lors de la représentation annuelle de *Casse-noisette*. Alors que Tayo était parti vérifier l'éclairage, Andrea avait flanqué un porte-bloc dans les mains d'Arthur et l'avait promu régisseur. Il s'affairait de chaque côté de la scène, plaisantait avec les danseurs, apportait de l'eau à l'orchestre.

Les débutantes étaient arrivées pour répéter leur unique apparition dans le spectacle. À quatre ans, elles étaient surexcitées à l'idée de monter sur une vraie scène. Blotties les unes contre les autres, elles regardaient autour d'elles avec des yeux émerveillés. Soudain, Christine avait tapé fort dans ses mains et aboyé sur elles. Elle régnait par la peur sur le petit groupe. Arthur avait levé les yeux au ciel et était retourné à son bureau. Là, il avait donné le signal de se mettre en place au micro, sachant que toute la compagnie serait prévenue, même dans les vestiaires.

Puis il avait jeté un coup d'œil côté cour et, à ce moment-là, sa vie avait basculé.

À quatorze ans, il était facilement impressionné par les jolies filles, mais la plus jolie qu'il lui avait été donné de voir traversait à présent la scène. Elle avait des cheveux châtain foncé relevés en chignon, les jambes interminables et un sourire éclatant. Ce n'était pas à lui qu'elle souriait, bien évidemment. Elle tendait les bras vers l'essaim de petites danseuses qui avaient crié de joie à la vue de la première ballerine. Elle les avait enlacées l'une après l'autre avec la tendresse d'une grande sœur.

Elle ressemblait à une princesse.

— Qu'est-ce que tu regardes comme ça ? avait aboyé la sœur aînée de la princesse, le regard courroucé.

Elle arborait le même regard à cet instant.

— Tu penses duper qui ? lui demanda-t-elle.

Tous deux se dévisageaient dans le salon de Lakehouse. Des années de méfiance s'étaient accumulées entre eux.

— Tu crois que je ne vois pas la façon dont tu la regardes ? Tu crois que toute la ville n'est pas au courant ? D'après Saff', tu as passé tout votre rencard à parler de ma sœur.

Arthur grimaça quand il voulut changer de position sur le canapé et se redresser. Il ne voulait pas régler ses comptes avec une cheville meurtrie, mais il le ferait s'il n'avait pas le choix.

— J'ignore ce que tu vois.

— Jasper est trop gentille pour te le dire, mais elle n'est pas intéressée.

Il eut l'impression qu'on lui découpait le cœur au scalpel, petit bout par petit bout.

— O.K.

— Fille ou garçon, elle ne veut sortir avec personne. Point final. Elle retourne à la fac. Elle quitte cette ville et ne reviendra probablement jamais. Je lui ai dit de rester là-bas, mais elle est revenue parce que sa maison et sa meilleure amie lui manquaient. Mais je sais qu'elle verra ce que j'ai vu à son âge : Lake Pristine engloutit les filles comme elle. Jasper n'est pas faite pour vivre ici. Si ton rêve est de te marier et d'avoir des enfants, super ! C'est mon rêve aussi et il va se réaliser. Je suis allée à la fac pour m'amuser et rencontrer quelqu'un. Jasper y va pour décrocher des diplômes. Elle ne fera jamais carrière ici et Jasper veut faire carrière. Elle va ficher le camp. Alors n'imagine pas un seul instant que tu la retiendras à Lake Pristine. Tu n'y arriveras pas.

Arthur fut choqué de percevoir de la panique et de la peur dans la voix de Christine.

— Pourquoi a-t-elle été envoyée loin de chez elle ?

C'était une question qu'il s'était toujours posée.

— Pardon ?

— Pourquoi Jasper a-t-elle été envoyée dans une université de riches, à des dizaines et des dizaines de kilomètres d'ici, dans la capitale, alors qu'il y a des écoles bien plus proches ?

— Elle voulait y aller, murmura Christine.

— Je ne te crois pas. Elle adore Lake Pristine, elle adore Odette. Elle ne le montre peut-être pas avec le même enthousiasme que les autres, mais ça, je le sais.

— Elle a été inscrite là-bas parce que mes parents paient ses études. Ce cursus. Cette université. Ils veulent qu'elle obtienne sa licence puis qu'elle aille en fac de droit afin de suivre les pas de notre père.

Les pièces du puzzle se mirent soudain en place dans l'esprit d'Arthur. Ses parents avaient choisi l'université, bien entendu ! Il voulut soudain prendre la défense de Jasper. Les étudiants travaillaient souvent en parallèle jusqu'à ce qu'ils abandonnent. Ils ne pouvaient pas payer leurs frais de scolarité seuls. Les parents de Jasper avaient mis ça dans la balance : sa docilité contre l'argent.

— Ce n'est pas sa voie, répliqua Arthur. Jasper est une créatrice, une artiste.

— Ils ont décidé que ce serait là-bas ou rien. Alors, elle a capitulé. C'était trop tard pour qu'elle fasse un emprunt. Nos parents ont toujours été très forts pour poser des ultimatums.

L'air inquiet, Christine s'éloigna de la porte, comme si elle craignait que Jasper ne l'entende ou revienne.

— Tu savais que j'étais sortie avec Henry un été ?

Arthur écarquilla les yeux. Première nouvelle !

— Quand ?

— L'été avant la fac. On a passé quelques mois sympas. C'est chouette, les amours de jeunesse, mais pas dans une caisse glaciale qui n'avance pas, avec un type qui ne quitte jamais le vieux cinéma pourri que possède sa famille.

Arthur serra des dents. Il avait trop mal à la cheville… et au cœur.

— Henry cherchera du travail ailleurs dès je reprendrai l'affaire.

— C'est ce que vous croyez. Jasper mérite le monde et tu ne peux pas le lui offrir. Tu vas me demander pourquoi vous ne pourriez pas vivre la même histoire que Henry et moi, hein ? Eh bien, je vais te dire pourquoi. Henry ne m'a jamais regardée comme tu la regardes. Ce n'est pas une passade pour toi, et je n'aime pas ça.

Arthur allait réfuter sa théorie quand un klaxon retentit à l'extérieur. Sous ses yeux, Christine dissimula avec aisance cet instant de vulnérabilité et alla vite ouvrir la porte d'entrée.

— Salut, lui parvint la voix grave de Henry et, soudain, Arthur reconnut une kyrielle de souvenirs dans ce ton.

— Il est dans le salon, l'informa Christine avec indifférence.

Lorsqu'ils apparurent dans la pièce, Henry afficha un grand sourire.

— Eh ! Le blessé léger ! Joyeux anniversaire, mon gars !

Arthur n'essaya même pas de cacher ce qu'il ressentait.

— On y va, gronda-t-il.

— Minute, papillon, répliqua Henry sur le ton du grand frère qu'il utilisait rarement. Pas de précipitation. Laisse-moi t'aider.

Arthur n'avait qu'une envie : rentrer chez lui.

— J'ai dit, on y va !

Il se leva brusquement du canapé et, même s'il grimaçait de douleur, il sortit en boitant de Lakehouse sans se retourner. Il se sentait mis à nu et détestait que Christine en soit témoin.

Il l'avait toujours considérée comme une personne totalement égocentrique. Puisqu'elle avait lu en lui comme dans un livre ouvert et compris ses sentiments, avant même qu'il ne les comprenne lui-même, il n'avait aucune intention de rester chez les Montgomery plus longtemps.

ACTE II, SCÈNE 6

Le documentaire

Première partie

Jasper dormait à moitié pendant son service au café de Pete.

Elle mourait d'envie de raconter à Odette ce qui s'était passé après la fête d'anniversaire d'Arthur, mais toutes deux étaient encore en froid. Aucune n'avait fait le premier pas vers l'autre. Elles avançaient en territoire inconnu.

Elle s'occupait des commandes en pilote automatique. Elle s'était jeté un sort qui dissuadait les gens de lui parler.

— Mais c'est bien trop tôt ! lui parvint la voix de Sophie, qui entrait dans le café en compagnie de Danny et d'Arthur.

Jasper ignora ce sentiment oppressant de jalousie qui commença à la ronger quand son esprit fertile se demanda s'ils ne planifiaient pas un rencard. D'abord, cette fille avait monté Odette contre elle et, maintenant, elle jetait son dévolu sur Arthur.

Consternée par ses pensées, Jasper se ressaisit. Ce ne sont pas mes affaires, se rappela-t-elle. Il pouvait l'emmener chez Pete, comme il l'avait fait avec Saffron. Apparemment, il invitait les filles qui l'intéressaient. Les actes valent mieux que les paroles. Quand on veut, on peut. Un million de maximes lui traversèrent l'esprit et effacèrent les douces sensations et les tendres souvenirs de promenade sous les étoiles.

— Je le dis depuis le début, déclara Arthur de sa voix bourrue en se glissant dans un box avec Danny et Sophie. On n'a pas d'histoire qui tienne la route. Juste une tonne d'interviews et de paysages filmés qu'il assemblera. Son montage sera sympa. Rien de plus.

Ils parlaient du documentaire. Jasper souffla.

— Est-ce que j'aurai le meilleur siège de la salle ? minauda Sophie.

L'air perplexe d'Arthur fit sourire Jasper.

— Au fait, continua Sophie, Marcus aimerait que je l'accompagne au mariage de Christine. Il y a quelqu'un avec qui j'aimerais beaucoup y aller, mais il met trop de temps pour me le demander, alors je me suis dit que…

Elle fit exprès de ne pas finir sa phrase et Jasper ressentit soudain de la compassion pour Arthur. Il lui avait fallu des années pour apprendre à lire entre les lignes, à essayer de deviner le fond de la pensée des gens. Elle bataillait encore de temps à autre pour décrypter ce qu'ils voulaient vraiment lorsqu'ils échangeaient des banalités. Il ne faisait aucun doute que Sophie cherchait à avoir Arthur comme cavalier.

— Tu t'amuserais quand même ? compléta Arthur – sa supposition ressemblait beaucoup à une question.

Jasper n'eut pas besoin de les regarder pour savoir que ce n'était pas ce que Sophie souhaitait entendre.

— Tu me proposerais d'être ta cavalière, annonça-t-elle franchement, et Jasper faillit siffler, par respect pour la franchise de cette fille.

Sophie avait plus de courage qu'elle, semblait-il. Même si Jasper ne manqua pas de remarquer le silence interminable qui suivit cette déclaration abrupte.

— Et Marc' ? finit par dire Arthur. Il pense que vous y allez ensemble.

— Ce n'est pas un souci ! Je lui trouverai quelqu'un d'autre, répliqua Sophie. Jasper ! Eh ! Jasper !

Elle cria si fort que tout le café se tut.

Jasper sentait le regard d'Arthur posé sur elle tandis qu'elle fixait Sophie avec méfiance.

— Oui ?

— Ça te dit d'aller au mariage de ta sœur avec Marcus ? Je sais que personne ne t'a demandé de l'accompagner. Je suis sûre qu'il adorerait être ton cavalier. En fait, je sais qu'il kiffera.

— C'est une blague ! grogna Arthur.

— Ça ira, merci, rétorqua calmement Jasper.

— Oh ! Quelqu'un t'a déjà demandé alors ? Ce n'est pas ce que j'ai entendu dire ! ajouta Sophie inutilement – elle arborait un sourire amical mais il y avait quelque chose d'acerbe dans son regard.

— Non, personne, admit Jasper en toute honnêteté.

Elle n'aurait peut-être pas dû faire cet aveu de vulnérabilité devant eux, mais elle s'en fichait. Les préparatifs du mariage, les répétitions avant le ballet, la perte potentielle d'une amie lui semblaient bien plus importants qu'un cavalier.

— Sérieux, Jasper ? s'exclama Danny, les yeux écarquillés, son visage sympathique éclairé par la surprise. Je t'invite, moi ! Ce n'est pas un problème !

Sa spontanéité arracha un sourire à Jasper.

— Merci, Danny, mais je...

— Parfait ! exulta Sophie, coupant la parole à tout le monde. Tu as le choix, maintenant ! Marc' ou Danny. À toi de jouer.

— Sophie, l'entremetteuse, commenta Arthur, le ton glacial, le regard pénétrant.

— Nan ! s'exclama celle-ci sans comprendre le sous-entendu. Entre filles, il faut s'aider !

— À ta place, je ne laisserais pas tomber Marcus tout de suite, lui conseilla-t-il. Je ne vais pas au mariage.

L'attitude de Sophie changea alors du tout au tout. Son enthousiasme et sa bonne humeur cédèrent la place à l'incrédulité et une légère et délicate pointe de rage.

— Excuse-moi ?

— Je ne vais pas au mariage, répéta-t-il tout en se levant. Si vous êtes libres jeudi, il y aura une projection de la première mouture du documentaire sur Lake Pristine à l'Arthouse. À vingt heures. J'espère que vous pourrez venir.

Et il sortit en trombe, laissant derrière lui les clients du café plongés dans un silence gêné, Sophie visiblement furax et Jasper, qui aurait aimé disparaître dans un trou de souris.

❄ ❄ ❄

Lake Pristine était en effervescence depuis l'annonce de la projection du premier montage.

Arthur remarqua que Marcus semblait un peu déconcerté par tant d'émoi. Son cousin arriva à l'Arthouse la veille de l'événement et lui confia sa surprise et sa sensation de nausée devant pareil enthousiasme. Marcus s'était enfermé chez lui pour faire le montage les soirs précédents. Alors qu'Arthur adorait réaliser et filmer, Marcus était plus heureux en chambre noire, à sélectionner les rushes. Il avait envoyé son travail par mail à Arthur et celui-ci en était très satisfait.

— Les gens ont hâte d'assister à la séance, déclara Henry devant le plus grand des deux écrans.

— On pourrait presque remplir les deux salles, confirma Arthur. Il y a longtemps qu'on n'a pas vu ça à l'Arthouse !

Il était un peu fasciné par la nervosité croissante de Marcus. Arthur était pressé de voir leur projet sur grand écran ; il priait pour que cette projection lui donne l'inspiration qui lui manquait. En effet, il était convaincu qu'ils ne tenaient pas encore leur histoire. Ils assisteraient à une séance préliminaire retraçant la vie d'une petite ville en vignettes attendrissantes. Il espérait que les réactions du public lui indiqueraient la bonne direction.

— On se voit à l'avant-première, grommela Marcus avant de se précipiter à sa voiture.

Les deux Lancaster le regardèrent démarrer sur les chapeaux de roue.

— Tu crois… Tu crois que ce sera nul ? demanda Henry.

— Non, répondit Arthur, moins assuré qu'il ne le paraissait. Tout va bien se passer. J'ai vu le film. Tu connais Marcus !

Ils échangèrent un regard entendu et éclatèrent de rire.

❄ ❄ ❄

Jeudi soir et la sortie de la première version du film arrivèrent. La famille Montgomery, tirée à quatre épingles, se préparait à quitter Lakehouse pour se rendre au cinéma.

— Comment tu trouves ma tenue ? demanda Andrea à son mari, tout en vérifiant sa coiffure dans le miroir de l'entrée.

— Magnifique, la complimenta Howard en déposant un rapide baiser sur la joue de sa femme. Tu seras la plus belle là-bas.

Jasper sourit à ses parents. Elle avait choisi une robe noire et un collier ras-de-cou. Elle avait préféré une paire de vieilles ballerines à des talons. Christine était toute vêtue de blanc et Kevin portait son costume de fiançailles.

— Prêts pour la balade ? demanda-t-il à ses futurs beaux-parents.

— J'espère qu'aucun de vous ne s'est ridiculisé pendant qu'ils filmaient, lança Christine.

— Ils ont enregistré des moments plutôt intenses, remarqua Jasper, en *stimming*.

— Arrête de faire ça avec tes mains, lui ordonna sa mère, mais Jasper l'entendit à peine.

Elle s'engouffra à l'arrière de la voiture de ses parents. Christine et Kevin montèrent dans la Mercedes de celui-ci et les suivirent jusqu'au centre-ville.

— Oh ! Mon Dieu ! souffla Jasper quand son père arriva dans la rue principale. Tu ne vas jamais réussir à te garer !

Toute la ville était venue assister à la projection du documentaire. Aucune place n'était libre autour de l'Arthouse et il y avait foule devant l'entrée. Même la presse locale était là.

Jasper eut soudain un mauvais pressentiment.

Elle allait demander à son père de faire demi-tour, mais il avait trouvé une place. Ses parents sortirent de voiture. Sa mère était très chic et son père fier comme un paon. Le couple vedette les rejoignit et même si son instinct lui hurlait de prendre ses jambes à son cou, Jasper comprit qu'il était trop tard pour reculer.

Elle suivit docilement sa famille jusqu'à la queue devant le cinéma.

— Il y a une liste d'attente pour les billets retournés à la dernière minute apparemment, les informa une Mme Heywood euphorique. C'est plus excitant que le concours de beauté de juin dernier !

Le concours dont elle parlait avait réuni des chiens. Jasper ne pouvait s'empêcher de penser qu'une exposition canine serait bien moins stressante que ce documentaire.

Henry scanna leur billet à l'entrée.

— Est-ce que tu as vu le film ? lui demanda-t-elle à voix basse pendant que sa famille allait s'installer.

Il la regarda avec une expression qu'elle fut incapable de déchiffrer.

— En partie. J'ai visionné les cinq premières minutes pour vérifier si tout fonctionnait. Tu n'as pas à t'inquiéter, Jasper.

— C'est bien ?

— Le début est tranquille. Je me demande s'il y aura un gros rebondissement !

Il la taquinait, mais Jasper grimaça.

— Oh ! Henry ! Ne dis pas ça ! J'ai un horrible pressentiment, tu sais...

Henry aurait aimé lui répondre, mais les autres membres de la communauté secouaient leur ticket sous son nez avec beaucoup trop d'enthousiasme. Il lui adressa un regard navré et se remit au travail.

Jasper respirait vite quand elle rejoignit sa famille. Elle s'assit entre Kevin et son père. Odette, Sophie et Craig se trouvaient quelques rangs devant eux. Elle voulait interpeller sa meilleure amie, en dépit de leurs différends actuels. Odette avait le droit d'être en colère, mais Jasper aussi. Elle était blessée, mais cela n'entamerait pas sa loyauté. Elle détestait voir Sophie et Craig – ces deux menteurs, ces deux manipulateurs – en compagnie d'Odette.

Marcus et Danny se trouvaient tout en bas ; Grace et Arthur étaient assis sur le côté. Grace jeta un coup d'œil derrière elle et agita joyeusement la main dès qu'elle aperçut Jasper et sa famille. Arthur se retourna pour voir à qui s'adressait sa sœur et ils se dévisagèrent quelques secondes.

Jasper était de plus en plus terrifiée. Christine s'attendait à une magnifique vidéo prénuptiale qui les présenterait, Kevin et elle, sous un jour romantique, dans la ville idéale de Lake Pristine. Un endroit où Christine était la reine.

Son pouls commença à s'accélérer, son sang à se glacer. Les martèlements s'intensifièrent sous son crâne.

— Christine, chuchota-t-elle d'une petite voix effrayée. Je ne…

La lumière baissa dans le cinéma pendant que Henry, Arthur et Marcus se plaçaient face à l'auditorium, chacun un micro à la main. Le visage de Marcus avait une couleur bizarre, Henry faisait bonne figure et souriait à une salle où quasiment tout Lake Pristine était réuni.

— Bonsoir, tout le monde, déclara-t-il au micro.

Son air entendu et l'impatience dans sa voix déclenchèrent des rires et des applaudissements.

Jasper enfonça ses ongles dans ses cuisses. Alors qu'elle mourait d'envie de bouger les doigts pour se calmer, elle savait qu'elle devait se contrôler en présence de sa famille. Tout son corps devait frémir d'angoisse, car Kevin se pencha vers elle pour lui demander si ça allait.

— Bien, souffla-t-elle, les yeux rivés sur Marcus et Arthur. Je vais bien.

— Le jour que nous attendions tous depuis que mon frère a ressorti le vieux caméscope de papa est enfin arrivé, continua Henry – des rires amicaux fusèrent à travers la salle. Arthur a bien voulu partager une partie du film avec nous ce soir. Comme vous le savez tous, ce n'est pas la version finale. Marcus a bien insisté là-dessus et m'a bien fait comprendre que je devais vous le rappeler. Alors voilà, je vous le dis : ceci n'est pas le montage définitif. Mais il est à peu près complet. La parole aux cinéastes, maintenant !

Bizarrement, le tonnerre d'applaudissements qui suivit fit grimacer Marcus. Comme d'habitude, il était impossible de deviner ce que pensait Arthur, mais il décocha un regard perplexe à son cousin. Cela ne fit qu'augmenter la peur de Jasper. Elle ne parvenait pas à déchiffrer son expression.

Son état émotionnel demeurait un mystère tandis qu'il se tenait sur la petite estrade, dos à l'écran géant, les mains tremblantes autour du micro.

— Merci, tout le monde, déclara Arthur, ce qui stoppa les applaudissements. Merci. Waouh ! Je ne m'attendais pas à vous voir si nombreux ni à vos réactions. Je pensais qu'on projetterait une première version du film à quelques personnes avant qu'elles ne me chassent de la ville.

Son rire fut un peu trop bruyant.

— Bien ! Merci à tous d'être venus. C'est super de voir la salle comble. Et merci aussi pour le temps que vous avez consacré à nos interviews et nos prises de vues. Je sais que certains ont trouvé ça casse-pieds, mais sachez que j'apprécie votre soutien.

Il fit une pause et quelqu'un toussa au fond de la salle. Tout le monde espérait qu'il finirait vite sa présentation afin de voir son reportage.

— Vous l'aurez compris, ce n'est pas le film définitif, mais nous sommes très heureux de le partager avec vous. (Il tourna la tête vers son cousin.) Marcus ?

— J'espère…, commença Marcus en regardant ses chaussures. J'espère que certains d'entre vous me pardonneront, mais cette projection me tenait réellement à cœur.

Il fourra le micro dans les mains d'Arthur et détala. Les spectateurs furent aussi surpris que les frères Lancaster en le voyant quitter ainsi la salle. Inquiet, Arthur semblait prêt à interrompre la séance quand Henry reprit les choses en main malgré sa perplexité.

— Bien ! s'exclama-t-il. Lance le film, Agnès ! L'Arthouse de Lake Pristine est fier de vous présenter : « Coup de cœur à Lake Pristine – un documentaire ». Bonne séance !

Alors qu'Arthur fixait la sortie derrière les derniers rangs, Henry dut le pousser jusqu'à sa place. Il marchait avec un air tellement hébété que Jasper envisagea de déclencher l'alarme incendie.

Il y eut un nouveau tonnerre d'applaudissements et les lumières finirent de s'éteindre. Les rideaux rouges s'ouvrirent sur un compte à rebours. Cinq... Quatre... Jasper retenait son souffle, contrairement aux gens qui murmuraient d'impatience autour d'elle.

Trois... Deux... Un... Le film commença.

Le fondu à l'ouverture dévoila un plan large du lac. Pendant quelques secondes, ils n'entendirent que le clapotis léger de l'eau et le gazouillis des oiseaux. Heureuse de voir sa ville sur grand écran, l'assistance applaudit.

Deux mots s'insinuèrent dans l'image. « Lake Pristine. »

La respiration de Jasper devint saccadée. Elle appréhendait la suite et fut choquée quand une voix off se fit entendre. Elle l'aurait reconnue entre mille.

— Lake Pristine est probablement la ville la plus incroyable qui existe, déclara la voix désincarnée de son père sur la vue paisible du lac. J'ai grandi ici. Tout comme mon épouse. Et quand je travaillais en ville, la question ne s'est jamais posée. Nous ne quitterions pas Lake Pristine. Nous mourrons sans aucun doute ici.

Des rires approbateurs fusèrent et même Jasper esquissa un sourire.

Apparut la rue principale où chacun s'affairait sous une légère pluie de flocons. Les vitrines des magasins défilèrent sur un air de piano. Cette magnifique présentation de la ville immortalisait des gens que Jasper connaissait depuis toujours. Ils souriaient et vaquaient à leurs occupations. Certains faisaient signe à la caméra. C'était vraiment agréable de les voir ainsi.

— Eh bien ! Lake Pristine compte beaucoup d'anciennes familles, mais nous accueillons avec joie les nouveaux venus, confia Mme Heywood, assise sur un banc en ville et souriant à une personne hors champ – Arthur, certainement – pendant que la caméra zoomait sur son visage. J'ai quasiment passé toute ma vie ici. Et nous adorons les mariages !

Le film enchaîna avec une succession de courtes séquences où les habitants discutaient de la noce à venir.

— Oh ! Oui ! Le mariage de Christine et Kevin sera l'événement de la saison.

— Un mariage le réveillon du Nouvel An ! Je trouve ça charmant !

— Kevin est un garçon adorable… et un avocat redoutable !

— Un mariage, il n'y a rien de tel pour rassembler les gens.

— Et c'est bon pour les affaires !

Jasper inspira un bon coup dans l'espoir de se calmer.

Vint alors le tour d'un groupe de résidents assis au soleil, à la terrasse du café de Pete.

— Hum… Que pensez-vous de la future mariée ? demanda Marcus en voix off.

Les visages se figèrent. Tous prirent le temps de réfléchir à la question et aucun ne répondit. Jasper les fixait à l'écran, le cœur serré.

Des plans de Christine se succédèrent soudain. Ils la montraient en train de claquer des portes, d'ordonner aux gens de s'écarter de son chemin, d'aboyer des ordres sur la grand-place. Jasper regardait, horrifiée, pendant que des rires circonspects s'élevaient çà et là. Ces rires s'accompagnaient de beaucoup de compréhension et de bonhomie, mais il s'agissait quand même de rires.

Dans la scène suivante, Christine était installée avec grâce sur un tabouret, à Lakehouse, et souriait à la caméra et à l'équipe de tournage.

— Ça tourne ? demanda-t-elle d'une voix suave.

Le contraste flagrant déclencha des rires supplémentaires dans le cinéma et Jasper sentit Kevin qui se tournait vers sa fiancée, pendant qu'elle gardait les yeux rivés sur le désastre en cours.

Henry surgit tout à coup à l'écran. Son interview avait été filmée dans le hall du cinéma et c'était un peu irréel à voir.

— Christine demande beaucoup de travail, affirma Henry à l'écran avec un rire haché – il parlait d'expérience, mais il n'y avait pas d'aigreur dans sa voix. Elle aime les choses telles qu'elles sont et pas autrement.

L'entretien céda la place à une séquence où Christine prenait un mètre des mains de quelqu'un avant de mesurer le kiosque à musique pour son mariage.

La voix de Henry continua par-dessus de nouvelles images de Christine.

— Elle est un peu perfectionniste.

Christine était à présent chez le fleuriste.

— Je ne comprends pas pourquoi vous me répétez : « Ce ne sont pas des fleurs de saison », comme si je ne vous prévenais pas assez longtemps à l'avance pour qu'elles soient « de saison ». Elles sont bien de saison quelque part ! Je ne vois pas le problème !

Jasper avait la nausée. Dans l'intimité, Christine était parfois un peu difficile à gérer, mais hors contexte, elle paraissait monstrueuse.

— Je connais Christine depuis qu'elle est toute petite, déclara ensuite Pete, accoudé au comptoir de son café. Mon père possédait le camion de glaces et Christine passait toujours devant les autres. Si une camarade disait qu'elle voulait le dernier cône à la fraise, elle décommandait son cône à la vanille pour celui-là, juste pour la contrarier.

Pete parlait sur le ton de la plaisanterie, mais ses mots paraissaient moins légers alors qu'ils étaient superposés à des images de Christine chassant des enfants du bord du lac pour profiter seule de la petite plage.

La mère d'Odette, Mme Cunningham, fut la suivante à l'écran.

— J'ai rencontré Christine dans une file d'attente au marché, expliqua-t-elle tout en triant des rubans dans une panière. (L'interview avait été filmée dans sa boutique, *Trésors Vintage*. Les robes des demoiselles d'honneur étaient visibles en arrière-plan.) C'est une jeune femme impétueuse, un trait que j'apprécie. Elle se disputait avec quelqu'un à propos du prix des citrons. Je n'ai pas tout entendu, mais elle ne paraissait pas d'accord. Elle a vidé le sac entier de citrons par terre et est partie telle une furie. Est-ce que j'accepterais que ma fille se comporte ainsi ? Jamais de la vie. Par contre, c'était divertissant à voir !

Malgré son appréhension, Jasper s'obligea à regarder sa sœur. Christine était parfaitement immobile et impassible face à l'écran. Elle était d'un calme qui terrifia Jasper au plus haut point.

Odette prit le relais et Jasper se retint de se boucher les oreilles.

— Que dire sur Christine qui n'a pas déjà été dit ? se demandait tout haut Odette tandis que la caméra l'accompagnait dans les rues de Lake Pristine. Eh bien ! Personnellement, je l'ai toujours trouvée ennuyeuse et tyrannique, mais vous couperez ça au montage, hein ? Elle est émotionnellement immature. Elle l'a toujours été. Elle ne se rend pas compte qu'elle se comporte mal. C'est une perpétuelle enfant. Ça aussi, ça reste entre nous, bien sûr !

Huit cents personnes fixaient l'écran et l'extrait qui n'avait visiblement pas été coupé au montage.

— Je me rappelle une de mes fêtes d'anniversaire où elle a percé le château gonflable, ajouta Odette. Parce qu'elle n'était pas le centre de l'attention, je pense.

— Ma fille est une personne extraordinaire.

Andrea apparut à l'écran. Jasper tourna la tête vers sa mère, qui affichait un air contrarié et s'était immédiatement touché les cheveux quand elle avait découvert cette version élargie d'elle-même.

— J'ai eu Christine en premier et elle était parfaite. Elle faisait ses nuits, elle jouait beaucoup avec les autres.

Il y eut une image fugace de Christine flanquant un croquis de robe dans les mains d'une de ses demoiselles d'honneur et lançant un « Nul ! » d'un air dégoûté.

— Elle a un côté rebelle, continua Andrea. Exactement comme moi. Christine est une mini-version de moi.

Christine et Andrea marchant dans la rue principale. La mère et la fille portaient un chapeau à bord large, telles deux copies conformes.

Jasper se couvrit brièvement les yeux et poussa un petit cri de douleur. C'était pire que tout ce qu'elle avait pu imaginer. Le film semblait amuser les autres spectateurs, mais elle savait quel effet il produirait sur sa famille. Sa famille horriblement fière.

— On lit en elle comme dans un livre ouvert, conclut Andrea à l'écran. Je ne peux pas en dire autant de Jasper.

Jasper grimaça et frémit dans son fauteuil. Elle ne pouvait pas regarder l'écran géant, car elle connaissait d'avance la suite.

Son tour était venu.

ACTE II, SCÈNE 7

Le documentaire

Seconde partie

Arthur devait être honnête envers lui-même. Il avait passé ces dernières semaines à se demander s'ils devaient montrer Christine sous son véritable jour dans leur film, voire commenter ses frasques. Maintenant qu'il voyait le documentaire sur grand écran, qu'il réalisait que tous les protagonistes n'étaient pas des acteurs et, surtout, qu'il les connaissait tous, il avait les réponses à ses questions. Il avait l'impression d'avoir reçu un coup de marteau sur la tempe : Marcus avait produit une deuxième version en secret. Ce n'était pas le court-métrage bucolique qu'il lui avait présenté.

Le film était malveillant. Nul ne pouvait nier que Christine leur avait donné de quoi se mettre sous la dent, mais le montage était biaisé. Jamais Arthur n'avait donné son aval pour cela. Ce n'était pas l'histoire qu'il voulait raconter. Il n'était pas encore fixé sur une ligne conductrice en particulier, mais il ne faisait aucun doute qu'elle était à l'opposé de ce qui défilait à l'écran à cet instant.

Jasper apparut alors sur la toile.

Elle était intentionnellement filmée sous un jour flatteur. Elle marchait trois mètres derrière sa mère et sa sœur pendant qu'elles inspectaient le kiosque à musique. La caméra filmait en plan large sans qu'elle se rende compte de rien. La scène ralentit ; Jasper était incroyablement belle. Elle avait détaché ses longs cheveux qui ondulaient après avoir séché par cet air froid d'hiver. Elle portait ses grandes lunettes de soleil, un manteau rose layette aux poignets en fausse fourrure blanc perle, mais aussi un masque de sérénité. Le cœur d'Arthur se serra rien qu'en la voyant.

Les spectateurs la découvraient avec ses yeux.

S'ensuivit une rapide succession d'interviews. Le visage des résidents de Lake Pristine s'illuminait dès que le cameraman hors champ posait une question sur Jasper. Tous parlaient d'elle avec tendresse et révérence.

— Jasper est un amour de jeune fille.

— J'adore Jasper. Elle est toujours si polie. Un jour, elle m'a conduite à mon rendez-vous à l'hôpital quand elle a vu que j'attendais le bus sous la pluie. C'est un ange. Elle a patienté sur le parking, le temps de la visite, puis elle m'a ramenée à la maison.

— Jasper Montgomery est la seule personne que mon ronchon de petit chien apprécie dans cette ville.

— Depuis que Jasper est partie à l'université, la ville n'est plus la même. Ça me manque de ne plus la voir dans les rues. Il y a quelque chose d'apaisant chez elle.

Arthur se tourna vers Jasper. Elle se couvrait le nez et la bouche avec les mains, mais ses yeux ne regardaient pas l'écran avec un déferlement d'émotions ou un plaisir immense. Ils le fixaient avec horreur. Arthur comprenait que Jasper intériorisait chaque compliment et les voyait se transformer en insultes à l'égard de Christine.

Telle avait été l'intention de Marcus.

Arthur sentit une colère froide et oppressante s'emparer de lui et se demanda si les gens le remarqueraient s'il se levait et étranglait son cousin. Il se répétait qu'il devait courir jusqu'au projecteur et arrêter le massacre, mais ses jambes ne voulaient pas bouger. Il était cloué sur son siège, incapable de détacher son regard horrifié de sa création.

Des clips montrant la subordination de Jasper envers Christine pendant les préparatifs de son mariage se succédèrent. Toute la salle observa la jeune femme en train de se plier en quatre pour son aînée et d'avaler des couleuvres. Arthur avait été témoin de telles scènes à plusieurs reprises – n'en avait-il pas filmé, d'ailleurs ? – mais c'était différent de les voir sur grand écran, avec une musique douce au piano en fond sonore.

Il y eut un passage qui se déroulait à l'école de danse, pendant les répétitions de *Casse-Noisette*. Il offrit un court répit aux Montgomery. Après les interviews des ballerines, des archives d'anciennes représentations furent diffusées. Arthur avait mis la main sur un vieux film, mais ne l'avait pas encore visionné et il avait encore moins consenti à son ajout au documentaire. Non, il n'avait pas donné son feu vert. Marcus l'avait trahi et le mot n'était pas trop fort. Il s'agissait ni plus ni moins d'une mutinerie.

Arthur entrevit son père dans les coulisses de ce vieux spectacle et son cœur manqua s'arrêter. Un fantôme du passé, en chair et en os à l'écran. Grace lui comprima la main dans l'obscurité, tandis qu'ils fixaient l'image de leur père, capturée pendant un moment éphémère.

S'ajoutèrent d'autres petites scènes de vie pittoresques à Lake Pristine. Le montage dépeignait la ville comme un endroit agréable, mais excentrique, rempli de personnes hautes en couleur. Arthur était très mal à l'aise, comme s'il regardait un film d'horreur et se préparait au retour du monstre. Il ne se laissa pas endormir par cet aparté sirupeux dans le quotidien des habitants.

Lake Pristine figurerait dans un documentaire un jour… un documentaire consacré aux crimes dans les zones rurales, où Arthur serait jugé pour avoir assassiné Marcus, son cousin, ancien meilleur ami et chef monteur.

Fondu enchaîné : le paysage de carte postale près du lac céda la place à une interview de Sophie, qui semblait très contente d'elle-même.

— Je ne comprends pas tout ce foin autour de Jasper, annonça-t-elle sans complexe. Elle joue la comédie pour que les gens l'aiment. Je parie que c'est une garce, en vérité.

— Comment tu sais ça ? demanda Marcus, hors champ.

Arthur n'en croyait pas ses oreilles. Il n'avait pas autorisé ces interviews et les avait encore moins vues. Elles n'étaient pas sur son agenda.

Ce n'était pas son film.

À l'écran, Sophie parut perplexe pendant quelques instants puis haussa les épaules de façon agressive.

— C'est l'évidence même. Je vois ça comme une sorte d'aura. Tout respire la désapprobation chez elle. Je n'ai pas d'exemple en tête, là, mais quoi qu'elle fasse ou dise, toi, tu culpabilises.

Le film enchaîna délibérément avec un passage où Odette et Jasper riaient aux éclats à l'intérieur de *Trésors Vintage*. La sincérité de leur affection mutuelle sautait aux yeux.

— Jasper est l'amour de ma vie depuis que nous sommes enfants. C'est grâce à elle si j'ai échappé au monde de la danse, disait la voix d'Odette pendant les images. Elle est super timide, en fait. Je pense que les gens prennent sa discrétion pour de l'indifférence. Mais c'est la personne la plus adorable que je connaisse. Une amie super dévouée. Je donnerais ma vie pour elle et elle en ferait autant pour moi.

Arthur jeta un nouveau coup d'œil à Jasper derrière lui. Son instinct protecteur se réveilla quand il aperçut ses yeux embués tandis qu'elle fixait sa meilleure amie sans chercher à dissimuler son chagrin. Il allait se lever quand une autre scène démarra à l'écran.

Jasper était filmée de profil devant le labyrinthe. Elle regardait fixement quelque chose d'un air incrédule et consterné. Panoramique horizontal : Craig et Sophie quittaient le labyrinthe ensemble. La caméra captura les regards intimes qu'ils échangèrent et offrit ce moment interdit et privé à tous les spectateurs.

Arthur entendit un cri de surprise et se retourna. Odette s'était levée. Furieuse, elle fixait son copain et sa nouvelle amie sur le grand écran. Comme elle, tout le monde avait compris en quelques secondes quel lien les unissait.

Totalement bouleversée, Odette hurla quelque chose puis donna un coup de pied dans les genoux de Craig pour qu'il la laisse passer avant de quitter le cinéma en quatrième vitesse. Mme Cunningham se dépêcha de la suivre, Craig et Sophie sur les talons. De son côté, Jasper observait les deux scènes d'un air compatissant. Elle resta dans son fauteuil, mais suivit Odette du regard jusqu'à ce qu'elle quitte la salle.

Arthur s'intéressa alors à Christine, et ce qu'il vit le choqua. La réaction de Christine était étrange, surtout quand il la comparait à l'accès de fureur plutôt justifié d'Odette. Il pensait que Christine les insulterait, les maudirait, les critiquerait, Marcus et lui. Au lieu de cela, elle paraissait rajeunie. Pour la première fois depuis qu'il la connaissait, elle semblait vulnérable. Immobile, elle était comme hypnotisée par l'écran. Cette vision déconcertante effraya sincèrement Arthur.

Il s'obligea à tourner la tête vers l'écran.

— Pouvez-vous nous parler de notre ami et réalisateur Arthur Lancaster ? demanda Marcus.

Quelques « oh ! » résonnèrent dans le cinéma quand ce fut au tour d'Arthur d'apparaître dans le documentaire. Des vidéos simplement mises bout à bout défilèrent. On y voyait ses allées et venues en ville. Il arborait son emblématique air renfrogné à chaque fois. Marcus avait même inclus une scène où son cousin lui hurlait de partir, tandis qu'il rangeait une livraison pour l'Arthouse.

Ses sens étaient comme piqués par une multitude de guêpes. Il ne comprenait pas où Marcus voulait en venir.

— Mon frère, c'est le meilleur ! s'exclama soudain Grace à l'écran, ce qui déclencha quelques applaudissements dans la salle. Les habitants de Lake Pristine l'aiment vraiment beaucoup, même s'il nous fait tout le temps la tête.

Leur mère fut la suivante. L'interview avait eu lieu lors de sa fête d'anniversaire. Elle avait un verre à la main et Brian se trouvait à côté d'elle.

— Mon fils est très déterminé. Il ressemble beaucoup à son père, mais il n'a pas sa douceur. Il y a une chose qu'il désire plus que tout au monde, mais il ne l'admettra jamais.

Saffron. En pleurs, assise sous le kiosque à musique.

— J'ai enfin compris quand je les ai vus dans ce fichu café, déclarait-elle, la voix rageuse. (Arthur réalisa qu'elle avait été filmée juste après leur supposée rupture.) C'est logique, quand on y pense. Idiot et écœurant, mais logique. Il n'arrêtait pas de parler d'elle et il réagit toujours de manière… bizarre quand elle est dans les parages. Comme s'il était en phase avec cette fille.

Les guêpes s'envolèrent. Soudain, Arthur sut ce qui l'attendait.

Henry était de retour à l'écran où il parlait en toute décontraction.

— J'adore mon frère. Dieu sait que je l'aime plus que tout au monde. Mais quel martyr… Il s'interdit de penser à lui et elle. On dirait presque qu'il s'en veut d'éprouver ces sentiments pour elle. Ça explique pourquoi il est bourru avec elle. Attention, je ne dis pas qu'il est méchant, mais il est toujours en mode grognon quand elle est dans les parages. Comme s'il voulait l'empêcher de s'approcher trop près. Mais je sais qu'il est incapable de lui résister. Il y a quelques semaines, il est venu me dire qu'on devait absolument passer plus de classiques. Des vieux films en noir et blanc, quoi ! Je ne comprenais pas pourquoi, mais c'est lui le petit génie du cinéma, alors j'ai accepté. Et, en effet, elle est venue à presque toutes les projections. Là, j'ai pigé ! Le malin ! Il espérait qu'elle viendrait et ça a marché ! D'ailleurs, elle était bien souvent seule dans la salle. Il a fait ça pour elle.

Arthur contracta les doigts, remua dans son siège. Rien n'aurait pu le préparer à la suite.

— Je peux te confier un grand secret à propos de mon frère ?

Cette interview-là avait aussi eu lieu à sa fête d'anniversaire surprise et il était évident que Henry ignorait totalement qu'un portable le filmait. L'angle de la prise de vues n'était pas habituel et Henry était assis de façon bien trop décontractée. Il ne savait pas qu'il était enregistré et cela rendit Arthur extrêmement nerveux.

— Quel secret ? demanda Marcus, hors champ, la voix plus étouffée que d'habitude.

Arthur sut brusquement où Marcus voulait en venir. Le secret qu'il avait gardé dans ses entrailles, jour après jour pendant des années, allait être dévoilé dans cette salle de cinéma, devant toute la ville. Dans un film qu'il avait fait.

C'était la création d'Arthur. Sans le savoir, il avait orchestré sa propre chute. Le jour de la révélation était venu.

Il fixa l'écran et attendit. Henry se pencha en avant, prit un air de conspirateur et éclata de rire, sans méchanceté aucune. Arthur pardonna d'avance à son frère, car s'il avait su que le téléphone était braqué sur lui, il n'aurait jamais dit ce qu'il s'apprêtait à révéler.

« Dis-le, lui ordonna Arthur en silence. Et libère-moi. »

Si tout le monde était au courant, il vivrait peut-être mieux avec ce fait au quotidien.

— Arthur est amoureux de Jasper.

Arthur ferma les yeux. Voilà. Henry avait dit la vérité. Celle qu'il avait été incapable d'admettre pendant toutes ces années. Celle qu'il ne se serait jamais autorisé à prononcer à voix haute.

Quand il se tourna pour la regarder, elle quittait l'auditorium. Elle marchait d'un pas rapide et déterminé, le regard fixe. Sans même s'en rendre compte, il se leva lui aussi de son fauteuil et se précipita vers la sortie.

Beaucoup le regardèrent passer. La révélation n'avait déclenché aucun cri de surprise, aucune réaction audible.

Ils savaient. Tout le monde savait.

Henry lui sauta dessus quand il arriva dans le hall.

— Art', je suis désolé. J'ignorais complètement...

— Plus tard, aboya Arthur, tandis que Jasper sortait du cinéma et se dirigeait vers la grand-place.

— Arthur, s'il te plaît... Je suis désolé !

— *Plus tard*, Henry.

Son frère le laissa partir à contrecœur. Arthur se rua dehors et scruta les alentours, mais Jasper avait disparu. La place était déserte. Les gens se trouvaient soit bien au chaud chez eux, à l'abri du froid glacial, soit dans le cinéma en train de regarder sa vie qui volait en éclats sur grand écran.

Il l'aperçut enfin sous le kiosque à musique. Elle était plongée dans ses pensées, mais quand elle entendit le crissement de ses pieds dans la fine couche de neige fraîche, elle leva la tête.

Ils se dévisagèrent longuement.

— Alors ? lui lança-t-elle. Tu es content de toi ?

ACTE II, SCÈNE 8

Juste après le documentaire

Sous le kiosque à musique, Jasper voyait son souffle devant elle et le trouvait rapide et saccadé. Son cerveau peinait encore à assimiler ce flot d'informations. Elle ne voulait pas penser à ce que les gens ressentaient à cet instant, dans la salle de cinéma.

Tout ce qu'elle voyait, c'était Arthur qui s'avançait vers elle. Si les autres étaient une énigme pour elle, il se classait en haut du podium.

— Vous deux, commença-t-elle calmement, vous avez humilié ma sœur. Vous avez causé sa perte.

L'expression était peut-être vieillotte, mais c'était la seule qui lui venait à l'esprit, la seule qui décrivait avec précision ce que devait éprouver Christine après ce portrait dévastateur. Cela se rapprochait de ce qu'elle éprouvait, elle aussi, même si elle ne trouvait pas les mots pour décrire toutes les émotions qui palpitaient en elle à cet instant : le désespoir quand elle pensait à Odette, l'inquiétude pour Christine, la gêne, la peur de se brouiller avec sa famille, l'angoisse à la suite de la révélation d'Arthur, à l'explication de son comportement… Cela faisait beaucoup.

— Je ne veux pas parler de Christine, déclara Arthur à mi-voix. Et j'ignorais que le film était monté ainsi.

— N'importe quoi ! s'écria Jasper, qui fut choquée par la puissance de sa voix. Ne te fiche pas de moi, Lancaster ! Il a peut-être fait le travail de couture, mais c'est toi qui as fabriqué le tissu.

— Je sais. Ce n'est pas du tout ce que j'avais en tête. Ce n'était pas mon idée.

— Je ne te crois pas. Tu as une dent contre nous depuis des années ! Tu ne peux pas rejeter la faute uniquement sur ton cousin. Tu aurais pu l'en empêcher.

— Je ne veux discuter ni de Marcus ni de Christine, Jasper.

Il parlait doucement, mais avec assurance.

— Je ne suis pas d'accord ! grogna-t-elle. (Elle était incapable de réprimer ses émotions et, pour une fois dans sa vie, elle n'en avait pas envie.) Tu as vu ce qu'il lui a fait ? Ce montage ?

— Encore ses mots. Encore elle.

— Arthur !

— C'est vrai. Je suis désolé que ça se soit passé là-bas, mais Christine mérite une leçon d'humilité. Elle te traite comme de la merde, Jasper. Toute la ville en a marre de voir ça. Et moi, j'en ai marre que tu te laisses faire.

— Tu n'as pas le droit ! s'étrangla Jasper. Aucun membre de ma famille ne t'a demandé ton approbation ou ton opinion. Je n'ai même pas envie de te regarder, là !

— Rien de neuf sous le soleil, alors.

— Qu'est-ce que tu en sais ? aboya-t-elle avant d'éclater d'un rire amer. Mais ferme-la, Arthur. Oui, ferme-la. Tu as toujours été grognon et bourru, mais tu n'as jamais été cruel.

— Jasper. Je n'y suis pour rien. J'ai vu un autre montage. J'ai donné mon accord pour un autre film absolument charmant, où je n'étais pas exposé aux regards. Tu veux qu'on parle de cette partie-là ? Non, bien sûr que non.

Déterminée à rester concentrée sur le fil de sa pensée, sur sa peur pour Christine, elle ignora cette dernière remarque.

— Ma sœur sera bientôt obligée de faire face à nouveau à tous ces gens et vous lui avez volé ce moment unique. Vous avez sali son image. Vous l'avez ridiculisée.

— Accuse Marcus, mais pas moi. Je ne savais pas qu'il...

— Tu es heureux maintenant, Arthur ? lui demanda-t-elle, la voix pleine de fiel, une voix totalement inconnue. C'est ce que tu souhaites depuis toujours, non ? Toute la salle se moquait d'elle. Tu nous as offerts en spectacle, Lancaster. Ton cousin et toi avez fini par nous la faire à l'envers. Tu dois être ravi.

— Je n'ai jamais voulu que ça se passe ainsi.

— Tous les habitants vous ont soutenus dans votre entreprise, continua-t-elle, sa douleur transparaissant dans sa voix. J'ai pris du temps pour vous. Je vous ai laissés m'interviewer.

Le visage d'Arthur était rougi par le froid, mais aussi la honte.

— Jamais je ne t'aurais infligé ça volontairement.

— Vous l'avez infligé à ma sœur, en tout cas. C'était une spectaculaire démonstration de malveillance gratuite et Christine était la cible de toutes vos moqueries. Vous lui devez des excuses publiques.

— Si, pour une fois, tu pouvais arrêter de te cacher derrière Christine, Jasper ! Il t'a humiliée, toi aussi. Il n'a montré que ce côté « princesse parfaite » que tu aimes donner à voir aux gens. Il n'a pas capturé les véritables raisons pour lesquelles tu es incroyable. Parce que, crois-moi, j'ai capturé de nombreux moments où tu es juste géniale.

— Alors explique-moi pourquoi tu m'as fait ça ? demanda Jasper du bout des lèvres – sa voix le fit grimacer.

Pourquoi, Arthur ? Idiote que j'étais, je pensais que tu m'appréciais peut-être un peu. Je pensais qu'on était en train de devenir amis. Il y a eu le bowling, Grace, on a parlé cinéma... je croyais que tu avais enfin arrêté de me détester...

— Moi ? Te détester ?

— Après ce que toi et Marcus venez de faire, je...

— Marcus est le seul responsable. Je n'y suis pour rien ! C'est sa faute ! Je m'en moque si Christine est mortifiée. C'est toi qui me préoccupes, Jasper. Je n'avais absolument pas l'intention de te blesser.

— Eh bien ! C'est raté ! (Dix-huit mois, voire dix-huit années d'émotions réprimées bouillonnaient en elle.) Ça fait très mal, Arthur. Et il n'y a pas que ce soir, en fait. Cette mine renfrognée et désagréable pendant toutes ces années, ça faisait mal aussi ! Je ne t'ai rien fait. J'ai toujours été gentille avec toi. Et toi, tu m'as toujours traitée comme une sorte de... Il n'y a même pas de mot pour ça. Dis-moi ce que je t'ai fait, Arthur !

— Jasper, marmonna-t-il, les dents serrées. Tu as entendu ce que mon frère a dit dans le film. Tu sais pourquoi. La ville entière le sait. Tout le monde m'a laissé poliment me languir dans mon coin. Pourquoi tu ne fais pas comme eux ?

— Tu ne sais rien de moi, souffla-t-elle. (Adossée à un des piliers du kiosque, elle le foudroyait du regard et détestait qu'il soit si beau.) Personne ne me connaît vraiment, admit-elle d'une voix à peine audible.

— J'en sais assez long sur toi, enchaîna Arthur en s'approchant d'elle. Je sais que tu fais passer littéralement tout le monde avant toi, même si tu dois finir recroquevillée par terre dans les toilettes d'une discothèque. Je sais que tu as aidé les filles en brandissant un club de golf pour éloigner ce type qui les mettait mal à l'aise. Je sais que tu prends des nouvelles des personnes âgées et vulnérables. Et tu t'assures qu'aucune caméra ne te filme dans ces moments-là. En revanche, ce que j'ignore, c'est pourquoi tu caches certaines parties si géniales de toi. Non, ça, je ne pige pas, Jasper. Pourquoi tu joues les filles parfaites ? Pourquoi tu ne t'ouvres pas aux autres de temps en temps ?

Jasper poussa un long souffle visible dans le froid tout en regardant Lake Pristine, cette ville qu'elle aimait tant.

— Tu as déjà entendu parler du mimétisme ?

Arthur parut, à raison, perturbé par ce brusque changement de sujet.

— Pardon ?

— Le mimétisme... dans la nature. Certains animaux, s'ils ne veulent pas être attaqués par un autre individu de leur espèce, l'imitent. Afin de prouver qu'ils ne représentent pas une menace. Ils donnent l'impression d'être plus petits, si besoin. Ils imitent les autres. Ils deviennent des calques.

Elle sentait qu'il la dévisageait d'un air perplexe, mais quelque chose s'était débloqué, libéré en elle. Elle s'imaginait en train d'enlever son masque et de le jeter dans la neige. Ça ne servait plus à grand-chose d'en porter un, à cet instant. Cela n'avait jamais été une satisfaction pour elle que les gens ne voient pas au travers. Elle se sentait protégée, évidemment, mais cela compliquait tellement les choses.

— Tu n'imagines même pas, poursuivit-elle, les yeux rivés sur le plancher du kiosque, à quel point les gens peuvent être agressifs quand tu n'as pas les codes. Nous autres humains, nous nous croyons tellement supérieurs aux animaux, mais parfois, nous ne sommes pas si différents. Si tu ne décodes pas correctement les signaux non verbaux, si tu ne les reproduis pas de la bonne façon, ton interlocuteur peut devenir un prédateur. (Elle leva enfin la tête pour le regarder droit dans les yeux.) Voilà. Si tu n'imites pas naturellement ces signaux, si tu es une personne incapable de suivre instinctivement le reste du troupeau, qu'est-ce que tu fais ?

Il tendit la main, puis s'obligea à la baisser.

— Tu apprends à porter un masque.

Elle le défia du regard.

— Exactement. Tu deviens une *tabula rasa*, une page blanche. Les gens projettent ce qu'ils veulent ou plutôt, qui ils veulent sur toi. Tu cours moins de risques. Alors, quoi que tu penses savoir à mon sujet, ce n'est pas la réalité.

Il était à moins d'un mètre d'elle et elle devait pencher la tête en arrière pour le dévisager.

— Pourtant la ville entière vient de la voir, la réalité. Sur un immense écran de cinéma, en haute définition. Regarde-moi dans les yeux et dis-moi que tu n'es pas dans ma tête, que je me fais des idées.

Soudain consciente qu'ils étaient extrêmement proches l'un de l'autre, Jasper déglutit.

— Je suis dans ta tête ?

— Tu es partout, répliqua-t-il.

Terrifiée par ces mots, Jasper s'agita.

— C'est une idée de moi que tu apprécies.

— Non, répondit-il. C'est vraiment toi. Depuis Omar Sharif. Depuis que tu t'es montrée gentille avec Grace. Depuis ce jour où tu as fait rire mon père, où je t'ai vue sur scène, où je t'ai rencontrée. Ce sentiment est réel. La question n'est pas de voir à travers toi, mais de te voir, *toi*. Et moi, je te vois. Je te trouve incroyable.

Jasper laissa échapper un petit rire. Son cerveau ne répondait plus.

— S'il te plaît…

— C'est la vérité ! J'ai essayé ton truc du masque. Ça n'a pas fonctionné avec moi. Ça m'a sauté aux yeux pendant ce stupide film, ça ne marche pas. Tout le monde sait ce que je ressens pour toi. C'est écrit en gros sur mon visage.

— Tu penses pouvoir me voir ? le défia Jasper, le menton levé. Très bien, alors... Qu'est-ce que je ressens pour toi, Arthur Lancaster ?

Cette question ne lui était pas uniquement adressée. Elle osait enfin se la poser. Elle pensait à ses épaules, son visage, ses mains plus qu'elle n'osait l'admettre. Elle mettait du rouge à lèvres à chaque fois qu'elle se rendait à l'Arthouse, sachant qu'il serait là-bas. Elle se demandait s'il s'intéressait à quelque chose en particulier, s'il avait une passion dans la vie. Depuis qu'elle était revenue en ville, elle pensait à lui plusieurs fois par jour et depuis cette soirée au bowling, il l'obnubilait.

Il ne répondit pas directement à sa question.

— Si tu veux que je te laisse tranquille, dis-le, Jasper. Dis-le et je disparaîtrai. Si tu veux que nous soyons amis, nous serons amis. Je prendrai tout ce que tu voudras me donner et je respecterai ta décision. Mais sois franche avec moi.

Jasper ne s'était jamais sentie aussi vulnérable de sa vie et pourtant, il restait un petit bout d'armure derrière lequel elle continuait de se réfugier.

— Tu me rends dingue, admit-elle.

Ce qui n'était pas faux.

— Et moi..., rétorqua-t-il dans un haussement d'épaules, je suis accro à toi. Tout le temps. Alors. Peu importe.

Avant qu'elle ne prononce un mot, il l'embrassa.

Et elle l'embrassa à son tour sans hésiter. Ce baiser n'avait rien à voir avec les échanges maladroits et monotones qu'elle avait expérimentés lors des fêtes à la fac. Il ne ressemblait absolument pas à ces garçons. Des sensations nouvelles se diffusèrent partout en elle, jusqu'à ce que la tête lui tourne.

Elle glissa les bras autour de son cou ; il posa les mains sur ses hanches et la dirigea vers le banc en bois au milieu du kiosque. Il s'écarta le temps de s'asseoir puis l'attira sur ses genoux avant de l'embrasser de plus belle, le baiser devenant plus langoureux.

Jasper serait volontiers restée là toute la nuit, mais des cris au loin et des bruits de pas pressés les interrompirent. Elle tourna la tête vers le cinéma et essaya de reprendre ses esprits.

— Que se passe-t-il ? murmura-t-elle.

— C'est le cadet de mes soucis, là, répondit Arthur en essayant de reconquérir sa bouche.

Jasper se laissa capturer dans un léger soupir quand, tout à coup, le bruit d'une personne que l'on pousse dans la neige et des hurlements la ramenèrent sur terre, et tous deux se levèrent d'un bond.

Kevin et Marcus roulaient au sol et se battaient. Ce n'était pas la bagarre la plus impressionnante à laquelle Jasper avait assisté, mais il devint bientôt évident que les cris aigus provenaient de Marcus.

Christine observait la scène depuis le trottoir avec leurs parents et Henry.

— Fais-lui avaler ses dents, mon chéri ! braillait-elle, le visage zébré de larmes.

— Surtout pas ! s'exclama Howard. Kevin, ça suffit ! Monte dans ta voiture. Nous nous occuperons de son cas plus tard.

— Jasper Montgomery ! hurla Andrea quand elle vit sa benjamine de l'autre côté de la rue principale. Viens ici immédiatement ! Nous rentrons à la maison !

Comme elle désirait plus que tout au monde rester sous le kiosque à musique, Jasper ne bougea pas d'un pouce. Et pourtant, on aurait dit que sa mère allait se lancer dans la bagarre. Christine fut poussée dans la Mercedes par son fiancé pendant que Marcus gisait dans la neige, sonné. Andrea se dirigea à grands pas vers la voiture de son époux, qui interpella Jasper à son tour et adressa un regard glacial à Arthur.

— Jazz ! cria Howard sur un ton ferme. On est partis !

Jasper fit un pas en avant, mais Arthur lui tenait encore la main. Il la lâcha doucement quand elle se tourna vers lui.

— Il y a une cabane sous une de mes fenêtres, lui chuchota-t-elle. Côté est.

— Jasper, dis au revoir à ce garçon et rapplique illico, lui ordonna son père sur un ton sec et froid qu'elle ne lui connaissait pas.

Arthur hocha la tête quasi imperceptiblement. Ils échangèrent un petit sourire, puis Jasper bondit par-dessus les marches et trottina jusqu'à son père. Elle garda un air innocent pendant qu'il l'escortait jusqu'à la voiture et attendit d'être installée à l'arrière pour jeter un dernier coup d'œil au kiosque.

Appuyé contre un des piliers, Arthur regardait la voiture s'éloigner. Jasper gratta la vitre avec l'index en guise de petit salut discret. Il imita son geste.

Lake Pristine lui parut tout à coup différente. Plus envisageable. Changée.

ACTE II, SCÈNE 9

Des vérités difficiles à accepter

Ce fut une famille murée dans le silence qui passa le seuil de Lakehouse. Sans se concerter, tous se rendirent au salon. Jasper s'assit devant la cheminée et les regarda entrer en file indienne. Sa mère s'installa dans le fauteuil près de la fenêtre, Christine et Kevin sur le canapé et son père dans la petite causeuse contre le mur nord.

— C'était... horrible, finit par dire sa mère.

— Oui, convint son père. Je vais nous couper des morceaux de pastèque et ensuite, nous pourrons tous aller nous coucher.

— Non, je préfère que nous en discutions maintenant, déclara Christine, les yeux secs, désormais en proie à la colère. Jasper ?

Celle-ci leva les yeux vers son aînée. Elle sentait que sa sœur – et sa mère, au demeurant – mourait d'envie de se quereller. À chaque fois qu'elles voulaient passer pour des petites choses vulnérables, exprimer à quel point elles étaient blessées ou contrariées, elles déclenchaient systématiquement une dispute. Elles criaient, hurlaient, obligeaient l'autre personne à crier, à hurler. Puis, une fois qu'elles avaient arraché des larmes à cette personne, elles se sentaient suffisamment puissantes pour enfin baisser la garde. Sa mère était enfermée dans ce comportement et elle l'avait transmis à Christine, tel un objet de famille.

Jasper avait passé sa vie entière à souhaiter qu'elles apprennent à ouvrir leur cœur. Elle avait prié pour qu'elles acquièrent la capacité à réguler leurs émotions et gérer leurs sales caractères. Ce n'était clairement pas demain la veille.

— Tu l'as côtoyé pendant des heures à la salle de danse, aboya Andrea sur un ton accusateur. Tu étais forcément au courant.

Le premier réflexe de Jasper fut de nier cette allégation ridicule, tout en sachant que cela ne servirait à rien. Sa mère savait que son affirmation était absurde. Ce genre de propos sans aucun sens avait pour simple but de démarrer une dispute. Jasper demeura donc impassible et se leva.

— J'ignorais totalement que leur film allait aboutir à ça, déclara-t-elle sur un ton sec.

— Elle a raison, intervint Kevin, qui frottait le bras de Christine pour la calmer. C'est Marcus, le coupable. J'ai bien regardé Arthur. Il paraissait horrifié. Il est clair que son cousin a trouvé ça marrant de trafiquer le montage.

Les traits de Christine se radoucirent alors qu'Andrea bouillonnait encore. L'ignominie et l'injustice de cette soirée avaient poussé leur mère dans ses derniers retranchements. Jasper l'avait déjà vue s'emporter contre des serveurs, des employés d'hôtel, des hôtesses de l'air… Lorsque Andrea était lancée, rien ne l'arrêtait. Aucune preuve, aucun témoignage ne calmait sa crise. Il fallait ramper devant elle.

Et cette fois-ci, Jasper ne ramperait pas.

— Je n'ai rien fait de mal, se défendit-elle sur un ton dangereusement calme.

— Pardon ? répliqua sa mère d'une voix menaçante.

Jasper adorait sa famille. Par choix. Chaque matin, elle se réveillait et pardonnait à sa sœur l'hostilité de ses mots, à son père son caractère pacificateur et à sa mère son indisponibilité émotionnelle. Elle avait appris à maîtriser et à ranger ses émotions dans des compartiments, jusqu'à se dire parfois qu'elle ferait une excellente espionne.

Elle ressemblait beaucoup au lac devant la maison – calme, serein en surface, et grouillant de vie en dessous. Pendant que sa mère rageait contre le documentaire, Jasper sentit que son lac commençait à geler. La glace et le froid la recouvraient et l'engourdissaient.

— Je... n'ai... rien... fait... de mal, répéta Jasper un peu plus fort.

Ce n'était pas Lake Pristine, le problème. Cela ne l'avait jamais été. C'était sa famille.

— Je vais chercher les fruits, annonça leur père à la hâte. Quelle soirée épouvantable !

Jasper toisait sa mère. Elle n'avait pas peur de cette femme qui tremblait littéralement de colère. Andrea connaissait les points sensibles de sa fille. Elle savait précisément où appuyer. Ne les avait-elle pas placés là elle-même, justement ? C'était pour cette unique raison que Jasper avait appris à devenir un vaisseau de silence à chaque fois que sa mère se mettait en colère. Elle avait appris à repérer les signes avant-coureurs : quelle quantité de gin elle se versait, à quelle vitesse la bouteille de vin remontait de la cave. Quand elle était ballerine, à l'école de danse, elle savait à la manière dont la canne de sa mère frappait le sol si la répétition se déroulerait dans la sérénité ou pas.

— Ta sœur vient d'être humiliée, vitupéra Andrea. Devant toute la ville. En Technicolor. Pendant que toi, tu passais pour le parfait petit ange. Alors, non, personne ne va nulle part, jeune demoiselle, jusqu'à ce que tu m'expliques le pourquoi du comment.

— Si tu penses que la petite dynamique tordue de cette maison, c'est la réalité, tu te trompes, répliqua Jasper, la voix rauque et dure. (Tout sentiment de loyauté avait disparu. Il avait été momentanément remplacé par un besoin désespéré que le ciel leur tombe sur la tête, ne serait-ce qu'une seconde.) Tu as toujours rendu à Christine la vie plus facile quand je devais atteindre un niveau d'excellence impossible. Tu m'as toujours traitée comme si je devais m'excuser d'exister. Je n'ai pas le droit de rester à la maison si j'ai un rhume ; je n'ai pas le droit de rater une répétition ou, ne parlons pas de malheur, d'avoir un coup de blues. Christine peut traverser la ville telle une tornade et laisser un chaos terrible dans son sillage, mais moi, je dois être au taquet tout le temps.

— Ce n'est pas toi, le sujet, riposta Christine d'une voix faible. Je te rappelle que j'ai été prise pour cible, ce soir.

— Tu as tout à fait raison, Christine, répondit Jasper en fixant son aînée. Ce n'est pas moi, le sujet. Je n'ai jamais été le sujet. Tu es le personnage principal de cette famille et moi, une simple figurante en arrière-plan.

— Jasper…

— Non, papa ! s'exclama-t-elle violemment et elle voyait bien que ce rare coup de sang de sa part les déconcertait tous. Tu finiras écrasé au milieu de la route si tu ne choisis pas un côté.

— Je ne peux pas choisir, répondit son père. (Sa nervosité était telle qu'il riait presque. Il jeta un coup d'œil à sa femme et tenta de prendre un air sévère.) Je suis le gardien de la paix dans cette famille.

Jasper le fixa d'un air déçu.

— Comment est-ce possible quand un côté ne connaît pas la paix, papa ? Je n'ai jamais connu la paix. Tout ce que cette famille m'a enseigné, c'est comment enterrer les choses. Eh bien, sachez que je suis en train de les déterrer et à mains nues ! Vous m'avez fait croire que le monde me tiendrait à distance parce que vous vous comportiez ainsi. À cause de...

— Jasper, l'interrompit son père. Ce n'est pas vrai.

— Cette ville ne me tient pas à distance, poursuivit Jasper, qui se rendait compte qu'elle disait la vérité à mesure que les mots sortaient de sa bouche. *Il* ne me tient pas à distance.

Tout le monde avait compris qu'elle parlait d'Arthur.

— Mon cœur, l'interpella son père, tandis que ses yeux la suppliaient de se taire. Allons tous...

— Vous voulez entendre quelque chose de drôle qui ne figurait pas dans ce petit documentaire ? le coupa-t-elle. Pendant tout ce temps où j'étais à la fac ? Je n'allais quasiment pas en cours. Comme si toutes ces années d'école avaient épuisé ma fabrique à faire semblant. Je n'y arrive plus. J'en ai marre d'essayer d'être comme tout le monde pour toujours échouer à la fin. Je préfère mille fois ne pas réussir à être moi-même que d'échouer – ou même de réussir – à porter un masque. Alors, j'ai séché les cours pour aller voir de vieux classiques au cinéma.

— Jasper ! explosa sa mère, le visage déformé par l'horreur. Arrête ça tout de suite.

— Pourquoi, maman ? Ne t'inquiète pas, il n'y a pas de caméra. Personne n'en saura rien. Et au fait, je n'ai pas l'intention de retourner à la fac. Vous allez faire de sacrées économies. Je ne retourne pas là-bas. J'ai d'autres projets. Je vous ai caché ça aussi. Et vous savez quoi ? Je l'aurais écrit en gros sur les murs de ma chambre, vous n'en auriez probablement rien eu à faire.

— Tu nous as menti ? souffla Christine.

Pour la première fois de sa vie, sa sœur aînée paraissait minuscule. Alors qu'elle occupait généralement toute la place, elle semblait fragile à cet instant.

— Christine, je t'aime, lui déclara Jasper sur un ton triste. Mais au cas où tu ne l'aurais pas remarqué, je n'habite plus à la maison. Je suis un fantôme depuis que je suis revenue. Depuis que je suis partie, à vrai dire. Et dans toute cette ville, la seule personne qui en a quelque chose à faire, c'est ce garçon que j'ai laissé sous le kiosque !

— Ça suffit ! s'écria sa mère. Qu'est-ce qui te prend de dire ça à ta famille ? Surtout après l'épreuve que Christine vient de traverser ! As-tu conscience de tous les privilèges qui t'ont été accordés, jeune fille ? On ne se pose pas ainsi en victime quand sa sœur a été gravement offensée.

— Pourquoi es-tu aussi exigeante avec moi, maman ? demanda Jasper, la voix cassée, les yeux humides. Pourquoi ? Pourquoi Christine a-t-elle le droit d'être imparfaite et pas moi ?

Elle ne leur avait jamais parlé ainsi. Jamais elle n'aurait osé. Cet horrible film et la manière dont Arthur l'avait regardée lui donnaient des ailes. Elle sentait encore son corps contre le sien. Il l'avait regardée comme si elle avait le droit d'exister pleinement, telle qu'elle était. À ses yeux, la vraie Jasper venait sans conditions, sans conséquences et cela la terrifiait autant que cela l'électrifiait.

Il l'acceptait dans son intégralité.

— Parce que je suis qui je suis, maman ? continua Jasper d'une voix chevrotante. C'est ça ? Ce petit diagnostic était-il si grave que tu refusais d'en parler à ton club de lecture et aux amies avec qui tu déjeunais, jusqu'à me pousser au point de rupture ? Parce que c'est ce que tu as fait !

Elle entendait le souffle rapide de son père, signe de son désarroi, mais elle ne quitta pas sa mère des yeux.

— Je ne me suis jamais préoccupée de ce que le monde extérieur pensait, ajouta-t-elle, la voix cassée. Je m'en fiche encore aujourd'hui. Je me préoccupais de ce que *vous* pensiez. Vous, ma famille. Et cette petite ville étrange aussi. Je voulais être parfaite pour chacun d'entre vous. Et à chaque fois que tu me faisais répéter un pas jusqu'à ce que mes pieds saignent ou danser au point que mon corps était brisé le lendemain, je recevais le message cinq sur cinq. N'aie aucune inquiétude à ce sujet.

— Que comptes-tu faire sans notre argent ? lui demanda sa mère sur un ton désespéré. Devenir une artiste ? Je croyais que nous avions réussi à t'en faire passer l'envie. Enfin… pas lui. Ton père a toujours été trop indulgent avec toi. Il n'y a pas d'avenir dans ces métiers, Jasper.

— Je n'ai aucun avenir nulle part si je n'essaie pas, murmura Jasper.

Un silence abasourdi s'abattit sur la pièce. Kevin avait trop peur de la regarder ; Christine se couvrait la bouche avec les deux mains et Howard avait les larmes aux yeux. Andrea fixait Jasper comme si c'était la première fois qu'elle voyait sa seconde fille.

— Comme vous ne m'acceptez pas telle que je suis, j'ai toujours cru que le reste du monde en ferait autant, déclara Jasper calmement. Lui, il m'accepte. Cette ville m'accepte. La terre entière m'acceptera peut-être. Moi. Jasper. Rien que moi. Neuroatypique. Créative. Discrète. Qui n'étudie plus la psychologie et n'ira pas en fac de droit. C'est terminé. J'arrête. Sur ce, je vais me coucher.

Jasper monta dans sa chambre, ferma la porte derrière elle et s'approcha de Chum qui était couché sur son oreiller. En larmes, elle lui gratta le menton et sourit quand il se mit à ronronner bruyamment. Elle s'extirpa de sa robe de soirée et la jeta dans la panière à linge sale. Après avoir enfilé un haut court en soie et le pantalon de pyjama assorti, elle but à sa gourde. Elle ne cessait de jeter des coups d'œil à la fenêtre côté est. Elle ouvrit les rideaux et souleva la fenêtre à guillotine pour permettre l'accès à un éventuel visiteur de minuit. Elle mit une musique douce et poussa le tabouret de sa coiffeuse derrière la porte en guise de barricade.

Quand elle retourna à la fenêtre, quelqu'un se tenait en contrebas.

— Tu crois que tu peux grimper ? chuchota-t-elle à Arthur, un grand sourire aux lèvres.

Tous deux réprimèrent un éclat de rire devant l'absurdité de la situation.

Il escalada le cabanon avec agilité puis, aidé de Jasper, il se hissa sur le rebord de la fenêtre et se glissa dans la chambre. Quand il atterrit sur le tapis, tous deux se couvrirent la bouche pour étouffer les sons qui leur échappaient.

Jasper ferma la fenêtre et tira les rideaux. Quand elle s'assit à côté de lui, leur envie de rire s'envola et ils se retrouvèrent dans cette même transe étrange et hypnotique qui s'était emparée d'eux sous le kiosque.

— Je... Euh..., bredouilla Jasper, soudain timide et gênée. Je ne t'ai pas invité ici pour... euh... tu sais...

— Je sais, répondit-il à voix basse. Je ne suis pas venu pour... ça.

— Ne crois pas que je n'en ai pas envie, s'empressa-t-elle d'ajouter, mais... peut-être pas avec...

— Avec Christine et tes parents à portée de voix. Je comprends.

— Exactement !

Elle sentit qu'il étudiait son visage. Quand il lui caressa la joue, elle ne parvint pas à le regarder.

— Tu as pleuré, constata-t-il.

— Oui.

— Je déteste quand tu es contrariée.

Jasper effleura le tapis en fausse fourrure sur lequel ils étaient assis.

— Quand m'as-tu vue contrariée ?

— Au cinéma tout à l'heure. Le soir où Christine t'a obligée à aller en boîte.

— Oui, un enfer.

— Je t'ai vue pleurer à l'enterrement de mon père.

Elle leva enfin les yeux vers lui.

— Évidemment.

— On n'imaginait pas que tu viendrais. Non, ne fais pas cette tête ! Je ne pensais pas à mal. On ne s'attendait à rien.

Elle voyait qu'il se remémorait cette éprouvante journée et cela l'incita à poser la main sur son poignet.

— Je n'avais pas réalisé qu'il y avait tant de choses à faire, continua-t-il. Ma mère s'est quasiment chargée de tout. Avec Henry. Moi, je me suis occupé de Grace. Puis, quand tout le monde est arrivé à l'église, je ne pensais qu'à une chose : « J'aimerais tellement que Jasper soit là. »

Il avait prononcé ces mots avec une telle sincérité, une telle franchise que de nouvelles larmes perlèrent dans les yeux de Jasper.

— Ensuite, je t'ai aperçue au cimetière. Avec ton parapluie noir, tes gants noirs, tes chaussures noires. Et tu pleurais pour lui.

— Je pleurais pour toute ta famille, corrigea-t-elle en lui frottant le bras. Ça a dû être tellement horrible.

— Ça l'était, oui…

Jasper devina qu'il avait rarement l'occasion de parler de son père.

— Je mourais d'envie de te prendre dans mes bras ce jour-là, mais j'étais convaincue que tu me détestais, lui apprit-elle.

Il la dévisagea, les yeux ronds.

— Je ne t'ai jamais détestée.

Elle hocha la tête.

Était-ce parce qu'elle s'était donné la permission de regarder ses sentiments en face ? Parce qu'elle avait besoin de réconfort après avoir affronté sa famille ? Quelle qu'en soit la raison, Jasper le serra fort dans ses bras. Elle se blottit contre lui et l'enlaça, comme elle avait voulu l'enlacer pendant l'enterrement de son père. Elle relâcha la pression tandis qu'il l'enserrait. Ils restèrent là, longuement, sans dire un mot, collés l'un contre l'autre. Elle sentait son visage dans ses cheveux. Peu à peu, les mauvais moments de la soirée devinrent moins importants et elle savoura ce contact avec une personne qui tenait sincèrement à elle.

Quand elle finit par reculer, elle somnolait à moitié.

— Je pense que je vais aller me coucher et arrêter de te toucher, parce que ça me donne envie de faire des trucs.

Elle se décolla de lui et il se leva.

— Tu veux que je parte ?

— Non, répondit-elle. Reste. Aussi longtemps que tu voudras.

Ils se firent face dans le lit, Jasper sous les couvertures, lui dessus.

— Je peux te poser une question ? lui demanda-t-il délicatement.

— Oui.

— Tu nous prenais pour des losers au lycée ?

— Qui ça, « nous » ?

— Moi, Marcus, Danny…

— Je n'ai jamais considéré personne comme un loser. À l'exception de ces deux minables qui ont trahi ma meilleure amie. Non, personne à part eux.

Il grimaça.

— Arthur ?

— Je pense que la projection de ce soir fait partie d'une opération de vengeance pleine de tristesse et d'amertume.

— Marcus ?

— Lui-même.

Jasper soupira.

— Je sais que Craig et ses copains harcelaient des élèves. Je suis désolée si Marcus était concerné. J'aurais dû intervenir.

— Tu l'as fait chaque fois que c'est arrivé en ta présence. Et moi, je te rembarrais.

Jasper n'arrivait pas à croire qu'Arthur Lancaster était couché en face d'elle, sur son lit. Elle n'en revenait pas que certaines choses aient changé si radicalement depuis son retour à Lake Pristine. Depuis qu'il l'avait évacuée du Stone, si elle voulait être plus précise. Elle avait découvert quelqu'un de totalement différent. Tandis qu'elle le dévisageait et se demandait comment elle avait pu se tromper à ce point à son sujet, un souvenir lui revint à l'esprit. Arthur dut le voir briller dans ses yeux.

— Que se passe-t-il ? s'inquiéta-t-il soudain.

— Je viens de me rappeler quelque chose.

— Quoi ?

— Tu avais cours avec Mlle Rooney ?

Arthur parut surpris par sa question, mais il hocha néanmoins la tête.

— Oui, en maths.

— Eh bien… La première Saint-Valentin après mon diagnostic, j'ai trouvé un mot doux dans mon casier. Il était écrit à la main et contenait plein de petits pétales de rose.

— Crâneuse.

Elle rit doucement.

— La personne qui l'avait glissé là n'avait pas mis son nom. J'ai demandé à Odette, qui n'a rien su me dire. Ce n'était pas un des garçons de notre groupe, l'écriture était trop belle. Alors, je l'ai montré à Mlle Rooney, qui était notre prof principale…

Le sourire d'Arthur s'effaça quand il comprit qu'il s'agissait d'un mauvais souvenir pour Jasper.

— Que s'est-il passé ? s'enquit-il, l'air soucieux.

— Elle m'a demandé de m'asseoir et m'a dit qu'on m'avait fait une blague, lui relata Jasper. (Elle se souvenait de la scène comme si elle venait d'avoir lieu. Elle remarqua la mine ahurie d'Arthur.) Eh oui ! D'après elle, à cause de mon... diagnostic, je n'avais pas compris qu'on m'avait joué un tour. Que personne ne s'intéresserait jamais à moi comme ça.

— C'est ignoble...

— Attends la suite, se dépêcha-t-elle d'ajouter. (Elle n'avait jamais trouvé beaucoup de plaisir à s'apitoyer sur son sort ou à pleurer parce qu'on la traitait injustement. Les mots de Mlle Rooney l'avaient hantée bien trop longtemps.) Voici le meilleur et le plus important : je suis rentrée à la maison et j'ai raconté à Christine ce qui m'était arrivé. Et tu sais ce qu'elle a fait ?

Arthur fit non de la tête.

— Elle a piqué une colère monstre. Pas contre moi, hein ! Elle a crié : « Qui t'a dit ça ? » J'ai répondu : « Qui m'a dit quoi, Chris ? » « Qui t'a dit que tu n'étais pas belle ? Que tu ne méritais pas d'être aimée ? Qu'on pouvait se moquer de toi ? » Je lui ai donné le nom de la prof. Et Christine, fidèle à elle-même, s'est précipitée chez le proviseur. Mlle Rooney ne m'a plus jamais fait de réflexion par la suite.

Sous ses yeux, Arthur exprima son respect à contrecœur.

— Waouh.

— C'est vraiment difficile d'être une fille dans ce monde. Autiste ou pas. On te bombarde d'injonctions : sois comme ci, ne sois pas comme ça, ceci va te nuire, cela tuera ta réputation. On te reprochera ce que tu fais de travers, on ignorera ce que tu fais de bien. Je ne te parle pas de tous les gens auxquels tu te compares inévitablement sur les réseaux sociaux, car il faut que tu y sois, si tu veux te trouver une communauté ou garder le contact avec tes amis. Tu dois devenir ta meilleure amie et développer une petite voix en toi qui te donnera des forces et te gardera en bonne santé. Sauf que cette voix est étouffée à la moindre occasion. Lorsque Mlle Rooney m'a dit ça, moi, je l'ai crue. C'était si facile. Si naturel.

La vérité jaillissait d'elle comme du vin d'une bouteille renversée sur la table. Les mots sortaient et il buvait chaque syllabe.

— Alors, le jour où un beau garçon te regarde depuis les coulisses du ballet de ta mère, et que tu vois quelque chose dans ses yeux – quelque chose de nouveau, de pur –, tu ne peux pas y croire, même si c'est ce que tu souhaites plus que tout au monde. Tu chasses immédiatement cette pensée parce que tu refuses d'être ce genre de fille arrogante. Ou cette fille qui se berce d'espoir. Ou cette fille trop gentille. Ou trop dure. Ou cette fille qui ne pense qu'à l'amour et aux garçons. Ou cette fille qui n'a pas le droit d'y penser. Tu fais défiler ces diapositives dans ta tête et tu essaies de deviner qui tu es vraiment. J'avais des doutes, Arthur. J'avais tout le temps des doutes quand tu étais dans les parages. Je ne savais pas quel genre de fille être.

— Mon genre à moi, répondit-il en glissant une main dans les cheveux de Jasper. Je veux que tu sois toi. Pas uniquement la version bien élevée que tu présentes aux autres. Toi tout entière. La Jasper exubérante et la Jasper plus calme. Il n'y a jamais eu que *toi*.

Jasper ne sut pas qui bougea en premier, mais elle se retrouva à l'embrasser à nouveau. Il grogna contre elle et les couvertures disparurent en l'espace de quelques secondes. Il prenait soin de ne pas l'écraser, mais elle l'attira contre elle et soupira quand il lui saisit les jambes et les mit autour de sa taille.

Soudain, des coups répétés à la porte brisèrent la magie du moment.

— Jasper ? résonna la voix pressante de Christine dans le couloir. Qu'est-ce que tu fais ?

— Elle va lâcher l'affaire ? chuchota Arthur dans le cou de Jasper.

— Tu rêves ! Elle est plus du style à défoncer la porte.

— Je t'entends, Jasper ! Ouvre-moi tout de suite !

Jasper marmonna un juron et se glissa hors de son lit. Ils avaient pris soin de parler à voix basse, mais ils n'avaient pas été assez discrets pour l'ouïe incroyablement fine de Christine.

— Je suis au téléphone avec Odette.

— Menteuse ! Tu es avec ce garçon !

Arthur se leva d'un bond, mais Christine avait réussi à renverser le tabouret et avait déboulé dans la chambre. Son regard se posa sur sa sœur, sur Arthur, puis sur la literie froissée.

— Papa ! s'égosilla-t-elle. Jasper a fait entrer un garçon dans sa chambre !

— Christine, tu es une véritable plaie, tu le sais, ça ? grogna Jasper.

Howard apparut sur le seuil et, en une fraction de seconde, le père inquiet se métamorphosa en gardien de prison.

— Bien, mon garçon, lança-t-il à Arthur avec fermeté. Suis-moi.

Arthur se plaça devant Jasper, mais ne quitta pas la pièce.

— On ne faisait que discuter, plaida Jasper. Il a tous ses vêtements.

— Je vois ça, lui accorda son père, qui tenait encore la porte à Arthur. Mais M. Lancaster et moi avons quelques mots à nous dire dans la voiture. Je te ramène au cinéma, mon garçon. Maintenant.

Arthur la dévisagea avant de se diriger vers la sortie. Jasper paraissait désespérée. Il lui fit un clin d'œil rassurant puis se rendit sur le palier et descendit l'escalier, laissant les deux sœurs en tête-à-tête.

Elles se foudroyèrent longuement du regard avant que Jasper ne prenne la parole en premier.

— Christine, commença-t-elle avec un calme qu'elle ne ressentait pas. Je suis désolée pour le documentaire. Aucun de nous ne savait ce que Marcus mijotait. Arthur non plus.

— Oh ! Vraiment ? répliqua Christine. Tu ignorais complètement qu'il préparait un joli petit film romantique sur deux amoureux ? Sauf qu'il n'a pas donné les rôles principaux à Kevin et moi, mais à toi et *lui* !

Sa voix, qui montait en crescendo, n'était que rage. Jasper leva les mains pour se défendre.

— Christine ! Je n'étais pas au courant.

— Pitié, Jasper ! Tu n'étais pas au courant de quoi ? Qu'il avait des sentiments pour toi ? Ne me prends pas pour une buse. On ne me la fait pas, à moi.

— Je te jure ! Je viens juste de découvrir ce que je ressens pour lui !

— Tu es bien la dernière à le savoir !

— Alors pourquoi tu ne m'as jamais rien dit ?

— Parce que je ne veux pas que tu te retrouves piégée ici ! Parce que je ne veux pas que tu finisses comme moi !

Cette explosion de mots sembla surprendre les deux sœurs.

Jasper en resta bouche bée. Alors qu'elle devait avoir une drôle de tête, elle s'approcha de Christine et se racla la gorge. Les mots qui sortirent de sa bouche furent confus et maladroits.

— Pardon ? Qu'est-ce... Qu'est-ce que tu entends par là ?

Christine soupira, ce qui évacua un peu de colère de son corps.

— Jasper. Écoute-moi bien. Je suis sortie avec son frère. Je connais les Lancaster par cœur. C'est rigolo au début, il est charmant, tu te sens bien. Mais bientôt, tu vas aimer te sentir bien. Et ensuite, tu vas l'aimer lui, si ce n'est pas déjà le cas. Et encore ensuite, tu l'aimeras tellement que tu ne te sentiras plus bien et tu commenceras à avoir peur de le perdre. Et ce jour-là, tu feras des sacrifices.

Jasper secouait lentement la tête.

— Je ne suis pas toi, Christine, et Arthur n'est pas Henry.

— Non, tu as raison. Votre histoire est bien plus intense que la nôtre. Je refuse que tu restes dans cette ville et que tu trimes dans ce café pour une misère parce que tu crains de perdre un type.

— Ça ne se produira pas.

— Ah oui ? demanda tristement Christine avant de se désigner et d'exprimer sa frustration par un petit bruit étranglé.

Jasper fronça les sourcils.

— Christine, tu aimes Kevin.

— Évidemment ! lui concéda-t-elle. Grâce à lui, j'ai compris que j'aurai un bel avenir. Il me suivrait jusqu'au bout du monde si je le lui demandais. Il me laisse ma liberté. Je l'aime. Mais avant Kevin, il y a eu tellement de garçons qui m'ont cantonnée à la ville. Je refuse, Jasper... je refuse qu'il t'arrive la même chose. Il en est hors de question. Mon rêve à moi, c'était d'épouser un homme riche et de m'installer à Lake Pristine. Je n'ai jamais voulu travailler et je n'ai jamais voulu être pauvre. Je me moque que ce soit vieux jeu, c'est ce que je recherche. Toi, tu veux faire carrière. Il faut que tu y arrives ! Et si tu restes ici pour un garçon, peu importe à quel point il t'aime, si tu restes, tu mettras tes ambitions de côté. Et ce type qui te regarde comme si tu étais la huitième merveille du monde, il ne te laissera jamais partir.

Jasper prit sa sœur par la main et l'obligea à s'asseoir sur l'ottomane. Elle tapota leurs doigts entrelacés.

— Christine…, lui dit-elle avec un léger reproche dans la voix. Je t'en prie, ne le prends pas mal, mais… une carrière sera toujours un point non négociable. Jamais personne ne me dissuadera d'apprendre un métier.

Elle fouilla sous son lit et en sortit son petit coffre-fort. Elle l'ouvrit pour que Christine voie tout l'argent qu'elle avait économisé.

— Je m'en vais d'ici. Ce n'est pas à cause de Lake Pristine. J'adore Lake Pristine. Tu connais les ambitions que papa et maman ont pour moi, au point de me bannir, j'ai l'impression. Si je dois choisir entre une carrière et cette ville, je m'en irai. Avec ou sans amour, avec ou sans l'approbation d'un garçon ou de qui que ce soit. J'ai candidaté dans une école. La réussite est au bout du chemin.

Toutes deux regardèrent l'argent un long moment, puis Jasper referma la boîte et la remit sous son lit.

Une larme coula sur la joue de Christine, qui s'empressa de l'écraser.

— D'accord… Bien… Parfait.

— N'en parle à personne, surtout, murmura Jasper.

— C'est pour cette raison que tu fais les quatre volontés des gens tout le temps ? demanda Christine, pensive. Parce qu'au fond de toi, tu sais que tu t'en vas ? Tu as toujours eu l'intention de partir.

Jasper haussa les épaules.

— Ça paraît cruel, dit comme ça… mais oui. Et au fait, Chris ! Tu as vingt-trois ans, espèce de dinde. Tu peux entrer dans la vie professionnelle quand tu veux. Si tu changes d'avis un jour.

Christine esquissa un sourire.

— Maman dit que le mariage, c'est un travail à plein temps.

— Maman a une carrière, Chris. Elle n'a pas arrêté de travailler pour nous élever et se consacrer à son mariage. Ne la laisse pas te gâcher la vie.

— Ne m'oblige pas à dire la vérité, Jazz. Je déteste me tuer à la tâche, O.K. ?

Jasper éclata de rire.

— Tu pourrais gouverner le monde, si tu le voulais vraiment.

Christine hocha la tête, renifla, puis essuya une autre larme et examina la chambre. Elle regarda tous les posters puis elle tendit le bras vers Chum pour le caresser, mais celui-ci sursauta et s'éloigna.

— J'ai tellement honte, Jazz, murmura-t-elle. Quand j'ai vu ce film ce soir… je n'ai jamais été aussi embarrassée de ma vie.

— Oh ! Christine… C'est le stress du mariage.

— Non, Jazz. Ne me cherche pas d'excuse. J'ai été affreuse. Un vrai monstre.

Jasper sourit puis essuya une dernière larme sur le beau visage de sa sœur. Son maquillage avait coulé et il n'y avait personne pour les observer à cet instant. Elle était elle-même, vulnérable. Jasper voyait qu'elle disait la vérité ; elle entendait la douleur dans ses excuses.

— Tu sais quoi ? Je t'ai en face de moi, là, et tu n'as pas du tout l'air d'un monstre.

ACTE II, SCÈNE 10

Tourner la page

Jasper ne quitta pas Lakehouse le jour suivant. Elle fit la grasse matinée et prit le temps de réfléchir à la manière dont elle allait affronter la ville entière après l'exposition de sa famille sur écran géant. Son père n'avait rien laissé filtrer de sa conversation avec Arthur et sa mère refusait de voir qui que ce soit après la première. Christine et Kevin étaient partis faire un tour en voiture, loin de Lake Pristine.

Il y avait une seule personne que Jasper mourait d'envie de voir.

Elle enfila un gros manteau et prit la direction de *Trésors Vintage*. À son arrivée, elle trouva le magasin fermé, mais quand elle sonna plusieurs fois, Mme Cunningham vint lui ouvrir.

— Bonjour ma puce, la salua-t-elle avant de l'embrasser et de lui sourire tendrement. Dis-moi comment tu vas ?

— Bien, répondit Jasper docilement. Elle est…

— En haut.

— Je peux monter la voir ?

— Bien sûr ! Tu seras le meilleur des médicaments.

Jasper lui rendit son sourire et se dirigea vers l'escalier à l'arrière du magasin. Elle monta sans faire de bruit et entra dans le petit appartement où vivaient Odette et sa mère. Connaissant les lieux comme sa poche, elle alla droit à la porte de sa chambre et frappa.

— Merci, mais je n'ai toujours pas faim, lui parvint la voix cafardeuse d'Odette.

— C'est moi.

Il y eut dix secondes de silence puis la porte s'ouvrit en grand sur Odette, qui avait les cheveux tressés et les yeux rougis par les larmes.

Jasper ne posa pas de questions, n'attendit pas qu'elle lui parle. Elle prit sa meilleure amie dans ses bras et la serra très fort sans pour autant l'étouffer. Par ce geste, elle essaya de lui transmettre tout son amour et son pardon, puis elle émit des petits sons apaisants quand Odette éclata en sanglots.

Odette ne pleurait jamais. C'était du sérieux.

— Tu disais la vérité, hoqueta-t-elle. Je le savais. Au fond de moi, je le savais. Je suis tellement désolée, Jasper.

— Ne t'excuse pas. Je te parlais d'une impression que j'avais eue. Je ne t'en veux pas d'avoir eu des doutes.

— Mais je t'ai accusée du pire ! continua Odette, le visage déformé par le désespoir. Je t'ai répété que tu avais mal compris. C'est impardonnable, Jasper.

— Ça fait mal, c'est vrai. Mais tu étais blessée.

— Craig m'a rattrapée après que j'ai quitté le cinéma, lui apprit Odette, qui alla s'asseoir sur son lit et se moucha. Il a dit que j'avais mal interprété les images, alors que le film confirmait tout ce que tu avais vu – il ne s'est pas gêné pour te traiter de menteuse, d'ailleurs. Et puis Sophie nous a rejoints. Elle a tout avoué. Parce qu'elle était en colère après Craig qui niait en bloc leur relation. Apparemment, il lui avait promis qu'il me quitterait.

— Je parie que ça ne lui a pas fait plaisir quand il t'a suppliée de rester.

— Elle était furax.

— Craig est en dessous de tout, commenta Jasper dans un soupir. S'il te plaît, dis-moi que c'est enfin fini avec lui.

— C'est fini. Sauf que ça risque de me prendre un moment avant de tourner la page.

Pour la première fois de sa vie, Jasper se sentit d'humeur à mettre la pagaille. Elle écouta cette petite voix espiègle dans sa tête, qu'elle avait ignorée jusqu'à présent.

— Tu sais… Il tombe de la neige fondue ce soir. Ils sont probablement quelque part en ville. Au bowling, peut-être. Il aime traîner là-bas.

— Hum…

— Et il y a des témoins.

Les yeux d'Odette pétillèrent.

— On tourne la page ?

Jasper lui saisit la main et lui adressa un sourire malicieux.

— On tourne la page. Enfile ta plus belle tenue. C'est moi qui conduis.

❄ ❄ ❄

— Qu'est-ce que tu comptes lui dire ?

Odette déglutit, prit le temps de réfléchir.

— Un truc… cool.

— On se croirait dans un film, quand l'héroïne voit clair dans le jeu du méchant.

— C'est moi, l'héroïne ?

— Oui !

— Et toi, tu es qui ?

— La meilleure amie qui est incarnée par une jeune actrice extrêmement séduisante, la nouvelle étoile montante d'Hollywood.

Odette éclata de rire. Non loin du bowling, Odette se tut et devint pensive.

— Tu avais vraiment le rôle de l'héroïne dans ce documentaire.

Jasper se concentra sur la route et resta silencieuse.

— Je suis sérieuse, continua Odette en fixant son amie. Ça sautait aux yeux.

— Ah bon ? Je l'ai trouvé plutôt assassin, moi.

— Bien sûr, lui accorda Odette. Christine a pris cher. Moi aussi. Mais toi...

— Tu as besoin de tourner la page, répéta Jasper sur un ton ferme – elle refusait d'être distraite de son objectif. C'est un moment important dans tous les films. Tu déballes ce que tu as sur le cœur et ce que les spectateurs et les personnages secondaires ont besoin d'entendre aussi.

— Tu me conseilles quoi ?

— Dis-lui qu'il s'est mal comporté. Non seulement il t'a trompée, mais à cause de lui, tu es devenue une version moins colorée de toi-même.

— Pas faux.

— Rappelle-lui toutes les promesses qu'il n'a pas tenues, continua Jasper. (Heureuse de se libérer d'années de colère et de frustration, elle en voulait à mort à Craig d'avoir eu une telle emprise sur Odette.) En amour, tu ne dois pas avoir l'impression de passer un test ou une audition.

Elle s'interrompit et prit le temps de réfléchir. Que pouvait-elle transmettre à Odette qui mettrait un point final à cette histoire une bonne fois pour toutes ? Dans les films, les protagonistes prononçaient les paroles adéquates. Les scénaristes leur offraient toujours ce privilège. Il n'était pas question que Jasper laisse sa plus proche amie aller au front sans armes.

— Un collier de diamants se transformait en chaîne de bagnard avec lui.

— Bien tourné ! s'exclama Odette, pendant que Jasper se garait sur le petit parking devant le bowling.

Les filles entrèrent dans l'établissement de Lake Pristine et suivirent les pulsations des basses jusqu'aux tables de billard et d'air hockey. Jasper avait avalé des antalgiques dans la voiture en prévision de la migraine que cet environnement surstimulant ne manquerait pas de lui provoquer. Elles se serrèrent longuement les mains avant d'entrer. La soirée était bien entamée et, même si la musique ne s'arrêta pas brusquement dans un larsen à leur arrivée, plusieurs personnes les remarquèrent et se figèrent.

— Ils n'ont peut-être pas vu le documentaire, marmonna Jasper, mais ils en ont entendu parler !

— À mon avis, ils l'ont tous vu, murmura Odette.

Jasper grimaça, mais ne dit rien.

— Craig ! cria Odette.

Sa voix porta tellement que la DJ sursauta et baissa le volume de sa playlist. Aussitôt, les petits curieux s'agglutinèrent autour de la salle de jeux.

Jasper regarda autour d'elle jusqu'à ce que ses yeux se posent sur une silhouette qui traversait la pièce et venait dans leur direction.

Craig portait une veste de costume un peu étriquée. Il fixait Odette comme s'il désespérait de la voir. Elle était superbe. Jasper y avait veillé. Elle lui avait recommandé un tailleur à fines rayures et un chapeau trilby noir. Sophie suivait Craig comme un toutou. De toute évidence, la pauvre fille avait essayé de recréer le style vestimentaire inimitable d'Odette.

— Salut, mon bébé ! lui lança Craig d'une voix qui se voulait souffrante, alors que Jasper la trouvait juste pathétique. J'ai essayé de t'appeler.

— C'est vrai, répondit froidement Odette. Tu sais ce que ça fait quand on te ghoste, maintenant.

Un murmure approbateur s'éleva autour d'eux. Les clients du bowling semblaient ravis que le psychodrame se déroule sous leurs yeux, avec les acteurs en chair et en os cette fois-ci, et non plus sur un écran de cinéma. Jasper se posta à côté d'Odette, telle une sentinelle fière de soutenir son amie sur le point d'exprimer les sentiments qu'elle avait longtemps refusé d'admettre.

— Allons en parler dehors, tu veux bien ? proposa Craig.

— Hors de question ! On reste ici pour discuter, rétorqua Odette. (Les mains sur les hanches, elle prit une grande inspiration puis dévisagea Craig d'un air à la fois critique et résigné.) Tu as mis une chaîne autour de mon cou et moi, comme une idiote, j'ai cru que c'était un collier de diamants.

La réplique de Jasper déclencha des réactions de surprise appropriées de la part des badauds.

— Hein ? lâcha-t-il, l'air renfrogné – les analogies et Craig, ça faisait deux.

— Tu ne m'as jamais traitée correctement. Tu m'as fait douter de moi-même. Tu as abusé de moi émotionnellement. Tu as essayé de me dresser contre ma meilleure amie. Tu m'as poussée au bord de la rupture et quand j'ai commencé à prendre mon envol, tu m'as coupé les ailes et tu m'as fait croire que j'étais folle et que tu tenais vraiment à moi.

— Je tiens beaucoup à toi…

— Je me fiche de ce que tu penses. Ce n'est pas ça, l'amour, Craig. Bordel, ce n'est même pas ça, une aventure ! On ne traite pas les gens comme tu m'as traitée !

— Ta copine et toi (Craig foudroya Jasper du regard, qui lui rendit la pareille)… avez tout compris de travers. Je n'aime pas Sophie comme je t'aime.

C'en fut trop pour Sophie qui sortit en trombe de la salle en injuriant Odette dans sa barbe. Jasper la regarda s'éloigner tandis que son amie gardait les yeux rivés sur Craig.

— Tu m'as trompée et tu m'as menti, continua Odette à mi-voix. Puis quand je t'ai demandé des explications, tu m'as fait croire que c'était mon imagination. *Ça suffit.* Jamais plus tu ne me traiteras de cette manière. C'est terminé, nous deux. Oublie les textos. Oublie les réseaux sociaux. Ne m'accoste pas si tu me croises dans la rue ou ici. C'est ter… mi… né. Après toutes ces fichues années, j'en ai enfin fini avec toi. Tu es une maladie que j'ai attrapée et dont je suis guérie. Me voilà immunisée.

Elle pivota vers la sortie et Jasper la suivit. Alors qu'elles atteignaient le snack-bar près de la porte, Odette se retourna pour lui adresser un dernier mot.

— Tu sais, je n'ai jamais apprécié tes insinuations sur mon poids, lui lança-t-elle avec dédain. Grâce à toi, aujourd'hui, j'ai perdu soixante-quinze putains de kilos inutiles. Hop ! Disparus !

Elle saisit un cupcake sur le présentoir et mordit dedans à pleines dents.

— Délicieux ! s'écria-t-elle en posant un billet sur le comptoir d'une main et en brandissant le gâteau de l'autre.

Elle s'éloigna de ce pas nonchalant et arrogant qui donnait à sa jolie silhouette une élégance que Jasper adorait. Celle-ci la rattrapa et glissa un bras autour de sa taille.

— Je t'aime, chuchota Jasper.

— Je t'aime aussi, répliqua Odette. Allez, on se casse.

— Avec plaisir, répondit Jasper dont le regard se posa sur la porte des toilettes des femmes. Faut juste que je me repoudre le nez avant.

Elle entra dans la pièce et tomba pile sur la personne qu'elle cherchait. Sophie était penchée au-dessus du lavabo.

Elle se redressa et, quand elle vit Jasper, elle fit une grimace de dégoût.

— Je peux te toucher un mot ? lui demanda sereinement Jasper tout en s'adossant à la porte. De fille à fille ?

— Je n'ai rien à te dire, grogna Sophie, qui se lavait les mains et évitait de croiser son regard insistant. Dégage d'ici.

— Craig est la pire personne au monde, déclara Jasper sur le ton de la conversation. Que ce soit bien clair : il existe un cercle spécial en enfer qui lui est réservé, et plus tôt il ira, mieux ce sera. Quant à toi…

Jasper avança d'un pas et lui bloqua sa seule sortie.

— Je sais ce que ça fait quand Odette t'accorde son amitié. C'est la meilleure sensation au monde. Comment as-tu pu te lier avec elle et la traiter de cette façon ? Comment as-tu pu violer ainsi le code des filles ?

— Peut-être qu'Odette a besoin d'une petite leçon d'humilité, rétorqua Sophie. Et toi aussi.

— Tu peux dire tout ce que tu veux sur moi, Soph', déclara Jasper, les dents serrées. Mais ne déblatère pas sur ma meilleure amie. Elle a été gentille et généreuse avec toi, et toi, pour la remercier, tu la poignardes dans le dos ! Tu ne mérites que du mépris.

Jasper tournait les talons quand Sophie lui cracha quelques mots dans le dos.

— La douce et gentille Jasper Montgomery… Tous ceux que je croise ne parlent que de ta bonté légendaire. Je n'en ai pas vu la couleur.

— Parce que Craig et toi n'êtes personne, lui expliqua Jasper avec un grand sourire. Vous avez trompé Odette. Vous avez blessé ma plus vieille amie. Un seul mot de moi et ni l'un ni l'autre ne pourra jamais plus remettre les pieds dans cette ville. Craig et toi n'êtes pas des êtres humains, mais des détritus.

Elle éteignit la lumière des toilettes et laissa Sophie seule dans le noir.

❄ ❄ ❄

Jasper adorait Lakehouse la nuit. Sa famille dînait à l'arrière ; les lumières de la salle à manger se déversaient par les grandes fenêtres sur le lac transparent. Jasper se dirigea vers l'eau au lieu de la maison. Constatant que l'étendue était complètement gelée, elle n'y réfléchit pas à deux fois.

Elle prit sa liste et relut son tout premier souhait : *Patiner sur le lac Pristine.*

Elle sortit de son sac les patins qu'elle avait empruntés à Odette et posa sa liste sur la plage en galets. Par précaution, elle la coinça sous l'un des plus gros. Tandis qu'elle enfilait les patins, elle ignora la voix de la raison dans sa tête, celle qui la mettait en garde contre les dangers du patinage en pleine nature. Seule. La nuit.

— C'est sur ma liste. Je dois le faire. Ce n'est pas comme si j'avais beaucoup de temps devant moi.

Son dossier de candidature pour l'école de design était complet. Elle avait passé l'entretien, envoyé ses tests, un book et des lettres de recommandation. Elle avait fait une demande d'aide financière qu'elle espérait obtenir d'ici septembre, date à laquelle elle commencerait peut-être les cours.

Le gestionnaire de son cursus précédent lui avait indiqué par mail que son année avait été officiellement interrompue. Jasper lui avait poliment confirmé qu'elle ne reviendrait jamais. Elle travaillerait, vivoterait et économiserait pour s'offrir les cours de design. Elle voulait juste intégrer cette école. Elle ferait n'importe quoi, mais il fallait qu'elle suive leur programme.

Tandis qu'elle commençait à glisser sur la glace, elle prit conscience que la décision n'était plus de son ressort. Son avenir se trouvait dans la boîte mail de quelqu'un d'autre. Il ne lui restait plus qu'une chose à faire : attendre.

Elle volait sur la surface gelée et savourait cette paix. À un moment, elle ferma les yeux. Elle adorait le froid sur ses joues quand elle prenait de la vitesse. Son corps n'était qu'adrénaline, à cause du danger, mais aussi du patinage. Des parties de son âme qui avaient été chiffonnées et fourrées entre les vertèbres de son dos avaient le droit de se défroisser et de s'allonger. Elle se sentait plus grande que jamais, glissant à toute allure sur le lac Pristine, en communion avec cette eau qui, paraissait-il, hébergeait une sirène dans ses profondeurs.

ACTE II, SCÈNE 11

Certains l'aiment froid

— Jasper Montgomery !

Arthur fixait d'un air horrifié la silhouette qui glissait sur le lac gelé. Elle savait patiner. Elle se déplaçait avec grâce et fluidité, sans la moindre hésitation. Mais avec la lune pour seule lumière, il n'y avait aucun moyen de prévoir l'épaisseur de la glace noire sur laquelle elle évoluait.

— Coucou ! lui cria-t-elle en s'arrêtant dans un dérapage contrôlé. Viens ! La glace est parfaite !

— Certainement pas ! répondit-il – son cœur tambourinait dans sa poitrine, comme s'il voulait en sortir. Tu sais que c'est super dangereux !

— Non ! Tu crois ?

— Tu me fais peur ! lui lança-t-il en expulsant un rire forcé de ses poumons, afin de lui faire croire qu'il n'était absolument pas inquiet.

Il la regarda s'asseoir sur la glace et enlever ses patins. Elle les jeta vers la petite plage puis marcha pieds nus sur le lac. Elle ne grimaça qu'une seule fois.

— Viens ! La sensation de froid est incroyable ! lui dit-elle, les bras tendus vers lui.

Arthur secoua la tête, mais il ôtait déjà ses grosses bottes. Il enleva ses chaussettes noires et se dirigea à pas prudents vers la beauté délicate qui vivait clairement sur une autre planète. Elle lui aurait demandé de briser la glace et de plonger au fond du lac qu'il l'aurait certainement envisagé. Il siffla et jura quand il posa le pied sur la surface, mais il garda les yeux rivés sur elle.

Dès qu'il l'eut rejointe, il prit ses mains gelées et tremblantes dans les siennes et attendit qu'elle redescende sur terre. Cette fille électrique l'attirait plus que jamais.

— Tu devrais être en hypothermie ! remarqua-t-il au bout d'un moment.

— Possible ! Nous autres autistes régulons notre température autrement, lui expliqua-t-elle. Je réagis peut-être mieux que la moyenne. Certains l'aiment chaud, moi je préfère le froid. J'apprécie d'être réchauffée aussi.

Il reçut le message cinq sur cinq et la ramena sur la berge où il l'enveloppa dans sa grosse veste de bûcheron. Ils s'assirent sur les galets et elle s'adossa contre son torse.

— Patine sur la glace autant que tu en as envie, mais je veux être là pour te voir, lui dit-il finalement. Je ne… Je ne veux pas que tu…

Il n'avait pas besoin de finir sa phrase pour qu'elle comprenne. Un petit nuage s'échappa de sa bouche.

— Il fallait que je le fasse. C'était sur ma liste.

Dès que les mots passèrent les lèvres de Jasper, il sentit son corps se crisper contre lui.

— Ta liste ? Quelle liste ?

— Non, rien.

Le regard d'Arthur se posa soudain sur un petit morceau de papier coincé sous un galet.

— Ça ?

Il le récupéra avant qu'elle ne réagisse. Jasper pivota entre ses bras et, soudain, l'expression de son visage alarma

Arthur. Son sourire se volatilisa lentement tandis qu'il levait la liste devant lui et plissait les yeux pour déchiffrer l'écriture dans le noir.

— Qu'est-ce que c'est, Jasper ?

Comme elle refusait de croiser son regard, il répéta sa question.

— Ce n'est qu'une stupide liste de choses à faire.

Arthur lut celle-ci point par point.

— À quoi…

— Je peux marquer « FAIT » à côté du numéro un, maintenant, observa-t-elle pensivement.

Elle sortit un crayon de son sac et griffonna les quatre lettres.

1. Patiner sur le lac Pristine – FAIT ;
2. Trouver un meilleur partenaire – fille ou garçon – pour Odette (n'importe qui sauf cet abruti de Craig) – FAIT EN PARTIE ;
3. Rendre maman fière de moi avec un incroyable *Casse-Noisette* ;
4. Manger des cupcakes chez Vivi – FAIT ;
5. Visiter le labyrinthe de Noël – FAIT ;
6. Acheter une décoration à Mme Heywood au marché de Noël – FAIT ;
7. Dire à ma famille que je quitte Lake Pristine (et la fac) pour une école de design – FAIT (quasiment !) ;
8. Intégrer une école de design ;
9. Aider Christine à avoir le plus beau des mariages ;
10. Voir des films en soirée à l'Arthouse – FAIT ;
11. ~~Essayer de me montrer courtoise avec Arthur Lancaster~~ ;
12. ~~M'amuser à l'enterrement de vie de jeune fille de Christine~~ ;
13. Faire preuve de bravoure.

Arthur cligna des yeux quand il parvint au septième et huitième point.

— Une école de design ?

Elle abandonna son sourire désinvolte.

— Exactement.

— Ce n'est pas n'importe quelle liste, si je comprends bien.

— Non, lui accorda-t-elle. Ce sont… quelques souhaits à réaliser avant de quitter Lake Pristine.

— Tu disais la vérité, l'autre jour à la bibliothèque.

— Oui. Je m'en vais.

— Pour de bon ?

— Oui… C'est mon dernier mois de décembre ici. Lake Pristine ne sera bientôt plus chez moi.

La panique vint marteler le sternum d'Arthur. Il fixa d'un air incrédule sa mine triste et résignée.

— Je refuse d'entendre ça !

— Arthur…, le réprimanda-t-elle doucement. Arrête, s'il te plaît.

— Non, je ne m'arrêterai pas. Tu t'en vas ? Pour ne plus jamais revenir ?

— Comment puis-je me sentir chez moi quand mes parents contrôlent tout de A à Z ? Quand ils font la pluie et le beau temps dans ma vie ?

La petite liste d'adieu à la main, Arthur assemblait les pièces du puzzle.

— Tu ne retournes pas à tes études de psycho, en conclut-il.

— Non, j'ai postulé dans une école de design. À quarante minutes d'ici.

— Tu peux vivre à Lakehouse alors !

— Mes parents ne seront jamais d'accord. Quand ils comprendront que je ne retourne pas à la vie qu'ils ont planifiée pour moi, non seulement ils me couperont les vivres, mais ils me flanqueront à la porte. Je serai bannie. Les Montgomery n'aiment pas trop les gens qui font leurs propres choix. J'aurais voulu que ça se passe autrement, mais je ne peux pas rester ici. Je serai incapable de me payer un loyer à Lake Pristine.

Arthur suffoquait. Les personnes extérieures à la ville ne comprendraient jamais. Les habitants de Lake Pristine partaient, bien évidemment, mais ils revenaient toujours. Christine et Kevin avaient poursuivi leurs études ailleurs, mais ils étaient rentrés chez eux après avoir obtenu leur diplôme et dès qu'ils seraient mariés, ils habiteraient un pavillon avec trois chambres en périphérie de la ville. C'était la coutume. Tout le monde avait accepté que Jasper s'en aille contre la promesse de revenir au plus tôt.

Et la voilà, assise à côté de lui près du lac, en train de lui dire qu'elle quittait la ville pour toujours.

— Je n'ai rien contre Lake Pristine. J'adore cet endroit, lui expliqua Jasper. Mais je désire avoir le contrôle de ma vie. J'aimerais beaucoup étudier et vivre à Lakehouse, mais je refuse que mes parents continuent de décider de mon avenir. Ils ne me voient pas en école de design. Ils veulent que je devienne avocate et rien d'autre. Alors, je vais tracer ma route. Et je suis pressée, crois-moi.

— Viens vivre à l'Arthouse, bafouilla Arthur.

Son cerveau bataillait pour trouver une solution de secours, une qui n'impliquerait pas son départ définitif, une qui permettrait à Jasper de mener sa vie comme elle l'entendait, tout en continuant de se sentir chez elle à Lake Pristine.

— Je transformerai la salle de bal en appartement pour toi. Je ferai tout ce que tu me demanderas.

— Tu es sérieux ? lui demanda Jasper, les yeux écarquillés.

— Le plus sérieux du monde.

— Arthur, je ne peux pas accepter.

— Rien ne t'en empêche.

— Et si tu me suivais ?

— Impossible, répondit-il, la voix rauque. J'ai le cinéma de mon père, Grace… Je ne peux pas partir.

— C'est réglé, alors.

— Je ne te comprends pas ! s'exclama-t-il, plus durement qu'il ne l'aurait voulu. Ces dernières semaines, tout ce temps, tu t'es promenée avec ta petite liste en sachant que tu allais nous quitter. Est-ce que tu nous aurais dit au revoir, au moins ?

— Évidemment ! s'écria Jasper d'une voix étranglée. Arthur, je t'en prie…

— Rien ne t'a fait changer d'avis ? L'autre soir au bowling ? Sous le kiosque ? Dans ta chambre ? Rien… Même après nous ?

Elle lui ôta délicatement sa liste des mains.

— Comment aurais-je imaginé qu'il y aurait un « nous » ? Je croyais que tu ne m'appréciais pas.

— Tu sais que ce n'est pas vrai. C'est juste…

— Arthur, l'interrompit Jasper en se pressant contre lui et en passant un pouce sur sa barbe naissante. Nous sommes jeunes. Il y aura d'autres filles.

Il poussa un soupir rempli d'amertume.

— Pas pour moi.

— Arthur…

— Non, je sais ce que je veux. Depuis des années. J'ai peut-être eu une drôle de façon de l'exprimer, je te l'accorde, au temps pour moi. Mais je sais ce que je ressens. C'est permanent, Jasper. Ce n'est pas une passade, comme avec les autres filles que j'ai connues.

Des images du visage dévasté de son père après le départ de sa mère lui revinrent soudain en mémoire. Il en avait la gorge nouée. Elles l'étranglaient dans ses heures les plus sombres. L'amour de son père n'avait pas suffi à stopper le taxi à vingt-trois heures ce soir-là et à empêcher des Noëls séparés.

— Tu dis que tu ne peux pas compter sur ta famille, qu'ils ne t'aideront pas à aller au bout de tes rêves, murmura-t-il d'une voix chevrotante. Moi, je serai là.

— J'ai besoin de compter sur *moi*, plaida-t-elle. Mes parents veulent une future avocate, cette ville veut une version masquée de moi et j'ai besoin d'échapper à tout ça. Je ne veux pas me battre avec toi, Arthur.

— Est-ce que tu comptais me dire que tu avais décidé de partir ?

— Un jour, oui. Après le mariage.

— Après le mariage ? Tu me brises le cœur, Jasper.

— Je n'avais pas prévu que tout cela arriverait ! se défendit-elle. Tu ne faisais pas partie du paysage quand j'ai écrit cette liste. J'ignorais que ça se passerait ainsi.

Arthur l'embrassa et ce n'était pas le baiser explorateur de la veille dans sa chambre. Ce baiser-là était ferme, avide. Ce baiser était une lutte pour prendre le contrôle.

❄ ❄ ❄

Jasper aimait embrasser Arthur. Elle aimait le contact de sa peau mal rasée et son odeur de feu de bois. Elle aimait qu'il soit fort, tout en s'autorisant à être vulnérable en sa compagnie.

— Arthur, lui chuchota-t-elle à l'oreille, je t'en prie, ne m'en veux pas.

Elle sentait encore la colère dans son langage corporel, la peine dans sa manière de l'enlacer. Ses mains lui agrippaient les hanches, la plaquaient contre lui, mais le sentiment de trahison rigidifiait ses gestes.

— Ça ne me suffira pas de te voir une petite fois par trimestre, lui confia-t-il, le souffle saccadé.

— Tu viens de passer dix-huit mois sans me voir.

— Un enfer. Et puis, c'était avant... ça. C'est difficile de se passer de quelque chose quand celle-ci est hors de ta vue. C'est impossible quand tu l'as entre les mains.

Jasper n'en revenait toujours pas de la vitesse à laquelle les choses avaient changé. L'orgueil, le manque de confiance en soi et des difficultés à communiquer les avaient projetés sur les rochers quand ils auraient dû naviguer paisiblement au large. Si ça se trouvait, pendant que leur ego menaçait de verrouiller la porte, leur cœur voulait simplement rentrer chez lui.

— Je ne te lance pas d'ultimatum, c'est ce que tes parents ont fait et je trouve ça toxique, dit calmement Arthur, le menton posé sur la tête de Jasper. Je ne vais pas te supplier de rester avec moi ni te demander de choisir. Mais j'ai besoin de toi dans ma vie.

Jasper l'embrassa avec appétit. Elle glissa les mains sous la chemise d'Arthur et les plaqua dans son dos. Il lui caressait les cheveux quand une lumière les éclaira. Ils s'écartèrent brusquement l'un de l'autre et tressaillirent lorsque la lampe torche les aveugla.

Le père de Jasper avançait sur le chemin venant de Lakehouse. Il semblait furieux.

— Jasper ! Enlève tes mains de ce garçon et éloigne-toi de lui. Je veux vous voir tous les deux dans mon bureau. Maintenant !

ACTE II, SCÈNE 12

Le juge

Howard Montgomery était assis derrière son grand bureau en acajou. Vêtu de sa luxueuse robe de chambre, il observait sa benjamine et son soupirant renfrogné avec une curiosité circonspecte.

— Pourquoi étiez-vous… au lac, à cette heure de la nuit ?

Jasper jeta un regard en coin à Arthur. La mâchoire serrée, il refusait de la dénoncer malgré sa colère. Il bataillait pour dissimuler la peine qu'il ressentait.

— Papa… Tu te souviens quand j'ai dit que je ne retournais pas à la fac ?

— J'ai essayé d'oublier, Jazz.

— Je n'y retourne pas. Je parlais sérieusement. J'ai fait une demande d'inscription dans une école de design.

Son père la fixait avec incrédulité.

— Laquelle ?

— Davenport.

— C'est plus près d'ici que l'université !

— Je sais. Je vous en avais parlé en terminale. Maman et toi aviez dit que ce serait une perte de temps et d'argent.

— Jazzie…, la sermonna son père d'une voix épuisée. Les arts appliqués… C'est un grand risque, mon pétale de rose.

— Oui, mais ce sera le mien. Je me débrouillerai.

— Vous devriez la laisser étudier dans cette école et l'autoriser à vivre chez vous, intervint soudain Arthur.

— Je m'occupe de ton cas ensuite, fils, répliqua sèchement Howard, l'index braqué sur le géant devant lui. Et ne me dis pas comment je dois me comporter avec ma famille.

— Je ne suis pas votre fils, mais celui de mon père. Et il ne m'a jamais convoqué dans son bureau tel un employé. Il n'a jamais essayé de réorienter ma vie ou de contrôler l'un de nous. Il ne nous a jamais posé de conditions. C'était l'homme le moins restrictif de cette ville.

Howard regardait ce jeune homme qui lui donnait des leçons sous son propre toit.

— Depuis combien de temps ça dure, vous deux ?

Jasper saisit la main d'Arthur.

— Pas longtemps.

— Ne me mens pas, Jazzie. J'ai vu le film comme tout le monde.

— Elle ne ment pas ! s'exclama Arthur.

— Papa, je veux étudier l'architecture d'intérieur, plaida Jasper. Ce n'est pas la peinture, le chant ou le patinage. Ni même le ballet. C'est à la fois artistique et technique. Il y a plein de débouchés.

— Tout revêt une telle importance quand on est jeune, déclara Howard à mi-voix en prenant l'autre main de sa fille. Tout semble si urgent. Une question de vie ou de mort. Un coup de cœur et c'est l'amour de ta vie. Grosse erreur ! Prends ton temps, ma fille adorée. Tu pourras tenter l'école de design après avoir décroché ta licence.

Jasper retira lentement sa main de celle de son père.

— Non, papa. J'ai le temps et je l'occuperai à ma façon.
— Jasper…

Une unique larme coula de la joue de Jasper et s'écrasa sur le tapis qu'elle avait choisi pour son père, l'élément qu'elle préférait dans cette pièce.

— Papa, il ne fallait pas me laisser danser. Si tu ne voulais pas que je sois créative, il ne fallait pas me laisser danser.

La détermination de Howard se brisa sur celle de sa fille. Il exhala bruyamment.

— Arthur, l'interpella-t-il sur un ton résigné. Il est tard, tu devrais être chez toi.

Arthur se tourna vers Jasper. Son langage corporel indiqua aux deux Montgomery qu'elle et elle seule pouvait le renvoyer. Elle esquissa un tout petit signe de tête et il tourna les talons. Leurs regards se croisèrent quand il ferma la porte derrière lui. Elle fixa son père avec une mine affligée.

— Jasper…, enchaîna-t-il sur un ton apaisant. Il y aura d'autres garçons. Tu ne fais pas tout ça pour lui, hein ?

— Non, papa.

— Parce que je m'attendais à ça de la part de Christine, pas de toi. Tu as toujours été la plus raisonnable.

— Il ne m'a jamais poussée à quoi que ce soit. J'ai postulé dans cette école bien avant de… sortir avec lui.

— Ta mère et moi voulons une certaine structure pour toi.

— Une prison dorée reste une prison.

— Jasper !

— Je suis désolée, papa, s'excusa-t-elle en regardant la liste froissée dans ses mains tremblantes. Je t'aime. J'aime maman. J'aime Christine. J'aime cette ville, c'est toute ma vie. Je ne veux pas en partir, mais je ne peux pas être prof de danse dans l'école de maman, me marier et tirer un trait sur la carrière dont je rêve. Je ne peux pas travailler chez Pete et rentrer seule à pied chez moi tous les soirs. Je ne peux pas faire des études de psychologie. Ils ne m'apprennent rien, là-bas. J'ai étudié les neurotypiques toute ma vie, je connais toutes leurs manœuvres.

Howard lui sourit tristement.

— Je ne peux pas aller à l'université que vous m'avez choisie ni en école de droit. Comme vous avez décidé que c'était ça ou rien, j'ai décidé de partir. Je n'en ai absolument pas envie, mais je n'abandonnerai pas ma liberté et ma propre voie.

Elle posa sa liste sur le bureau et marqua « FAIT » à côté du numéro douze : *Faire preuve de bravoure.*

— Je comprendrai si vous ne subveniez plus à mes besoins, continua-t-elle tout en rangeant la liste dans sa poche avant que son père ne l'interroge à ce propos. Alors, je m'en vais. Je me débrouillerai financièrement. Je suis désolée que nos points de vue divergent.

Et elle laissa son père seul dans son bureau.

❄ ❄ ❄

Howard Montgomery regarda le papier peint, les appliques raffinées aux murs, les rideaux que Jasper avait choisis exprès pour lui, parce qu'ils lui rappelaient la maison de sa grand-mère, le canapé qu'elle avait déniché après qu'il avait cessé de chercher celui de ses rêves.

Son talent drapait la pièce entière. Il enfouit son visage dans ses mains.

❄ ❄ ❄

Jasper finissait son dernier service chez Pete avant que le café ne ferme pour les vacances. Alors que *Casse-Noisette* occupait toutes ses pensées, elle ne pouvait s'empêcher de chercher Arthur dans chaque coin de la ville.

Hera et Odette étaient assises dans un box où elles buvaient un chocolat chaud – ces deux-là étaient devenues très proches depuis que Craig était sorti de la vie d'Odette. Jasper prit deux minutes pour papoter avec elles, mais son regard ne cessait de dériver vers la porte d'entrée.

— Mais enfin ! Qui est-ce que tu attends, comme ça ? l'interrogea Hera.

— Arthur Lancaster, chantonna Odette. Elle attend Arthur Lancaster.

— De quoi je me mêle ! s'exclama Jasper avec un sourire en coin.

Elle n'avait pas vu Arthur depuis que son père lui avait ordonné de quitter la maison. Elle n'avait pas son numéro de portable et elle n'osait pas appeler le cinéma. Il était un des rares de leur génération à ne pas être sur les réseaux sociaux, ce qu'elle respectait à contrecœur. Une seconde, elle se demandait s'il regrettait tout ce qu'ils avaient partagé, et la suivante, elle s'obligeait à se rappeler que c'était son angoisse qui parlait et non la vérité et la logique. Elle revivait leurs instants partagés sous le kiosque dès qu'elle le pouvait.

— Le documentaire vous a vraiment exposés à la vue de tout le monde, commenta Hera, pendant que Jasper profitait de cette courte pause pour regarder ses messages. Même si ça se voyait comme le nez au milieu de la figure. C'en était écœurant au bowling, l'autre soir.

— Sérieux ? s'écria Odette. Cet endroit est vraiment *the place to be* !

— Ouaip ! répondit Hera. Et le meilleur happening, c'est quand tu as rompu avec ce loser monumental. J'ai trouvé ça… génial !

Odette sourit à Hera, qui l'imita. S'installa un silence lourd de sens ; il aurait fallu un sonar pour détecter ce qu'elles ne se disaient pas.

Jasper était là sans être là. Soudain, elle n'entendit plus rien autour d'elle.

Un mail était apparu dans sa boîte de réception et, bien qu'elle n'ait pas encore ouvert le message, les premières lignes étaient visibles à l'écran. Son cœur se mit à galoper.

Chère mademoiselle Montgomery,

Suite à votre récente demande d'inscription à l'école de design Davenport, nous avons le plaisir de vous informer…

— Ils ont le plaisir de m'informer…, bredouilla Jasper, qui se glissa entre Odette et Hera, posa son portable sur la table et les étreignit toutes les deux. *Ils ont le plaisir de m'informer !*

Odette fixa son amie puis s'empara du téléphone. Elle ouvrit le mail et le lut jusqu'au bout. Ses yeux balayaient l'écran à la vitesse d'un hacker.

— Tu n'es même pas sur liste d'attente ! haleta-t-elle. Tu es admise direct ! Bravo, Jasper ! Tu as réussi !

Les trois filles laissèrent éclater leur joie sans se préoccuper des clients qui leur demandaient de baisser d'un ton. Quelques semaines plus tôt, Jasper aurait été mortifiée si un client l'avait houspillée. Aujourd'hui, elle s'en fichait royalement et souriait avec effronterie. Incapable de contenir son bonheur et son euphorie, elle ne se gêna pas pour rire aux éclats.

— J'ai réussi ! s'écria-t-elle.

Il fallait qu'elle le dise à Arthur. Mais surtout, elle voulait voir son visage.

❄ ❄ ❄

Arthur retrouva Henry dans un cinéma quasi désert.

— Hé ! l'interpella ce dernier. Ça ne va pas ?

— Non, pas vraiment, répliqua Arthur. Howard Montgomery m'a chassé de Lakehouse et, pour résumer, il a dit à Jasper qu'elle trouverait mille fois mieux que moi.

— Houlà ! Cette ville est vraiment trop mélodramatique, mais c'est peut-être lui, le pire fautif.

— Il peut la mettre en garde autant qu'il veut, je n'abandonnerai pas. Même si…

— Même si quoi ?

— Nous avons eu une sorte de dispute.

— Pour changer.

— Celle-ci était différente.

Henry fit glisser une bouteille d'eau jusqu'à Arthur, qui but avec gratitude. Le hall fut soudain rempli de spectateurs qu'Agnès dirigeait vers la sortie après la dernière séance. Beaucoup adressèrent un signe de tête compatissant à Arthur – ils n'ignoraient pas combien ces derniers jours avaient été tumultueux pour lui. Il répondit par un hochement de tête entre deux gorgées. Tout à coup, les portes du cinéma s'ouvrirent en grand et Arthur se retourna pour voir qui faisait autant de raffut.

L'assistance se tut quand Marcus entra dans le hall. C'était la première fois qu'il apparaissait en public depuis la projection. Il était clair qu'il avait fait profil bas jusque-là. La désapprobation et le dégoût étaient palpables dans l'air, au point qu'Arthur avait presque de la peine pour son cousin.

Puis il se rappela cette fameuse soirée et sa sympathie se dissipa rapidement.

Marcus regarda l'assemblée puis poussa un soupir empli d'amertume.

— Je voulais juste montrer la vérité, pour une fois.

Quelques personnes le bousculèrent en sortant et Henry lâcha un petit bruit incrédule.

Le regard de Marcus se posa alors sur Arthur.

— Art'…

— Ne m'adresse plus jamais la parole, grogna Arthur. Tu as failli tout gâcher.

Marcus ne put s'empêcher d'arborer une mine triomphale.

— Alors, tu l'admets ?

— Je te considère comme un ami de merde, à cet instant, Marcus, répliqua Arthur, qui refusait que son cousin prenne le contrôle de la conversation. Tu aurais dû m'en parler, me prévenir.

— Tu n'aurais pas projeté le film.

— Ah ouais ? Et pourquoi, à ton avis ? aboya Arthur. Tu as humilié plein de gens ! Ce devait être une tranche de vie, un documentaire sur une petite ville, avec un mariage en prime. Pas… pas ce truc !

— Est-ce qu'ils veulent de toi dans leur petite famille, maintenant ? lui demanda Marcus – ni Arthur ni lui ne se souciaient d'être écoutés par des oreilles indiscrètes. Tu te souviens quand tu essayais de lui parler, Art' ? Au lycée ? Ses amis ricanaient à chaque fois, sa sœur se moquait tout le temps de toi.

— Pas Jasper, compléta Arthur, réalisant pour la première fois que c'était la vérité. Pas une seule fois. Et toi, tu t'en étais aperçu.

Marcus hésita une seconde avant de poursuivre.

— Elle ne s'est jamais intéressée à des types comme nous, Art'.

— Des types comme nous ? répéta Arthur sans quitter son cousin des yeux. Elle te plaisait ?

Marcus blêmit légèrement. Soudain conscient que tous les regards étaient rivés sur eux, il se mit à danser d'un pied sur l'autre.

— Je… Elle… Non. Peut-être. Une fois. Il y a longtemps.

— Ne me dis pas que tu voulais me rabaisser devant toute la ville parce qu'elle m'aime en retour ?

Marcus eut un rire amusé.

— Qui te dit qu'elle t'aime…

— Jasper ! le coupa Arthur. Elle-même me l'a dit ! Juste après ta stupide projection ! Et mille autres fois ensuite. Ça t'en bouche un coin ?

Marcus secoua lentement la tête.

— Ça ne veut rien dire. Ne compte pas qu'elle reste pour toi. Elle va mettre les voiles comme l'autre fois. Elle…

— Marcus ! Ça suffit.

Arthur, Henry et Marcus, ainsi que tous les clients de l'Arthouse se tournèrent vers Christine, qui venait d'entrer dans le cinéma. Un Kevin stoïque se tenait derrière elle. L'aînée des Montgomery affichait un air calme et mesuré ; elle parlait d'une voix douce, mais ferme. Elle n'avait jamais semblé aussi posée. La gamine irascible avait cédé la place à une femme imperturbable.

— Je pense qu'il est temps que tu lâches l'affaire et que tu passes à autre chose.

Christine parlait en toute décontraction, sans son aigreur habituelle. Tandis qu'elle traversait le hall avec grâce, elle ne quitta jamais Marcus des yeux. La foule de curieux ne pipait mot.

— Je pense que tu as suffisamment nui à ma sœur comme ça. J'ai peut-être mérité une partie de ce film. Je me comporte peut-être en tyran, parfois.

Sous le regard fasciné d'Arthur, les yeux de la jeune femme se mirent à briller et sa mâchoire se serra.

— Jasper ne méritait pas ça, elle, continua Christine. Sa vie ne regarde personne dans cette ville. Elle en a assez fait. Elle a assez donné. Elle ne méritait pas qu'on la traite ainsi.

— Ouais ! cria quelqu'un au fond de la salle.

D'autres murmures d'approbation s'élevèrent parmi l'assemblée.

— Si Jasper se fait la malle et ne revient jamais, ce sera parfaitement compréhensible, intervint Kevin sur un ton réprobateur. Elle se décarcasse pour les habitants de Lake Pristine et voilà comment elle est remerciée ?

Ses reproches étaient adressés non seulement à Marcus, mais à toute l'assistance.

— Jasper souhaite étudier à l'école de design de Davenport, lança Christine à la cantonade. Tout le monde devrait se demander comment il peut l'aider à transformer son rêve en réalité.

Arthur se sentit exclu de la scène quand les gens commencèrent à émettre des commentaires approbateurs et Christine à donner des ordres et élaborer un plan avec son futur époux. Il s'éloigna de Marcus et Henry et sortit une photo de son père de son portefeuille. Il contempla ses rides d'expression, sa dent en or. Tayo ne se serait jamais comporté comme lui. Il n'aurait jamais eu honte d'aimer quelqu'un ou d'être démasqué. Arthur était tombé amoureux de Jasper à l'instant où il l'avait vue monter sur scène. Ce sentiment était tellement intense qu'il avait décidé de le cacher. Personne ne le soupçonnerait de nourrir une pareille passion s'il se montrait bourru, inamical et inaccessible. La mascarade avait marché au-delà de ses espérances et, aujourd'hui, rien ne donnait envie à Jasper de rester à Lake Pristine. Son père aurait pris le risque d'être rejeté, voire humilié. Il n'aurait pas eu peur, lui.

Arthur avait éprouvé un sentiment de panique quand il avait compris que Marcus avait laissé son amertume et son interprétation de la réalité enlaidir ce qu'il y avait de bon en lui. Il ne voulait pas devenir comme ça. Il refusait d'être effrayé et embarrassé par des sentiments puissants et par leurs initiateurs, au point de se fermer comme une huître. Il ne voulait pas éteindre la lumière dans son cœur par peur que des étrangers ne la voient briller.

Il se fraya un chemin à travers la foule en ignorant Marcus qui l'interpellait et il prit la direction de Lakehouse.

ACTE II, SCÈNE 13

Coup d'éclat

Quand elle arriva à Lakehouse, Jasper découvrit Grace sur le pas de la porte.

— J'arrive de la ville, l'informa la petite, hors d'haleine. Tu as été nominée pour être la prochaine Reine des Neiges !

La fillette avait le souffle coupé par l'enthousiasme.

— Qui d'autre a été choisi ? demanda Jasper en souriant.

— Christine, bien entendu !

Elle énuméra trois noms que Jasper ne reconnut pas – des filles de vieilles familles de Lake Pristine, comme les Montgomery.

— Et toi ! ajouta Grace. J'ai voté pour toi !

Jasper lui adressa un regard reconnaissant, indulgent.

— Merci, ma grande. J'apprécie énormément. Je n'ai pas hâte d'être battue à plate couture par Christine, mais c'est un honneur d'être nominée, comme ils disent.

Elle avait auparavant aimé le carnaval d'hiver plus que tout au monde, mais elle n'était plus triste de perdre à chaque fois contre sa sœur.

— Je meurs d'envie de gagner un jour, lui confia Grace, les mains en effervescence, les yeux écarquillés. J'espère que tu seras couronnée.

— Je survivrai si je perds, mais je te donne ma voix. Tu devrais être nominée, toi aussi.

Un silence confortable s'installa avant que Grace ne lui fasse une remarque amicale.

— Tu sais… Mon frère a une photo de toi dans sa chambre depuis quelques années, maintenant.

Jasper sentit le rouge lui monter aux joues, mais elle ne bougea ni ne réagit de manière visible.

— Ça m'étonnerait.

— Je te jure. Il l'a découpée dans la *Gazette de Lake Pristine* quand il avait seize ans.

— Si tu pouvais éviter de m'embarrasser davantage, poussin.

Ce reproche prononcé avec bienveillance par une voix grave et accompagné d'un crissement de pas dans la neige fit sursauter Jasper, qui se retourna. Arthur avançait au bout de l'allée en gravier, en lisière de la forêt et de la propriété de Lakehouse. Il la regardait avec douceur et elle regretta soudain que la petite Grace ne soit pas ailleurs.

Elle savait qu'il était encore sur la réserve, encore meurtri par la découverte de sa liste. Elle sentait qu'il avait beaucoup de choses à lui dire.

— Arthur ! s'écria Grace. Jasper a été nominée pour être Reine des Neiges !

Arthur esquissa à Jasper une révérence à la fois modeste et extrêmement sardonique qui la fit rire.

— Félicitations.

— Pour qui tu as voté ? lui demanda-t-elle en plaisantant.

Les yeux pétillants, il haussa les épaules.

— Je n'ai pas encore mis mon bulletin dans l'urne.

— Que puis-je faire pour gagner ta voix ?

— Rien que je puisse dire devant une mineure.

— Beurk ! s'exclama Grace qui se précipita dans l'allée et donna une tape à son frère.

Jasper et lui éclatèrent de rire.

Tous trois se rendirent au lac. Ils s'assirent au bord de l'eau, sous les étoiles qui brillaient avec un tel éclat que Jasper paraissait subjuguée. Arthur la dévisagea tandis qu'elle observait la voûte céleste incroyablement dégagée. La brume qui voilait le ciel quand il avait découvert la liste s'était levée et tout était étonnamment clair. La vie de Jasper avait changé de façon radicale et s'était stabilisée en même temps. Le blizzard en elle s'était transformé en une légère chute de neige et elle ne se sentait plus hors du monde.

Quasiment chaque nuit étoilée où elle était venue au bord du lac, elle s'était sentie tiraillée, tourmentée, inadaptée. Aujourd'hui, elle était sereine. Pour la première fois depuis très longtemps.

— Il n'y a pas d'étoiles en ville, expliqua-t-elle à Arthur quand elle remarqua son regard rivé sur elle. J'avais oublié.

Quand Grace proposa de patiner sur le lac qui était encore totalement gelé, Arthur refusa avec une telle ardeur que les filles éclatèrent de rire. Jasper croisa son regard et hocha la tête, prenant pour elle cette remontrance tacite. En la présence d'Arthur, personne n'avait le droit de mettre sa vie en danger pour s'amuser.

— Au fait..., enchaîna Grace sur le ton de la conversation. Est-ce que vous deux, vous... enfin, vous savez !

Quand il vit que Jasper réprimait un sourire, Arthur se sentit un peu mélancolique. Il ignorait où ils en étaient. Il savait où il voulait aller avec elle, ce qu'il ressentait pour elle, mais à cause des tourments que Jasper avait endurés récemment, ainsi que le mariage et le ballet à l'horizon, il ne voulait pas lui ajouter une contrainte supplémentaire et devenir comme ces gens qui la pressaient comme un citron. Il le lui aurait dit si Grace n'avait pas joué les chaperons malgré elle.

— Ne t'occupe pas de nous, recommanda-t-il à sa petite sœur. Pense plutôt à te reposer avant de faire tes débuts. Le grand jour arrive.

— Inutile de me le rappeler ! marmonna Grace. Je suis déjà morte de trouille.

— Tu vas assurer, lui promit Jasper.

Arthur et Grace dévisagèrent Jasper. Elle leur adressa un sourire triste qu'il fut incapable de déchiffrer.

— Personne ne m'a jamais encouragée, leur apprit Jasper. J'ai été poussée, critiquée. Puis, tandis que j'avais extrêmement peur d'être médiocre, ma mère se contentait de hocher la tête. J'en déduisais que j'avais fait du bon travail. Mais je n'en étais même pas sûre !

— Tu étais une merveilleuse danseuse, affirma Arthur sur un ton plus sévère qu'il ne l'aurait souhaité.

Apparemment, ses sentiments étaient plus forts que sa capacité à les contenir. Il regrettait qu'elle ne puisse se voir avec ses yeux à lui. Et pourtant, il avait remarqué quelque chose de changé chez elle. Cela datait du moment où elle avait tenu tête à son père dans son bureau. Arthur allait lui en parler quand des bruits de pas résonnèrent sur les galets derrière eux.

Ils pivotèrent et découvrirent Henry, Odette et Hera. Ces deux dernières marchaient très près l'une de l'autre.

— Est-ce qu'on peut se joindre à vous ? demanda Henry.

— Bien sûr ! s'exclama joyeusement Grace. Seulement si tu n'entames pas des conversations trop sérieuses.

— Moi ? répliqua Henry. Ce n'est pas mon genre.

Ils s'assirent et tous les six contemplèrent le lac en silence. Peut-être qu'Arthur avait l'imagination débordante, mais il avait la nette impression qu'un chapitre se terminait. Quelque chose d'irrévocable se tramait et il ne savait dire quoi.

— Hé ! On a un truc à célébrer ! s'écria soudain Hera, interrompant ainsi sa rêverie. Jasper a été acceptée à l'école de design !

Arthur eut l'impression qu'on l'avait poussé au milieu de la route. Des phares l'éblouissaient et il n'y avait personne pour le ramener sur le bas-côté. Il avait conscience que Grace criait de joie et que son frère émettait un sifflement approbateur des plus agaçants. Jasper, elle, rougissait.

— Tu as été admise, finit-il par dire.

Elle tourna la tête vers lui et lui sourit.

— Oui.

Il chercha les bonnes paroles au fond de lui.

— Je suis tellement fier de toi.

Il y avait une telle intimité qui se dégageait de sa voix et de ses sous-entendus. Les autres membres du groupe haussèrent les sourcils et décidèrent de s'éloigner. Quand Jasper et Arthur furent relativement seuls, elle écarta ses cheveux de son visage et lui offrit un autre sourire timide.

— Je l'ai appris tout à l'heure, lui expliqua-t-elle.

— C'est dingue ! Tu vas réaliser ton rêve.

— Du moins, je vais essayer.

Il se détestait de vouloir la supplier de rester. Il mourait d'envie de plaider sa cause, tout en se disant qu'il ne faisait pas le poids.

— Ça ne va pas ?

Elle lui avait posé cette question sans porter de jugement, sans lui faire de reproche, mais Arthur se rembrunit légèrement. Il savait pourtant qu'il n'avait pas le droit d'éprouver ces sentiments-là.

— Ce sera une torture… de te regarder partir, lui avoua-t-il dans un haussement d'épaules. Comme à chaque fois.

Elle détourna le regard.

— Arthur…

— Tu peux marquer « FAIT » sur cette ligne de ta liste, lui suggéra-t-il sans aucune méchanceté. Et je sais que ton ballet fera un tabac. Tu peux ajouter un autre « FAIT ».

Il fixa le lac complètement gelé et l'autre rive à près de deux kilomètres. Cette belle et parfois redoutable étendue d'eau qui avait donné son nom à la ville offrait un spectacle magnifique.

Son amour pour Jasper lui faisait penser au lac, s'aperçut-il. Il serait toujours là, à attendre le temps qu'il faudrait. Il bougerait et se transformerait légèrement au fil des saisons, mais en définitive, il ne changerait jamais, tel un élément fixe et perpétuel sur lequel on pouvait toujours compter.

— Tu veux qu'on aille chez moi ? lui proposa-t-elle sur un ton grave. Il fait froid.

Il regarda l'imposante maison à quelques mètres de là.

— Pourquoi pas ? Tant que personne ne nous traîne de force dans le bureau de ton père.

Henry annonça de façon ostensible qu'il ramenait Grace à l'Arthouse quand Odette embrassa Jasper et lui dit au revoir.

— Vous rentrez ? demanda Jasper en les dévisageant tour à tour.

— Euh…, bredouilla Odette en jetant un regard en coin à Hera – Arthur remarqua que la meilleure amie de Jasper rougissait. Je pense que nous allons faire un tour en ville avant.

Hera esquissa un sourire mystérieux puis elles prirent la direction du sentier qui menait à Lake Pristine. Elles entrelacèrent leurs doigts quand elles se crurent hors de vue. Jasper poussa un petit soupir de satisfaction et Arthur se dit que leur couple était beaucoup plus sain que celui qu'Odette formait avec Craig.

— Il n'y a que ta vieille Jeep devant la maison, constata Arthur quand ils arrivèrent dans l'allée menant à Lakehouse.

Il ferma la porte d'entrée pendant que Jasper regardait ses messages sur son téléphone.

— Ils sont dans le centre-ville, lut-elle lentement. Ils viennent de se commander à boire.

Arthur comprit ce qu'elle sous-entendait : sa famille ne rentrerait pas de sitôt. Ils étaient seuls.

Arthur toussota. Il allait lui demander si elle voulait qu'il parte quand elle glissa les bras autour de son cou et colla ses lèvres contre les siennes. Il ressentit comme une décharge électrique. Instinctivement, il l'attira contre lui. Elle se montra plus hardie cette fois-ci et il fut bientôt plaqué dans un coin de l'entrée. Elle devait se hisser sur la pointe des pieds pour l'embrasser correctement, mais ce n'était pas un problème pour l'ancienne ballerine qu'elle était.

Alors que chaque parcelle de son corps protestait, il s'obligea à la repousser.

— Jasper… Tu t'en vas vraiment pour de bon ?

Elle tendit la main vers lui et essuya du rouge à lèvres au coin de sa bouche.

— Je ne sais pas, répondit-elle, le regard peiné.

— Qu'allons-nous devenir ? lui demanda-t-il, un peu essoufflé, mourant d'envie de l'enlacer et de ne plus jamais la lâcher. Parce que je ne veux pas influencer ta décision.

— Je ne laisserai personne influencer ma décision, répliqua-t-elle en douceur. Mais une chose est sûre, Art' : je m'en vais. Je veux intégrer cette école de design. J'ai économisé pour ça. J'attends depuis si longtemps.

— Alors, il faut que tu partes.

Il essaya d'insuffler de l'enthousiasme dans sa voix. D'un côté, il était très content pour elle – Jasper méritait d'embrasser la carrière de son choix – et de l'autre, il ne supportait pas la situation. C'était très égoïste de sa part, mais il l'aimait à la folie et chaque jour auprès d'elle était mieux que le précédent.

— Pour l'instant, j'ai juste envie de m'amuser avec toi, lui déclara-t-elle avec une grande franchise, et il éclata de rire.

Une semaine plus tôt, il se serait coupé le bras pour simplement entendre ces mots. Aujourd'hui, il en voulait davantage. Il refusait d'être un garçon avec lequel Jasper s'amusait avant de quitter Lake Pristine pour une école de design privée, pour ne plus jamais revenir.

Comme il ne pouvait pas lui résister, ils s'amusèrent donc.

Sur le canapé, bien au chaud. Tout à elle, Arthur ne se préoccupa plus de représenter ou pas une distraction pour Jasper. Il prit soin d'alterner de lents baisers paresseux et d'autres plus vigoureux et passionnés. Il s'enivrait d'elle. Elle était son nectar des dieux. Comme il s'en était toujours douté.

Il voulait lui dire quelque chose d'impressionnant, d'inspiré. Une parole dont elle discuterait avec enthousiasme avec ses amies, en son absence.

— Tu es tellement belle, Jasper, fut tout ce qui sortit de sa bouche.

Un léger doute passa dans ses yeux et il détesta la personne qui l'avait mis là.

Elle le dévisagea d'un air songeur.

— Quoi ? demanda-t-il, encore essoufflé.

— Tu n'as jamais envisagé de faire des études ? De quitter Lake Pristine ?

— J'aimerais tenir le cinéma seul un jour.

— C'est ton rêve ?

— Mon rêve ? Non. Je voudrais le rénover au-delà de l'imagination et en faire une grande salle de spectacle.

— Qu'est-ce qui t'en empêche ?

Il ne répondit pas tout de suite et lui caressa la cuisse, comme pour se calmer.

— Henry aime l'Arthouse comme il est. Il ne veut opérer aucun changement.

— Pourquoi ? demanda Jasper avant que la vérité ne lui saute aux yeux. À cause de votre père ?

— Oui. Je ne sais pas... Je ne veux pas le bousculer. Henry est l'aîné. Il l'a eu plus longtemps que Grace et moi. Quand ma mère est partie vivre chez Brian pour échapper à cette ville et à tous ses souvenirs, je pense que le cinéma est devenu cet étrange sanctuaire.

— Vous parlez de lui, parfois ?

Arthur haussa les épaules.

— Aucun de nous n'aime parler du passé.

— Tu es le garçon le plus intelligent de cette ville, Arthur. Tu devrais pouvoir faire ce que tu veux, en matière de carrière.

Il écarta en douceur les longs cheveux qui lui barraient le visage.

— Oh ! Des paroles gentilles ! Ça me change ! susurra-t-il.

Elle eut un rire incrédule.

— Attends une minute. J'ai des critiques à te faire !

— Des critiques ?

— Je te parle du cinéma.

— Je suis soulagé ! Un instant, j'ai cru que tu voulais noter mes baisers.

— Vous devriez vendre des produits plus appétissants à l'Arthouse. Ce n'est pas à cause du prix que les gens apportent à grignoter en douce.

— Je ne sais pas pourquoi ils se cachent, déclara Arthur avec dédain. Ce n'est pas illégal, rien ne les en empêche.

— C'est vrai. On parle du choix, maintenant ? Pas génial.

— Ça fait partie de mes projets. J'aimerais installer une vraie cuisine où on préparerait tout sur place.

— Quelle excellente idée !

— Il y aurait du pop-corn frais aussi, pas ce truc rance et réchauffé.

— Super !

— Et un bar mieux fourni.

— Tu vois ! s'écria Jasper, qui s'adossa contre l'accoudoir du divan et étendit ses jambes sur lui. Tu as des idées, tu visualises les choses. Tu devrais à cent pour cent gérer seul le cinéma et le moderniser.

Arthur se rembrunit soudain.

— Je... Il y a eu tellement de changements dans nos vies, tu sais.

— Pour le pire, reconnut Jasper. Là, ce serait pour le meilleur.

— Oui, peut-être.

— J'espère sincèrement qu'à mon retour, l'Arthouse sera davantage sous ton contrôle.

— Je l'espère aussi.

Ils se dévisagèrent un long moment. Arthur savait que Jasper se demandait la même chose que lui : cette attirance, cette alchimie, seraient-elles permanentes ? De son côté, Arthur en était certain. Il avait essayé en vain d'ignorer ses sentiments pour Jasper. May et Saffron avaient été de malheureuses victimes collatérales de son déni. Il le regrettait vivement.

— Je n'ai jamais été aussi sûr de moi, lui fit-il prudemment avant d'accepter de lui ouvrir son cœur et d'afficher sur son visage ses sentiments pour elle. Je te le jure, Jasper.

Il devinait dans l'éclat de ses yeux sous la lumière froide et artificielle qu'elle voulait le croire.

— Arthur… Je t'aime vraiment beaucoup. Plus que je n'en avais conscience. Je suis désolée de te dire ça, mais je suis le genre de fille qui doit voir les choses écrites en gros sur un écran de cinéma avant d'admettre que c'est vrai.

— Un coup d'éclat, en quelque sorte, marmonna Arthur, pensif. Pigé.

❄ ❄ ❄

Jasper était seule dans le studio de danse de sa mère. Quelques heures avant la représentation de *Casse-Noisette*, elle était venue chercher un exutoire à son énergie nerveuse. Après un exercice de ronds de jambe en l'air, elle effectua quelques déboulés puis elle resta en appui sur ses pointes et ferma les yeux afin de se libérer de toutes ses pensées négatives. Lentement, elle reposa les talons au sol et sursauta quand des applaudissements retentirent.

Sa mère souriait fièrement depuis l'encadrement de la porte.

— Personne n'a jamais su danser comme toi, lui lança-t-elle.

Jasper émit un petit bruit dédaigneux.

— Christine était…

— Beaucoup moins douée que toi, l'interrompit Andrea. Elle n'avait ni ta discipline ni ta force d'âme.

Jasper ne cacha pas sa surprise en entendant pareil compliment.

— Tu ne me l'avais jamais dit.

Elles s'étaient à peine adressé la parole depuis leur dispute.

Si elle ne se rappelait pas chaque mot qu'elle avait prononcé, Jasper se souvenait très bien de ce qu'elle avait ressenti. Elle se souvenait de leur avoir révélé les frustrations qu'elle gardait en elle depuis trop longtemps. Aujourd'hui, alors que sa mère et elle se dévisageaient, elle se demanda si ces mots avaient servi de leçon ou s'ils seraient utilisés contre elle.

Andrea alla se placer derrière sa fille, en mode maîtresse de ballet. Jasper comprit le message et se mit en position. Elle pirouetta et, pour n'importe qui, sa figure était irréprochable.

— La méthode du point fixe demande de la constance, lui rappela sa mère. Garde les yeux dessus bien après que le mouvement soit terminé.

Jasper recommença.

— C'est mieux, murmura Andrea.

Elles se regardèrent longuement dans le miroir mural sans parler.

— Cela ne sert à rien de corriger quelqu'un qui ne sera jamais une grande danseuse, murmura sa mère, la voix soudain fragile. Cela représente beaucoup d'efforts pour rien. Un bon professeur doit être sévère avec celles qui ont du potentiel. Il doit se montrer encore plus dur avec les filles exceptionnelles, quitte à ce que leurs pieds saignent. Elles pleureront, elles te maudiront, elles te détesteront peut-être, mais elles seront fantastiques. Elles atteindront des sommets.

Jasper choisit la paix à cet instant et accepta le rameau d'olivier dans un silence compréhensif. Elle ne lui dit pas que la douleur avait érodé son amour pour la danse, qu'elle ne se considérait plus comme une ballerine parce que cela faisait trop mal, que son extrême rigueur quand elle dansait – par rapport à sa clémence vis-à-vis de Christine – l'avait contrainte à jeter l'éponge.

— Ce jeune Lancaster est vraiment fou de toi, remarqua sa mère.

Jasper rougit malgré elle.

— Il ne s'est rien passé dans ma chambre, maman.

— Ne sois pas bête. Bien sûr qu'il s'est passé quelque chose : tu es tombée amoureuse.

Jasper se demandait si elle pouvait avoir ce genre de conversation avec sa mère. Le studio se transforma soudain en sauna.

— Et je doute que les efforts de ton père pour l'effrayer aient marché ! Il m'a semblé déterminé.

Jasper se remémora l'expression du visage d'Arthur quand ils étaient seuls à Lakehouse et se surprit à sourire.

— Je me concentre sur le mariage de Christine et sur *Casse-Noisette* là.

— Tss-tss ! fit sèchement sa mère. Tu as consacré tout ton temps à ces deux événements. Ce sont des machines bien huilées, à présent. Tu mérites de t'occuper de toi.

— J'ai reçu l'accord de l'école de design, maman, lui apprit-elle d'une voix incertaine et douce. Je vais accepter.

— J'espère bien, rétorqua Andrea en évitant de croiser son regard. Tu as un talent incroyable, il ne faudrait pas le gâcher.

Jasper pivota brusquement face à sa mère.

— Tu n'es pas en colère ?

— Non.

— Je n'aurai plus le temps de donner des cours ici. J'aurai trop d'heures là-bas. Je suis obligée d'abandonner… tout ce que papa et toi m'avez donné. L'autre cursus.

— Nous en avons longuement discuté avec ton père, déclara Andrea, qui choisissait ses mots avec soin pour la première fois de sa vie. Nous nous sommes peut-être montrés un peu trop zélés dans cette affaire. Et nous n'aurions pas dû mettre les frais de scolarité dans la balance.

Jasper en resta bouche bée.

— Je…

— Nous t'aiderons à payer ton école. Si c'est ce que tu veux.

Jasper n'avait jamais ressenti autant de gratitude pour sa mère.

— J'apprécie vraiment beaucoup. Mais j'ai demandé une bourse. Je veux me débrouiller seule.

— D'accord. Et pour le logement ?

— Pardon ?

— C'est un peu démodé de demander un loyer. Les enfants ne devraient pas être les locataires de leurs parents. Si tu veux garder ta chambre à Lakehouse pendant que tu étudies à Davenport, cela ne nous… cela ne nous pose aucun problème.

Les yeux de Jasper se remplirent de larmes. Elle dut les fermer une bonne minute avant d'y voir clair.

— Tu es sérieuse ?

— On ne peut plus sérieuse, répondit Andrea comme si elle ne venait pas de prononcer les mots dont Jasper avait besoin pour se sentir mieux, les mots qui rendraient tout le monde (elle y compris) heureux. Quand Christine aura emménagé chez elle, ce sera vraiment calme à Lakehouse. Ton père et moi allons nous taper sur le système. Nous aurons besoin d'une tierce personne à la maison. Même si tu ne viendras que pour dormir – j'imagine que tes études et ce garçon occuperont le reste de ton temps.

— Merci, maman, bredouilla Jasper d'une petite voix fragile. Ce serait… Tu n'as pas idée… J'ai tellement envie d'intégrer cette école… Ta proposition rend les choses tellement plus faciles. Je n'aurai pas à…

Lake Pristine n'avait jamais été le problème. Le masque que ses parents lui avaient demandé de porter (peut-être à leur insu) était devenu trop étroit, trop étouffant, trop toléré par les autres. Elle avait fini par se convaincre que personne ne l'accepterait à Lake Pristine sans ce masque.

C'était complètement faux.

Arthur lui avait ouvert les yeux. À cet instant, dans le vieux studio de danse maternel, elle prit conscience qu'un avenir était possible.

Un avenir à Lake Pristine en tant qu'elle-même.

La vraie Jasper Montgomery.

— Je ne devrai pas tout abandonner…, fut tout ce qu'elle parvint à articuler.

— Ne dis pas de bêtises, marmonna sa mère et Jasper avait six ans à nouveau, quand sa mère l'avait mise en binôme avec Odette et lui avait ordonné de transmettre à l'autre fillette son amour de la danse. Quoi que tu fasses, tu seras brillante.

Le silence s'installa dans le studio tandis que la lumière déclinait à l'extérieur ; les bruits de l'hiver qui entouraient ce petit sanctuaire de la danse lui firent penser à un poing se fermant dans la neige avant de s'ouvrir une fraction de seconde plus tard.

❄ ❄ ❄

C'était le soir de *Casse-noisette*, à quelques heures des débuts de Grace. Sur les nerfs, elle avait aboyé toute la journée sur Arthur et Henry qui marchaient sur des œufs. Alors qu'elle faisait son sac et partait pour la dernière répétition avant le spectacle, ils avaient même peur de lui souhaiter bonne chance.

— Je te dis merde, murmura Arthur. Nous serons dans la salle.

Elle ignora son aîné et Henry attendit qu'elle soit partie pour éclater de rire.

— Houlà ! Elle me fiche la trouille !

— Ce n'est pas drôle, répliqua Arthur en se frottant le visage à deux mains et en frissonnant. J'ai vraiment cru qu'elle allait me décapiter ce midi.

— On va quand même la voir ce soir ?

— Bien sûr ! Elle nous tuera si on n'assiste pas à la représentation.

— Elle nous tuera si on y assiste !

Ils retournèrent fermer le cinéma afin d'être à l'heure au spectacle. Tandis que les derniers clients s'empressaient de sortir, Henry surprit son frère en train de regarder les affiches des classiques en noir et blanc punaisées au mur.

— Tu l'as vue ? demanda Henry nonchalamment.

— Oui, répondit Arthur qui ne fit même pas semblant de ne pas comprendre sa question. Au moins, on n'a pas croisé son père, cette fois.

— Bien ! Laisse-moi deviner... Il t'a dit que sa fille est une perle extrêmement précieuse qui a besoin d'une huître au-delà de tes moyens ?

— Non, répliqua Arthur, les sourcils froncés. Il m'a expliqué que Jasper rencontrerait d'autres garçons.

Le sourire de Henry s'envola.

— Non ? Sérieux ?

— Eh oui. Il pense qu'elle mérite mieux. Il doit probablement lui dire à cet instant que je ne suis pas le garçon qui lui convient, que...

— Attends ! l'interrompit Henry. Personne ne connaît l'avenir. Qui dit que d'ici cet été, vous n'en aurez pas marre l'un de l'autre ?

— Je n'en aurai jamais marre d'elle, Henry. On verra... La balle est dans son camp.

— Super romantique !

— Le romantisme et moi, ça fait deux. Tu l'as vu dans le documentaire, non ? Monsieur-qui-voit-tout.

— Elle adore ces vieux films à l'eau de rose. Inspire-toi de l'un d'eux.

— Elle les regarde d'un œil critique et averti, Henry, répliqua Arthur avec un petit sourire. Il y a les histoires d'amour dans les films et il y a la vraie vie. Les deux ne se mélangent pas. La frontière est ténue entre le romantisme et l'horreur, tu sais.

— À qui le dis-tu ! Je te rappelle qu'on a tous vu le documentaire.

Arthur fit semblant de frapper son frère. Henry évita son coup de poing en riant.

— Et toi ? lui demanda Arthur. Ça ne te fait rien que Christine se marie ?

— Tu veux savoir si je vais me lever au moment du « qu'il parle maintenant ou se taise à jamais » ? Non, pas d'inquiétude.

— Je n'en reviens toujours pas que tu sois sorti avec elle.

— Ça n'aurait jamais marché entre nous, l'informa Henry, à moitié amusé. Je lui ai servi de marchepied. Grâce à moi, elle a su ce qu'elle voulait et qui elle voulait dans la vie.

— Jasper n'est pas comme ça, maintint Arthur.

— Non, tu as raison.

Assis dans le hall du cinéma avec son frère, Arthur médita quelques minutes. Il songea à Jasper. Malgré tous ses efforts, depuis le jour où il l'avait vue sur scène, il y avait bien longtemps, il n'avait jamais cessé de penser à elle. Il songea à leur père, à Grace, à leur mère qui était bien plus heureuse désormais. Il songea à Brian qui aimait énormément leur mère. Il songea à Christine et Kevin, au documentaire. Il songea à Marcus qui avait quasiment été chassé de la ville.

Il songea à nouveau à son père. Tayo aimait tellement la vie. La plupart des gens avaient peur d'aimer aussi intensément que lui. Ils avaient peur de souffrir. Quand l'amour était immense, la perte de cet amour devait être proportionnelle.

Arthur avait donc refusé de s'attacher. C'était différent aujourd'hui. Il voulait davantage ressembler à son père. Il voulait honorer sa mémoire de multiples manières, dans cette ville que Tayo aimait tant.

Il songea alors à la passion de Jasper : les films qu'elle adorait, le cinéma où elle aimait les voir, les mondes romantiques dans lesquels elle s'évadait.

Une idée surgit soudain dans son esprit, comme une averse de neige.

— On se retrouve au ballet ! s'exclama-t-il.

Il bondit sur ses pieds et sortit du cinéma en courant.

Il recommençait à neiger sur Lake Pristine. Arthur trottina jusqu'au marché d'hiver et poussa un soupir de soulagement quand il aperçut Mme Heywood derrière son stand. Tandis qu'il la rejoignait, il prit le temps d'observer la ville. Pour la première fois de sa vie, il comprenait sa beauté. Les lumières qui ornaient chaque stand, chaque mur, ressemblaient à des étoiles tombées du ciel. Les badauds échangeaient des sourires tandis que les flocons se posaient sur leurs joues. L'endroit débordait de bienveillance. Arthur eut soudain honte de la manière dont il avait traité sa ville. Combien traversaient les océans et sillonnaient le monde pour trouver un refuge comme celui-ci ?

Son père avait adoré Lake Pristine. Son souvenir y vivait encore. Alors qu'il regardait les marchands et les couples se ruant dans le labyrinthe, Arthur s'aperçut qu'il avait laissé son chagrin se transformer en amertume. Quand on cherche des excuses autour de soi, on en trouve toujours. Arthur n'avait-il pas consacré ces dix-huit derniers mois à cette activité ?

Quelque chose avait changé. Furtivement. Lake Pristine était redevenue son chez-lui. Quelque part dans la neige, quelque chose repoussait doucement.

— Bonsoir, Arthur ! le salua Mme Heywood, un grand sourire aux lèvres quand il s'arrêta devant elle. Joyeux réveillon de Noël ! Un achat de dernière minute ?

— Exactement, lâcha Arthur dans un souffle avant de désigner ses décorations. Je vais toutes les prendre, si vous voulez bien.

Bouquet final

Jasper se tenait en coulisses pendant que l'auditorium se remplissait lentement. Cette année, *Casse-noisette* se jouait à guichets fermés – du jamais-vu – et il y avait même une liste d'attente en cas de désistement.

Grace apparut à côté d'elle.

— Ça va ? chuchota Jasper.

— Je suis terrifiée, répondit-elle.

Jasper la dévisagea.

— Tu n'en as pas l'air, pourtant.

Grace rougit puis lui sourit.

Tu as raison… Mais on n'est pas censé dire ça, avant une représentation ?

Jasper éclata de rire.

— Toi et moi ne devrions pas nous préoccuper des attentes des autres. Tu es impatiente de danser ? Je te comprends. Maintenant, monte sur scène et fais ce que tu aimes le plus.

— Merci, souffla Grace – l'euphorie jaillissait d'elle comme autant d'étincelles. Je dois me pincer pour le croire ! Arthur et Henry sont dans la salle. Maman aussi.

J'étais nerveuse et irritable tout à l'heure. Maintenant, j'ai hâte d'y être.

Quand la musique baissa quelques instants et que le public se tut, Jasper recula. Les danseurs se placèrent en vitesse sur leur marque au sol pendant que les lumières s'éteignaient. Lorsqu'elles se rallumèrent, Grace se trouvait sur le devant de la scène. Elle était si pleine de vie, si heureuse d'être sur scène. Elle méritait sa place. L'assemblée applaudit spontanément. Jasper en eut les larmes aux yeux.

— Vas-y, montre-leur, ma grande, l'encouragea-t-elle si discrètement que même le régisseur ne l'entendit pas. Les autres ne t'arrivent pas à la cheville.

❄ ❄ ❄

Quand le spectacle se termina, Jasper fut entraînée sur scène par un des danseurs. Alors qu'elle s'avançait pour accepter les applaudissements, elle réalisa qu'elle ne s'était pas tenue devant un public depuis très longtemps. Bien que ses années en tutu soient loin derrière elle, Jasper reçut les bravos enthousiastes avec un grand soulagement.

En vérité, il n'y avait qu'un seul spectateur qu'elle espérait voir.

Au moment où elle le repéra dans le public, la lumière fut coupée avant qu'elle ne puisse lire l'expression de son visage.

❄ ❄ ❄

Noël était toujours calme à Lakehouse. Vu que la famille de Jasper ne célébrait jamais vraiment cette journée, Odette et sa mère venaient manger chinois chez eux. La tradition voulait que les Montgomery se rendent chez elles pour le Nouvel An lunaire. Cette année, Kevin s'était mis aux fourneaux sous la supervision de Mme Cunningham.

Personne ne se bagarra ni ne se chamailla à propos du mariage.

Jasper ne s'était pas sentie aussi détendue depuis longtemps.

❄ ❄ ❄

Deux jours plus tard, pile au milieu de ces jours compliqués entre Noël et le réveillon du Jour de l'an, Jasper participait au dîner de répétition du mariage avec ses amis et sa famille. Elle souriait consciencieusement, levait son verre et riait dès qu'il le fallait. Elle parlait de tout et de rien, acceptait les compliments pour le ballet et répondait aux questions des convives sur l'organisation du mariage.

— J'ai quelque chose pour toi, lui confia Christine pendant que les invités se levaient pour danser.

— Pour moi ? s'exclama Jasper en la regardant de haut en bas. Quel gadget m'as-tu déniché ?

— La ferme et suis-moi jusqu'aux toilettes.

Jasper obéit en traînant les pieds. À l'intérieur, Christine lui tendit un paquet enveloppé de papier de soie. Jasper le fixa un moment avant de l'ouvrir. Elle jeta l'emballage déchiré à la poubelle et déplia une robe longue, en mousseline.

Couleur saumon.

— Je ne…

Elle fixait la robe bustier tandis que les pièces du puzzle s'assemblaient dans sa tête.

— Pour ma nouvelle demoiselle d'honneur, annonça Christine.

Contrairement à son habitude, Jasper ne réprima pas l'émotion qui la submergeait. Elle laissa les sensations l'envahir et prit sa sœur dans ses bras. Elles restèrent enlacées là, trois bonnes minutes, à sangloter en silence. Jasper recula la première.

— Il ne faudrait pas la froisser, bredouilla-t-elle en tenant la robe devant elle et en la regardant avec vénération.

— Tu seras superbe dedans, affirma Christine. Je te promets.

Jasper la fixa derrière ses cils mouillés de larmes.

— Pas trop de monde au balcon ?

— Jamais.

— Merci, Chris.

— Oh ! Il y a autre chose.

— Je crois que ça suffit pour aujourd'hui, non ? murmura Jasper en vérifiant son mascara dans le miroir.

Comme Christine ne répondait pas, Jasper se tourna vers elle. La future mariée lui tendait une enveloppe. Jasper la prit d'une main hésitante.

Elle contenait un chèque. La somme substantielle choqua Jasper, qui tituba légèrement.

— Tu m'expliques ? bafouilla-t-elle.

— C'est un don de la communauté de Lake Pristine. Tout le monde s'est dit que tu méritais bien un petit coup de pouce pour commencer tes nouvelles études. Ça paiera l'essence pour tes allers-retours.

— Tout le monde ? Christine, comment as-tu pu tous les convaincre ?

— Cette ville t'adore. Presque autant que nous.

— Je ne peux pas accepter.

— Ça, on s'en doutait !

— Transformons cet argent en bourse. Pour un autre étudiant. Une personne dont la famille ne possède pas le lac, par exemple.

La gratitude teintée de reproche dans la voix de Jasper ne vexa pas Christine, qui rit de bon cœur.

— D'accord. Typique de notre Jasper, ça.

Christine quitta la pièce et laissa seule sa sœur qui fixait le morceau de papier dans sa main.

Jasper essaya de se ressaisir. Elle se regarda dans le miroir. Si grande était sa gratitude qu'elle en eut un pincement au cœur. Depuis le mail de l'école Davenport, un certain équilibre s'était établi dans sa vie. Le calme était revenu. Odette était enfin libérée de Craig et puis… il y avait Arthur.

Arthur Lancaster.

Aujourd'hui, elle admettait qu'elle l'avait toujours trouvé intimidant parce qu'il la décontenançait. Elle s'était créé un récit autour de leur relation parce que cela la terrifiait. Elle l'aimait beaucoup. Plus qu'elle n'avait jamais aimé personne, à vrai dire.

Elle se rafraîchit le visage avec un peu d'eau, se répéta de relâcher la pression puis retourna à la fête comme si tout était parfaitement normal et qu'elle n'envisageait pas de leur fausser compagnie pour retrouver le responsable du cinéma du coin.

Lorsqu'elle sortit des toilettes et rejoignit son groupe, elle aperçut plusieurs personnes rassemblées à la porte du restaurant.

— Que se passe-t-il donc ? demanda sa mère avec agacement.

— Je ne sais pas, répondit Charlotte avant de se diriger vers l'entrée.

Anna et Rebecca la suivirent. Soudain, Charlotte poussa un petit cri.

— Oh ! Mon Dieu ! s'exclama Christine. Jasper ! Viens vite voir !

Les sourcils froncés, Jasper s'approcha des autres jeunes femmes. Il neigeait encore dehors, la ville arborait ses couleurs flamboyantes de Noël, les gens vaquaient à leurs occupations, entraient et sortaient du labyrinthe, profitaient du marché, de la nouvelle petite patinoire pour les enfants.

— Que se passe-t-il ? demanda Jasper.

— Viens voir par toi-même ! s'écria Anna qui ouvrit grand la porte et entraîna Jasper à l'extérieur.

Au bout de quelques mètres, Odette arriva en courant.

— Je n'arrive pas à le croire ! dit-elle, essoufflée, avant de vite serrer son amie dans ses bras et d'éclater d'un rire joyeux.

— À croire quoi ? l'interrogea Jasper.

— Regarde ! aboya Odette.

Elle saisit son amie par les épaules et la fit pivoter face à la grand-place, au kiosque à musique et au cinéma.

— Regarde bien !

Jasper poussa un soupir exaspéré, mais obéit. Tout à coup, elle cligna des yeux.

— Mais ce sont… ?

Il y avait des suspensions partout. Toute la ville semblait décorée. Que ce soit aux branches, aux panneaux, aux lampadaires, aux arbres en lisière de la rue principale, à l'entrée du labyrinthe ou autour du kiosque, elles étaient accrochées par centaines dans tout Lake Pristine. Il y en avait même une sur la plaque du studio de danse.

— Il y en a des milliers, estima Christine.

Jasper en décrocha une. Il s'agissait d'une pomme de pin. Semblable à celle qu'elle avait achetée à Mme Heywood, où l'on pouvait inscrire le nom de sa personne préférée.

— Le même nom a été peint sur chacune d'entre elles, l'informa Odette.

Ses yeux brillants rivés sur Jasper, elle attendait avec impatience que son amie comprenne.

Lentement, Jasper tourna la pomme de pin et découvrit… son prénom. Elle en saisit une autre, puis une autre et encore une autre.

Tous les rubans indiquaient « Jasper ».

— J'ai regardé toutes celles que j'ai pu trouver, lui apprit Odette tandis qu'elles continuaient de marcher. Il y a ton prénom sur chacune d'entre elles.

Les habitants de Lake Pristine adressaient un sourire entendu à Jasper quand ils la croisaient. M. Heywood, le mari de Mme Heywood, qui vivait uniquement pour le carnaval d'hiver de Lake Pristine ou presque, se tenait sous le kiosque à musique, un micro à la main.

— Ah ! Elles sont enfin là ! s'exclama-t-il, sa voix résonnant dans toute la ville et dans les bois voisins. Félicitations, Jasper Montgomery, la Reine des Neiges de cette année ! Le match était serré ! Hum… Tu aurais écrasé la concurrence, si nous avions compté toutes ces décorations !

Jasper regardait avec stupeur toutes ces petites suspensions qui portaient son nom.

— Je… Je ne…

— Contente de rendre ma couronne au bout de dix ans ! s'écria Christine en applaudissant avec la foule pendant qu'Odette pressait Jasper.

— Un discours ! Un discours !

Jasper ne parvenait pas à détacher son regard de son prénom, écrit un millier de fois.

— Qui… ? marmonna-t-elle, le souffle court, la poitrine serrée.

— Tu plaisantes, j'espère ! s'écria Odette avec tendresse. Qui donc a pu faire ça, hein, dis-moi ?

Jasper fut poussée en haut des marches du kiosque. M. Heywood lui flanqua le micro dans les mains et se dépêcha de saisir le diadème en cristal étincelant qu'il fabriquait tous les ans.

— C'est un honneur, clama Jasper, le plus sérieusement du monde. Je pensais que ma sœur emporterait cette couronne dans la tombe.

Elle aperçut Grace et Henry qui souriaient dans la foule, mais il n'y avait qu'un seul visage qu'elle souhaitait voir : le visage responsable de tous les votes pailletés.

— À mon avis, une seule et unique personne a fait pencher la balance en ma faveur, déclara-t-elle au micro. Je vais être bonne joueuse et abdiquer. Je choisis donc une Reine des Neiges régente pour me remplacer.

Elle prit le diadème des mains de M. Heywood et le tendit à Grace. La jeune ballerine écarquilla les yeux. Quand la foule applaudit à tout rompre, Grace s'approcha de Jasper d'un pas chancelant et se laissa couronner.

— Je ne peux pas accepter, bafouilla la jeune fille, toujours sur son petit nuage après son interprétation de Clara. Tu… Jasper…

— La couronne te va à merveille, ma puce, lui confia Jasper en la serrant dans ses bras. Savoure ce moment. Tu es la nouvelle reine de Lake Pristine.

Sans perdre une seconde, elle dévala les marches du kiosque pendant que Grace saluait la foule admirative. Christine se tenait en retrait des badauds enthousiastes et regardait sa successeure avec un sourire crispé. Les gens alpaguaient Jasper pour discuter avec elle, mais elle jouait des coudes pour s'éloigner le plus vite possible. En temps normal, elle serait restée, mais elle avait plus important à faire.

— C'est comme un film de Noël ! s'écria-t-elle tandis qu'elle courait dans la rue principale.

Jasper arriva devant l'Arthouse. Grace, la ville en fête et tout le reste fondirent comme neige au soleil autour d'elle. Assis sur les marches du cinéma, Arthur l'attendait. Il lui sourit et Jasper éclata de rire. Les gens autour de lui s'écartèrent pour leur laisser un peu d'espace.

— C'était toi ! lui lança-t-elle tout en se sentant idiote face à l'évidence même.

Ce fut difficile, au début, de s'ouvrir à lui. Mais quand elle regarda Arthur, tous les fragments continuèrent d'exister au lieu de voler en éclats comme elle l'aurait cru. Ils flottaient, satisfaits d'être distincts et meilleurs ensemble à la fois.

— Les films..., commença-t-elle en désignant du menton le vieux cinéma – un élément du passé de leur petite ville, fier malgré les documentaires et les commérages. Tu savais que je viendrais voir les films.

Il hocha la tête tout en la regardant avec attention.

Sa passion. Il le savait.

Personne n'avait jamais cherché à savoir. Personne ne s'était attardé sur ce chapitre de son histoire.

Elle avait perdu des années à regarder les gens chuter au premier obstacle, à incorporer cet état de fait et à ne jamais rien espérer des autres.

Elle avait attendu toute sa vie.

— Princesse, murmura-t-il.

— Pourquoi tu as fait ça ?

Il lui avait pris le visage dans les mains. Le bout de ses doigts effleurait les coins de sa bouche.

— Parce que tu es ma passion à moi, Jasper.

Et il l'embrassa. Elle se moquait qu'on les observe, qu'ils deviennent le sujet principal des ragots du lendemain.

— Si tu as besoin d'une preuve d'amour encore plus grande, c'est le mieux que je puisse faire à l'heure actuelle, lui confia-t-il et elle éclata de rire contre ses lèvres.

— Ça me convient.

Elle l'embrassa à son tour. Et encore. Sans s'arrêter, malgré quelques sifflets d'un groupe de badauds au loin. Tous deux se moquaient royalement de ce que les autres pensaient.

Enfin.

— Tu as un cavalier pour le mariage de ta sœur ? lui demanda-t-il pendant qu'ils reprenaient leur souffle.

— Non, je suis libre comme l'air.

— Je te repose la question : est-ce que tu as un cavalier pour le mariage ?

— Oui. Toi.

— Bonne réponse, répliqua-t-il en souriant.

Elle rit puis redevint sérieuse.

— Écoute, il faut que je te prévienne… Je…

— Tu pars en école de design, compléta-t-il avec un sourire triste. Je sais. Je n'ai pas oublié et je veux que tu y ailles. Je suis tellement fier de toi. Tu vas tout déchirer.

— Je vivrai chez moi, à Lakehouse.

L'espoir et le soulagement se télescopèrent sur le visage d'Arthur, qui recula pour mieux la contempler.

— Pardon ?

— Tu as bien entendu.

Il regarda leurs mains, leurs doigts à présent entrecroisés.

— Tu… tu ne fais pas ça pour moi, hein ?

— Non, je le fais parce que les résidences universitaires sont parfois horribles et être en coloc avec des inconnus, ce n'est pas mon truc.

Il éclata d'un rire tremblotant.

— Ah ! D'accord.

— Pourquoi ? le taquina-t-elle, les yeux levés vers lui. Tu veux que je reste ?

Il haussa les épaules.

— Je t'aimerai où que tu sois. Hier, aujourd'hui et demain.

— Et si je pars un jour ?

— Je ne te lâcherai pas.

— O.K., répliqua Jasper, un grand sourire aux lèvres. Mais ce n'est pas une parole de ronchon, ça.

Il lui sourit avec une réelle tendresse et Jasper se pressa contre lui. Quand il lui caressa les cheveux, elle poussa un soupir puis leva la tête vers lui et l'embrassa de plus belle. Lorsqu'il grogna, elle ne put s'empêcher de sourire contre sa bouche et mit tout ce qu'elle ressentait dans cette étreinte.

Depuis qu'elle était petite, on lui disait que les filles devaient se débrouiller seules. Pour mettre un terme une bonne fois pour toutes à des siècles de demoiselles en détresse et d'oppression des femmes. *Tu n'as besoin de personne, petite fille neuroatypique. Va de l'avant, sois fabuleuse, sois indépendante, ne laisse personne porter tes bagages ou écouter tes problèmes quand ils te collent à la peau et t'accablent à en crever.*

Jasper avait l'intention de devenir une redoutable féministe et de le rester jusqu'à son dernier souffle. Elle aurait une carrière incroyable, s'achèterait une maison. Mais tandis qu'elle se blottissait contre Arthur, qu'elle se sentait en sécurité et considérée pour la première fois depuis des années, elle savait aussi que ce n'était pas un signe de faiblesse de laisser les gens escalader la tour dans laquelle elle s'était enfermée. Le jardin de ronces servait à les repousser et peu importait si la princesse les entretenait elle-même. Elle était seule quoi qu'il arrive. Jasper ne voulait plus être seule. Elle voulait être avec Arthur.

On pouvait se choisir soi et choisir d'autres personnes aussi.

— Tu sais quoi ? s'exclama-t-elle quand ils firent une pause pour respirer. Lorsque j'aurai mon diplôme, nous relookerons ce vieux ciné. Style Art déco, ce serait pas mal…

— Bonne idée ! Pour être honnête, ça ne me dérangerait pas de travailler dans un bureau refait à neuf. Dans ma couleur préférée.

— Laquelle ? Noir ? Marron ? Gris ronchon ? le taquina-t-elle.

— Vert.

— Vert émeraude ? Vert bouteille ?

— Non, lui chuchota-t-il à l'oreille. Vert jaspe.

Générique de fin

Christine et Kevin se marièrent la veille du Nouvel An sous un magnifique chapiteau, en présence de tout Lake Pristine ou presque.

Howard et Andrea Montgomery pleurèrent tous les deux. Le témoin de Kevin prononça un discours à la fois divertissant et émouvant. Jasper observait les réactions heureuses des convives avec un grand sourire. Elle avait bien fait d'examiner minutieusement son texte au préalable. En effet, lorsqu'il l'avait suppliée de garder les blagues les plus risquées, elle lui avait gentiment dit que sa liberté d'expression revêtait beaucoup d'importance à ses yeux… ainsi que sa vie. Elle lui avait détaillé les sévices que Christine lui ferait subir, s'il persistait. Elle était ravie d'avoir réussi à lui faire entendre raison.

Elle sourit chaleureusement aux serveurs et aux serveuses venus débarrasser les assiettes et regarda la salle pleine à craquer. Sa mère et son père parlaient aux invités. Christine dansait avec ses autres demoiselles d'honneur. Kevin et son frère encourageaient leur mère à prendre un shot au bar. Alors que Saffron boudait dans un coin, un garçon d'honneur se glissa sur la chaise à côté d'elle et lui tendit une part de pièce montée. Odette dansait avec Hera, sa cavalière de dernière minute – parmi les convives, c'étaient elles qui semblaient s'amuser le plus.

Puis Jasper baissa les yeux : sa main était blottie dans celle de quelqu'un.

Son regard remonta vers le visage d'Arthur. Il avait fière allure dans son costume bleu roi.

— Tu es très élégant, lui murmura-t-elle.

Il tourna la tête vers elle et afficha un grand sourire. Il n'y avait plus de dispositif de protection, plus de mur ni de masque entre eux, maintenant. Il lui plaqua un baiser sur la tempe et lui comprima la main.

— Je suis content que Christine soit revenue à la raison et ait fait de toi sa demoiselle d'honneur.

— La bonne blague ! répliqua Jasper. J'ai dû tenir sa robe les deux fois où elle est allée aux toilettes.

Arthur éclata de rire. Jasper adorait ce spectacle et ce son. Elle s'appuya contre lui et ils regardèrent ensemble les danseurs.

— C'est un beau mariage, constata-t-il au bout d'un moment. Tu as accompli des merveilles.

— Eh bien, merci ! rétorqua-t-elle sur un ton ironique. Ma famille a failli imploser à cause de moi et on a échappé à quelques dépressions nerveuses, mais les cygnes sont magnifiques.

— Je suis tellement fier de toi, déclara-t-il avec douceur et sérieux.

Jasper lui jeta un nouveau coup d'œil, tendit le cou vers lui et déposa un baiser au coin de sa bouche. Sa fierté allait bien au-delà de ces quelques mots. Personne, à part lui, n'avait vu qu'elle s'était retrouvée depuis son retour à la maison. Son moi authentique était devenu une breloque rangée dans un coffre à bijoux musical pendant que tout le monde admirait la ballerine qui tournait. Elle s'était raconté tellement de mensonges sur les attentes des gens à son égard.

Quand la Jasper Montgomery polie, docile et douce avait été mise en avant, le bonheur que cela procurait à son entourage l'avait encouragée à continuer et attristée à la fois.

Arthur ne faisait pas partie de ces gens.

Il l'avait toujours désirée telle qu'elle était. Il voulait voir les coulisses de son âme, pas la performance sur scène.

Lors de la projection de la première mouture du documentaire, elle avait compris qu'un cœur brisé – qu'il soit dû à un chagrin, un deuil ou la perte d'un amour – était quelque chose de caché, enfoui au plus profond de soi. Il était inconcevable que tout le monde le voie.

Depuis ce jour, Arthur avait décidé de tout refilmer. Il ne l'avait pas fait pour le concours, mais pour la ville. Il souhaitait immortaliser toutes les histoires d'amour de Lake Pristine, depuis les anciens qui vivaient là depuis soixante ans jusqu'aux jeunes mariés. Marcus avait été banni du projet, ce qui avait soulagé tout le monde. Arthur était dans son élément en ville, à s'enquérir sur les débuts de chaque couple. Jasper avait hâte de voir le résultat final. Elle savait que ce serait très beau.

Tomber amoureux était tellement transparent. Jasper se considérait comme une ardoise impossible à lire, mais l'amour ne se cache pas si facilement. Tous les sentiments de Jasper et Arthur se voyaient comme le nez au milieu de la figure.

— Tu veux que je te dise un truc épouvantable ? lui demanda-t-elle.

— Raconte.

— Je suis vraiment contente que Marcus ait fait cette horrible version de ton film.

Arthur écarquilla brusquement les yeux puis éclata d'un rire rauque.

— Ah oui ?

— Oui.

— Je peux te demander pourquoi ?

Jasper leva les deux jambes en même temps, les posa sur lui puis appuya la tête sur son épaule. Il lui caressa la cuisse.

— J'étais horrifiée en le voyant, bien sûr. C'était une vraie catastrophe. Mais soudain, Henry est apparu à l'écran et a dit que tu étais amoureux de moi.

— Oui, en effet, bredouilla Arthur, rouge comme une pivoine.

— Ensuite, on nous a vus tous les deux. Et là... ça m'a sauté aux yeux. La caméra m'a aidée à voir la vérité en face. Comme... tu sais... quand tu tombes sur une photo de toi ou écoutes un enregistrement de ta voix et que tu ne te reconnais pas. Je suppose que je t'ai mal jugé depuis le départ. Délibérément peut-être. La caméra a tout révélé.

La main d'Arthur s'immobilisa sur sa cuisse ; une légère pression de ses doigts l'incita en silence à poursuivre.

— Ça me fait le même effet quand je regarde un vieux film : je sais comment c'est censé finir.

— Et alors, comment c'est censé finir ?

En guise de réponse, elle l'embrassa.

Les scénaristes du passé avaient donné l'impression à Jasper que les filles comme elle n'étaient pas dignes d'être aimées, qu'elles figuraient là pour une autre raison – une raison moins poétique, moins universelle. Il arrivait parfois qu'elles n'existent pas du tout.

Arthur l'aimait. Elle sentait cet amour pour elle en lui. Quand il acceptait ses stratégies pour gérer la surstimulation, son souffle coupé après une interaction sociale imprévue, ses mouvements répétitifs et ses mains qui dansaient après une merveilleuse sortie, quand il les aimait et les appréciait, elle se sentait pousser des ailes : comme si elle avait gagné. Être si bien aimée, pour soi-même, après avoir entendu toute sa vie qu'on n'était pas aimable, voilà un acte révolutionnaire magnifique et infiniment précieux.

— Tu sais ce qui est drôle ? lui demanda Arthur de sa voix rocailleuse. C'est que tu es probablement l'amour de ma vie.

Il lui dit cela d'une façon tellement détachée que Jasper en eut les larmes aux yeux et que ses mains se mirent à trembler.

— Je t'aime aussi, Ronchon.

Le photographe du mariage captura cet instant sans que ni l'un ni l'autre ne le remarquent. Le cliché qu'ils verraient ultérieurement était un peu flou, mais il reflétait l'adoration à l'état pur, ce que ne manqueraient pas de remarquer tous ceux qui l'auraient entre les mains.

La photo n'était pas parfaite.

Mais c'était celle de l'amour.

Fin

REMERCIEMENTS

Depuis toujours, la fiction m'a servi de prisme à travers lequel j'ai pu comprendre le monde. J'ai dévoré des histoires pour établir la cartographie de ma vie. Tout le monde avait un avis sur l'ado neuroatypique que j'étais et la femme que je deviendrais. La réalité ? Je ne suis pas vraiment douée pour ça. En revanche, les gens qui ont permis que ce livre existe et ne soit plus un rêve sont tout à fait réels à mes yeux.

Merci à mon agente, Lauren Gardner. Nous étions dans un café de Brixton, il me restait quatre livres sterling sur mon compte et je t'ai dit : « Un jour, j'écrirai des histoires d'amour. » Depuis, tu n'as cessé de me soutenir.

À Annabelle, même si tu m'as abandonnée.

Merci à Eishar et toute l'équipe de Knights Of. Ça ne sert à rien d'avoir des ailes si on ne les utilise jamais. Vous avez aidé un oiseau cloué au sol à s'envoler.

Merci à chaque collaborateur de First Ink Books chez Macmillan, à Eileen et son équipe américaine.

À tous les éditeurs qui ont joint le geste à la parole et publié une romance autiste. Votre confiance compte beaucoup pour moi.

Merci surtout à Emma Jones. Je disais que je saurais instinctivement quel éditeur serait parfait pour présenter ce livre. Quand tu as parlé d'Arthur et Jasper, je me suis dit : « Oh ! La voilà ! »

À Charlie, Beth, Rory et toute l'équipe de Macmillan qui a soutenu ce livre dès ses balbutiements. J'écris ces mots sans savoir quel avenir il aura. Merci, quoi qu'il arrive.

À mes parents.

À Tom Waits.

Nora Ephron. Merci d'avoir montré au monde que l'amour doit être pris au sérieux.

À tous mes pairs dans le monde du livre. Aux fabuleux libraires comme Molly, Joanna, Rhiannon, Tess, Matthew, Fiona, Amoy, Natasha. Aux auteurs incroyables comme Jennifer Bell, Alwyn Hamilton, Hux, Richard Pickard et à toutes les personnes sensationnelles qui ont recommandé ce livre.

À chacune des personnes impliquées dans *A Kind of Spark : The Adaptation*. Lola, Caitlin, Georgia, Ella, Eve, Zach, Anna, Kim, Graine, Ally, Wendy, Luke, Amy et tous ceux qui ont participé à ce projet. Nous avons montré au monde de nouvelles façons de rêver, véritablement. Je vous aime tous et je suis tellement fière de vous.

À mon manager de cinéma et à notre chien pourri gâté.

Aux lecteurs et aux lectrices. Surtout les neuroatypiques. Nous méritons mieux qu'une simple invitation à la fête. Nous méritons d'organiser cette fête. Merci d'être venus à la mienne.

À PROPOS DE L'AUTRICE

Elle McNicoll est une autrice de best-sellers et une scénariste qui a remporté de nombreux prix. En 2021, son premier roman, *Les Étincelles invisibles*, a reçu le Waterstones Children's Book Prize. En 2023, elle se place en 75e position dans le classement britannique des cent plus grands livres pour enfants de tous les temps. Elle a été nominée quatre fois à la médaille Carnegie et a eu l'honneur de recevoir en 2022 le Schneider Family Book Award aux États-Unis. Son premier roman a aussi été adapté en série télé par la BBC ; Elle McNicoll a été la scénariste en chef de ce projet. La presse a qualifié d'avant-gardiste cette adaptation incluant des acteurs et des techniciens autistes.

Elle McNicoll est écossaise, autiste et prône une meilleure représentation des personnes neuroatypiques dans l'édition. *Comme un film de Noël* marque ses débuts dans la littérature young adult. La jeune femme, qui a rêvé une grande partie de sa vie d'écrire des romances autistes, vit dans le nord de Londres.

Composition et mise en pages
Nord Compo à Villeneuve-d'Ascq

Cet ouvrage a été achevé d'imprimer sur Roto-Page en octobre 2025
par l'Imprimerie Floch à Mayenne
Dépôt légal : novembre 2025 – N° 156585
(107858)

Imprimé en France